EDITION 211

V. S. Gerling

FALSCHE FÄHRTEN

Thriller

EDITION 211

1. Auflage
Lektorat: Christiane Geldmacher
Satz/Layout: Martina Stolzmann
Covergestaltung: Nele Schütz Design, München
unter Verwendung eines Motivs von Shutterstock
Druck: CPI – Clausen & Bosse, Leck
Made in Germany
ISBN 978-3-95669-033-4
www.bookspot.de

Für Emely, Eveline, Lea, Nadine und Dennis

Prolog

1988

Es war erst einige Monate her, da war die Frau, die in dem spartanisch eingerichteten Zimmer lag, eine Schönheit gewesen. Ihre hellblauen Augen hatten vor Lebensfreude gestrahlt und das lange blonde Haar umschmeichelte ihr elfenhaftes Gesicht. Sie war kein Model gewesen. Eine solche Zurschaustellung weiblicher Reize existierte in ihrem Staat nicht. Vielmehr war sie eine der bekanntesten und beliebtesten Theaterschauspielerinnen des Landes. Sie brachte die Leute zum Lachen und zum Weinen. Und die Menschen liebten sie dafür. Als sie ihr zweites Kind, einen gesunden Sohn, zur Welt brachte, war es, als würde das ganze Land mitfeiern.

Dann aber erhielt sie die Diagnose.

Als sie hochschwanger im Krankenhaus lag und die Ärzte Tests bei ihr durchführten, ergaben ihre Bluttests ein besorgniserregendes Ergebnis. Die Ärzte versuchten, sie zu beruhigen und versprachen, rasch durch weitergehende Tests zu beweisen, dass es sich um eine vorübergehende Abweichung handelte. Aber die Mitarbeiter der Klinik verhielten sich die nächsten Tage immer merkwürdiger, wenn sie in ihrer Nähe waren. Die Ärzte tuschelten vor ihrer Tür und einmal brach eine Krankenschwester in Tränen aus, als sie ihr das Baby brachte. Dann, eine Woche später, erhielt sie die Diagnose.

Sie war dreiunddreißig Jahre alt, zweifache Mutter, geliebte Ehefrau und erfolgreiche Schauspielerin, und vier Tage nach der Geburt ihres Sohnes teilte man ihr mit, dass sie Blutkrebs habe.

Zwei Tage später erfolgte die erste Behandlung.

Als sich ihr Zustand immer weiter verschlechterte, änderten die behandelnden Ärzte die Medikamente.

Sie erfuhr davon nichts.

Drei Tage später klagte sie über extreme Übelkeit. Mehrfach übergab sie sich so heftig, dass zwei Putzfrauen das komplette Zimmer reinigen mussten.

Dann verlor sie ihr Haar.

Büschelweise fiel es ihr aus. Und das ohne Bestrahlung. Es dauerte nur eine Woche und sie hatte kein einziges Haar mehr auf dem Kopf.

Als weitere zwei Wochen vergangen waren – sie hatte inzwischen vierzig Prozent ihres Gewichts verloren und die Ärzte hatten sie nach Hause geschickt –, wurde sie durch einen heftigen Schmerz im Oberbauch geweckt. Sie spürte eine starke Übelkeit, und kaum, dass sie ihre Augen geöffnet hatte, musste sie erbrechen. Aber das verschaffte ihr keine Linderung – im Gegenteil –, der Schmerz im Oberbauch nahm zu und schnürte ihr die Luft ab. Sie fing an, am ganzen Körper zu schwitzen, und Wellen unglaublichen Schmerzes brachen über sie herein.

Sie keuchte und versuchte das Telefon zu erreichen, aber der Schmerz strahlte jetzt in ihre Arme aus, sodass sie diese nicht mehr bewegen konnte. Todesangst überkam sie und als ihr Herz explodierte, war es wie eine Erlösung.

In einer Ecke des Zimmers kauerte ihr zehnjähriger Sohn, der den fast zwanzigminütigen Todeskampf mit vor Entsetzen aufgerissenen Augen stumm verfolgte. Der Vater machte Besorgungen und hatte ihm verboten, ins Zimmer seiner Mutter zu gehen. Als der kleine Junge jedoch merkwürdige Geräusche aus ihrem Zimmer hörte, war die Neugier größer als die Angst vor einer Strafe.

Als seine Mutter aufgehört hatte zu atmen, wagte sich der Junge vorsichtig vor. Langsam, fast wie in Zeitlupe, kroch er bis zum Bett und blickte angsterfüllt hinauf. Er zupfte behutsam am Arm seiner Mutter, die jedoch nicht reagierte.

Als der Junge begriff, dass etwas Furchtbares geschehen war, stand er langsam auf. Er traute sich nicht, seine Mutter anzusehen. Stattdessen griff er nach dem Erstbesten, was ihm auf dem Nachttisch in die Finger kam – es war eine leere Tablettenpackung – und lief aus dem Schlafzimmer.

Knapp ein Jahr später war der Tod der beliebten Schauspielerin längst in Vergessenheit geraten. Die Berliner Mauer fiel und die Berichterstattung der Presse wurde über Monate davon beherrscht.

Der tödliche Autounfall eines investigativen Journalisten in Berlin war lediglich eine kleine Randbemerkung wert.

Erster Teil

Targeting
Vor der Entwicklung eines Produktes steht immer die Frage, für welchen Bereich es noch kein adäquates Produkt gibt. Anschließend wird ein molekulares Ziel, welches am Bedarf beteiligt ist, identifiziert und validiert.

Screening
Im zweiten Schritt muss eine Vielzahl von Wirkstoffen daraufhin getestet werden, ob sie am Target die gewünschte Wirkung ausüben. Zumeist geschieht dies durch ein breit angelegtes Screening.

Optimierung
Mit den potentiellen Wirkstoffen werden als nächstes verschiedene chemische Tests durchgeführt, mit denen beispielsweise das Bindungsverhalten am Zielmolekül optimiert wird. Auch Eigenschaften, die für die Wirksamkeit, Verträglichkeit oder Verteilung im Körper relevant sind, werden in diesem Entwicklungsschritt untersucht.

Erst dann erfolgen Tests an lebenden Organismen.

Auszug aus einem internen Besprechungsprotokoll der Geschäftsführer folgender Firmen:

Hannes B. Klugmann — Klugmann Pharmazie AG
Geschwärzt von S.K. am 02/15

Klaus H. Friedrichs — Medico Pharma AG
Geschwärzt von S.K. am 02/15

Manfred Stolze — Stolze Pharma AG
Geschwärzt von S.K. am 02/15

Das Gespräch fand am 30. September 1989 in den Geschäftsräumen der Medico Pharma AG (geschwärzt SK 02/15) statt und wurde ohne Einverständnis aller teilnehmenden Personen aufgenommen. Es begann um 23.03 Uhr und endete um 01.56 Uhr.

K: Ich denke, uns allen ist klar, was da jetzt passiert. Wie das da jetzt weitergeht.

F: Ich glaube das einfach nicht. Das kann doch nicht sein. Nicht so schnell.

K: Schnell. Was heißt hier schnell? Der bescheuerte Kohl arbeitet da doch schon seit Jahren dran. Und Bush, dieser Cowboy, findet das alles klasse. Die einzigen, die dagegen sind, sind Thatcher und Mitterrand. Aber die werden sich nicht durchsetzen. Das Ding ist durch.

S: Das ist nicht gut. Das ist gar nicht gut.

K: Hör auf, zu jammern. Das bringt jetzt auch nichts. Wir müssen zusehen, dass wir zu unseren Freunden Kontakt aufnehmen. Die müssen alle Unterlagen vernichten.

S: Ja, auf jeden Fall. Die müssen alles verbrennen.

K: Hab ich doch gerade gesagt, Mensch. Die wollen genauso wenig wie wir, dass das rauskommt.

F: Dann hoffen wir mal, dass wir da jemanden erreichen. Da ist bestimmt im Moment der Teufel los.

K: Weiß jemand, wo (Name geschwärzt) ist?

F: Ich glaube, irgendwo in der Karibik.

K: Wir müssen versuchen, ihn zu erreichen. Er wird ja wohl bei seiner Sekretärin eine Telefonnummer hinterlassen haben.

F: Ich glaube, die hat er mitgenommen.

Kapitel 1

»Erde an Nicolas Eichborn!«
Helen Wagner

»Was heißt eigentlich *Wie komme ich nach Chichen Itza* auf Spanisch?«, fragte mich meine Beifahrerin, Kollegin und Freundin, die Fallanalytikerin Helen Wagner.

»Una Cerveza por favor.«

Ich befürchtete, dass ihr allmählich dämmerte, dass meine Spanischkenntnisse doch nicht so gut waren, wie ich behauptet hatte. Wobei ich auf ihre Frage, ob ich Spanisch spreche, nur geantwortet hatte, dass ich zurechtkommen würde. Sie sparte sich einen Kommentar und genoss stattdessen den warmen Fahrtwind, der durch unseren offenen Jeep wehte und ihr langes blondes Haar durch die Gegend wirbelte.

Das Leben war manchmal wirklich unfair.

Helen sah mit ihrer zerzausten Frisur einfach klasse aus. Sie war natürlich auch so eine schöne Frau. Sie hatte ein ausdrucksstarkes Gesicht mit hohen Wangenknochen, vollen Lippen und ihre grau-grünen Augen funkelten, wenn sie einen ansah. Helen war dreiunddreißig, sah aber aus wie Ende zwanzig.

Ich hingegen war zweiundvierzig und wegen des Fahrtwindes sah ich auf dem Kopf aus wie ein explodiertes Sofakissen.

Manchmal allerdings war das Leben auch gerecht.

Dass Helen und ich hier und jetzt in Yukatan unseren ersten gemeinsamen Urlaub genießen konnten, grenzte an ein kleines Wunder. Immerhin hatten gewisse Leute noch vor fünf Monaten versucht, uns umzubringen. Und fast hätten sie es geschafft. Es war unser erster gemeinsamer Fall gewesen und beinahe auch unser letzter. Wir hatten ihn gelöst, aber einen sehr hohen Preis dafür zahlen müssen. Fast alle Bösen waren ins Gefängnis gekommen. Nur der Staatssekretär des Innenministeriums, Schlossmann, der versucht hatte, das Ganze zu vertuschen, indem er alle Unterlagen des Projektes verschwinden ließ, kam davon. Allerdings hatte mein Chef, Kriminaldirektor Rainer Schranz, sämtliche Aufzeichnungen der furchtbaren Menschenversuche auf einen USB-Stick gezogen, sodass wir Schlossmann nun in der Hand hatten.

Manchmal ist das Leben eben doch gerecht.

Okay, man muss ab und zu ein bisschen nachhelfen.

Schranz hatte mir für all meine Sünden Absolution erteilt, jedenfalls für die, von denen er wusste. Und mich tatsächlich zum Abteilungsleiter für operative Maßnahmen in einer neu geschaffenen Bundesbehörde ernannt.

Helen arbeitete dort jetzt auch, und zwar als Abteilungsleiterin für operative Fallanalysen. Wir würden also in Zukunft gemeinsam auf Verbrecherjagd gehen. Die Behörde, der wir angehörten, hieß *Amt für innere Sicherheit*, was ich ein klein wenig merkwürdig fand, da es mich irgendwie an eine Behörde aus dunkler Vergangenheit erinnerte. Ich meine das Amt für Staatssicherheit. Aber wir sind die Guten. Ganz bestimmt.

Wobei, hätte Schranz gewusst, dass ich Karoline Stegmann, die Killerin, als Werkzeug benutzt hatte, um zwei Gegner auszuschalten, hätte er vielleicht nochmal darüber nachgedacht, mich in seine neue Behörde zu holen. Würde er aber jemals erfahren, dass ich froh darüber war, dass Karoline Stegmann entkommen konnte, und dass wir uns ab und zu noch SMS schrieben …

»Hallo! Erde an Nicolas Eichborn!«

»Häh?«

»Ich sagte: Wir haben uns verfahren, Nicolas«, meinte Helen gereizt. Sie kämpfte beim Versuch, die Landkarte zu lesen, gegen den Fahrtwind an – und verlor. »Fahr doch bitte mal rechts ran.«

Unnötigerweise warf ich einen Blick in den Rückspiegel, setzte den Blinker und hielt an. Unnötig deshalb, weil uns schon seit einer gefühlten Ewigkeit kein Fahrzeug mehr begegnet war. Wir stiegen beide aus dem ziemlich coolen Jeep Wrangler und Helen breitete die Karte auf der Motorhaube aus.

»Wie hieß nochmal der letzte Ort, durch den wir gefahren sind?«, murmelte sie und starrte konzentriert auf die Karte. Ich versuchte, mich zu erinnern.

»El Arenal?«

Helen schüttelte den Kopf und tippte energisch auf einen Punkt auf der Karte.

»El Ideal«, sagte sie und bohrte ihren Finger noch tiefer in die Karte. »Hier, siehst du?«

»Alles klar. Da waren wir. Aber wo sind wir jetzt?«

Helen sah sich um. Viel gab es nicht zu sehen. Links und rechts von uns gab es nur zwei Meter hohes, undurchdringliches Buschwerk.

»Ich glaube, wir sind falsch abgebogen.«

Da es in dieser Gegend nicht viele Straßen gab, sprach das nicht gerade für mich.

»Dann lass uns zurück nach El Arenal fahren. Wir nehmen einen neuen Anlauf«, schlug ich vor.

Gott sei Dank fanden wir den richtigen Weg und erreichten am späten Nachmittag die Anlage von Chichen Itza. Nachdem wir unser Hotelzimmer bezogen und uns frisch gemacht hatten, begaben wir uns auf Nahrungssuche.

Am nächsten Morgen frühstückten wir gemeinsam mit einer einheimischen Archäologin, die uns später alles Wissenswerte über die alte Mayastätte erzählen würde. Mit solchen Führungen überbrückte sie die Zeiten zwischen den Ausgrabungen, was mir nur recht war, da ich so einigermaßen sicher sein konnte, dass uns nicht irgendein Scheiß erzählt wurde, während wir in der sengenden Hitze durch die Gegend marschierten. Ich hatte schon von Fällen gehört, da wussten die Touristen mehr geschichtliche Hintergründe der Tempelanlagen als die Reiseführer.

Das Urlaubsziel war übrigens meine Idee gewesen. Als ich Helen kennenlernte, hatte sie mir erzählt, dass sie noch nie in den Tropen war. Nachdem wir dann den besagten Fall zur Zufriedenheit fast aller abgeschlossen hatten und uns immer noch mochten, beschlossen wir, gemeinsam Urlaub zu machen. Helens Vorschlag war, eine schöne Karibikinsel als Ziel zu wählen, weil es dort so herrliche Strände geben sollte.

An sich eine schöne Idee. Nur brauchte ich nicht nur einen Tapetenwechsel, sondern Ablenkung. Zwei Wochen Strandurlaub? Zu viel Gelegenheit zum Grübeln. Und ich wollte alles, aber nicht über den letzten Fall nachdenken. Zumal mich immer noch Albträume verfolgten und ich in keiner Badewanne liegen konnte, ohne dass mich Panik erfasste. Das warme Badewasser erinnerte mich zu sehr an den Tank, in dem ich fast gestorben wäre. Na ja, wozu gibt es Duschen?

Auf jeden Fall fanden wir einen Kompromiss. Eine Woche düsten wir auf eigene Faust durch Yukatan, besuchten die Ruinenstätten Chichen Itza, Uxmal und Cobe, hinterließen diese so, wie wir sie vorfanden, und machten noch einen Abstecher nach Mérida, der Hauptstadt Yukatans, die im Nordwesten der Halbinsel liegt. Die letzte Woche verbrachten wir in einem Strandhotel in Akumal. Da dieses Hotel sehr begehrt und klein war, es hatte lediglich zwanzig Zimmer, buchten wir unsere Unterkunft schon von Deutschland aus. Das Gleiche taten wir mit unserem Hotelzimmer in Mérida.

Es war unser letzter Abend hier und scheinbar feierte die gesamte Stadt unsere Abreise. Überall gab es Darbietungen von Künstlern, die Stücke aufführten oder Musik machten. Das Zentrum des Festes bildet die Plaza de la Independencia, an der Ostseite der prächtigen doppeltürmigen Kathedrale aus dem vierzehnten Jahrhundert, und setzt sich fort in den kleineren Seitenstraßen, in denen diverse Restaurants auf ihre Gäste warten. Die Luft, herrlich warm, war ein berauschender Mix aus verschiedenen Gewürzen, Sonnenmilch und Parfüm.

Wir saßen in einem der Restaurants abseits des Trubels, als ich plötzlich in der vorbeiziehenden Menge ein bekanntes Gesicht sah. Ich zuckte zusammen. Unwillkürlich griff ich mit der rechten Hand an die Stelle, an der sich normalerweise meine Dienstwaffe befand. Helen, aufmerksam und sensibel wie immer, bemerkte sofort, dass etwas nicht stimmte.

»Was ist?«, raunte sie mir zu. »Was hast du gesehen?«

»Einen Geist«, sagte ich langsam. Ich war mir schon nicht mehr sicher, ob ich ihn wirklich gesehen hatte oder es mir nur einbildete.

Oberst Haferkamp vom militärischen Abschirmdienst sollte eigentlich in einer Eichenkiste zwei Meter unter der Erde liegen. Zumindest ging ich bis jetzt davon aus.

Konnte das sein? War es möglich, dass wir uns alle irrten und dieses Arschloch doch nicht tot war?

Ich meinte, ihn eben gesehen zu haben.

Hier. In Mérida.

Ich hoffte, dass ich mich irrte.

Kapitel 2

»Wir reden zu laut.«
Nicolas Eichborn

»Und du bist dir sicher, dass es Haferkamp war?« Helen sah sich vorsichtig um. Der Kellner interpretierte ihren suchenden Blick falsch und eilte an unseren Tisch. Da er schon mal da war, bestellten wir zwei Espresso. Die Gäste nebenan nutzten die Gelegenheit, um ebenfalls eine Bestellung aufzugeben. Sie taten das auf Deutsch, also sah ich sie mir etwas genauer an. Sie war stark geschminkt, lang und dünn. Er war etwas übergewichtig und trug einen Vollbart. Beide Mitte Dreißig. Er trug weiße Socken und Birkenstocklatschen. Ich konzentrierte mich wieder auf Helen. Die war nämlich anständig angezogen.

»Ich bin mir nicht sicher, nein. Ich glaube, dass ich jemanden gesehen habe, der ihm ähnlich sah«, sagte ich langsam. Dann fügte ich hinzu: »Sehr ähnlich.«

»Was sagt dein Instinkt?«

Das fand ich jetzt richtig süß von ihr. Offensichtlich hat die hohe Meinung von Schranz, was meinen Instinkt betraf, auf sie abgefärbt, sodass sie ihm nun auch eine gewisse Bedeutung beimaß.

»Mein Instinkt sagt mir, dass ich ihn gesehen habe.«

»Scheiße. Das kann kein Zufall sein.«

»Richtig.«

»Und wir haben beschlossen, keine Waffen mitzunehmen.«

Das war nun nicht gerade ein typisches Urlaubsgespräch, was ich auch an den irritierten Blicken der zwei vom Tisch nebenan feststellen konnte.

»Wir reden zu laut«, nuschelte ich Helen zu.

»Was ist mit der Maut?«

Ich wiederholte meine Worte, diesmal etwas deutlicher,

und zwinkerte bedeutungsschwanger in Richtung Nachbartisch.

»Alles klar«, flüsterte Helen. Es klang wie aalebar, aber ich verstand sie trotzdem.

»Was unsere Entscheidung wegen der Waffen betrifft …«, begann ich vorsichtig.

Helen hob kunstvoll eine Augenbraue.

»Jaaa …?«

Ich beugte mich vor und sah sie unschuldig an.

»Irgendwie ist meine P7 ins Gepäck gerutscht.«

Sie nickte.

»Das ist komisch, weißt du? Mir ist dasselbe passiert.«

Also waren wir nicht nur gefährlich, sondern auch bewaffnet. Ich war ein klein wenig beruhigter. Aber nur ein klein wenig.

»Entschuldigung?«, sagte der Typ vom Nachbartisch und lächelte zu uns rüber.

Ich sah ihn fragend an. Helen war da etwas freundlicher.

»Ja?«

»Sie kommen auch aus Deutschland, oder?«

Nein, wir kommen aus dem Kongo, sind nur etwas hellhäutiger und sprechen nur so zum Spaß deutsch.

»Richtig. Aus Wiesbaden«, sagte Helen und lächelte die beiden an. Beide taten das, was ich befürchtet hatte: Sie rutschten mit ihren Stühlen näher an unseren Tisch.

»Aus Wiesbaden!«, schrie die Dünne. »Nein, wie schön! Wir kommen aus Hannover.«

Aus Hannover?! Großartig.

Der Mann beugte sich weiter zu uns rüber, sodass ich sein penetrantes Rasierwasser fast schon schmecken konnte. Er zwinkerte uns verschwörerisch zu.

»Wir haben doch tatsächlich vorhin gedacht, Sie hätten gesagt, dass Sie Ihre Waffen zu Hause vergessen haben«, sagte er und lachte glucksend. Seine Frau kicherte.

Ich stimmte in das Lachen ein.

»Nein, ist das komisch.« Ich drehte mich zu Helen. »Liebling, haben wir unsere Waffen zu Hause vergessen?«

»Natürlich nicht«, sagte Helen. »Wir gehen niemals ohne unsere Waffen aus dem Haus.«

Ich sah den Typen aus Hannover an.

»Da sehen Sie es. Sie haben sich verhört.«

Drei Sätze später saßen die beiden an unserem Tisch und ich bereute, meine Waffe im Hotelzimmer gelassen zu haben. Ich stehe nicht so auf belanglose Konversation.

»Und, Nicolas, was machen Sie beruflich?«

Genau aus diesem Grund mochte ich belanglose Konversation nicht. Ich wollte im Urlaub nicht über solche Dinge sprechen. Es reichte mir schon, dass möglicherweise ein wahnsinniger Typ hier herumlief und nur auf die richtige Gelegenheit wartete, mich und Helen ins Jenseits zu befördern. Insofern war es ganz gut, dass die beiden an unserem Tisch saßen.

Das bot uns eine gewisse Deckung.

Darüber hinaus hatte die Frage nach dem Job erfahrungsgemäß nur eines zu bedeuten: Dem Fragesteller war es eigentlich scheißegal, was man machte. Er stellte diese Frage nur, um aus reiner Höflichkeit genau dasselbe gefragt zu werden. Schwache, überwiegend kleine Männer, die meinten, in einer gehobenen Position zu sein, brauchten diese Bestätigung. Deshalb hatte ich es mir angewöhnt, sozusagen präventiv zu antworten. Natürlich mit einer Lüge.

»Ich bin Gehirnchirurg, Hartmut«, behauptete ich und Helen verpasste mir unter dem Tisch einen Tritt.

»Wow! Gehirnchirurg. Na, das ist ja mal ein Ding!«, grölte er und sah seine Frau begeistert an. Sie hieß Jutta oder Julia, glaube ich. Hartmut sah mich neugierig an. Es fehlte nicht mehr viel, und er hätte angefangen zu sabbern.

»Und, operierst du auch? So am offenen Hirn, meine ich?«

»Ständig, Hartmut, ständig.« Ich zog mein Bein vorsichtshalber aus Helens Reichweite.

»Wahnsinn«, murmelte er.

Ich grinste wölfisch.

»Das kann passieren, wenn ich mal abrutsche.«

Er zuckte zusammen und sah mich entsetzt an.

»War nur ein Scherz.«

Helen wollte auch mal etwas sagen.

»Seit ihr das erste Mal in Mexiko, Anja?«

Ah, Anja war also ihr Name. Sie öffnete den Mund, um zu antworten, aber Hartmut kam ihr zuvor.

»Das sechste Mal«, dröhnte er und blickte uns Beifall heischend an. Ich warf einen Blick auf meine Uhr, Helen und Anja senkten peinlich berührt den Kopf. Hartmut schien das alles nicht zu merken und plapperte in unerträglich lauter Stimme weiter.

»Man kennt uns hier schon. Das gefällt mir so an Mexiko. Die sind alle so freundlich.«

»Und so leise«, stimmte ich ihm zu.

»Hä?«

Er versorgte uns mit seinem Wissen aus sechs Jahren Mexiko und ich bekam den Eindruck, er hatte auch nicht viel mehr gesehen als wir in unseren fünf Tagen.

»Und wohin geht's als nächstes?«, fragte Anja mit angenehm leiser Stimme. Ich versuchte, Helen unter dem Tisch zu erwischen, aber zu spät.

»Nach Akumal.«

»Das gibt's doch nicht!«, brüllte Hartmut. »Da fahren wir auch morgen hin!«

Ich brauchte meine Waffe. Sofort.

»Oh, wie schön!«, sagte Helen mit wenig Begeisterung.

»Welches Hotel?«, fragte Hartmut mit weit aufgerissenen Augen. Der Typ geriet geradezu in Ekstase. Er bekam sogar hektische rote Flecken im Gesicht. Vielleicht würde er ja hier, vor unseren Augen, anfangen zu röcheln und dann zusammenbrechen. Man sollte die Hoffnung nie aufgeben. Aber anstatt eines Zusammenbruchs nannte Helen den Namen unseres Hotels und ich dachte nur, wenn die jetzt auch noch ...

»Da sind wir auch!«, jubelte Hartmut und klatschte sich mit Anja ab.

Killer hin oder her – ich brauchte ein Bier. Oder besser noch: zwei.

Ich hielt diese nette Runde noch eine weitere Stunde aus, machte dann aber durch übertriebenes Gähnen deutlich, dass ich die Schnauze voll hatte. Hartmut und Anja waren geschulte Nachtmenschen und blieben noch. Helen und ich machten uns auf den Weg ins Hotel, das nur wenige Gehminuten von der Plaza entfernt in einer kleinen, unscheinbaren Seitenstraße lag.

Durch eine schwere Holztür betraten wir einen liebevoll angelegten Innenhof, in dem ein tausend Jahre alter Springbrunnen vor sich hin plätscherte, und gingen die kleine Treppe hoch zum Empfang, wo man uns den Zimmerschlüssel aushändigte.

Haferkamp hatte keine Nachricht hinterlassen.

Unser Zimmer lag im zweiten Stock, war groß und gemütlich eingerichtet. Ich schob den Ohrensessel in die Mitte des Raumes, sodass ich die Eingangstür im Blick hatte. Dies war der einzige Weg in unser Zimmer. Auf Helens Anraten rief ich Schranz in Deutschland an, um ihn zu fragen, ob Haferkamp – beziehungsweise seine sterblichen Überreste – einen Flug von Deutschland aus nach Mexiko gebucht hatte. Das war zwar nur ein schwacher Anhaltspunkt, aber besser als gar nichts. Schranz reagierte zunächst nicht und ich dachte schon, die Verbindung wäre unterbrochen worden. Dann antwortete er mit belegter Stimme:

»Ich werde nachfragen. Bis dahin bitte ich Sie, nichts Unüberlegtes zu tun.«

Nichts Unüberlegtes tun? Was meinte er denn damit? Sollte ich mich etwa nicht zur Wehr setzen, wenn ich recht behielt und ein wahnsinniger Killer mich umbringen wollte?

»Vielleicht könnten Sie ja auch die Überwachungsbänder aller großen Flughäfen sichten lassen. Immerhin wissen wir ja, wie er aussieht«, schlug ich vor. Im Hintergrund hörte ich ein Röcheln. Versuchte Schranz, gerade ein Lachen zu unterdrücken, oder was?

»Okay«, sagte er mit heiserer Stimme. »Ich kümmere mich darum. Aber wahrscheinlich haben Sie nur einen Geist gesehen.« Dann legte er auf.

Helen sah mich gespannt an.

»Und, was hat er gesagt?«

»Er schien mir etwas genervt zu sein, will sich aber darum kümmern.«

Helen warf einen Blick auf ihre Uhr.

»Ich wäre auch genervt, wenn du mich morgens um sechs wecken würdest.«

Schranz rief nach einer Stunde zurück und erklärte, dass niemand, der Haferkamp hieß, einen Flug von Deutschland aus nach Mexiko gebucht habe. Er konnte es sich nicht verkneifen, mich darauf hinzuweisen, dass es durchaus möglich sei, dass er von Spanien aus nach Mexiko geflogen sei. Oder von der Schweiz aus. London sei auch eine Möglichkeit. Irgendwie hatte ich den Eindruck, es machte ihm Spaß, mich in Unsicherheit zu wissen. Nochmals wies er mich auf die Möglichkeit hin, dass ich mir alles nur eingebildet habe.

Toll. Und was, wenn nicht?

Auf der Fahrt von Mérida nach Akumal verbrachte ich mehr Zeit damit, in den Rückspiegel zu schauen, als auf die Straße. Erst nach zwei Tagen in Akumal, als niemand über mich herfiel oder anfing, auf mich zu schießen, entspannte ich langsam wieder. Das lag auch daran, dass die beiden Nervensägen aus Hannover irgendeinen Ausflug gebucht hatten, der sie die nächsten drei Tage von unserer Hotelanlage fern halten würde.

So gelang es mir, die letzten Tage unseres Urlaubes einigermaßen zu genießen. Ich hatte also tatsächlich einen Geist gesehen. Und baden konnte ich auch nicht mehr. Verdammte Scheiße, irgendetwas stimmte nicht mit mir.

Ich würde wohl mit jemandem reden müssen.

Noch eine andere Sache beschäftigte mich.

In unserer ersten Woche hatte Helen mir diese eine Frage gestellt, von der ich hoffte, sie würde sie mir niemals stellen. Auch wenn ich wusste, dass es totaler Quatsch war, zu hoffen, sie würde es nicht tun. Im Gegenteil: Ich konnte von Glück sagen, dass es so lange gedauert hatte, bis es geschah.

Aber nun war es eben doch passiert. Wir hatten gerade eine dieser kaputten Kultstätten besichtigt und saßen nun am Pool unseres Hotels und ich genoss mein kühles Bier, als es so weit war.

»Wann lerne ich eigentlich deine Eltern kennen?«

Einen Moment hegte ich die Hoffnung, ich könnte so tun, als hätte ich die Frage nicht gehört, und versuchte, das Thema zu wechseln. Ich seufzte lang und tief in dem Versuch, Behaglichkeit vorzutäuschen. Dann sah ich an mir hinunter.

»Ich glaube, ich habe zugenommen. Und graue Haare krieg ich auch.«

Ich bin eins fünfundachtzig groß, wiege achtzig Kilo und habe nicht mal den Ansatz eines Bauches. In meinen braunen Haaren nicht eine einzige graue Strähne.

Helen blickte mich über den Rand ihrer Sonnenbrille an und schwieg bedeutungsvoll.

Ich seufzte noch einmal laut und deutlich.

»Gott, ist das herrlich hier! Schau mal, da hinten! Ein sehr bunter Vogel. Was das wohl für einer ist?«

»Das ist kein Vogel, Nicolas, das ist die Tischdekoration. Also, was ist, wann lerne ich deine Eltern kennen?«

Es ist nicht so, dass ich mich wegen meiner Eltern schämen würde oder so. Wir leben auch nicht durch ewigen Streit getrennt. Es ist ... kompliziert.

»Es ist kompliziert ...«, begann ich, eine Antwort zu suchen.

Helen lachte laut.

»Du meinst, komplizierter als das Verhältnis zu meinen Eltern? Komm schon. Das kann nicht sein.«

Okay, Helens Eltern waren wirklich schräg. Die Mutter eine total unsichere und unglückliche Frau, die von Helens Vater, einem stinkreichen Geschäftsmann, unterdrückt wurde. Darüber hinaus hatte er einen höchst zweifelhaften Charakter, der sich unter anderem dadurch äußerte, dass er den Exfreund und Vergewaltiger seiner Tochter zur Geburtstagsfeier der Ehefrau einlud. Und das, obwohl er wusste, dass seine Tochter auch kommen würde.

»Na ja. Anders ist es schon. Aber eben auch kompliziert.«

Jetzt war Helens Neugier geweckt. Ich war ein solcher Idiot. Sie beugte sich vor.

»Okay, erzähl. Was macht das so kompliziert? Habt ihr Streit? Magst du deinen Vater nicht? Geht's ums Erbe? Sag schon. Was ist es?« Helen vibrierte vor Neugierde.

Ich spürte, dass ich aus dieser Nummer nicht mehr herauskommen würde, und ergab mich in mein Schicksal.

»Es geht weder ums Erbe noch streiten wir uns ständig. Ich liebe meine Eltern, und wenn wir uns sehen, läuft es immer harmonisch ab.«

Helen strahlte. Das gefiel ihr.

»Wie oft seht ihr euch?«

Verdammte Scheiße! Konnte sie nicht mal Fragen stellen, deren Antworten nicht automatisch weitere Fragen nach sich zogen?«

»Nicht sehr oft ...«

»Okay. Wie oft?«

»Einmal im Jahr«, sagte ich leise. Sehr leise.

»Ich hab doch tatsächlich *einmal im Jahr* verstanden«, sagte sie und lachte.

»Richtig verstanden.«

»Entschuldige mal. Du sagst, du liebst deine Eltern, und wenn ihr euch seht, ist es schön. Und dann sagst du, dass ihr euch nur einmal im Jahr seht? Da stimmt doch was nicht.«

Jetzt beugte ich mich auch vor.

»Meine Mutter ist ein Quälgeist. Immer sorgt sie sich. Immer. Egal, wie alt ich bin, sie sorgt sich. Deshalb habe ich meinen Eltern nicht gesagt, was ich beruflich mache. Meine Schwester und mein Bruder wissen Bescheid. Aber meine Eltern denken, ich sei ein Verwaltungsangestellter bei der Polizei.«

So, jetzt war es raus. Besser fühlte ich mich dadurch aber nicht. Vor allem nicht bei der Reaktion der Frau, die mich liebte. Angeblich. Helen bog sich vor Lachen. Sie kriegte sich gar nicht mehr ein.

»Verwaltung?«, piepste sie und wischte sich die Tränen aus dem Gesicht. »Wer um alles in der Welt soll glauben, dass du in der Verwaltung arbeitest?«

»Ich hatte den Eindruck, es gefiele meinen Eltern, dass ihr Sohn wichtige Arbeiten im Büro erledigt.«

»Gott, das ist so ... so ... süß«, schnaufte Helen und bekam den nächsten Lachanfall.

Allmählich fühlte ich mich verarscht.

»Hör mal, das ist nicht so einfach, wie du dir das vielleicht vorstellst. Es ist nicht besonders schön, seine Eltern anzulügen.«

Helen beruhigte sich und sah mich fest an.

»Du sagst, du hast Geschwister?«

»Ja. Eine jüngere Schwester und einen älteren Bruder.«

»Bist du auch Onkel?«

»Beide sind verheiratet und haben jeweils zwei Kinder.«

»Um was wollen wir wetten, dass deine Eltern längst die Wahrheit kennen?«

Ich sah sie erstaunt an.

»Wie kommst du darauf?«

»Glaub mir. Deine Eltern wissen längst, dass du nicht in der Verwaltung arbeitest.«

»Das würde ja bedeuten, dass meine Schwester oder mein Bruder ihnen alles erzählt hätten.«

»Nicht zwangsläufig. Ich glaube, dass einer von ihnen sich verplappert hat.«

Ich dachte darüber nach. Das letzte Mal gesehen hatten wir uns vor fast genau einem Jahr. Zu Weihnachten, wann sonst? Gab es da Anzeichen dafür, dass meine Eltern Bescheid wussten? Mir fielen keine ein.

Ein weiteres Problem also, um das ich mich würde kümmern müssen.

Kapitel 3

»Da kann man schon einmal aus der Bahn geraten.«
Kriminaldirektor Schranz

Da unsere Behörde noch sehr neu war – es gab das Amt für innere Sicherheit gerade einmal seit drei Monaten – hatten wir noch kein eigenes Domizil, sodass wir in leerstehenden Büroräumen am Hauptsitz des Innenministeriums in Moabit untergekommen waren. Helen und ich wohnten in meinem Haus in Wiesbaden und wir wollten dort auch bleiben. Daher hatten wir uns in Berlin eine Wohnung gesucht, die wir nutzten, wenn wir in der Hauptstadt waren. Wir versuchten, so oft es ging, von Wiesbaden aus zu arbeiten, aber gerade in der Anfangszeit war das nicht immer möglich. Unsere Berliner Büros befanden sich in einem u-förmigen Glasgiganten und ich vermutete, dass das Reinigen der Glasfassade mehr kostete, als ich im Jahr verdiente. Ich ging durch die Sicherheitsschleuse und begab mich direkt in das Büro meines Chefs. Bevor ich auch nur ein Wort sagen konnte, legte Schranz den Zeigefinger auf seine Lippen und deutete mit dem Kinn auf sein Telefon. Ich sah sofort das grüne blinkende Licht auf der Tastatur.

Da ich nicht davon ausging, dass er in meiner Abwesenheit den Verstand verloren hatte und mir nun voller Stolz mitteilen wollte, dass es ihm gelungen war, sein Telefon zum Blinken zu bringen, vermutete ich, dass jemand mithörte. Lautlos formte ich mit meinen Lippen den Namen Schlossmann und er nickte. Ich knallte die Hacken zusammen und rief:

»Erster Hauptkommissar Nicolas Eichborn meldet sich zum Dienst, Herr Kriminaldirektor!«

Schranz zuckte beim Knall meiner Absätze zusammen und verdrehte die Augen.

Das war mein Chef, Kriminaldirektor Rainer Schranz, wie ich ihn kannte. Immer ein bisschen griesgrämig, überaus korrekt und immer mies gekleidet. Er trug ausschließlich schlecht sitzende dunkle Anzüge, die er mit dunklen Hemden kombinierte. Erschwerend bei Schranz kam hinzu, dass ihm allmählich die Haare ausgingen, was, sollte er Komplexe haben, diese nur noch steigern konnten. Alles in allem war mein Verhältnis zu Kriminaldirektor Schranz, vorsichtig formuliert, ambivalent. Aber es hatte sicher etwas zu bedeuten, dass er mich davor warnte, dass Schlossmann mithörte. Ich sah den Staatssekretär vor mir, wie er vor dem Telefon hockte, seine kleinen Schweinsaugen weit aufgerissen, die Wurstfinger knetend, und keuchend darauf wartete, dass ich einen Fehler machte.

Schranz sah mich mit gerunzelter Stirn an. Er war seltsam blass.

»Offen gestanden fange ich an, mir ein wenig Sorgen zu machen«, verkündete er.

Da ich nicht wusste, weswegen, und ich keine Lust hatte zu raten, wartete ich ab. Er sah mich an, als erwarte er eine Reaktion von mir. Als diese ausblieb, fuhr er fort:»Sie sind seit fast fünfundzwanzig Jahren Polizist und haben in dieser langen Dienstzeit kaum von Ihrer Schusswaffe Gebrauch gemacht. Dann werden Sie bei einem Außeneinsatz im Jemen lebensgefährlich verletzt, sind für fast zwei Minuten klinisch tot. Und dann der letzte Fall. Ich meine, Sie lagen in einem Tank, man hat Ihnen einen Drogencocktail verabreicht und Ihnen suggeriert, dass Sie eigentlich tot sind. Und dann hat man versucht, Sie mit Strom zu töten. Da kann man schon einmal aus der Bahn geraten.« Es war ihm gelungen, in weniger als zwei Minuten rund vierzig Prozent meines Lebens zusammenzufassen. »Verstehen Sie, worauf ich hinauswill?«

»Nö.«

»Sie haben in Mexiko jemanden gesehen, der gar nicht da war, Nicolas.«

Immer, wenn er mich beim Vornamen nannte, stellten sich mir die Nackenhaare auf.

»Und Sie sehen da einen kausalen Zusammenhang?«

»Sie nicht?«

»Nicht wirklich. Wenn ich mir die Fälle anschaue, an denen ich im Laufe meiner Karriere gearbeitet habe, dann war speziell der letzte Fall einer, der alle Statistiken gesprengt hat. Das gebe ich gerne zu. Aber ich habe mich vollständig erholt.«

»Sie sagen mir also, dass es Ihnen gut geht?«

»Ich bin keine tickende Zeitbombe, die ständig Gespenster sieht, wenn es das ist, was Sie wissen wollen.«

Schranz nickte.

»Das ist es in der Tat, was ich wissen möchte. Unsere Behörde ist noch recht frisch am Werk und ich möchte nicht, dass der Eindruck entsteht, wir würden unkontrolliert durch die Gegend ballern.«

»An mir soll es nicht liegen«, sagte ich, aufrichtig um den Ruf unserer Behörde besorgt.

»Gut. Das freut mich.«

Er wirkte nachdenklich und ich spürte, dass der eigentliche Grund meines Besuches bei ihm gleich zur Sprache kommen würde.

»Staatssekretär Schlossmann hat mir gegenüber eine Bitte geäußert«, begann er langsam. »Und diese Bitte gebe ich jetzt an Sie weiter, da Sie der Einzige sind, der sie erfüllen kann.«

Sah ich aus wie eine Fee? Trug ich ein Rüschenröckchen und hielt einen Zauberstab in der Hand?

»Lassen Sie mich raten: Ich soll mich vor einen Zug schmeißen.«

Schranz schüttelte den Kopf und ich hatte den Eindruck, er würde es bedauern, dass das nicht Schlossmanns Bitte war.

»Er hat mich gebeten, dafür zu sorgen, dass ChristianStoll aus der Untersuchungshaft entlassen wird. Ich denke, uns allen ist klar, dass weder er noch Leonard König die Prostituierte getötet haben.«

ChristianStoll. Ehemaliger Generalstaatsanwalt und Ex-Freund von Helen. Er hatte meinen letzten Fall um ein Haar gegen den Baum gefahren, als er sich aktiv in die Ermittlungen eingemischt hatte. Ich muss zugeben, dass ich es war, der dafür gesorgt hatte, dass er wegen Mordes im Gefängnis saß. Ich hatte Karoline Stegmann in einem Anfall von moralischer Abwesenheit um Unterstützung gebeten und sie war sehr effektiv.

»Wenn ich Stoll entlaste, dann wird auch das Verfahren gegen König eingestellt.«

»Dessen sind wir uns bewusst. Aber es ist nicht recht, zwei

Menschen wegen eines Mordes zu verurteilen, den sie nicht begangen haben. Wir sind die Guten. So etwas machen wir nicht.«

Richtig. Es war hilfreich, dass mein Chef mich ab und zu daran erinnerte.

»Bevor ich etwas unternehme, möchte ich mit Stoll reden.«

Schranz zuckte mit den Achseln.

»Das dürfte kein Problem sein.«

» Okay. Wenn Helen zustimmt und Stoll bei unserem Gespräch nicht frech wird, dann mache ich das.«

»Na dann«, sagte Schranz, stand auf und reichte mir unbeholfen die Hand. »Willkommen zu Hause.«

Hätte das Gespräch nicht normalerweise so anfangen müssen? Er drückte eine Taste auf dem Telefon und das grüne Licht erlosch. Ich bedankte mich artig und verließ das Büro.

Kapitel 4

»Schön, dass du wieder da bist.«
Heinrich Kohlenberg

Statussymbole bedeuteten mir nichts. Weder legte ich besonderen Wert auf ein großes Auto, noch machte ich mir etwas aus einem protzigen Büro. Aber mein aktuelles Büro war schon der Hammer.

Es lag im obersten Geschoss eines der Türme und bot einen fantastischen Blick auf die Spree. Die Einrichtung war neu und hochmodern. Der Schreibtisch hatte die Form einer Niere und war elektrisch in der Höhe verstellbar, was ich sehr praktisch fand, aber noch nicht hinbekommen hatte. Die Arbeitsplatte war nicht im üblichen Mausgrau, sondern in Holzdekor. Buche oder so. Ich hatte einen runden Besprechungstisch im selben Design und sechs schwarze Besucherstühle. Vier am Besprechungstisch und zwei vor dem Schreibtisch. Sogar einige meiner Pflanzen aus meinem alten Büro hatte man hierher gebracht. Das einzige, was fehlte, waren Bilder. Obwohl ich die nackten, weiß gestrichenen Wände ganz hübsch fand. Ein Sideboard und zwei Hochschränke komplettierten die Inneneinrichtung. Auf dem Schreibtisch lag mein Notebook und als Krönung hatte ich jetzt sogar ein iPad und dazu ein passendes iPhone.

Ein Hoch auf den technischen Fortschritt der deutschen Behörden!

Vielleicht würde ich das gleich mal fotografieren und auf Facebook posten.

Ich fuhr mein Notebook hoch und checkte meine E-Mails. Eine stach mir sofort ins Auge, weil im Betreff stand: Unser Boss im Fernsehen. Sie stammte von meinem Kollegen Kernberger, der genau wie ich vom BKA ins Amt für innere Sicherheit gewechselt war. Ich öffnete die Mail und stellte fest, dass er mir einen Link auf eine Online-Nachrichtenseite geschickt hatte. Ich öffnete ihn und startete das Video.

Es war die Aufzeichnung einer Pressekonferenz, die der Innenminister und Schranz vor einer Woche abgehalten hatten. Der Grund war die offizielle Gründung des Amtes für innere Sicherheit. Der Innenminister und Schranz saßen auf einem Podium und blickten mit ruhigem Blick auf die Journalisten herab, die in mehreren Reihen wie eine Schulklasse brav vor ihnen saßen. Vor Schranz und dem Innenminister standen jede Menge Mikrofone auf dem Tisch und würden jedes Wort ungefiltert in die Nachrichtenagenturen übertragen. Hoffentlich musste keine der beiden rülpsen oder so. Hinter den beiden hing die deutsche Nationalflagge an der Wand, was dem Ganzen meiner Meinung nach einen etwas theatralischen Touch gab. Interessanter fand ich da schon die Fotografen, die vor dem Podium seltsam verrenkt auf dem Fußboden lagen und mit ihren Kameraobjektiven, die Kanonenrohren glichen, auf die beiden zielten. Dann räusperte sich irgendjemand in ein Mikrofon und die Pressekonferenz begann.

Presse: Herr Schranz, Sie waren bis vor Kurzem Leiter der Abteilung Zielfahndung und nun sind Sie der Chef der neu gegründeten Bundesbehörde mit dem Namen Amt für innere Sicherheit. Was genau sind die Aufgaben dieser Behörde?

Schranz: In erster Linie verstehen wir uns als Schnittstelle zwischen den etablierten Behörden, wie zum Beispiel dem BND und dem Bundesamt für Verfassungsschutz, aber auch den Landes- und Bundespolizeibehörden. In der Vergangenheit kam es immer wieder zu einem mangelhaften Austausch an Informationen. Grund hierfür war unter anderem der Schutz von V-Leuten. In Zukunft laufen sämtliche Informationen über Straftaten und Straftäter, aber auch Informationen ausländischer Geheimdienste, zu allererst bei uns auf. Wir sorgen dann für die Verteilung dieser Informationen.

Presse: Stimmt es, dass Ihre Behörde in besonderen Fällen auch selbst die Ermittlungen übernimmt?

Schranz: Das ist richtig. Wenn eine Gefährdung der inneren Sicherheit vorliegt, liegt es in unserem Ermessen, die Ermittlungen zu übernehmen. Dies soll und wird allerdings die Ausnahme sein.

Presse: Man munkelt, dass das Amt für innere Sicherheit mit einer ungeheuren Machtfülle ausgestattet wurde. Vergleichbar mit der Machtfülle des amerikanischen Heimatschutzministeriums. Stimmt das?

Innenminister: Das Amt für innere Sicherheit hat eine zentrale Hauptaufgabe, und das ist der Schutz der deutschen Bevölkerung vor terroristischen und anderen Bedrohungen. Um diese Aufgabe zu bewältigen, sind gewisse Kompetenzen erforderlich. Das Amt hat diese Kompetenzen erhalten und wird sie im Sinne der Verfassung umsetzen.

Presse: Heißt das, wir bekommen in naher Zukunft ähnliche Zustände wie in den USA? Zum Beispiel in Bezug auf den Patriot Act?

Und so weiter und so fort. Schranz machte einen seriösen und kompetenten Eindruck. Auch wenn er, wie immer, komisch angezogen war. Allerdings trug er diesmal ein weißes Hemd. Die Presse hatte also Bedenken, was die Freiheit der Bundesbürger betraf. In gewisser Weise konnte ich das sogar nachvollziehen. Allerdings würden diese Bedenken unsere Arbeit in den ersten Monaten nicht gerade erleichtern.

Man würde uns und alles, was wir taten, mit Argwohn betrachten, und jeder Bürgerrechtler würde auf einen Fehler von uns lauern, um dann *Polizeistaat* oder etwas in der Art zu schreien.

Wie hatte es Benjamin Franklin so treffend formuliert:

Wer seine Freiheit für seine Sicherheit aufgibt, hat beides nicht verdient.

Aber vielleicht gelang es uns ja auch, einen guten Job zu machen, und alle wären glücklich und zufrieden. Nur hatten wir das nicht unbedingt selbst in der Hand. Es kam auch auf die Bösen an und auf das, was sie in unserem schönen Land vorhatten.

Dass wir bislang keinen größeren Anschlag in Deutschland erlebt hatten, grenzte an ein Wunder. Entweder waren unsere Behörden doch besser als ihr Ruf, oder aber internationale

Terrorristen empfanden es als nicht sonderlich erstrebenswert, hier einen Anschlag zu verüben.

Vielleicht wurden sie auch von der Bürokratie abgeschreckt. Wer wusste das schon.

Den Rest meines ersten Arbeitstages verbrachte ich damit, mit meinem neuen iPad zu spielen. Dann fuhr ich in mein Zuhause, das ich seit ein paar Monaten mit einer Frau teilte.

Obwohl ich schon einmal verheiratet war: ein seltsam neues Gefühl für mich.

Auch dass ich mich sehr darauf freute, nach Hause zu kommen. Bislang war das vollkommen normal gewesen. Einfach nur die Konsequenz des Feierabends.

Ich musste aufpassen, dass ich nicht noch einen Bauch bekam, im Jogginganzug vorm Fernseher einschlief und anfing, mich fürs Golfen zu interessieren.

Ich griff zum Telefon und rief meinen Kumpel Kohlenberg vom BND an, um mich zurückzumelden.

»Alter!«, brüllte er in den Hörer. »Schön, dass du wieder da bist.«

»Warum?«

»Weil dann bestimmt irgendwas Spannendes passiert.«

»Na, ich hoffe doch, dass das nicht passiert.«

Das hoffte ich wirklich.

Kapitel 5

»Ich finde es gut, dass du das machst.«
Helen Wagner

Es war Wochenende und Helen und ich saßen in Decken gehüllt auf der Terrasse meines Hauses. Es dämmerte und die Temperatur sank auf unter null Grad, deshalb hatte ich einen

Heizpilz angemacht, der nun wohlige Wärme ausstrahlte. Ich nahm einen Schluck Glühwein und zündete mir eine Zigarette an.

»Schranz will, dass ich Stoll und König aus dem Knast hole.«

»Ich weiß. Er hat es mir heute Vormittag gesagt.« Helen nahm meine Hand und drückte sie. »Ich finde es gut, dass du das machst.«

»Und ich finde es scheiße, dass damit auch Leonard freikommt«, brummte ich ungehalten.

So ist die deutsche Rechtsprechung. War man nicht vorbestraft, konnte man zumindest einmal machen, was man wollte, man durfte mit einem milden Urteil oder gar mit einem Freispruch rechnen.

Außer, man hinterzog Steuern.

»Du tust das Richtige«, betonte Helen.

»Aber manchmal fühlt es sich wirklich mies an.«

»Wann fährst du hin?«

»Morgen früh. Ich will das so schnell wie möglich hinter mir haben.«

Helen kuschelte sich an mich und streichelte mir durchs Haar.

Eigentlich ein perfektes Bild. Wenn da nicht die Tatsache wäre, dass ich morgen dafür sorgen würde, dass der Mann aus dem Gefängnis entlassen wurde, der versucht hatte, Helen zu vergewaltigen.

Als ich am nächsten Morgen losfuhr, war es dunkel und kalt. Der Himmel war bewölkt und der Wetterbericht sagte die ersten Schneefälle voraus. Ich sehnte mich zurück nach Mexiko.

Mein Ziel war Butzbach, eine kleine Stadt zwischen dem Taunus und Wetterau, etwa vierzig Kilometer nördlich von Frankfurt. Butzbach hatte ein ganz besonderes Highlight zu bieten: Zwischen 1890 und 1894 war mitten in der Stadt ein Zuchthaus erbaut worden. Heute war die Justizvollzugsanstalt Butzbach eines der wenigen Gefängnisse der höchsten Sicherheitsstufe.

Sie lag inmitten von beschaulichen Reihenhaussiedlungen und hübschen Einfamilienhäusern mit gepflegten Gärten, Pools und Kinderschaukeln mit Blick auf die mit Stacheldraht bewehrte Mauer. Total verrückt. Ich fragte mich, was ein kleines Kind wohl dachte, wenn es schaukelte und dabei diese Festung anstarrte.

Hier waren seit knapp fünf Monaten Stoll und König untergebracht. Und dort sollten sie auch bleiben. Jedenfalls wenn es nach mir ginge. Aber dem war nicht so, also stellte ich meinen Wagen auf einem der Besucherparkplätze ab und ging zum Haupteingang der Anstalt. Ich zeigte dem Wachhabenden meinen Dienstausweis und er kontrollierte seine Besucherliste. Da ich angemeldet war, fand er meinen Namen und ließ mich durch. Ich ging durch das Empfangsgebäude und befand mich wenig später im Büro des Direktors. Wir tauschten Höflichkeiten aus und er versuchte vergeblich, mir Informationen zu entlocken. Als er merkte, dass das nicht funktionierte, brachte er mich in den Besucherraum. Dieser war so spartanisch eingerichtet, dass es mich nicht wundern würde, wenn hier jemand spontan Depressionen bekäme. Der Fußboden war aus hellgrauem Linoleum und im Raum verteilt standen mehrere viereckige Tische, die Platz für maximal drei Personen boten. Die komplette Einrichtung schien aus den späten sechziger Jahren zu stammen.

Im Raum hielt sich nur eine einzige Person auf. Stoll saß auf einem der unbequemen Stühle und blickte mich gelangweilt an. Ich nahm ihm gegenüber Platz und sah ihn mir genauer an. Als ich ihn kennengelernt hatte, trug er edlen Zwirn, hatte kurzes blondes Haar und war gebräunt. Davon war nicht mehr viel übrig. Seine Haare waren jetzt länger und einzelne Strähnen fielen ihm ins Gesicht, das blass und eingefallen aussah. Ihn so zu sehen, verschaffte mir eine merkwürdige Befriedigung.

»Was wollen Sie, Eichborn? Wollen Sie sicher gehen, dass es mir beschissen geht?« Seine Augen funkelten mich hasserfüllt an. Ich hätte ihm am liebsten die Faust ins Gesicht gedroschen, schluckte meinen Zorn jedoch hinunter.

»Ich bin hier, um Sie aus dem Knast zu holen.«

Misstrauisch kniff er die Augen zusammen.

»Warum sollten Sie das tun? Ich bin doch genau da, wo ich Ihrer Meinung nach hingehöre.«

»Richtig. Aber Sie sind wegen einer Tat hier, die Sie nicht begangen haben. Das hinterlässt sogar bei mir einen bitteren Nachgeschmack.«

Stoll lachte. Es klang wie das Bellen eines Hundes.

»Erzählen Sie keinen Scheiß, Eichborn. Sie wollen ein schlechtes Gewissen haben, weil ich unschuldig bin? Ich lach mich tot, wirklich.«

»Ich habe nicht gesagt, dass Sie unschuldig sind, Sie blödes Arschloch. Sie sind alles, aber nicht unschuldig. Aber diese Prostituierte haben Sie nicht umgebracht. Deshalb werde ich Sie hier rausholen. Allerdings nur unter einer Bedingung.«

»Und die wäre?« Stoll versuchte, cool zu sein, aber in seinen Augen glomm so etwas wie Hoffnung auf.

»Halten Sie sich von Helen fern. Und wenn ich fern sage, dann meine ich fern. Lassen Sie Helen in Ruhe. Keine Anrufe, keine E-Mails und schon gar keine Besuche. Tun Sie so, als gäbe es sie gar nicht. Haben wir uns verstanden?«

Stoll sah mich lange schweigend an. Dann lächelte er. Ich habe mal den Spruch gehört, dass Lächeln die schönste Art sei, anderen die Zähne zu zeigen. Genau so kam es mir vor.

Falsch und bösartig.

»Einverstanden«, flüsterte er. »Jetzt, wo Sie diese Schlampe vögeln, hab ich ohnehin kein Interesse mehr an ihr.«

Zugegeben, ich musste mich sehr zusammenreißen, um ihm nicht sein arrogantes Lächeln aus dem Gesicht zu prügeln. Ich sah ihn mir sehr lange und sehr genau an. Dann lächelte ich.

»Wissen Sie, Stoll, einen guten Frisör, etwas Sonnenbankbräune und drei oder vier Kilo mehr, dann wird schon irgendeine Fünfzig-Euro-Nutte die Beine für Sie breit machen.« Ich stand auf, um den Raum zu verlassen, überlegte es mir anders, beugte mich zum ihm hinunter und flüsterte ihm ins Ohr:

»Suchen Sie, auf welche Art auch immer, Kontakt zu Helen, komme ich zu Ihnen. Und dann brauchen Sie mehr als nur einen Frisör und etwas Bräune, um an eine Frau zu kommen. Das verspreche ich Ihnen.«

Damit drehte ich mich um und verließ diesen trostlosen Raum. Auf dem Weg zum Ausgang nahm mich der Direktor wieder in Empfang.

»Möchten Sie auch kurz mit Herrn König sprechen?«

Ich schüttelte den Kopf.

»Ein Arschloch am Tag reicht.«

»Nun, er hat die Bitte geäußert, kurz mit Ihnen reden zu dürfen.«

Ich sah den Direktor scharf an.

»Woher weiß er überhaupt, dass ich hier bin?«

Er zuckte mit den Achseln und machte eine Handbewegung, die wohl bedeuten sollte, dass hier alles möglich ist. Ich dachte kurz über den Wunsch von König nach und schüttelte dann den Kopf.

»Nein, danke. Kein Interesse. Aber grüßen Sie ihn schön von mir.«

Kapitel 6

»Was war das denn?«
Helen Wagner

Ich mochte morgendliche Besprechungen, weil es da immer Kaffee und Kuchen gab. Manchmal auch Kekse anstatt Kuchen, aber das war mir egal. Darüber hinaus funktionieren laut einer Studie die Gehirnzellen morgens am besten. Und die meisten Menschen waren angeblich zwischen acht und elf Uhr vormittags am schmerzunempfindlichsten.

Was ich nicht mochte, waren Überraschungen. Und ich hatte das Gefühl, dass sich hier gerade eine solche Überraschung anbahnte. Wir waren insgesamt acht Personen, die sich im Konferenzzimmer eingefunden hatten. Der Raum bot zwanzig Personen Platz und war fast so schön wie mein neues Büro. Die Freischwinger waren aus schwarzem Leder und die Tischplatten in hellem Holzdekor. An den weißen Wänden hingen ein paar abstrakte Bilder, die wohl ein Psychologe ausgesucht hatte. Ich musste später mal Helen fragen, was man mit diesen Bildern bezweckte. Sogar an Pflanzen hatte der Inneneinrichter gedacht. Zwei gigantische Ficus Benjamini standen in großen Kübeln strategisch günstig platziert im Raum und versuchten die Atmosphäre aufzulockern. Ich zupfte daran herum und riss versehentlich ein Blatt ab. Es war echt. Wäre es draußen nicht so nebelig, hätte man aus den Fenstern auf die Spree schauen können.

Neben Helen und mir waren noch mein alter Kollege aus Zielfahnderzeiten anwesend, Kernberger, seine Partnerin Bea und zwei weitere Kollegen, deren Namen ich schon wieder vergessen hatte. Die Spitze der Nahrungskette bildeten Schranz und eine mir unbekannte Frau, die rechts neben ihm saß. Ich schätzte sie auf Anfang fünfzig. Sie war lang und dürr, hatte kurzes, dunkles Haar und ein verhärmtes Gesicht mit tiefliegenden Augen, zu viel Make-up und einen kleinen, roten Mund. Sie machte auf mich einen herrischen Eindruck, was dazu führte, dass ich mich spontan entschloss, sie nicht zu mögen.

Schranz räusperte sich.

»Bevor wir mit unserer Einsatzbesprechung beginnen, möchte ich Ihnen Frau Ilse Ludwig vorstellen. Frau Ludwig ist ab sofort meine Stellvertreterin. Bevor sie zu uns kam, war sie Abteilungsleiterin im Innenministerium von Bayern.«

Ich hob brav die Hand, um eine Frage zu signalisieren. Schranz nickte mir zu.

»Welche Abteilung?«

Schranz blickte zu Ludwig, die ihre schmalen Lippen schürzte.

»Wer sind Sie, bitte?«

»Mein Name ist Nicolas Eichborn.«

»Ah. Von Ihnen habe ich schon gehört.«

So, wie sie das sagte, klang das nicht gerade positiv. Ich machte eine wegwerfende Handbewegung.

»Glauben Sie nicht alles, was Sie hören. Das mit den Schafen in meinem Hotelzimmer war der geschmacklose Scherz von neidischen Kollegen.«

Schranz verzog sein Gesicht, als hätte er Schmerzen. Kernberger bog sich vor Lachen.

Ludwig sah mich mit Abscheu im Gesicht an.

»Ich habe anderes von Ihnen gehört. Aber Ihre Bemerkung von eben lässt darauf schließen, dass das, was ich gehört habe, den Tatsachen entspricht. Und um Ihre Frage zu beantworten, ich war Leiterin der Abteilung Verfassung und Staatsverwaltung.«

Ich fragte mich, wie irgendjemand auf die Idee kommen konnte, Ludwig wäre qualifiziert für die Aufgabe des Stellvertreters von Schranz. Ich kannte mich zwar nicht so genau mit der Struktur eines Landesinnenministeriums aus, wusste aber, dass die Position, die Ludwig zuvor bekleidet hatte, ein reiner Verwaltungsposten war. Die Frau hatte keine Ahnung von Ermittlungsarbeit. Das war das Werk meines lieben Freunds, Staatssekretär Schlossmann.

»Aha.« Ich kritzelte etwas auf den Schreibblock, der vor mir lag. Das sah immer wichtig aus und machte die Leute nervös. Wunschgemäß zuckten die Augen von Ludwig zwischen mir und meinem Notizblock hin und her.

Schranz unterbrach die peinliche Stille für meinen Geschmack etwas zu früh.

»Nach unserer Einsatzbesprechung wird Frau Ludwig mit jedem von Ihnen ein kurzes Einzelgespräch führen ... zum Kennenlernen sozusagen ...«, stammelte er.

Schranz sah in die Runde und sein Blick blieb auf mir haften. Er wartete wohl auf einen Einwand. Ich verzichtete darauf. Genauso wie ich auf das Einzelgespräch mit dieser Vogelscheuche verzichten würde. Er warf einen Blick auf seine Agenda. So nervös, wie er war, hoffte ich, dass er nicht versehentlich von seinem Einkaufszettel ablas.

»In zwei Tagen wird Albert Klaasen in Neuruppin eine seiner berühmten Reden halten«, verkündete er. »Wir sollten ihn im Auge behalten.«

Klaasen war ein Nazi, der sich selbst als Patriot bezeichnete und eine Heerschar von mehr oder weniger dubiosen Gestalten um sich versammelte, die er großzügig als Parteigenossen bezeichnete. Tatsächlich hatte er kürzlich eine Partei gegründet, die Deutsche Einheits Partei.

»Nicolas, können Sie sich darum kümmern?«

»Jawohl«, sagte ich in meiner besten Adolf-Imitation und kritzelte wieder kleine Männchen auf meinen Block. Helen machte sich auch Notizen, vielleicht auch eine Einkaufsliste. Wir hatten es bislang noch nicht geschafft, die häuslichen Pflichten untereinander aufzuteilen, was des Öfteren dazu führte, dass wir unabhängig voneinander einkaufen gingen und plötzlich alles doppelt hatten.

Ich begann unverzüglich damit, eine eigene Liste zu erstellen.

Die Einsatzbesprechung zog sich noch weitere vierzig Minuten hin. Während dieser Zeit hatte Ludwig kein einziges Wort mehr gesagt, was mich, ehrlich gesagt, extrem irritierte.

Als Schranz alle Aufgaben verteilt hatte, beendete er die Sitzung. Ich sprang auf und machte mich auf den Weg in mein Büro. Helen folgte mir und sah mich einigermaßen verstört an.

»Was war das denn?«

»Du meinst Ludwig? Diese Vogelscheuche ist von Schlossmann hier eingeschleust worden. Was genau sie hier soll, kann ich dir auch nicht sagen, aber es ist nichts Gutes.«

»Und was hast du jetzt vor?«

Ich sah sie mit unschuldiger Miene an.

»Woher willst du wissen, dass ich etwas vorhabe?«

»Weil ich dich kenne, Schatz. Ich weiß genau, dass in deinem hübschen Kopf die Maschinerie auf Hochtouren läuft. So bist du nun mal.«

»Ich habe wirklich keine Ahnung, wovon du sprichst.«

Helen kam näher und strich mit einem Finger über meinen Hals.

»Komm schon, erzähl's mir«, sagte sie leise. »Ich kann Geheimnisse für mich behalten.«

»Ich auch.«

»Also hast du etwas vor.«

»Je weniger du weißt, desto besser ist es.«

Sie zog den Finger wieder weg.

»Du solltest damit aufhören, mich immer beschützen zu wollen.«

Vernahm ich da einen gereizten Unterton?

»Das ist eine Sache zwischen Schlossmann und mir. Noch bist du nicht auf seinem Radar und das soll sich so schnell auch nicht ändern. Vertrau mir einfach.«

»Ich vertraue dir, Nicolas. Ich wünschte nur, du würdest mir auch vertrauen.«

Helen warf mir einen wütenden Blick zu und ging.

Wie zum Teufel kam sie auf die Idee, ich würde ihr nicht vertrauen? Es gab niemanden, dem ich mehr vertraute als ihr. Das musste ich heute Abend wieder geradebiegen. Ich griff zum Telefon und rief erneut Kohlenberg vom BND an. Nach dem zweiten Klingeln nahm er das Gespräch an.

»Ich bin's. Kannst du reden?«

»Scheiß, ja«, rief er. »Geht's schon los? Worum geht's diesmal? Zombies? Verfickte Außerirdische?«

Kohlenberg hatte mich bei meinem letzten Fall erheblich unterstützt und war wohl immer noch im Kampfmodus. Aber eigentlich drückte er sich immer so aus.

»Du kennst doch ein paar Computerfreaks. Wenn ich dir eine Datei schicke, kannst du dann dafür sorgen, dass die Informationen darauf auf eine Webseite geschrieben werden? Die müsste seriös aussehen, aber auch irgendwie reißerisch. Aber sie darf nicht online gehen.«

»Du willst eine Art Testseite, die man zwar aufrufen kann, aber die nicht online verfügbar ist?«

»Richtig.«

»Wenn's weiter nichts ist ...« Er klang enttäuscht.

»Nein. Das reicht fürs Erste. Wie lange dauert das?«

»Keine Ahnung. Eine, vielleicht zwei Stunden. Reicht das?«

»Perfekt.«

Ich legte auf und verließ das Büro, bevor die Vogelscheuche mich erwischen konnte.

Kapitel 7

»Was wollen die von Ihnen?«
Patrick Ebel

Patrick Ebel war neununddreißig Jahre alt und hatte noch niemals gelacht. Als er vierzehn Jahre alt war, wurde bei ihm das Asperger Syndrom, eine Entwicklungsstörung ähnlich dem Autismus, diagnostiziert. Im Unterschied zum frühkindlichen Autismus, dem sogenannten Kanner-Syndrom, das mit einer starken Beeinträchtigung der Sprachentwicklung einhergeht, entwickelte sich Ebel vollkommen normal. Bis auf die Tatsache, dass ihm jegliche Art von sozialer Interaktion weitestgehend unmöglich war. Er war nicht in der Lage, Emotionen anderer zu deuten oder aber selbst welche zu zeigen. Seine intellektuellen Fähigkeiten hingegen waren überdurchschnittlich ausgeprägt.

Er wirkte nie behindert oder zurückgeblieben. Wenn, dann hielten die Menschen ihn für etwas wunderlich. Ein verschlossener Einzelgänger, der sehr ernst wirkte und niemanden an sich heranließ. Seine schulischen Leistungen waren herausragend, sodass er zwei Klassen übersprang und als einer der jüngsten Schüler überhaupt sein Abitur machte. Ebel studierte Mathematik, die unbestechliche Logik der Zahlen faszinierte ihn, und parallel Politikwissenschaft. Nicht, weil er in die Politik wollte. Ein Politiker macht Politik. Ein Politikwissenschaftler hingegen setzt sich wissenschaftlich mit politischen Fragen auseinander. Da Ebel keinen Freundes- oder Bekanntenkreis hatte, konnte er seine gesamte Freizeit zum Lernen nutzen, sodass er beide Studiengänge in der normalen Zeit mit Bestnoten absolvierte. Lernte er nicht, machte er Sport. Laufen, Boxen, Krafttraining und Selbstverteidigung waren seine Leidenschaft – wenn es so etwas in seinem Leben überhaupt gab.

Patrick Ebel war ein sehr gutaussehender Mann. Groß und athletisch gebaut, mit dichten dunklen Haaren, markanten Gesichtszügen und hellblauen Augen war er *der* Frauenschwarm an der Uni. Er interessierte sich auch für Frauen. Jedoch beschränkten sich seine Interessen auf Sex und intellektuelle Gespräche. Sobald es um Gefühle ging, war er überfordert. Es dauerte nicht lange und er hatte den Ruf eines eiskalten Herzensbrechers – zu Unrecht, da er nicht anders konnte. Aber das wusste niemand.

Ebel hatte sich natürlich ganz bewusst für diese beiden Studiengänge entschieden. Ihm war sehr früh klar, was er beruflich machen wollte. Seine Stärken waren das kühle Analysieren von Fakten und das Erkennen von Zusammenhängen, die sich anderen nicht erschlossen. Er erkannte Fehler, die noch gar nicht begangen wurden, weil das Entstehen dieser Fehler die logische Konsequenz des vorherigen Handelns war. Er hatte für sich erkannt, dass es so etwas wie Zufall nicht gab. Alles war Ursache und Wirkung. Und diese Wirkung konnte er vorausberechnen.

Für Politiker war diese Fähigkeit von unschätzbarem Wert.

Ebel fing schon während seines Studiums an, sich nach geeigneten Nachwuchskräften in den politischen Parteien umzuschauen. Er wählte vier Personen aus und begann, diese per Mail mit Informationen und Tipps zu coachen. Zwei von ihnen waren beratungsresistent. Die anderen allerdings fingen nach und nach an, seinen Ratschlägen Folge zu leisten. Und hatten damit Erfolg.

So baute sich Patrick Ebel im Laufe der Jahre ein Netzwerk aus erfolgreichen und potenziell erfolgreichen Politikern auf, die nach und nach zu Kunden wurden. Nur ganz selten trat er persönlich in Erscheinung. Alles lief per Mail oder, in Ausnahmefällen, am Telefon. Ebel wurde zu einer Art Geheimtipp. Sein Name wurde auf den Fluren der Macht geflüstert und seine Klienten wurden immer hochrangiger. Inzwischen suchten nicht nur Politiker seine Hilfe, sondern auch Konzernchefs. Er wurde zu einem politischen Schwergewicht, ohne jemals ins Rampenlicht zu geraten. Ebel baute Kontakt zu Hackern, Waffenspezialisten, professionellen Einbrechern und der Polizei auf, um gegen alle Eventualitäten gewappnet zu sein. Ebel hatte neben der Arbeit nur eine einzige Beschäftigung, die ihn ähnlich faszinierte – Reisen. Vor allem Asien und hier besonders China und Japan hatten es ihm angetan. Die unerschütterliche und fast schon gnadenlose Effizienz dieser Völker beeindruckte ihn sehr. Allerdings verband er auch hier das Nützliche mit dem Notwendigen.

Vor zwei Jahren dann trat ein Spitzenpolitiker mit einem besonderen Anliegen auf ihn zu. Da dieser Mann über gewisse Referenzen verfügte, kam es zu einem der seltenen persönlichen Treffen in einer Privatlounge eines Berliner Nobelhotels.

»Ich bin seit über zwanzig Jahren verheiratet«, sagte der Minister und schwieg. Ebel dachte nicht daran, ihm irgendwie auf die Sprünge zu helfen, und schwieg ebenfalls. Der Minister begann seine Hände zu kneten.

»Ich habe meine Frau niemals betrogen. Niemals.« Er sah Ebel verzweifelt an. »Nur dieses eine Mal. Und da gerate ich an eine Bande von Erpressern.« Der Minister stöhnte auf und vergrub sein Gesicht in den Händen.

»Was genau ist passiert?« Ebels Tonfall war kühl und sachlich.

Der Minister schilderte ihm, wie er nach einer internationalen NATO-Konferenz spät nachts mit einem seiner Personenschützer an der Hotelbar saß. Eine atemberaubende dunkelhaarige Schönheit hatte gefragt, ob sie sich neben ihn setzen dürfte. Sie führten ein intensives Gespräch über Gott und die Welt, und als sie sich verabschiedete, schob sie dem Minister eine Zimmerkarte zu mit dem Hinweis, wie schön es doch wäre, dieses Gespräch auf ihrem Zimmer zu vertiefen.

Der Minister versicherte, wie sehr er innerlich kämpfte, aber schließlich siegte die Lust. Er erklärte seinem Personenschützer, was er vorhatte, und ging auf ihr Zimmer.

»Eine Woche später erhielt ich einen Anruf auf meinem Handy. Fragen Sie mich nicht, woher die meine Nummer hatten. Eine Stimme sagte mir, dass alles, was in dem Zimmer geschehen sei, auf Video aufgenommen worden sei. Wenn ich nicht tun würde, was sie sagen, würde das Video auf YouTube erscheinen.«

»Was wollten die von Ihnen?«

»Eine Million Euro«, krächzte der Minister.

»Haben Sie eine Million Euro?«

Der Minister wich Ebels Blick aus und nickte stumm.

»Woher haben Sie so viel Geld?«

Der Minister schwieg. Ebel wartete einen Moment, dann stand er auf und ging in Richtung Tür.

»Wo wollen Sie hin?«, rief der Politiker.

»Wenn Sie nicht absolut offen zu mir sind, kann ich Ihnen nicht helfen«, sagte Ebel. »Sie wollen mir nicht sagen, woher Sie so viel Geld haben. Das ist okay. Aber dann müssen wir nicht weiterreden.«

Der Minister sackte in sich zusammen und bedeutete Ebel mit einer Handbewegung, sich wieder zu setzen. Ebel kehrte auf seinen Platz zurück.

»Vor einigen Jahren, ich war noch Staatssekretär im Verteidigungsministerium, kam ein Mann auf mich zu. Er sagte, er wäre der Vertreter eines Unternehmenskonglomerats, das sich unter anderem im Rüstungsbereich engagiert. Er wusste, dass das saudi-arabische Militär sehr an Panzerfahrzeugen und Kampfjets interessiert sei. Seine Auftraggeber würden es zu schätzen wissen, wenn sie diesen Auftrag erhielten.«

»Wie viel haben Sie bekommen?«, wollte Ebel wissen.

»Vier Millionen Euro«, sagte der Minister leise.

»Wie haben Sie das Geld erhalten?«

»Ich habe ein Offshore-Konto auf Gibraltar eröffnet.«

»Und dann?«

»Dann habe ich die Summe in drei Tranchen auf drei verschiedene Konten überwiesen.«

»Und wie sind die Millionen aufgeteilt worden?«

»Eine Million Euro habe ich auf ein Konto auf den Cayman-Inseln überwiesen, 2,2 Millionen sind auf einem Konto in Liechtenstein und achthunderttausend liegen bei einer Schweizer Privatbank.«

»Diese achthunderttausend Euro in der Schweiz müssten doch durch die Zinsen mittlerweile angewachsen sein, oder?«

»Ja, sicher.«

»Auf wie viel?«

Der Minister machte große Augen.

»Auf rund eine Million Euro«, sagte er leise.

»Ich brauche alle Informationen über diese Bank und über das Konto.«

»Was wollen Sie tun?«

»Mein Honorar abheben.«

Ebel brauchte nicht einmal einen Tag, um alles über die Bank und deren Angestellte in Erfahrung zu bringen. Besonders ein Mitarbeiter erregte sein Interesse. Der stellvertretende Direktor der Bank, der auch für das Konto des Ministers verantwortlich war, hatte Spielschulden in Höhe von fast einer halben Million Schweizer Franken.

Das war das Motiv.

Nun war Ebel sicher, dass es sich hierbei nicht um eine politische Intrige handelte, sondern um eine normale Erpressung. Ausgerüstet mit dem nötigen Werkzeug, um unbemerkt in Wohnungen einzubrechen und mit diversen Vollmachten des Kontoinhabers, machte sich Ebel auf den Weg nach Genf. Er beobachtete das Haus, in dem der Banker wohnte, und als er sich sicher war, dass sich niemand in der Wohnung des Mannes befand, verschaffte er sich Zutritt. Schnell, aber sorgfältig, traf er alle erforderlichen Vorbereitungen. Zwei Stunden später verließ Ebel das Gebäude wieder und fuhr zur Bank.

Er ging zum Empfang, erklärte sein Anliegen und kurz darauf kam ein sichtlich aufgeregter stellvertretender Direktor Martin Spörli zu ihm geeilt.

»Wie ich höre, wollen Sie ein Konto auflösen?«, fragte er ein wenig außer Atem. Spörli war zweiundvierzig Jahre alt, etwa ein Meter siebzig groß, hatte schütteres Haar und war leicht übergewichtig.

»Das ist richtig«, antwortete Ebel ungerührt.

»Dürfte ich die Vollmachten sehen?« Spörli leckte sich nervös die Lippen.

»Selbstverständlich.« Ebel reichte ihm die Unterlagen. Stirnrunzelnd las Spörli die Vollmachten. Sein Adamsapfel ruckte vor Aufregung hoch und runter.

»Soweit sind die Vollmachten in Ordnung. Darf ich fragen, warum Sie das Konto auflösen wollen?« Seine Augen flackerten unruhig und er flüsterte fast.

»Sie dürfen. Auf der gegenüberliegenden Straßenseite ist ein Café. Ich schlage vor, wir besprechen den Rest dort. Ich denke, es ist besser, dies außerhalb der Bank zu erledigen.«

Die Augenbrauen von Spörli schossen in die Höhe wie aufgeschreckte Krähen.

»Das ist ... äh ... ungewöhnlich«, bemerkte er.

»Wir haben hier auch ungewöhnliche Umstände«, entgegnete Ebel leise.

Spörli meldete sich für eine vertrauliche Unterredung ab und die beiden gingen in das Straßencafé. Sobald sie sich gesetzt hatten, fing Ebel an.

»Ihr Name ist Martin Spörli, Sie sind zweiundvierzig Jahre alt, geschieden, zwei Kinder. Lukas, acht Jahre alt, und Julia, sechs Jahre alt. Lukas ist in Mathematik schlecht, da würde ich an Ihrer Stelle etwas mehr achtgeben. Sie verdienen pro

Jahr inklusive Bonus um die neunzigtausend Schweizer Franken. Nach Abzug aller Kosten bleiben Ihnen netto rund zweitausend Franken. Das ist nicht sehr viel. Wie in aller Welt haben Sie es geschafft, eine halbe Million Schweizer Franken Spielschulden anzuhäufen?«

Spörli hatte ihm die ganze Zeit mit weit aufgerissenen Augen zugehört. Jetzt schwitzte er, obwohl es nicht sehr warm war.

»Woher wissen Sie das alles?«

Ebel ignorierte die Frage. Stattdessen holte er seinen iPad aus der Tasche und legte ihn vor sich auf den Tisch.

»Ich weiß noch viel mehr, Herr Spörli. Ich weiß zum Beispiel, wie Sie gedenken, Ihre Spielschulden zu bezahlen. Das Problem ist nur, dass die Person, deren Geld Sie stehlen wollen, ein Klient von mir ist.« Ebel nickte in Richtung seines iPads. »Ich habe auf diesem Computer eine E-Mail vorbereitet. Wenn ich diese Mail abschicke, wird innerhalb von fünfzehn Minuten eine Einheit der Kantonspolizei in Ihr Haus eindringen. Wissen Sie, was die dort finden werden? Eindeutige Beweise dafür, dass Sie der Kopf eines pädophilen Ringes sind, der Kinderpornografie in ganz Europa verbreitet. Die größeren Mengen Kokain, die man auch finden wird, sind da eher nebensächlich. Stellen Sie sich vor, was das für Sie und Ihre Familie bedeuten würde. Ihr Sohn und Ihre Tochter wären der Schande ausgesetzt, einen Kinderficker als Vater zu haben. Sie würden sie niemals wiedersehen. Und im Gefängnis sind Menschen wie Sie Freiwild. Stehen Sie auf passiven Analverkehr? Keine allzu rosigen Zukunftsaussichten, oder?« Ebels Ton war eiskalt.

»Wer zum Teufel sind Sie?«, wollte er fassungslos wissen.

»Unwichtig. Wichtig ist, was ich will.«

»Und was wollen Sie?«

»Die Aufnahmen, die Sie in dem Hotelzimmer gemacht haben. Und zwar alle. Und die Kamera. Wenn ich Ihnen glaube, dass Sie mir alle Aufnahmen übergeben haben, dann werde ich diese Mail nicht abschicken, und alle fingierten Beweise werden gelöscht. Dann lösen wir das Konto auf und Sie erhalten von mir vierhunderttausend Euro. Das sind umgerechnet fast fünfhunderttausend Schweizer Franken. Sie wären Ihre Spielschulden los und alle sind glücklich. Was meinen Sie?«

Drei Stunden später verließ Ebel mit über sechshunderttausend Euro Honorar und den Videoaufzeichnungen im Gepäck die Schweiz. Die Kamera hatte er vernichtet.

Am Abend desselben Tages berichtete er dem Minister vom Erfolg seiner Mission. Er hatte den Eindruck, dass dieser kurz davor stand, in Tränen auszubrechen. Über die Höhe des Honorars verlor der Minister kein Wort. Hätte er gewusst, dass Ebel eine Kopie der Aufnahme behalten hatte, wäre das Gespräch wahrscheinlich anders verlaufen. Hätte Spörli gewusst, dass Ebel nicht alle Daten auf seinem PC gelöscht hatte, wäre er wohl auch etwas weniger glücklich gewesen.

Kapitel 8

»Ich muss zur Maniküre.«
Nicolas Eichborn

Als Kind liebte ich die Taschenbücher von Micky Maus. Besonders die Geschichten von Donald Duck und seiner Sippe hatten es mir angetan. Immer, wenn Dagobert Duck seinen Neffen Donald anrief, erkannte dieser am hektischen Hüpfen des Telefonhörers, dass sein Onkel dran war. Als mein Handy nun klingelte, bildete ich mir ein, dass mein eingestellter Klingelton irgendwie anders klang. Ungeduldiger und ein klein wenig aggressiver. Ich wusste sofort, dass die Vogelscheuche anrief. Ich überlegte kurz, ob ich das Gespräch annehmen sollte oder nicht, und entschied mich dann dafür.

»Erster Hauptkommissar Nicolas Eichborn. Womit kann ich Ihnen helfen?« So fing ich normalerweise kein Gespräch an, aber ich dachte, es wäre eine gute Idee, bei ihr eine Ausnahme zu machen. Diensteifer kommt immer gut an.

»Wo sind Sie?«, hörte ich sie ungeduldig fragen.

»Wer ist denn da?«

»Ilse Ludwig. Wo sind Sie? Wir hatten einen Termin.«

»Hatten wir?«

»Ja, Herr Eichborn, hatten wir. Ich erwarte Sie morgen früh um neun in meinem Büro.«

»Morgen früh um neun habe ich schon einen Termin. Ich bin gegen Mittag zurück.«

»Treiben Sie es nicht auf die Spitze, Herr Eichborn!«, zischte Ludwig. »Ich bin Ihre Vorgesetzte. Und wenn ich Sie morgen früh um neun in meinem Büro sehen will, dann sind Sie gefälligst da.«

»Komisch, ich dachte, Kriminaldirektor Schranz wäre mein Chef.«

»Ach, Sie haben die Neuigkeiten noch nicht erfahren?« Ihre Stimme klang seltsam triumphierend. »Wären Sie, wie angeordnet, im Büro gewesen, wüssten Sie, dass ich ab sofort die Leiterin der Behörde bin. Herr Schranz ist bis auf Weiteres wegen einer Erkrankung vom Dienst freigestellt worden. Und es ist fraglich, ob er überhaupt zurückkehrt. Auf jeden Fall wird es sehr lange dauern. Was für einen Termin haben Sie überhaupt morgen früh um neun?«

»Ich muss zur Maniküre«, unterbrach ich das Gespräch. Deshalb war Schranz so blass. Er war krank. Verdammt. Ich wählte die Nummer von Helen.

»Was ist mit Schranz? Wo ist er?«, fragte ich.

»Er ist in einer Privatklinik. Ich bin gerade auf dem Weg dorthin. Kommst du auch?«

Ich bejahte und sie gab mir die Adresse. Laut Navi brauchte ich nur zehn Minuten, um die Klinik zu erreichen. Ich benötigte für die kurze Strecke fast zwanzig Minuten, da es angefangen hatte zu schneien und alle krochen, als würden sie auf einer Eisfläche fahren.

Als ich ankam, parkte ich meinen Wagen und ging mit schnellen Schritten zum Empfang. Die Klinik erinnerte mich eher an ein Fünf-Sterne-Spa denn an ein Krankenhaus.

Die Wände waren in Pastelltönen gehalten und der Fußboden bestand aus Echtholzparkett. An der Decke gab es eingelassene Halogenspots und größere Lichtkuppeln, die den gesamten Raum in ein warmes Licht hüllten. Eine junge Frau sah mich mit einem herzlichen Lächeln an und fragte mich, was sie für mich tun könnte.

»Ein Freund von mir wurde hier eingeliefert. Sein Name ist Rainer Schranz«, sagte ich.

Okay, Freund war übertrieben. Aber in schlimmen Zeiten muss man zusammenhalten. Sie sah in ihrem Computer nach, ob es hier wirklich einen Patienten mit diesem Namen gab, als Helen die Klinik betrat. Wir nahmen uns kurz in den Arm und wandten uns dann wieder der jungen Frau zu. Sie schien etwas gefunden zu haben, denn sie griff zum Telefon. Bevor sie wählte, wollte sie noch unsere Namen wissen. Wenige Augenblicke später legte sie auf und erklärte uns den Weg. Wir mussten in den exklusiven Teil der Einrichtung und der Eindruck eines Fünf-Sterne-Hotels verstärkte sich zunehmend. Wir erreichten das Stationszimmer und wurden von einer resolut wirkenden Schwester in Empfang genommen. Wir sagten ihr, wer wir waren und was wir wollten, und sie lächelte uns an.

»Herr Schranz erwartet Sie bereits. Bitte folgen Sie mir«, sagte sie mit warmer Stimme und schritt voran. Wenig später standen wir im Krankenzimmer von Schranz. Es war ein Einzelzimmer und glich einer Hotelsuite. Es hatte sogar einen Balkon. Schranz lächelte uns zur Begrüßung zu, und als wir alleine waren, bot er uns einen Platz auf der schwarzen Ledercouch an. Er selbst setzte sich in einen Sessel gegenüber.

»Ich habe Prostatakrebs«, erklärte er. »Nicht sehr weit fortgeschritten, aber mir steht wohl eine nicht ganz so angenehme Zeit bevor.«

»Das tut mir sehr leid«, sagte Helen leise.

»Scheiße«, war mein Beitrag.

Schranz sah mich scharf an.

»Sie müssen jetzt sehr vorsichtig sein, Nicolas. Ludwig wurde von Schlossmann eingesetzt. Ich denke, dass ist Ihnen gleich klar gewesen. Er wird alles tun, um Sie zu diskreditieren. Sie haben ihn in der Hand und das gefällt ihm nicht.«

Ich nickte.

»Ich denke, das kriege ich in den Griff«, sagte ich vorsichtig.

»Was immer Sie tun, gehen Sie behutsam vor. Schlossmann ist ein sehr gefährlicher Gegner«, warnte er mich.

»Ist mir bewusst.«

Schranz grinste.

»Wollen Sie mir verraten, was Sie vorhaben?«

Das war jetzt blöd, weil ich eigentlich vorhatte, Helen am Abend einzuweihen, da sie ja davon ausging, dass ich ihr nicht vertraute. Ich wandte mich ihr zu.

»Das, was ich jetzt sage, wollte ich dir heute Abend in Ruhe erklären. Nicht, dass du denkst, ich würde unserem Chef vertrauen, aber dir nicht.«

Helen quittierte das Gesagte mit einem Lächeln und ich erklärte den beiden meinen Plan.

»Das ist zwar nicht gerade das, was ich unter behutsam verstehe, aber es wird wohl funktionieren«, sagte Schranz und sein Grinsen wurde breiter.

Wir verabschiedeten uns von ihm und verließen die Klinik. Es schneite jetzt heftiger und die Temperatur war auch gefallen. Helen fröstelte.

»Ich möchte zurück in die Wärme«, klagte sie.

Ich nahm Helen in den Arm und drückte sie an mich.

»Fahr nach Hause, mach den Kamin an und lass ein Bad ein. In spätestens zwei Stunden komme ich nach.«

»Wir haben in unserer Wohnung keinen Kamin.«

»Richtig. Aber eine Badewanne.«

»Und wo willst du hin?«

Es klang, als würde sie fragen, was ich jetzt kaputt machen würde. Ganz so falsch lag sie da auch wieder nicht.

»Ich fahre ins Büro. Mal schauen, ob Schlossi da ist.«

»Oh, Mann, ich wusste es«, stöhnte Helen. »Mit dem Badewasser warte ich lieber noch ein bisschen.«

Kapitel 9

»Für mich sind Sie ein intriganter Schweinehund.«
Nicolas Eichborn

Berlin ist eine tolle Stadt. Jedenfalls wenn man auf Chaos, Baustellen, Schlaglöcher, die so groß wie Bombentrichter sind, aggressive Autofahrer und Flughäfen, die niemals fertig werden, steht. Ich versuchte, meinen Wagen um die Bombentrichter herumzusteuern und dabei so wenig Schaden wie möglich anzurichten und erreichte schließlich unverletzt das Büro. Obwohl es erst halb fünf am Nachmittag war, war es bereits dunkel. Ich mochte diese Jahreszeit nicht besonders. Auch Weihnachten war mir ein Graus. Ich stapfte durch den Schneematsch in Richtung Büroturm, als mein Handy klingelte. Ein Blick aufs Display verriet mir, dass es Kernberger war.

»Alter, wo bist du?«

»Gleich im Büro. Was ist los?«

»Ludwig dreht am Rad. Ich glaub, die mag dich nicht.«

»Echt jetzt? Verstehe ich nicht. Ich bin doch ein Netter.«

»Das sieht die Alte anders. Glaub mir. Die führt sich hier auf, als würde ihr der Laden gehören.« Er senkte die Stimme. »Hast du das von Schranz gehört? Hier im Büro sagt man, dass er den Löffel abgeben wird. Scheiße, Mann, das ist echt Kacke.«

Gerade der letzte Satz war wirklich sehr kreativ. Den musste ich mir merken.

»Er wird nicht den Löffel abgeben. Er wird wieder gesund. Prostatakrebs im Frühstadium ist nicht unheilbar. Und um die Vogelscheuche mach dir mal keine Gedanken. Die ist schneller wieder weg, als du Scheiße sagen kannst.«

»Wie meinst du das denn nun?«

Ohne zu antworten, unterbrach ich die Verbindung, fuhr mit dem Aufzug in die zehnte Etage, betrat mein Büro und schickte Schlossmann eine Mail. Dann wartete ich. Es dauerte keine zehn Minuten, dann klingelte mein Telefon. Augenblicke später war ich auf dem Weg in Schlossmanns Büro.

Das Spiel konnte beginnen.

Als ich sein Büro betrat, war Schlossmann nicht alleine. Ludwig saß auf einem der Besucherstühle und starrte mich wütend an. Ich entschied mich für den frontalen Weg.

»Schicken Sie die Garderobenstange raus.«

Ludwig sprang auf.

»Was erlauben Sie sich?«, fauchte sie mich an.

»Ilse, würdest du uns bitte einen Augenblick alleine lassen?«, bat Schlossmann sie in ruhigem Ton. Sie warf ihm einen ungläubigen Blick zu, fing sich schnell wieder und sagte mit bebender Oberlippe:

»Aber sicher. Ich bin in meinem Büro, wenn du mich brauchst.« Sie ging zur Tür und warf mir, bevor sie uns verließ, einen hasserfüllten Blick zu. Als sie verschwunden war, wandte ich mich an Schlossmann.

»Wir hatten gewisse Spielregeln vereinbart, erinnern Sie sich?«

»Ich erinnere mich an die Erpressung, wenn Sie das meinen.«

»Das Aufzeigen von Konsequenzen und das Anbieten von Optionen ist in meinen Augen keine Erpressung. Immerhin hatten Sie die freie Wahl.«

Schlossmann ignorierte meinen Einwand. Stattdessen deutete er mit einer fahrigen Handbewegung auf den Bildschirm seines Computers.

»Was soll das?«

»Was soll was?«

»Dieser Link, den Sie mir geschickt haben«, sagte er mit zitternder Stimme. Ich erkannte unterdrückte Wut und noch etwas anderes: Angst. »Ist diese Webseite etwa schon online gegangen?«

»Noch nicht. Aber wenn Sie so weitermachen, könnte sich das schnell ändern.«

Schlossmann schnaubte verächtlich, dabei gerieten seine Wangen in eine Art Wellenbewegung, bis die Schwerkraft dafür sorgte, dass sie sich wieder glätteten.

»Also doch Erpressung.«

Ich schüttelte den Kopf.

»Nein, Herr Staatssekretär, Sie hören einfach nicht zu. Wenn ich Sie erpressen wollte, würde ich versuchen, mich persönlich zu bereichern. Das tue ich aber nicht. Alles, was ich will, ist, dass Sie mich in Ruhe lassen. Ich will nur meinen Job machen, denn darin bin ich wirklich gut. Und wenn ich Erfolg habe, profitieren auch Sie davon. Wo ist hier also die Erpressung?«

»Sie sind ein arrogantes Arschloch und ein Querulant«, warf er mir vor.

»Geht es Ihnen jetzt besser, wo Sie das mal ausgesprochen haben?«, wollte ich wissen. Er ignorierte meine Frage und starrte mich an. »Ich kenne das«, fuhr ich fort. »Es tut gut, mal alles rauszulassen. Für mich sind Sie ein intriganter Schweinehund. Aber darum geht es nicht. Es geht nicht um Sie oder um mich. Es geht nur um die Sache. Mein Job ist es, Kriminelle zu jagen und hinter Schloss und Riegel zu bringen. Was Ihr Job ist, weiß ich nicht so genau, aber er ist bestimmt wichtig. Also lassen Sie uns verdammt nochmal unsere Arbeit machen, ohne uns gegenseitig ans Bein zu pinkeln. Kriegen Sie das hin?«

Schlossmann nickte langsam.

»Gut. Dann sorgen Sie dafür, dass Ludwig verschwindet.«

Er kniff die Augen zusammen und ballte seine Hände zu Fäusten.

»Das werde ich nicht tun.«

»Doch, das werden Sie. Weil diese Frau nämlich keine Ahnung von dem Job hat, den sie hier ausüben soll. Darüber hinaus haben Sie Ludwig nur geholt, um mir eins auszuwischen. Und das widerspricht unserer Vereinbarung.«

»Und was passiert, wenn ich das nicht tue?«

»Dann behindern Sie uns bei der Arbeit. Das kann nicht in Ihrem Interesse sein. Sie wissen doch selber, dass Ludwig den Anforderungen dieses Jobs nicht gewachsen ist. Sorgen Sie gemeinsam mit ihr für einen stilvollen Abgang und überlassen Sie es Schranz, einen Stellvertreter auszuwählen.«

»Sie denken da wohl an sich selbst, oder?«

»Herrgott, Schlossmann. Glauben Sie wirklich, dass mich dieser Job reizt? Selbst wenn Sie ihn mir anböten, würde ich ablehnen.« Ich sah ihn prüfend an. »Sind wir uns einig?«

Schlossmann knetete schweigend seine Hände. Dann gab er sich einen Ruck.

»Ja. Wir sind uns einig.«

Irgendwie hatte ich das Gefühl, dass er mich anlog.

Kapitel 10

Es war der perfekte Tag, um jemanden zu töten. In der Nacht hatte es aufgehört zu schneien, der Himmel war strahlend blau und es war nahezu windstill. Die Temperatur, jetzt um elf Uhr morgens, betrug drei Grad über Null. Der Mann hatte sich entschieden, die Zielperson an dessen Arbeitsstätte zu erschießen. Da sich die Praxis der Zielperson in einer belebten Einkaufsstraße befand, konnte der Mann hier mit der höchstmöglichen Aufmerksamkeit rechnen. Und mit der größten Panik. Vor allem, wenn die Zielperson in ihrer Mittagspause getötet wurde. Dies würde seinen Abgang vom Tatort erleichtern. Der Mann hatte sich als Monteur einer Heizungsfirma ausgegeben und so unbemerkt Zutritt zum Dach eines Geschäftshauses erhalten. Von seinem Standpunkt aus hatte er freie Sicht auf die Friedrichstraße, die zu dieser Uhrzeit schon stark frequentiert war. Das Dach war mit Kieselsteinen ausgelegt, die bei jedem seiner Schritte aneinandergedrückt wurden und ein knirschendes Geräusch von sich gaben. Er fand seinen idealen Standpunkt und stellte befriedigt fest, dass dort kein Schnee lag. An vielen Stellen hatten die auf dem Dach angebrachten Entlüftungsschächte der Heizungsanlage den Schnee schmelzen lassen.

Ein Blick auf seine Uhr zeigte ihm, dass er noch eine Stunde Zeit hatte. Dann würde die Zielperson das Bürogebäude, in dem sie arbeitete, verlassen, sich nach links wenden und auf das dreihundert Meter entfernte Restaurant zugehen. Das Restaurant, in dem die Zielperson essen wollte, befand sich genau gegenüber von dem Gebäude, auf dessen Dach der Mann Stellung bezogen hatte. In einundzwanzig Metern Höhe wartete er auf die Zielperson, die in seine Richtung kommen würde.

Langsam packte der Mann sein Gewehr aus der gepolsterten Tasche und baute es mit sicheren Griffen zusammen. Er befestigte das Leupold VX-II Zielfernrohr auf dem Gewehr und blickte probeweise hindurch. Zufrieden registrierte der Mann, dass er ein klares, brillantes Bild hatte. Bild- und Randschärfe sowie Kontrast waren ausgezeichnet. Auch die Farbtreue stimmte zu hundert Prozent. Das konnte man auch erwarten, schließlich war das Zielfernrohr teurer als das Gewehr.

Als nächstes schraubte der Mann den Schalldämpfer auf den Gewehrlauf. Er bedeutete nicht, dass der Schuss geräuschlos erfolgen würde. Vielmehr würde nur der Mündungsknall gedämpft, der entsteht, wenn die hochgespannten Pulvergase hinter dem Geschoss den Lauf verlassen. Der helle, peitschende Geschossknall konnte nur durch spezielle Unterschallmunition vermieden werden. Diese Munition hatte den Nachteil, dass die Eindringtiefe eventuell zu gering war und das Ziel nicht tötete. Der Mann benutzte Teilmantelgeschosse des Kalibers 12,7×99 mm. Diese Geschossart deformierte sich beim Auftreffen auf den Körper und richtete verheerende Schäden an.

Weiterer Nachteil: Hinter der Zielperson befindliche Menschen konnten ebenfalls verletzt oder getötet werden, wenn das Geschoss den Körper der Zielperson durchschlug. Dieses Risiko konnte minimiert werden, indem der Schütze die Zielperson traf, wenn sie eine Hauswand im Rücken hatte.

Der Mann lud nun seine Waffe und stellte sie ein. Da der Winkel, aus dem der Schuss erfolgen würde, etwa vierzig Grad und die Entfernung zur Zielperson einhundertfünfzig Meter betrug, stellte er die Entfernung auf einhundertsechzehn Meter ein. Dies musste er tun, da sich bei einem Winkelschuss die Krümmung der Geschossflugbahn verringert, weil sich nur ein Anteil der Erdanziehung auf das Geschoss auswirkt.

Es erstaunte ihn immer wieder, wie viel die Arbeit eines Scharfschützen mit Mathematik zu tun hatte. Der Mann blickte erneut durch das Zielfernrohr und beobachtete die kleinen Stofffähnchen, die er am Vorabend an einigen Straßenlaternen angebracht hatte, um die Windgeschwindigkeit messen zu können. Sie hingen schlaff an den Masten herunter.

Perfekt.

Er warf einen Blick auf seine Uhr. Zehn vor zwölf. In weniger als zehn Minuten würde die Zielperson das Gebäude verlassen. In weniger als zwölf Minuten würde sie sterben.

Dann war es so weit: Die Zielperson verließ das Bürogebäude, wandte sich erwartungsgemäß nach links und schritt den breiten Fußweg entlang. Den Finger nur Millimeter vom Abzug entfernt, beobachtete der Mann jeden der Schritte durch das Zielfernrohr. Behutsam näherte sich der Finger dem Abzug. Dann drückte der Mann zu, spürte den leichten Widerstand und zog den Abzug durch.

Das Projektil verließ den Gewehrlauf mit einer Geschwindigkeit von über achthundert Metern pro Sekunde, traf die Zielperson unterhalb der Leber in den Magen, zerfetzte diesen und traf beim Weiterflug auf den Beckenknochen. Beim Aufprall zersplitterte das Projektil, und einige Geschossteile wurden zurück in den Oberkörper gelenkt, wo sie den Dick- und Dünndarm perforierten und die Leber zerstörten. Durch die Wucht der Kugel wurde die Zielperson fast zwei Meter nach hinten geworfen.

Passanten, die sich in unmittelbarer Umgebung der Zielperson befanden, blieben in Schockstarre stehen, ohne zu begreifen, was eben vor ihren Augen geschah. Erst als die Blutlache immer größer wurde, fingen einige an zu schreien.

Auf dem Dach zerlegte der Schütze in aller Ruhe sein Gewehr und verstaute es in der gepolsterten Tasche. Er sammelte die Geschosshülse auf und steckte sie in seine Hosentasche. Die nächste Zielperson wartete in Hamburg auf ihn.

Kapitel 11

»Vielleicht wurde er bezahlt. Ich weiß es nicht.«
Staatssekretär Schlossmann

Staatssekretär Schlossmann haderte mit seinem Schicksal. Es war ihm nicht leicht gefallen, Ilse Ludwig den Posten der stellvertretenden Leiterin des Amtes für Innere Sicherheit wieder wegzunehmen. Zum einen war sie eine alte Weggefährtin und zum anderen hatte er sie tatsächlich auf diesen Posten gehievt, um Eichborn das Leben schwer zu machen.

Nun war sie wieder fort und Schlossmann hasste Eichborn umso mehr.

Gedankenverloren blickte er aus dem Fenster seines Büros. Es gab da jemanden, der ihm vielleicht helfen konnte. Aber er musste sich gut überlegen, ob er diesen Schritt wirklich gehen wollte. Nicht wegen des finanziellen Aufwandes – er dachte keinen Augenblick daran, das aus privater Tasche zu zahlen. Vielmehr war es die Tatsache, dass Eichborn unberechenbar war. Es wäre keine wirkliche Kunst, die Reputation dieses Neandertalers zu zerstören. Aber wie würde er reagieren? Würde er wirklich alles publik machen und ihn mit in den Abgrund reißen? Am einfachsten wäre es, wenn Eichborn verschwinden würde. Aber das in Auftrag zu geben, würde bedeuten, den Teufel mit dem Beelzebub auszutreiben. Darüber hinaus war er ein hochrangiger Beamter der Regierung, und als solcher gehörte es sich nicht, einen Auftragskiller zu engagieren. Schade eigentlich.

Seufzend holte er einen Zettel aus seiner Brieftasche. Darauf stand eine Telefonnummer, die ihm ein Mitarbeiter aus dem Kanzleramt aufgeschrieben hatte.

Es gab klare Regeln, was die Kontaktaufnahme betraf.

Und ohne Referenzen drang sowieso niemand zu diesem Typen durch. Telefonischer Kontakt war nur in Ausnahme-

oder Notfällen gestattet. Schlossmann schüttelte den Kopf. Was bildete sich dieser Mensch eigentlich ein? Fehlte ja nur noch, dass man nachts ein bestimmtes Signal an den Himmel beamen musste. Unglaublich.

Schlossmann wählte die Nummer, hinterließ eine Nachricht und wartete auf den Rückruf. Dieser erfolgte erfahrungsgemäß spätestens eine halbe Stunde nach der Kontaktaufnahme.

In diesem Fall waren es zwanzig Minuten.

Er schilderte dem Mann die Dringlichkeit seines Anliegens und er ließ ihm die Gnade eines persönlichen Treffens zuteilwerden. Jedenfalls fühlte es sich für Schlossmann so an. In drei Stunden würden sie sich in der privaten Lounge eines Berliner Nobelhotels treffen.

Zeit genug, um der Geschichte, die er dem Mann auftischen wollte, den Feinschliff zu geben.

Drei Stunden und zehn Minuten später erschien Staatssekretär Schlossmann in der Lounge, nur um verärgert festzustellen, dass sein Gesprächspartner noch nicht da war. Er ging zur kleinen Bar und inspizierte den Inhalt. Schlossmann entschied sich für einen Cognac und füllte gerade sein Glas, als der Mann die Lounge betrat. Er war Ende dreißig, groß und sportlich. Sein dunkler Anzug war maßgeschneidert und harmonierte ausgezeichnet mit dem weißen Hemd und der gestreiften Krawatte. Sie gaben sich zur Begrüßung die Hand und setzten sich.

»Ich werde erpresst«, kam Schlossmann gleich zur Sache.

»Wer erpresst Sie?«

»Ein ehemaliger Zielfahnder des BKA, der jetzt Mitarbeiter des Amtes für innere Sicherheit ist.«

Das leichte Anheben einer Augenbraue war die einzige Reaktion seines Gegenübers.

»Womit werden Sie erpresst?«

Schlossmann gab seine Version der Geschichte zum Besten. Dabei kam er wesentlich besser weg, als es tatsächlich der Fall gewesen war. Als er seine Geschichte erzählt hatte, trat zunächst ein längeres Schweigen ein. Nach einer Weile stand der Mann auf und holte sich eine Cola aus der Bar.

»Lassen Sie mich kurz zusammenfassen: Der Mann, der Sie erpresst, Nicolas Eichborn, hat die Ermittlungen wegen der Morde an den jungen Frauen vor ein paar Monaten geleitet. Im Zuge seiner Ermittlungen stieß er auf ein geheimes Programm, das, von der US-Regierung finanziert, hier in Deutschland stattfand und dessen Ziel es war, das Bewusstsein eines Menschen zu kontrollieren. Als Sie davon erfuhren, wollten Sie dieses Programm sofort stoppen, aber Eichborn hielt Sie davon ab, weil das seine Ermittlungen gefährdet hätte. Als er dann den Täter stellte, kostete das einen seiner Mitarbeiter das Leben und eine weitere Kollegin wurde angeschossen. Er war dann aus Ihnen unbekannten Gründen nicht in der Lage, die Tatverdächtige zu verhaften. Als Sie Eichborn für seine Unfähigkeit zur Rechenschaft ziehen wollten, konfrontierte er Sie mit Unterlagen über die illegalen Menschenversuche, die er so manipuliert hatte, dass Sie als einer der Leute dastanden, die versucht hatten, das Ganze unter den Teppich zu kehren. Habe ich das soweit richtig verstanden?«

Schlossmann war beeindruckt. Er hatte für seine Geschichte fast eine halbe Stunde gebraucht. Die Zusammenfassung hatte gerade mal zwei Minuten gedauert und erfasste alles Wesentliche, ohne dass der Mann sich auch nur eine einzige Notiz gemacht hatte.

»Genauso verhält es sich«, bestätigte Schlossmann.

»Warum können Sie nicht das Gegenteil von dem beweisen, was er behauptet?«

»Weil er alle Unterlagen vernichtet hat.«

»Warum sollte Eichborn das tun?«

»Was tun?«

»Warum sollte Eichborn alle Unterlagen vernichten?«

»Vielleicht wurde er dafür bezahlt. Ich weiß es nicht.«

»Haben Sie das nicht überprüft?«

Allmählich wurde es Schlossmann zu dumm. Er hatte das Gefühl, einem Verhör unterzogen zu werden, und das schmeckte ihm überhaupt nicht.

»Nein, ich habe das nicht überprüft. Davon habe ich erst vor Kurzem erfahren. Und dann fing er gleich an, mich zu erpressen. Helfen Sie mir nun, oder was?«, fragte er gereizt.

»Meine Fragen mögen Ihnen unnötig erscheinen. Aber ich versichere Ihnen, dass sie ihren Grund haben. Ich nehme niemals einen Auftrag an, wenn mir nicht sämtliche relevanten Informationen zur Verfügung stehen. Und, bei allem Respekt, ich entscheide, was relevant ist und was nicht. Können Sie sich mit dieser Vorgehensweise arrangieren?«

Schlossmann nickte. Was blieb ihm auch anderes übrig.

»Gut«, sagte der Mann und nahm einen Schluck Cola. »Was will er von Ihnen?«

Schlossmann zuckte zusammen. Auf alles hatte er sich vorbereitet. Aber diese so entscheidende Frage hatte er vollkommen aus den Augen verloren.

»Äh ... er will Vorteile im Dienst. Gerade vorhin musste ich seine stellvertretende Vorgesetzte feuern, weil er mit ihr nicht klarkam.«

Wieder dieses leichte Anheben der Augenbrauen.

»Mehr nicht? Kein Geld? Keine höhere Position?«

Schlossmanns Adamsapfel schlug Purzelbäume.

»Das kommt bestimmt noch«, sagte er heiser.« Das hat ja alles erst angefangen. Er wird wahrscheinlich erst mal kleinere Sachen verlangen und dann zum großen Schlag ausholen. Genau so ein Typ ist er nämlich. Verschlagen und gefährlich.«

»Verschlagen und gefährlich. Ich verstehe.« Der Mann

stand auf und ging erneut zur Bar, um sich die nächste Cola zu holen. Schlossmann warf ihm unruhige Blicke hinterher.

»Was soll mit ihm geschehen?«

Schlossmann leckte sich die Lippen.

»Ich will, dass Sie ihn vernichten. Beruflich und privat.«

»Sie kennen meinen Preis?«

»Der ist kein Problem, wenn das Resultat stimmt«, sagte Schlossmann heiser.

»Herr Staatssekretär, das Resultat stimmt bei mir immer.«

Kapitel 12

»Leichter gesagt als getan.«
Nicolas Eichborn

Ich fuhr einen Tag nach meiner Besprechung mit Schlossmann in die Klinik, um Schranz zu besuchen. Ich wollte sehen, ob Schlossmann Wort hielt und Ludwig wirklich wieder heimschickte. Da dies der Fall war, konnte ich Schranz bitten, einen Stellvertreter für die Zeit seiner Abwesenheit zu bestimmen. Mir war es egal, wer das war, solange man mich in Ruhe ließ.

Ich gab Schranz eine kurze Zusammenfassung meines Gespräches mit Schlossmann und endete mit der Bitte, er möge sich Gedanken machen, wer ihn während seiner Abwesenheit vertreten sollte. Mir hätte klar sein müssen, dass er dies längst getan hatte.

»Ich hatte da schon von vornherein jemanden im Auge«, sagte Schranz leise.

Er sah nicht gut aus, und allmählich fragte ich mich, ob er wohl jemals zurückkehren würde.

»Dann machen Sie mal möglichst schnell einen Anruf,

bevor Schlossmann auf die Idee kommt, selbst wieder aktiv zu werden«, riet ich ihm.

»Das erledige ich gleich«, sagte er. Dann sah er mich prüfend an. »Schlossmann wird das nicht so einfach auf sich sitzen lassen, Nicolas. Sie müssen damit rechnen, dass er irgendetwas unternehmen wird.«

Daran hatte ich auch schon gedacht. Nur war mir nicht klar, was. Die Webseite, die ich ihm gezeigt hatte, sollte eigentlich Warnung genug sein. Wenn diese Informationen an die Öffentlichkeit gerieten, käme er in allergrößte Erklärungsnot und seine politischen Ambitionen wären dahin. Das sagte ich Schranz genau so, aber er blieb skeptisch.

»Wenn ich in seiner Situation wäre, würde ich die Person, die mir schaden könnte, in der Öffentlichkeit so unglaubwürdig machen, dass ihre Informationen ebenso unglaubwürdig würden«, sagte er mit Nachdruck.

»Leichter gesagt als getan«, sagte ich gelassener, als mir zumute war.

»Ich werde mich mal umhören«, sagte Schranz nachdenklich. »Nicht jeder im Innenministerium ist ihm wohlgesonnen. Auch, wenn er das denkt.«

»Sie sollten sich schonen. Machen Sie den Anruf bei dem Typen, den Sie als Stellvertreter einsetzen wollen, und dann ruhen Sie sich aus.« Ich hörte mich schon an wie meine Mutter.

Schranz grinste bitter.

»Wissen Sie, wie langweilig es hier ist?«, fragte er mich. »Ein bisschen Ablenkung ist die beste Therapie. Lassen Sie mir diesen Spaß. So viel gibt's davon hier nicht.«

Wir plauderten noch ein wenig über belangloses Zeug, dann dankte ich ihm für seine Unterstützung. Sollte er über die möglichen nächsten Schritte von Schlossmann etwas erfahren, konnte mir das nur recht sein. Und wenn es ihm ein gutes Gefühl gab, sich nützlich zu machen, konnte das ja auch nicht schaden.

Kapitel 13

»Das wird nicht einfach.«
Harald Steinhardt

Schranz arbeitete schnell. Nur zwei Tage nach meinem letzten Besuch in der Klinik wurde ein Meeting anberaumt, um seinen neuen Stellvertreter vorzustellen. Als ich hörte, um wen es sich handelte, musste ich mir auf die Lippen beißen, um ein Lachen zu verkneifen.

Jede Abteilung hat ihren persönlichen Methusalem.

Harald »Harry« Steinhardt war unser Methusalem beim BKA gewesen. Manche schätzten sein Alter auf über einhundert Jahre, was natürlich Quatsch war. Harry war mindestens zweihundert Jahre alt.

Aber er war immer noch topfit. Nicht mit den Beinen, aber mit dem Kopf.

Eine erstklassige Wahl von Schranz.

Als ich den Aufzug verließ und in Richtung Besprechungsraum ging, sah ich ihn schon von Weitem. Er stand auf dem Flur und telefonierte. Ein großer, weißhaariger Mann, der wegen chronischer Rückenprobleme etwas gebückt dastand und mehr Autorität ausstrahlte als die meisten Spitzenpolitiker. Meiner Meinung nach lag das auch daran, dass er immer Mensch geblieben war.

Als er mich sah, beendete er das Gespräch und grinste breit.

»Schön, dich zu sehen, Nicolas«, sagte Harry und schlug mir auf den Rücken.

»Ich freu mich auch. Wo ist dein Pfleger?«

Er boxte mir auf die Brust, dann lachte er.

»Ich entschuldige mich besser jetzt schon für das, was ich dir gleich antun muss«, sagte er leise und zwinkerte mir verschwörerisch zu. Bevor ich etwas erwidern konnte, drehte er sich behände um und verschwand im Besprechungsraum. Etwas verunsichert folgte ich ihm.

Als wir den Raum betraten, musterten die meisten der Anwesenden Harry argwöhnisch. Er tat so, als würde er die Blicke nicht bemerken, stellte sich an die Stirnseite des Raumes und sah einem nach dem anderen ruhig in die Augen. Es waren seine ersten Worte, die auf einen Schlag die angespannte Atmosphäre im Besprechungszimmer verschwinden ließ.

»Dies ist der erste Posten, von dem ich hoffe, dass ich ihn ganz schnell wieder abgeben kann.«

Der spontane Applaus, den Harry für diese Worte bekam, machte deutlich, dass sie richtig waren. »Meine und ganz sicher auch Ihre Gedanken sind bei meinem alten Freund Rainer Schranz. Wir alle hoffen, dass er seinen Posten schnell wieder aufnehmen kann.« Harry setzte sich und fuhr fort. »Wir haben ein Problem. Wenn dem nicht so wäre, bräuchten wir dieses Amt nicht. Unser Problem ist die mangelhafte Kommunikation zwischen den Behörden. Explizit meine ich den BND, das BKA und den Verfassungsschutz. Ich habe die drei Leiter dieser Behörden zu dieser Besprechung eingeladen.«

Er machte eine ausladende Handbewegung, die den gesamten Raum einschloss. »Wie Sie nur unschwer erkennen können, hat keiner der Herren die Einladung angenommen. Ich möchte Ihnen anhand eines einfachen Beispiels deutlich machen, wie unser Problem aussieht.«

Harry brachte das Beispiel des pakistanischen Terroristen Mohammed al Sharif. Er war Mitte vierzig und hatte vor ein paar Monaten versucht, einen amerikanischen Armeestützpunkt in Deutschland in die Luft zu jagen. Der Anschlag schlug fehl, weil die Bombe nicht detoniert war und aufmerksame Anwohner beobachteten, wie er daran herumbastelte. Sie verständigten die Polizei und der Idiot konnte festgenommen werden. Was bei den weiteren Ermittlungen zutage trat, war ein Armutszeugnis für die deutschen Behörden.

Der BND besaß einen Lebenslauf des Terroristen vom dritten bis zum sechzehnten Lebensjahr.

Das BKA wusste fast alles über Sharif von dessen achtzehnten bis einunddreißigsten Lebensjahr und der Verfassungsschutz hatte den Rest.

Jede Behörde stufte aufgrund der ihnen vorliegenden Informationen den Pakistani lediglich als Mitläufer ein, von dem keine unmittelbare Gefahr ausging. Keine kam auf die Idee, Informationen mit den anderen Behörden auszutauschen. Wäre dies geschehen, hätte man den kompletten Lebenslauf Sharifs vor sich gehabt und es wären Muster erkennbar gewesen, die eindeutig darauf hinwiesen, dass er im Alter von zweiundzwanzig radikalisiert wurde.

»Solche Pannen wollen wir in Zukunft vermeiden. Deshalb ist dieses Amt gegründet worden. Aber anhand der Tatsache, dass die drei Direktoren unsere Einladung ignorieren, ist zu befürchten, dass sie wenig Kooperation zeigen werden. Gehen Sie also davon aus, dass weder das BKA noch der BND oder der Verfassungsschutz freiwillig Informationen rausrücken werden. Sie müssen sich alles selbst besorgen. Das wird nicht einfach. Um dieser Sisyphusarbeit Herr zu werden, benötigen wir mehr Mitarbeiter.« Er hielt ein Blatt Papier hoch. »Auf dieser Liste hier stehen die Namen von zwanzig interessanten Kandidaten für unsere Behörde.«

Er sah mich nun direkt an, und mir wurde schlagartig klar, was er vorhin meinte, als er sich entschuldigte. »Ich möchte, dass Nicolas Eichborn die Auswahlgespräche führt.«

Super. Ich sollte jetzt den Personalberater spielen.

Kapitel 14

»Ich weiß noch nicht, was für Fragen ich stellen werde.«
Nicolas Eichborn

»Warum tust du mir das an?«, klagte ich nach der Besprechung, als Harry und ich in seinem Büro Kaffee tranken. Er sah mich milde lächelnd an.

»Du hast eine verdammt schwere Zeit hinter dir, Nicolas«, klärte er mich auf. »Rainer und ich haben lange über deine Situation gesprochen und wir sind beide der Ansicht, dass dir eine kleine Auszeit gut tun würde.«

»Auszeit? Ich brauche keine Auszeit, Harry. Was ich brauche, ist meine Arbeit. Das ist für mich die beste Ablenkung.«

»Muss ich dich jetzt wirklich an die Dienstvorschriften erinnern? Bei dem, was du in den letzten Monaten durchgemacht hast, grenzt es an ein Wunder, dass du noch aufrecht gehen kannst. Ich erinnere mich da an einen Fall aus meiner Vergangenheit. Das muss so 1995 gewesen sein …«

Er erzählte drauflos und meine Gedanken schweiften ab. Ich dachte an Schlossmann und an den Ärger, den ich noch mit ihm haben würde. Harrys laute Stimme riss mich aus meinen Gedanken.

»Bist du eingeschlafen, oder was?«

Benommen schüttelte ich den Kopf.

»Entschuldige, was hast du gesagt? Das Letzte, an das ich mich erinnern kann, ist, dass ich dein Büro betreten habe. Das war 2009 oder so. Du hast angefangen, von Dienstvorschriften zu reden und ich habe irgendwann das Bewusstsein verloren.«

Er kniff die Augen so sehr zusammen, dass seine Brauen eine Einheit bildeten.

»Du weißt schon, dass ich, wenn auch nur vorübergehend, dein Chef bin und dass es da gewisse Grenzen gibt.«

»Oh je. Hab ich die etwa schon erreicht?«

»Nein, mein Lieber. Du hast sie längst überschritten.« Sein Gesichtsausdruck normalisierte sich wieder. »Ich rede hier nicht von einer dauerhaften Versetzung in den Innendienst. Lass das Jahr ruhig ausklingen, führe ein paar Bewerbungsgespräche und dann, im nächsten Jahr, steigst du wieder voll ein. Was sagst du dazu?«

»Scheiße!«

»Versuchs nochmal.«

»Kacke!«

Harry legte den Kopf schief und musterte mich tadelnd.

»Na gut.«

»Besser. Viel besser«, sagte er.

Ich holte mir ein paar psychologische Tipps von Helen, bevor sie sich auf den Weg nach Dresden zu einer Weiterbildung machen würde, und war ehrlich enttäuscht, als sie mir erklärte, dass Waterboarding und Elektroschocks nicht zum Standardverfahren eines Bewerbungsgespräches gehörten.

Ich würde die ersten fünf Sondierungsgespräche am nächsten Tag führen. An den darauffolgenden Tagen die restlichen zehn und dann die Woche darauf Zweitgespräche mit denen, die übrig geblieben waren. Wenn es denn welche gab. Maximal also zwanzig Gespräche mit jeweils eineinhalb Stunden Dauer. Das waren dreißig Stunden, also gut vier Arbeitstage. Mehr Zeit wollte ich damit nicht verbringen.

Helen stellte ihre Reisetasche ab und kam zu mir.

»Zeigst du mir die Fragen, die du den Bewerbern stellen willst?«

»Ich weiß noch nicht, was für Fragen ich stellen werde.«

»Ach ... Da gibt's Vorlagen. Soll ich dir eine geben?«

»Nee, lass mal. Ich entscheide situativ, was ich fragen werde.«

»Oh je ...«

»Wie, oh je? Traust du mir nicht zu, die richtigen Fragen zu stellen?«

»Doch, doch …«

»Was?«

»Lass deinen Frust bitte nicht an wehrlosen Bewerbern aus.«

Ich sah Helen mit großen Augen an.

»Das traust du mir zu?«

»Oh ja.«

Na klasse. Und ich dachte, sie liebt mich.

Am nächsten Morgen fuhr ich unvorbereitet und mit mieser Laune ins Büro, um die ersten Bewerbungsgespräche hinter mich zu bringen. In meinen Augen war das alles Zeitverschwendung, da ein Gespräch von sechzig Minuten oder auch mehr nichts über die Person, die einem gegenüber saß, aussagte. Ich wusste nicht, wie sie reagierte, wenn Schüsse fielen. Ich hatte keine Ahnung, wie sie einen Tatort absicherte oder welche Schlüsse sie zog, wenn sie einen betrachtete. Ich erkenne gute Mitarbeiter, wenn ich sie in Aktion erlebe. Nicht, wenn sie mir am Schreibtisch gegenüber sitzen und versuchen, sich zu verkaufen. Dementsprechend versuchte ich gar nicht erst, ein normales Gespräch zu führen.

»Schon mal jemanden umgebracht?«

Der Bewerber, sein Name war doch tatsächlich Günter Maria Helmes, schüttelte heftig den Kopf.

»Nein. Noch nie.«

Ich sah ihn lauernd an.

»Aber Sie würden gerne mal jemanden umlegen, richtig?«

Er riss entsetzt die Augen auf.

»Nein! Natürlich nicht!«

Ich schüttelte enttäuscht den Kopf.

»Das ist nicht gut.«

»Ist es nicht?«

»Nein. Ist es nicht.«

»Na ja, wenn es die Umstände erfordern würden, dann …«

Der Typ begann, mit zitternden Händen meine Schreibtischutensilien millimetergenau auszurichten. Ich sah ihn mir etwas genauer an. Da er saß, konnte ich nicht exakt feststellen, wie groß er war, aber ich schätzte ihn auf einen Meter fünfundsechzig – plus minus fünf Zentimeter. Er war schlank, hatte schütteres blondes Haar, ein schmales Gesicht mit einer kleinen Nase und sehr große Augen, die er hinter einer hässlichen Brille versteckte. Ich fand, er sah aus wie ein Frettchen.

Ein Frettchen mit Brille.

»Was machen Sie da?«

Er zuckte erschrocken zusammen.

»Ich ... ich ...äh ... ich bringe etwas Ordnung ins Chaos.«

»Lassen Sie das. Ich mag es so, wie es ist.«

»Das ist so ein Tick von mir, wenn ich nervös bin. Tut mir leid.«

»Okay, kein Problem. Wir sind hier soweit durch. Ein Letztes gilt es noch, für Sie zu erledigen, dann sind Sie für heute fertig. Wir sind hier auf absolute Offenheit angewiesen. Jeder in dieser Abteilung weiß alles über den anderen, verstehen Sie? Es gibt hier keine Geheimnisse. Und Sie müssen nun beweisen, dass Sie da mitziehen.« Ich schrieb ihm die Zimmernummer von Harrys Büro auf einen kleinen Zettel. »Gehen Sie jetzt in dieses Büro. Klopfen Sie nicht an, gehen Sie einfach rein und erzählen Sie dem Mann, der dort sitzt, Ihre schlimmste sexuelle Fantasie.«

Er schnappte entsetzt nach Luft.

»Ist das ein Test?«

»Oh ja.«

Er stand unsicher auf, gab sich dann einen Ruck und verließ mein Büro.

Mir wurde allmählich langweilig, mein Magen protestierte gegen die Überdosis Kaffee und ich litt an Nikotinentzug, da ich aus mir vollkommen unverständlichen Gründen in meinem Büro nicht rauchen durfte. Darüber hinaus fehlte mir

Helen. Das Gespräch mit diesem Freak war bereits das dritte und ich wusste, dass in der Wartezone zwei weitere Bewerber saßen.

Als es an der Tür klopfte, blickte ich auf das Kurzprofil und rief, ohne aufzublicken:

»Herein, wenn's kein Bewerber ist.«

Die Tür wurde geöffnet, ich hörte Schritte und spürte dann, dass sich jemand auf den Stuhl vor meinem Schreibtisch setzte. Laut Profil saß Melanie Schneider vor mir.

»Schon mal jemanden verhaftet?«

»Ja. Und getötet hab ich auch schon mal.«

Ganz schön tiefe Stimme für eine Frau, dachte ich und sah auf.

»Wer sind Sie?«

»Mein Name ist Vincent Kreusch.«

»Wo ist Frau Schneider?«

»Wenn Sie damit die Dame meinen, die eigentlich vor mir dran gewesen wäre, die hat es sich anders überlegt, nachdem die ersten zwei Bewerber hier rauskamen.«

»Ach ja?«, sagte ich wenig beeindruckt und griff zum Profil von Kreusch.

»Sie waren beim SEK?«

»Ja.«

»Und warum wollten Sie da weg?«

»Auf Dauer genügt mir das Einsatzfeld nicht mehr. Ich bin ein sehr guter Ermittler, ich kann diese Fähigkeiten beim SEK aber nicht nutzen.«

»Klar. Ermitteln tun andere. Sie müssen nur ran, wenn's brenzlig wird.«

»Richtig.«

»Rauchen Sie?«

»Ist das eine Fangfrage?«

Ich holte mein Zigarettenpäckchen raus und zeigte sie ihm.

»Keine Fangfrage. Kommen Sie mit, eine rauchen?«

Wir verließen mein Büro und waren auf dem Weg zum Aufzug, als Harry aus seinem Büro stürzte.

»Nicolas«, rief er, rot im Gesicht. Ich dachte schon, er wäre rot vor Wut, aber dann stützte er sich am Türrahmen ab und bog sich vor Lachen.

Für einen Außenstehenden mag das alles etwas merkwürdig wirken, aber genau diese Atmosphäre brauchten wir hier, um zu überleben.

Na ja, *ich* brauchte diese Atmosphäre.

Kreusch und ich verließen das Gebäude und gingen in Richtung Spree. Der Himmel war strahlend blau und es war arschkalt. Aber wenigstens schneite es nicht und es waren für die nächsten Tage auch keine Schneefälle angekündigt.

»Wo sind Sie geboren?«

»Sie meinen, wegen meiner Hautfarbe?« Er lachte und zeigte seine weißen Zähne. »Meine Mutter kommt aus Kenia, meine Vater aus Hamburg. Dort bin ich auch geboren.«

»Aha. Mögen Sie Nazis?«

Kreusch schnaubte ungläubig.

»Ja, klar. Ich bin der totale Rassist. Nachts ziehe ich um die Häuser und hau allen Ausländern, die mir über den Weg laufen, aufs Maul.«

»Gut«, sagte ich. »Sehr gut. Dann lassen Sie uns einen Ausflug aufs Land machen.«

Kapitel 15

»Ausgerechnet die Aussagen von Juden!«
Albert Klaasen

»Haben Sie jemals eindeutige, und ich meine wirklich eindeutige Beweise für den Holocaust gesehen?« Die Stimme von Albert Klaasen war einschmeichelnd und sanft. Er sah in die Reihen der Zuhörer und lächelte, obwohl er niemanden sehen konnte. Im Saal war es dunkel. Das einzige Licht erhellte das Rednerpult, an dem Klaasen stand. Dieses Licht verlieh ihm eine fast schon unheimliche Aura, zumal Klaasen eine eindrucksvolle Erscheinung war. Über eins achtzig groß und schlank, hatte er dichtes graues Haar, das er kurz trug, und einen ebenso grauen, sorgfältig gestutzten Vollbart. Seine Augen hatten die Farbe eines Gletschers – hellblau und kalt. Er war siebzig Jahre alt, sah aber fünfzehn Jahre jünger aus.

»Die einzigen *Beweise*, die uns vorliegen, sind Fotos und Filmaufnahmen amerikanischer, britischer und russischer Soldaten.« Klaasen sprach das Wort *Beweise* aus, als würde es einen bitteren Nachgeschmack haben. »Aber beim Betrachten dieser Aufnahmen erhält man zwangsläufig den Eindruck, es handle sich dabei immer um die gleichen Bilder.« Er schüttelte den Kopf. »Als Beweis gelten auch die Aussagen angeblich in Konzentrationslagern inhaftierter Juden.« Klaasen warf in einer hilflosen Geste die Hände in die Luft. »Ausgerechnet die Aussagen von Juden!«, rief er und seine Augen funkelten. »Sie berichten über Gaskammern, Versuchen an Menschen und Massenhinrichtungen. Aber wo sind die Beweise?« Er sah in die Runde und seine Stimme wurde wieder leiser. »Es gibt sie nicht, meine Freunde. Es gibt diese Beweise nicht, weil all das niemals so stattgefunden hat.« Klaasen schlug mit der Faust auf das Rednerpult, sodass in den vordersten Reihen einige Zuhörer zusammenzuckten. »Hat denn wirklich noch niemand diese Widersprüche entdeckt? Natürlich wurden sie entdeckt. Nur hat es niemals jemand angesprochen, weil das ja Fragen aufwerfen würde. Unbequeme Fragen. Fragen nach der Logik des Ganzen! Fragen nach der Wahrheit!«

Seine Stimme wurde wieder leiser.

»Jeder weiß, dass der Zweite Weltkrieg eine unausweichliche Konsequenz war. Er war unvermeidlich und er war richtig.« Klaasens Blick ruhte an einem Punkt, den nur er sehen konnte. »Deutschland hatte bewiesen, dass es einen berechtigten Anspruch auf die Weltherrschaft besaß. Dass es nicht dazu kam, hat Gründe, die wir heute wohl Missmanagement nennen würden. Unser Führer wurde von einigen wenigen Menschen falsch beraten. Hätten diese Menschen die Befehle des Führers ordnungsgemäß ausgeführt, wäre der Sieg unser gewesen. Als der Krieg dann sein unrühmliches Ende nahm, mussten Gründe gefunden werden, dem deutschen Volk den Garaus zu machen. Es mussten Gründe gefunden werden, die Deutschen zu verteufeln, ihnen eine Schuld aufzuerlegen, von der sie sich niemals mehr würden erholen können. Geschichte, meine Freunde, Geschichte wird immer von den Siegern geschrieben.« Er schüttelte bedauernd den Kopf. »Und wir haben es zugelassen.«

Seine Stimme wurde zu einem Grollen.

»Die Juden hatten ein einziges Ziel: Sie wollten einen eigenen Staat – koste es, was es wolle. Und wir mussten den Preis dafür zahlen! Seit Jahrzehnten leben wir mit einer Schuld, die erstunken und erlogen ist! Wir kriechen zu Kreuze und lassen uns von allen Seiten in den Arsch treten!« Er schrie jetzt. »Wir haben unseren Stolz und unsere Ehre verloren. Wir nehmen jeden Ausländer auf, weil wir eine Schuld zu begleichen haben. Wir öffnen ausländischen Parasiten Tür und Tor, weil wir eine Schuld zu begleichen haben! Wir kriechen den Israelis in den Arsch, weil wir eine Schuld zu begleichen haben!« Klaasen unterstrich jedes Wort mit ausholenden Gesten, und in dem prall gefüllten Saal war zustimmendes Gemurmel zu hören. »Ich sage: Schluss damit! Es gibt keine Schuld, die zu begleichen ist. Es gibt nur ein Geflecht aus Lügen und ein Netzwerk aus Lügnern, die verhindern sollen, dass das deutsche Volk zu alter Stärke zurückkehrt!«

Der Saal fing an zu toben.

»Es wird Zeit, dass wir aufstehen und uns zur Wehr setzen! Schluss mit der Arschkriecherei! Wir sind Deutschland! Dieses Land gehört uns! Lasst uns endlich anfangen, aufzuräumen!«

Keinen Zuhörer hielt es mehr auf den Stühlen. Über einhundert Menschen unterschiedlichsten Alters standen auf und klatschen frenetisch. Dann fing einer an, die Nationalhymne zu singen und alle stimmten mit ein.

In einer der mittleren Reihen saß ein Mann, der die gesamte Rede über sein leistungsstarkes Handy auf ein anderes Funktelefon übertrug.

■ ■ ■

Kreusch und ich waren auf dem Weg in das Lokal *Zum Goldenen Amboss* in Neuruppin im schönen Bundesland Brandenburg. Hier hatte die Rede von Klaasen stattgefunden, der wir bis eben gespannt gelauscht hatten. Mein Handy steckte in der Freisprecheinrichtung und über die Lautsprecher ertönte der Bass seiner Stimme. Nur wenn die zahlreichen Zuhörer applaudierten, wurde der Empfang schlecht. Kreusch schüttelte angewidert den Kopf.

»Das war doch eindeutig Volksverhetzung, oder?«

»Nein.«

»Nicht?«

»Nein.«

»Was dann?«

»Eine Rede.«

»Aber mit antisemitischen Tendenzen.«

»Ja.«

»Und das ist keine Volksverhetzung?«

»Nein. Er hätte dazu aufrufen müssen, Deutschland von den Juden zu befreien. Das wäre dann Volksverhetzung.«

»Er hat den Holocaust geleugnet.«

»Ja.«

»Und das ist keine Volksverhetzung?«

»Nein. Sehen Sie, Vincent, Klaasen ist wahnsinnig, aber nicht dumm. Er bewegt sich auf einem sehr schmalen Grat, aber er fällt nicht runter. Das überlässt er anderen.«

»Scheiße.«

»Richtig.«

Wir parkten den Wagen in unmittelbarer Nähe des Lokals und betraten es dann. Sofort stieg mir der Geruch von kaltem Rauch und abgestandenem Bier in die Nase. Ganz Deutschland ist eine rauchfreie Zone? Nein, einige wenige Bastionen leisten erbitterten Widerstand. Der Einrichtung nach war das Gasthaus *Zum Goldenen Amboss* ein Relikt der späten sechziger Jahre, und der Eigentümer schien auch noch stolz darauf zu sein. Vielleicht hatte er aber auch kein Geld für die längst überfälligen Renovierungen. Im vorderen Bereich, der von einem gigantischen Tresen beherrscht wurde, dessen Löcher – oder was auch immer – nur spärlich mit Holzlatten verkleidet waren, fanden schätzungsweise fünfzig Personen Platz. Hinter dem Tresen ging es in einen Saal. Dort hatte die Rede von Klaasen stattgefunden. Der Laden hatte sogar eine Kegelbahn. Ganz kurz huschte das Bild glatzköpfiger Nazis durch meinen Kopf, die mit konzentriertem Gesichtsausdruck versuchten, alle Neune umzulegen. Eine surreale Vorstellung.

Klaasen saß mit ein paar treuen Anhängern an einem Tisch in einem der hinteren Bereiche. Als wir das Lokal betraten, verstummten die meisten Gespräche und alle Augen richteten sich auf meinen Begleiter. Die Atmosphäre wurde schlagartig bedrohlich.

Wir ignorierten die aufdringlichen Blicke und stellten uns an den Tresen. Der Wirt musterte uns und kam dann ganz dicht an uns heran.

»Sie sollten mit Ihrem Freund hier ganz schnell wieder verschwinden.« Er sprach mich an und als er meinen Freund erwähnte, nickte er kurz in Richtung Kreusch.

»Warum?«

Er glotzte dümmlich und nickte dann in Richtung von Klaasens Tisch.

»Geschlossene Gesellschaft.«

Ein Mann erhob sich von einem Tisch in Klaasens Nähe und kam mit schleppenden Schritten auf uns zu. Er trug sein Haar verdächtig kurz und sah ziemlich kräftig aus. Er baute sich vor Kreusch auf und sah ihn mit unverhohlener Feindseligkeit an.

»Bimbos sind hier unerwünscht«, nuschelte er.

Kreusch drehte sich nicht zu ihm um, sondern warf mir einen kurzen Blick zu.

»Wird das hier so eine Art Einstellungstest?«

»Sehen Sie es mal so: Den theoretischen Teil haben Sie geschafft. Das hier ist sozusagen der praktische Teil.«

»Aha. Ich wusste gleich, dass etwas mit Ihnen nicht stimmt.«

Der Typ schien sauer zu sein, dass wir ihn ignorierten. Also pochte er Kreusch mit einem Finger auf die Schulter.

»Hey! Ich hab gesagt …«

Was dann folgte, ging mir irgendwie zu schnell. Kreusch wirbelte herum und Bruchteile von Sekunden später lag der Typ wimmernd auf dem Holzboden. Was genau mein Kollege gemacht hatte, konnte ich nicht sagen. Aber das wollte ich auch können. Sofort standen zahlreiche Kumpel von dem Typen auf und kamen uns bedrohlich näher. Klaasen verfolgte das alles mit ruhigem Blick.

Ich holte meinen Dienstausweis aus der Tasche und streckte ihn in die Höhe. Dabei entblößte ich wie zufällig meine Dienstwaffe, und die Entourage aus knapp zwanzig grimmig dreinblickenden Männern zwischen zwanzig und vierzig blieb stehen. Als ich sie mir so ansah, ging ich nicht mehr davon aus, dass sie gemeinsame Kegelabende verbrachten.

»Mein Name ist Nicolas Eichborn vom Amt für innere Sicherheit. Wir wollen doch nicht, dass jemand zu Schaden kommt, oder?« Ich erwartete keine Antwort, aber der Typ, der Kreusch angefasst hatte und jetzt am Boden lag, gab ein gequältes Stöhnen von sich. Er wollte damit wohl signalisieren, dass es für diese Ankündigung schon zu spät war.

»Hier ist nicht für Neger. Hier ist nur für Deutsche«, hörte ich jemanden aus der hinteren Reihe sagen.

»Das ist sowohl grammatikalisch als auch inhaltlich höchst fragwürdig«, stellte ich fest. »Wer war das?«

Da sich keiner meldete, erklärte ich der ganzen Gruppe, was ich meinte.

»Mein Kollege hier hat zwar dunkle Haut hat, ist aber dennoch von Geburt an Deutscher. Das mag für einige von euch überraschend sein, ist aber vollkommen normal.«

»So ein Quatsch«, murmelte ein dunkelhaariger, vielleicht dreißigjähriger Muskelprotz aus der vorderen Reihe. »Selbst wenn der Bimbo einen deutschen Pass hat, ist er nicht reinrassig.«

Ich sah ihn scharf an.

»Und wo sind deine blonden Haare, Arschloch? Ist dir eigentlich klar, dass du ebenfalls dunkle Haut hättest, wenn deine Eltern nur achttausend Kilometer weiter südlich geboren wären?«

Er ballte seine Hände zu Fäusten und machte einen halben Schritt auf mich zu. Dann besann er sich eines Besseren und blieb hämisch grinsend stehen.

»Sind sie aber nicht. Und deshalb bin ich kein Neger.«

»Reiner Zufall, würde ich sagen.«

Aus dem hinteren Bereich der Kneipe hörte ich jemanden applaudieren. Es bildete sich eine Gasse innerhalb der Anhänger Klaasens, und eben dieser kam gemessenen Schrittes und langsam in die Hände klatschend auf uns zu. Zwei gut gekleidete Männer folgten ihm zu seiner Linken und Rechten.

Etwa zwei Meter vor mir blieben sie stehen.

»Ich wusste gar nicht, dass die Polizei heute auch Ethnologen einstellt.«

»Tut sie auch nicht. Gesunder Menschenverstand reicht aus.«

»Ah. Gesunder Menschenverstand. Der ist in der Tat sehr wichtig.«

Ich blickte mich langsam um.

»Und wird immer seltener«, stellte ich fest.

Klaasen sah mich nachdenklich an. Dann hob er die Augenbrauen und zeigte mit einem Finger auf mich.

»Ich kenne Sie. Ich habe erst kürzlich einen Bericht über Sie gelesen. Da ging es um Ihren letzten Fall. Schien sehr interessant zu sein.«

»Der Artikel?«

»Nein. Der Fall. Versuche an Menschen zwecks Bewusstseinsmanipulation.« Er schüttelte den Kopf. »Es ist eine merkwürdige Welt, in der wir leben.«

»So fremd dürfte Ihnen das doch eigentlich nicht sein. In den Konzentrationslagern wurden doch auch reichlich Versuche an Menschen durchgeführt.« Ich fasste mir an den Kopf. »Ach nein, ich vergaß! Das alles hat ja nie stattgefunden.«

Er lächelte mich milde an.

»Warum sind Sie hier?«

»Ich wollte Sie kennenlernen. Mir einen Eindruck verschaffen.«

»Und? Haben Sie sich einen Eindruck verschafft?«

Ich sah erst ihn an, dann seine beiden Adjutanten.

»Ich denke schon, ja.«

Klaasen streckte beide Arme aus, legte sie über Kreuz und sah mich auffordernd an.

»Dann verhaften Sie mich.«

»Warum sollte ich Sie verhaften?«

»Vielleicht, weil Sie meine Rede, die Sie ja wohl gehört haben, als volksverhetzend empfunden haben.«

Ich schüttelte den Kopf.

»Ach, Klaasen, kommen Sie. Sie sind nicht Al Capone und ich bin nicht Eliot Ness. Wenn ich Sie verhafte, dann nicht wegen Steuerhinterziehung, sondern wegen dem, was Sie sind und was Sie tun.«

»Und was wäre das?«

»Sie sind ein Nazi, Klaasen. Nicht mehr, aber auch nicht weniger. Und früher oder später werden Sie oder einer Ihrer Unter- oder Obersturmbannführer hier einen Fehler machen. Und dann werde ich zur Stelle sein. Also merken Sie sich schon einmal die Stellung Ihrer Hände. Sie werden sie noch brauchen. Und jetzt würde ich gerne die Personalien Ihrer beiden Kameraden hier aufnehmen.«

Kapitel 17

»Wir haben ein Archiv?«
Nicolas Eichborn

Als ich den Besprechungsraum zusammen mit Kreusch betrat, waren schon alle anwesend und warteten. Ich schenkte Helen ein Lächeln, das sie erwiderte, und wir setzten uns. Steinhardt, der am Kopfende des viel zu langen Tisches saß, warf demonstrativ einen Blick auf seine Uhr und erhob sich dann.

»Bevor wir mit unserem eigentlichen Meeting beginnen, möchte ich zunächst zwei neue Kollegen in unseren Reihen begrüßen.«

Zwei neue Kollegen? Ich sah mich um, da ich nur von einem wusste, nämlich Kreusch. Und tatsächlich, ganz hinten in der Ecke, links von Steinhardt, saß eine kleine verhuschte Gestalt, krampfhaft um Unsichtbarkeit bemüht. Ich konnte es nicht fassen. Da saß das Frettchen.

»Da wäre zum einen Vincent Kreusch. Herr Kreusch kommt vom SEK Hessen und arbeitet in Zukunft mit Nicolas Eichborn zusammen. Herr Kreusch, herzlich willkommen. Ich bin sicher, dass Sie nach unserem Meeting ausreichend Zeit finden werden, Ihre neuen Kollegen kennenzulernen. Zum anderen wäre da Herr Günter Maria Helmes. Auch Ihnen ein herzliches Willkommen.«

Ich hob eine Hand und Steinhardt nickte gnädig.

»Wo wird Herr Helmes arbeiten?«

»Im Archiv.«

»Wir haben ein Archiv?«

»Nein.«

»Okay ... Wo wird Herr Helmes arbeiten? Wir haben nämlich kein Archiv.«

»Richtig. Noch nicht. Aber irgendwann werden wir ein Archiv haben. Und wenn es so weit ist, wird er dort arbeiten.«

»Und bis dahin wird er ...?«

»Bis es so weit ist, wird er Sonderaufgaben wahrnehmen.«

Helmes hob jetzt eine Hand.

»Sie wissen schon, dass ich hier anwesend bin, oder?«

Wir ignorierten ihn. Ich fragte mich, was für eine Geschichte Helmes meinem lieben Freund Steinhardt erzählt hatte, dass der ihn eingestellt hatte. Ich nahm mir vor, ihn danach zu fragen.

Nachdem wir diesen Tagesordnungspunkt abgeschlossen hatten, widmeten wir uns den aktuellen Fällen. Zuerst berichtete ich über unsere Begegnung mit Klaasen und seinen Kameraden. Ich ließ auch die Konfrontation zwischen Kreusch und dem Typen nicht aus. Dann kam ich zu den beiden Männern, die scheinbar Klaasens Vertraute waren.

»Bastian Kelling, dreiunddreißig Jahre alt, ehemaliger

Soldat. Er ist wohl der Sicherheitsberater von Klaasen. Der andere heißt Wolfram Hochstädter, zweiundvierzig Jahre alt und Anwalt. Er ist der Rechtsberater.«

»Will der Kerl als Präsident kandidieren?«, brummte Steinhardt und erntete ein paar Lacher. Die daraufhin einsetzende Stille wurde nur durch ein kratzendes Geräusch gestört. Die Quelle war schnell ausgemacht. Günter Maria Helmes machte sich mit rasender Geschwindigkeit Notizen. Ich hatte noch niemals zuvor einen Kugelschreiber gesehen, der mit einer derartigen Geschwindigkeit über den Schreibblock fräste. Ich vermutete, dass Helmes eben erst erfahren hatte, dass wir nicht über ein Archiv verfügten und schon mal anfing, Material dafür zu erstellen.

»Was wollt ihr wegen Klaasen weiter unternehmen?«, kam Steinhardt wieder zur Sache.

»Wir beobachten ihn und schauen, was er so macht«, war meine etwas lahme Antwort. Mehr konnten wir tatsächlich nicht machen. Da Steinhardt das wusste, nickte er nur.

Die Besprechung dauerte noch weitere zwanzig Minuten, dann verabschiedeten wir uns. Ich ging geradewegs in Harrys Büro und schloss die Tür hinter mir.

»Du hast diesen Helmes eingestellt?«

»Du hast ja keine Ahnung. Der Typ ist ein Phänomen.«

Das glaubte ich gerne.

»Und was kann er? Was macht ihn zu einem *Phänomen*?«

Harry stand auf und öffnete ein Fenster. Dann kramte er umständlich eine Schachtel Zigaretten aus seiner Jackentasche und zündete sich eine an.

»Ich weiß nicht, wie man das nennt. Da gibt es so einen Fachbegriff für«, fing er an zu erklären.

»Nekrophilie vielleicht?«

Harry kicherte.

»Nein. Das war's nicht. Helmes hat eine Art fotografisches Gedächtnis. Alles, was er einmal gelesen hat, wird bei ihm abgespeichert. Egal, wie lange das her ist, es ist noch da und jederzeit abrufbar. Das versetzt ihn in die Lage, jederzeit Querverweise und Verbindungen herzustellen. Verstehst du, was ich meine?«

»Verstehst du es?«

Harry schüttelte den Kopf.

»Nicht wirklich.«

»Klasse. Wir haben jetzt also ein Phänomen in unseren Reihen, wobei keiner so genau weiß, was er eigentlich kann.«

»Doch, ich weiß genau, was er kann. Ich kapiere nur nicht, wie das geht. Aber das ist ja auch nicht so wichtig. Er wird uns definitiv bei unseren Fällen helfen können.«

»Na gut. Wenn du das sagst.« Ich wandte mich zum Gehen, drehte mich aber an der Tür noch einmal zu ihm um. »Was für eine Geschichte hat er dir eigentlich erzählt?«

Harrys Gesicht verdunkelte sich.

»Ah, die Geschichte ...« Er sah mich stirnrunzelnd an. »Bist du dir sicher, dass du eine Geschichte über Gladiatoren, Kurzhaardackel, einem türkischen Gefängnis und zwei Kanonenkugeln hören möchtest?«

Fluchtartig verließ ich sein Büro. Sein raues Lachen verfolgte mich bis zum Fahrstuhl.

Kapitel 18

»Ich hab keine Ahnung, um was es hier geht.«
Nicolas Eichborn

Ich saß in meinem Büro und spielte mit dem iPad, als Harry ohne anzuklopfen hereinplatzte.

»Hast du was Wichtiges zu tun?«

»Ja.«

Er kam näher und blieb vor meinem Schreibtisch stehen.

»Was?«

»Ich versuche, mit diesem Ding hier ins Internet zu kommen.« Ich sah ihn an und deutete dann auf das kleine Gerät, um das so viel Aufsehen gemacht wurde. »Hast du gewusst, dass man in das Ding hier nicht einmal einen USB-Stick reinschieben kann? Angeblich soll das Teil hier die Welt revolutionieren. Dabei hat es nicht einmal einen Anschluss für nen scheiß USB-Stick.«

»Ich fragte, ob du etwas Wichtiges zu tun hast. Schnapp dir deine Jacke und komm mit.«

Ich blickte auf.

»Wohin?«

»Dahin, wo wirklich gearbeitet wird. Zeit, dass du unsere Zentrale kennenlernst.«

»Ich dachte, die wäre hier.«

»Irrtum. Nun komm. Mach schnell. Kann sein, dass Helmes da auf etwas Interessantes gestoßen ist.«

»Wer?«

»Helmes.« Harry sah mich an, als wäre ich nicht ganz dicht. »Du hast ihn eingestellt.«

»Keine Ahnung, von wem du sprichst.«

»Kleiner Mann, Glubschaugen, türkisches Gefängnis, Kanonenkugeln ...«, half er mir auf die Sprünge.

»Ah! Du meinst das Frettchen!«

»Genau. Und jetzt komm.«

Wir kämpften uns durch den Berliner Vormittagsverkehr, der genau so dicht war wie der Nachmittags- oder Abendverkehr. Die beste Zeit, um in Berlin Auto zu fahren, war zwischen zwei und vier Uhr morgens. Da hatten die Menschen Besseres zu tun. Ich übrigens auch. Scheinbar hatte Harry keine Lust zu reden, denn er schaltete einen Nachrichtensender ein und drehte die Lautstärke auf. Allerdings gab es da nicht unbedingt etwas Neues zu hören. Nordkorea drohte immer noch dem Süden mit Krieg, Griechenland war immer noch pleite und die Freundinnen des ehemaligen italienischen Ministerpräsidenten wurden immer jünger. Irgendwann würde er sich mit einer Portion Sperma verabreden.

Nach etwa einer halben Stunde bog Harry in eine Einfahrt ein und hielt an. Wir standen vor einem frisch renovierten und ziemlich großen Backsteingebäude im Stadtteil Kreuzberg. Harry öffnete die Tür und verließ das Auto. Ich wollte kein Spielverderber sein und tat es ihm gleich. Dann sah ich mich um.

Harry deutete auf das Gebäude.

»Eine ehemalige Fabrik. Ich glaube, hier wurden Nähmaschinen oder so zusammengebaut.«

»Aha.« Nähmaschinen interessierten mich nicht sonderlich.

Harry ging zur Eingangstür. Dort blieb er vor einem unscheinbaren Display stehen und gab einen Code ein. Dann wandte er sich an mich.

»1879, 6, 12«, meinte er.

»Was ist das, dein Geburtsdatum?«

»Blödmann. Das ist der Code, um hier reinzukommen. Merk ihn dir, aber schreib ihn nicht auf.«

»Herrgott, Harry. Ich muss mir ohnehin schon so viele Zahlen merken. Den Pin für mein Handy, den Pin fürs Online-Banking, für die EC-Karte, für die Kreditkarte, diverse Geburtsdaten. Irgendwann erreicht jeder sein Limit.«

Er ignorierte meinen berechtigten Einwand und betrat das Gebäude. Es roch nach Farbe und Kleister und es war arschkalt. Wir standen in einem kahlen, fensterlosen Flur, von dem zwei Türen abgingen – eine links von uns und die andere befand sich am Ende des Flures. Harry ging zielstrebig auf die Tür am anderen Ende zu und musste erneut einen Code eingeben.

»Derselbe wie draußen?«, wollte ich wissen.

»Nein. So einfach ist das nicht. Hier gibst du die Ziffern 12, 6 und dann 1879 ein.«

Ich nickte anerkennend. Genialer Einfall, das.

Die Tür summte kurz und öffnete sich dann. Was sich mir dahinter offenbarte, hatte ich im Traum nicht erwartet. Wir betraten ein Großraumbüro, das die komplette Fläche des Gebäudes einnahm. Überall rannten Menschen umher, und die unterschiedlichsten Geräusche bildeten eine wahre Sinfonie der Geschäftstüchtigkeit. Ich versuchte, die Menschen, die hier arbeiteten, zu zählen, aber es gelang mir nicht. Irgendwas zwischen fünfzig und achtzig Personen unterschiedlichsten Alters und Geschlechts verbreiteten eine Aura des verbissenen Arbeitens. Die Schreibtische waren in Waben eingeteilt und an der südlichen Stirnseite des Büros war die Wand mit unzähligen Monitoren zugepflastert, die alle unterschiedliche Bilder zeigten. Auf mehreren Bildschirmen liefen Nachrichtensender. Es gab zwei Stahltreppen, die in den ersten Stock führten. Dort gab es scheinbar weitere Büros.

»Wie viele Menschen arbeiten hier und was tun sie?«

Harry grinste.

»Hier in diesem Büro arbeiten zurzeit fünfundsiebzig Mitarbeiter. Und was sie tun? Sie werten aus.«

»Aha. Und was werten sie aus?«

»Alles. Alle Mitteilungen der Polizeidienststellen, der Landes- und Bundeskriminalämter, des Zolls, der Steuerfahndung, von Inter- und Europol. Nicht zu vergessen die Pressestellen der Nachrichtenagenturen. Einfach alles.«

»Wow. Das sind viele Informationen.«

»Du machst dir keine Vorstellungen. Im Keller mussten wir eine Klimaanlage für über einhunderttausend Euro einbauen, damit uns die Rechner nicht schlapp machen. Das komplette Gebäude hat eine Kupferummantelung, damit keine elektronischen Signale aus den Wänden nach außen dringen können. Aber der Hammer sind die Fenster. Die haben nämlich zwei Scheiben und im Zwischenraum wird Musik eingespielt.«

Ich sah Harry mit großen Augen an.

»Musik ...«

»Ja, Musik. Wenn irgendein Arsch versucht, die Schwingungen aufzuzeichnen, die von den Stimmen im Inneren des Gebäudes bei Gesprächen erzeugt werden, dann hört er nur ...«

»Musik.«

»Genau.«

»Und was läuft da für Musik in den Scheibenzwischenräumen?«

Harry schnaubte.

»Keine Ahnung. Ist doch auch scheißegal.«

»Ist es wohl.«

Ich sah mich jetzt etwas genauer um. Mein Blick blieb auf einer Person haften, die mir bekannt vorkam, und ich zuckte zusammen. Ich knuffte Harry in die Seite.

»Ihr habt hier einen Maulwurf«, flüsterte ich ihm zu.

»Hä?«

»Hier arbeitet ein Krimineller. Ich weiß das, weil ich ihn eingebuchtet habe.« Unauffällig deutete ich auf eine hagere Gestalt in einer der Waben.

Harry lachte glucksend.

»Ach der! Das ist kein Maulwurf. Robert arbeitet hier wegen seiner Fähigkeiten.«

»Fähigkeiten? Der Typ ist ein professioneller Hacker.«

Harry nickte begeistert.

»Ja. Und das macht er wirklich gut. So einen brauchen wir hier.«

Robert sah in unsere Richtung und als er mich erkannte, winkte er mir enthusiastisch zu. Ich hob kurz einen Arm und ließ ihn dann schnell wieder sinken. Wo war ich hier bloß hineingeraten?

»Lass uns nach oben in Helmes Büro gehen«, sagte Harry und ging voran zur Treppe. Vor einer offenen Bürotür blieb er stehen.

»Komisch«, murmelte Harry. »Er ist nicht da.«

Ich spürte ein Zupfen an meinem linken Arm. Ich drehte mich zur Seite und erschrak. Das Frettchen war wie aus dem Nichts aus dem Nebenraum seines Büros an meiner Seite aufgetaucht.

»Ich bin im Besprechungsraum«, sagte Helmes leise und verschwand wieder. Harry hatte davon nichts mitbekommen. Ich klopfte ihm auf die Schulter.

»Es ist im Besprechungsraum«, informierte ich Harry. Gemeinsam betraten wir das Zimmer und Helmes fing sofort an, drauflos zu plappern.

»Es fing mit einer harmlosen Meldung an. Na ja, harmlos war sie eigentlich nicht, da ja jemand umgebracht wurde.« Unpassenderweise lachte er meckernd. Dann fuhr er fort. » Aber die Meldung an sich war nichts Besonderes. Bis dann eine zweite Meldung eintraf, die der ersten ungemein glich. Ich meine, ein Ereignis ist nichts Außergewöhnliches, aber ein zweites, identisches …« Er hob die Augenbrauen, was in Anbetracht seiner ohnehin riesigen Augen ein furchterregendes Ereignis war. Ich hob eine Hand und bremste damit seinen Vortrag.

»Ich hab keine Ahnung, um was es hier geht.«

Helmes atmete tief durch, nahm einen Schluck Wasser und begann dann mit ruhigerer Stimme seine Zusammenfassung der letzten Tage.

Alles begann mit der Meldung einer Polizeiwache in Magdeburg, die hier in diesem Chaos vor vier Tagen eingegangen war. Ein Jogger hatte in einem Park die Leiche eines Mannes gefunden und unverzüglich die Polizei verständigt. Der Tote hieß Joachim Rosenberg und war Arzt. Er wurde mit einem Kopfschuss aus nächster Nähe hingerichtet.

Die nächste Meldung erreichte die kupferummantelte Nähmaschinenfabrik einen Tag später, also vor drei Tagen. Diesmal kam sie aus Erfurt. Auch hier wurde die Leiche eines Mannes gefunden. Auch dieser Tote war Arzt. Sein Name war Georg Löw. Auch er wurde durch einen Schuss in den Kopf getötet.

Ich wurde stutzig.

»Moment mal. Wurde nicht vor zwei Tagen in Berlin auf offener Straße ein Arzt erschossen?«

Die Augen des Frettchens leuchteten auf und er schlug mit der flachen Hand auf die Tischplatte.

»Genau!«, rief er voller Begeisterung. »Wir haben drei ermordete Ärzte in nur vier Tagen. Das ist eine signifikante Abweichung von der Norm.«

Das hatte ich schon einmal gehört. Nur, dass es dabei um mich ging. Alles in mir sträubte sich, bei einem Fall, bei dem es um Ärzte ging, in irgendeiner Art und Weise mitzuwirken. Mir reichten die Erfahrungen des letzten Falles. Dennoch hatte ich Witterung aufgenommen.

»Allerdings gibt es eine erhebliche Abweichung von den ersten beiden Morden«, meinte ich.

»Sie meinen die Tatsache, dass der Mord in Berlin in aller Öffentlichkeit und mit einem Scharfschützengewehr erfolgte.«

»Genau.«

Helmes schürzte die Lippen. Das sah echt unheimlich aus.

»Was mir neben der Tatsache, dass alle drei Opfer Ärzte waren, noch aufgefallen ist, waren ihre Namen. Das dritte Opfer hieß nämlich Goldmann.« Er sah uns um Beifall heischend an. Jedoch taten wir ihm nicht den Gefallen, zu applaudieren, da wir keine Ahnung hatten, was er uns damit sagen wollte.

»Rosenberg, Löw und Goldmann. Das sind alles jüdische Namen.«

Ich dachte sofort an Klaasen. Konnte es ein Zufall sein, dass der alte Nazi genau dann auf der Bildfläche erschien, als eine Reihe von Ärzten getötet wurden, die allesamt Juden waren?

Ich glaubte nicht an Zufälle.

Harry auch nicht.

»Ob es da wohl einen Zusammenhang mit unserem Freund Klaasen gibt?«

»Möglich. Allerdings würde das bedeuten, dass Klaasen seine Strategie total verändert hätte.«

»Gehst du dem nach?«

»Na klar. Ist doch mein Job.«

»Und Helen werde ich auf die ermordeten Ärzte ansetzen. Sie soll sich die Tatorte und Leichen ansehen.« Er sah mich an, als würde er auf meine Zustimmung warten.

Ich tat ihm den Gefallen.

»Gute Idee.« Dann wandte ich mich an das Frettchen. »Guter Job, Helmes.«

Er strahlte mich an und entblößte eine Reihe von erstaunlich weißen, aber kleinen und spitzen Zähnen. Unwillkürlich musste ich an Gollum denken und meine Nerven brüllten nach einer Zigarette.

Kapitel 19

»Was sind das für Einstiche?«
Helen Wagner

Helen sah sich um und was sie sah, gefiel ihr. Es war schön hier. Sie befand sich im Herrenkrugpark am östlichen Ufer der Elbe im Magdeburger Stadtteil Herrenkrug. Allerdings war sie nicht wegen der Schönheit der Landschaft hier. Vielmehr betrachtete sie den Fundort der ersten Leiche. Dieser war dankenswerterweise immer noch großräumig abgesperrt, und hier und da konnte sie kleine Fähnchen erkennen, die an Metallstangen im Erdboden steckten und so mögliche Beweise kennzeichneten. Viele waren es jedoch nicht. Merkwürdigerweise hatte es in den letzten Tagen in dieser Region keine Niederschläge gegeben, sodass der Boden trocken war. Gefroren, aber trocken. Kaum hatte sie dem Wettergott im Stillen dafür gedankt, fing es an zu nieseln.

Es waren zwei Fragen, die Helen vorrangig beschäftigten.

Hatte es etwas zu bedeuten, dass der Mann hierher gebracht und getötet wurde?

Warum hatten der oder die Täter den Toten nicht in die Elbe geworfen, die nur weniger Meter vom Fundort der Leiche entfernt war?

Sie machte ein paar Fotos mit ihrer Digitalkamera und fuhr dann ins Rechtsmedizinische Institut in die Leipziger Straße, um sich den Leichnam des Opfers genauer anzusehen. Der Leiter der Rechtsmedizin, Professor Schmaler, erwartete sie bereits. Schmaler war Mitte sechzig, klein und dünn und wirkte auf Helen nervös.

»Ich kannte den Toten«, klärte er Helen auf, gleich nachdem sie sich begrüßt hatten.

Helen blieb stehen und sah den Professor betroffen an.

»Oh, das tut mir leid.«

»Wir waren nicht befreundet oder so. Dennoch ist es eine merkwürdige Situation, wenn Sie verstehen, was ich meine.«

Helen nickte und sie setzten ihren Weg fort.

»Haben Sie selbst die Autopsie durchgeführt?«

»Ja. Das ist bei Fällen dieser Art meine Aufgabe.« Er blieb stehen und sah Helen unsicher an. »Meinen Sie, aufgrund der Tatsache, dass ich ihn kannte, hätte ich diese Aufgabe lieber delegieren sollen?«

Helen schüttelte den Kopf.

»Nein. Sie sagten ja selbst, dass Sie mit dem Opfer nicht befreundet waren.«

Sie erreichten den Autopsiesaal und Schmaler machte sich sofort daran, die Edelstahlbahre, auf der die Leiche lag, aus dem Kühlregal zu ziehen. Er öffnete den Reißverschluss der Plastikhülle und gab so den Blick auf den blassen Körper des Toten frei. Helen begutachtete die Leiche und sprach leise in ein Diktiergerät. Als sie die Fußsohlen sah, stutzte sie.

»Was sind das für Einstiche?«

Schmaler schüttelte den Kopf.

»Ich befürchte, mein Kollege hat vor seinem Tod Höllenqualen gelitten. Die Einstiche sind mehrere Zentimeter tief. Ich glaube, dass ihm der Mörder Nadeln in die Fußsohlen gestochen hat, bevor er ihn erschossen hat. Darüber hinaus hatte er im Gesicht und am Oberkörper Spuren von heftigen Schlägen.«

»Das ist ja schrecklich«, flüsterte Helen, die wusste, dass in den Füßen sehr viele Nervenbahnen verliefen, die, wenn sie mit einer Nadel traktiert wurden, unmenschliche Schmerzen hervorriefen.

»Eine besonders grausame Art von Folter«, meinte Schmaler leise.

»Ja«, sagte Helen. Sie fragte sich, welche Geheimnisse der Tote zu Lebzeiten hatte, dass er solche Torturen erleiden musste.

Ihre nächste Station war das zweihundertvierzig Kilometer entfernte Erfurt. Es wäre natürlich einfacher für Helen gewesen, als erstes den Tatort und die Leiche in Berlin zu begutachten. Allerdings wollte sie die chronologische Reihenfolge der Morde beachten. Und da der zweite Mord in Erfurt geschehen war, würde hier ihre Reise hingehen. Erst dann würde sie nach Berlin zurückkehren. Sie fuhr gerade auf der A9 an Leipzig vorbei, als ihr Handy klingelte.

»Wagner.«

»Hallo, Helen. Ich bin's«, sagte ihre Mutter.

»Hi, Mama. Was gibt's?«

»Ich wollte mal hören, wie es dir so geht.«

Helen schmunzelte. Ihre Mutter würde niemals einfach so anrufen, nur um zu fragen, wie es ihr ging.

»Gut. Wie geht's dir?«

»Es ist bald Weihnachten«, stellte ihre Mutter fest.

»Stimmt.«

»Ich dachte ... *wir* dachten, es wäre nett, wenn wir uns alle an Weihnachten treffen würden.«

»Wir alle?«

»Du, Papa, ich und ... es tut mir leid, ich habe den Namen deines Freundes vergessen ...«

»Nicolas.«

»Ach ja. Du, Papa, ich und Nicolas.«

»Na ja, weißt du, Mama, das letzte Treffen lief nicht gerade toll ...«

»Ja, ich weiß«, sagte ihre Mutter schnell. »Deshalb denken wir ja auch, dass wir einen zweiten Versuch starten sollten. Alles zurück auf Anfang sozusagen«, sagte sie und lachte nervös.

Helen runzelte die Stirn. Das sah ihrem Vater überhaupt nicht ähnlich.

»Und Papa weiß davon?«

»Ja. Es war seine Idee.«

»Ich denke darüber nach und spreche mit Nicolas. Ich ruf dich dann an, okay?«

»Ja, natürlich. Bis dann, mein Schatz.«

Sie beendeten das Gespräch und Helen hatte eine weitere Frage, mit der sie sich beschäftigen musste. Wenig später läutete ihr Handy erneut. Sie warf einen Blick aufs Display.

»Harry. Was gibt's?«

»Die Presse hat Wind von den Arztmorden bekommen und im Internet machen die schrägsten Theorien die Runde.«

»War ja klar. Wenn in der Friedrichstraße in Berlin am hellichten Tag jemand mit einem Scharfschützengewehr erschossen wird, dann ist das schon eine heiße Story.«

»Ja. Aber dass die Pressefuzzis gleich eine Verbindung zu den anderen beiden Morden herstellen, musste nicht unbedingt passieren.«

»Stimmt. Aber es ist so, wie es ist. Was macht Nicolas?«

»Der ist unterwegs zu Klaasen.«

»Alleine?«

»Nee, natürlich nicht. Kreusch ist bei ihm.«

»Gut. Ich bin in etwa einer Stunde in Erfurt. Wusstest du, dass der Arzt in Magdeburg gefoltert wurde, bevor man ihn erschossen hat?«

»Nein, das höre ich jetzt zum ersten Mal. Schlimm?«

»Ziemlich. Ich melde mich, wenn ich in Erfurt durch bin.«

Trotz Navi verfuhr sich Helen in Erfurt, was daran lag, dass die Straße, die direkt zum Institut führte, gesperrt war, das Navigationssystem sie jedoch immer wieder auf diese Straße zurückführen wollte. Irgendwann schaltete Helen es völlig genervt aus und versuchte, ohne technische Unterstützung ihr Ziel zu erreichen.

Zwei Stunden und eine Leiche später, es war jetzt fast achtzehn Uhr, öffnete Helen die Tür zu ihrem Hotelzimmer und sank erschöpft aufs Bett. Wenige Minuten später stand sie auf und holte ihren Schreibblock und das Diktiergerät aus der Tasche. Sie musste sich ihre Notizen machen, solange der Eindruck noch frisch war.

Eine halbe Stunde später war sie fertig. Helen griff zum Telefon und bestellte sich etwas zu essen und zu trinken aufs Zimmer. Dann ging sie zum Fenster, öffnete es und zündete sich die erste Zigarette des Tages an. Jetzt, da sie ihre Arbeit beendet hatte, konnte sie über den Anruf ihrer Mutter nachdenken. Bei dem Gedanken, Weihnachten mit ihrem Vater zu verbringen, verkrampfte sich ihr Magen. Wie würde Nicolas reagieren, wenn sie ihm vom Wunsch ihrer Mutter erzählte? Wahrscheinlich würde er sagen, dass das kein Problem wäre, wenn er seine Knarre mitnehmen durfte.

Helen lächelte. Egal, wie sie sich entschied, Nicolas würde mitziehen, da war sie sich sicher. Helen seufzte tief und warf dann einen Blick auf ihre Notizen.

Opfer Nr. 1
Joachim Rosenberg, 68 Jahre alt, Witwer, Arzt der Inneren Medizin i.R., getötet durch einen Kopfschuss mit einer Handfeuerwaffe Kaliber 9 mm. Fundort der Leiche Herrenkrugpark in Magdeburg am 24. November 2012 gegen 19.45 Uhr. Geschätzter Todeszeitpunkt 24. November zwischen 0.00 Uhr und 04.00 Uhr. Einstichwunden in beiden Fußsohlen. Wahrscheinlich gefoltert, bevor er erschossen wurde. Spuren von heftigen Schlägen im Gesicht und am Oberkörper.

Opfer Nr. 2
Georg Löw, 70 Jahre alt, geschieden, Allgemeinmediziner i.R, getötet durch einen Kopfschuss mit einer Handfeuerwaffe Kaliber 9 mm. Fundort der Leiche Steigerwald in Erfurt am 25. November 2012 gegen 17.00 Uhr. Geschätzter Todeszeitpunkt am 25. November zwischen 22.00 Uhr und 02.00 Uhr. Keine Spuren von Folter erkennbar. Spuren von heftigen Schlägen im Gesicht und am Oberkörper.

Opfer Nr. 3
Bernd Goldmann, 66 Jahre alt, verheiratet. Internist. Getötet durch einen Bauchschuss mit einem Gewehr Kaliber 12,7 × 99 mm. Todeszeitpunkt am 28 November 2012 um 12.02 Uhr. Tatort Friedrichstraße in Berlin.

Das waren die Informationen, die sie bis dato hatte. Die Leiche und den Tatort des dritten Mordes würde sie am nächsten Tag aufsuchen. Die Gemeinsamkeiten der Opfer fielen sofort ins Auge: Sie waren alle Ärzte, zwischen sechsundsechzig und siebzig Jahre alt und alle Juden. Zumindest hatten sie jüdische Nachnamen. Ob es eine Verbindung zwischen den Opfern gab, konnte zu diesem Zeitpunkt noch nicht gesagt werden.

Helen beschlich ein ungutes Gefühl.

Irgendjemand war hier auf einer Mission. Und sie befürchtete, dass diese Mission noch nicht abgeschlossen war.

Kapitel 20

»Sie nennen unseren Täter den Juden-Killer«
Harry Steinhardt

Die Friedrichstraße ist eine der bekanntesten und beliebtesten Flaniermeilen Berlins mit einer bewegten Geschichte. Alexander von Humboldt und Theodor Fontane haben hier gewohnt und Napoleon Bonaparte soll im Haus mit der Nummer 63 eine lustige Nacht verbracht haben.

Aber das alles war lange her, und der aktuelle Grund, aus dem Helen sich hier aufhielt, war etwas unerfreulicherer Natur.

Sie stand genau an der Stelle, an der Bernd Goldmann, das dritte Opfer, erschossen worden war. Die Spuren waren immer noch mehr als deutlich zu sehen. Das Blut auf dem Fußweg und das Einschussloch in der Hauswand sprachen Bände.

Helen warf einen Blick in die Richtung, aus der laut den Ballistikern der Schuss abgefeuert wurde. Dem Bericht zufolge wurde der Schuss aus einer Entfernung von knapp einhundertfünfzig Metern vom Dach eines Geschäftshauses abgefeuert. Helen erschauderte bei dem Gedanken daran, dass jemand aus sicherer Entfernung durch ein Zielfernrohr blickt und dann einfach so einen tödlichen Schuss auf einen ahnungslosen Menschen abgibt. Langsam ging Helen in die Richtung des Bürogebäudes, von dem der Schuss gekommen war. Sie betrat das Haus und fuhr mit dem Fahrstuhl in die oberste Etage. Die restlichen Treppen bis zum Dach musste sie zu Fuß zurücklegen. Auf dem Dach begab sie sich zu der Stelle, von wo aus der Schütze höchstwahrscheinlich geschossen hatte. Die Höhe war schwindelerregend. Helen bezweifelte, dass sie imstande gewesen wäre, einen solch präzisen Schuss abzugeben.

Sie griff sich ihr Fernglas, sah hindurch und suchte die Stelle, an der sie eben noch gestanden hatte. Als sie sie fand, schwenkte sie das Fernglas langsam von links nach rechts.

Fast hätte sie es übersehen.

Ungefähr zwanzig Meter vom Tatort entfernt hingen an einigen Laternenmasten Stofffähnchen. Aufgeregt verließ Helen das Dach und als sie aus dem Gebäude kam, fing sie an zu rennen. Am Tatort angekommen, blieb sie stehen und sah sich langsam um. In beiden Richtungen waren im Abstand von zwei Metern auf einer Länge von ungefähr zwanzig Metern an den Straßenlaternen kleine Fähnchen in einer Höhe von schätzungsweise drei Metern angebracht.

Helen war sich sicher, dass diese Fähnchen vom Schützen dort platziert wurden, um die Windrichtung und -geschwindigkeit zu messen. Helen griff zu ihrem Handy und wählte Harrys Nummer.

»Ich brauche sämtliche Aufnahmen der Überwachungskameras in der Friedrichstraße vom 27. und 28. November. Kriegst du das hin?«

»Ich denke, das wird kein Problem sein. Sagst du mir, warum du die Aufnahmen brauchst?«

»Mit etwas Glück wurde der Schütze dabei gefilmt, wie er Windmessfähnchen an Laternenmaste gebunden hat.«

»Was zum Teufel sind Windmessfähnchen?«

Helen lachte.

»Ich weiß nicht einmal, ob es dieses Wort überhaupt gibt. Aber du wirst es verstehen, wenn du es siehst.«

»Okay, ich kümmere mich darum. Heute schon Zeitung gelesen oder ferngesehen?«

»Nein. Warum?«

»Ist auf allen Titelseiten. Sie nennen unseren Täter den Juden-Killer. Das Innenministerium ruft mich alle zehn Minuten an und fragt mich, ob wir schon einen Verdächtigen verhaftet haben.«

»Ach du Scheiße.«

»Du sagst es. Der Zentralrat der Juden hat schon im Kanzleramt angerufen und Druck gemacht. Wahrscheinlich werden die Israelis bald Soldaten zur Unterstützung nach Deutschland senden. Ein Irrenhaus ist das.«

»Wir haben noch gar nichts, Harry. Wir tappen vollkommen im Dunkeln.«

»Das weiß ich doch. Mach dir keine Sorgen, ich lasse mich nicht verrückt machen. Und wenn die nicht aufhören, Druck zu machen, lassen wir Nicolas eine Pressekonferenz abhalten.«

Er lachte laut und Helen musste grinsen.

Das wäre doch mal ein Spaß.

Kapitel 21

»Harry, ich schwöre dir, da war nichts. Gar nichts.«
Nicolas Eichborn

Kreusch und ich hatten die letzten Stunden damit zugebracht, herauszufinden, ob es sich bei den ermordeten Ärzten tatsächlich um Juden handelte.

Die Antwort auf diese Frage brachte uns nicht wirklich weiter.

Doktor Rosenberg war Jude, Doktor Löw glaubte Zeit seines Lebens an nichts und das Einzige, woran Doktor Goldmann glaubte, war Geld. Einer war also Jude, die anderen jedoch waren weder Jude noch waren sie zum jüdischen Glauben konvertiert oder hatten in ihrem näheren Umfeld jemanden, der Jude war.

Soviel zur Theorie, dass Klaasen und seine Sturmtruppe hinter den Morden steckten.

Wir waren gerade auf dem Weg zurück ins Präsidium, als mein Handy klingelte.

»Eichborn.«

»Saskia Krempe vom *Blitz*, guten Tag, Herr Eichborn. Morgen erscheint ein Artikel im *Blitz*, in dem es um Ihren letzten Fall im Allgemeinen und um Ihr Verhältnis zur Killerin Karoline Stegmann im Besonderen geht. Möchten Sie uns dazu einen Kommentar geben?«

»Da ich den Artikel nicht kenne, weiß ich nicht, was ich kommentieren soll.«

»Nun, nach unseren Informationen war ihr Verhältnis zu Karoline Stegmann ... sagen wir mal, von eher ungewöhnlicher Natur. Hatten Sie Sex mit ihr?«

»Sind Sie nicht ganz dicht?«

»Nun ja, die Informationen, die uns vorliegen, tendieren in diese Richtung.«

»Und ich tendiere dazu, das Gespräch abzubrechen, den Artikel abzuwarten und dann rechtliche Schritte gegen Sie und den *Blitz* einzuleiten.« Mit diesen Worten unterbrach ich die Verbindung und atmete erst einmal tief durch. Kreusch warf mir einen Seitenblick zu.

»Alles in Ordnung?«

Ich erzählte ihm vom Telefonat. Er hörte mir schweigend zu und als ich geendet hatte, schüttelte er den Kopf.

»Scheiß Presse.«

Eigentlich hatte ich nichts gegen die Presse. Sie erfüllte, wenn sie seriös arbeitete, einen wichtigen gesellschaftlichen Auftrag. Das Problem war nur, dass es einige Journalisten gab, die unsauber oder unvollständig recherchierten und für Zeitungen arbeiteten, denen die Story wichtiger war als deren Wahrheitsgehalt. Diese Zeitungen beschäftigten Juristen und Betriebswirte, deren Aufgabe einzig und alleine darin bestand, mögliche Bußgelder, Gerichtskosten oder Vergleichszahlungen gegen die Umsätze einer wackeligen Story gegenzurechnen.

Sollte sich ein Plus zugunsten der Story ergeben, wurde diese gedruckt. Zu diesen Journalisten gehörte Saskia Krempe. Und der Blitz war die Tageszeitung, die die meisten Juristen und Betriebswirte beschäftigte.

Also hatte ich ein Problem.

Ich war Realist, daher war mir klar, dass ich die Story nicht würde stoppen können. Darüber hinaus war ich Pragmatiker, deshalb interessierte mich vorrangig die Quelle dieser dubiosen Informationen. Vielleicht würde ja Harry einen Weg wissen, wie ich an diese Quelle herankommen konnte.

Zwanzig Minuten später erreichten wir das Präsidium und ich machte mich schnurstracks auf den Weg in Harrys Büro und berichtete ihm von dem Anruf. Ohne mich ein einziges Mal zu unterbrechen, lauschte er meiner Zusammenfassung. Als ich geendet hatte, räusperte er sich.

»Und, hast du?«

»Hab ich was?«

»Hast du mit Stegmann geschlafen?«

»Harry, bitte, das ist doch nicht dein Ernst!«

»Ich muss das fragen, entschuldige. Und du musst mir antworten.«

»Ich hatte niemals Sex mit dieser Frau. Mit Frau Stegmann«, erwiderte ich in meiner besten Bill Clinton-Imitation.

Dann wurde ich mir jedoch der Doppeldeutigkeit dieser Aussage bewusst – schließlich hatte Clinton ja gelogen. »Harry, ich schwöre dir, da war nichts. Gar nichts.«

»Keine Angst, ich glaube dir. Allerdings solltest du die erste Version deiner Antwort schnell wieder vergessen.« Er lehnte sich in seinem Bürostuhl zurück und die Lehne bog sich so weit nach hinten, dass ich schon befürchtete, er würde gleich mit dem Stuhl umkippen. Langsam kam er wieder nach vorne.

»Ich denke, ich weiß, wen ich darauf ansetze«, sagte er nachdenklich.

»Okay, wen?«

»Je weniger du weißt, desto besser.« Er stand auf und wandte sich zum Gehen. »Wir haben jetzt eine Einsatzbesprechung. Helen ist zurück und wird uns berichten, was sie in Magdeburg und Erfurt herausgefunden hat.« Er sah mich nachdenklich an. »Besser, du erzählst Helen von der Story. Sie sollte diesen Scheiß nicht unvorbereitet in der Zeitung lesen.«

Gemeinsam machten wir uns auf den Weg in den Besprechungsraum. Helen, Kreusch und das Frettchen waren schon da, und nachdem wir uns begrüßt hatten, gab uns Helen eine Zusammenfassung ihrer Erkenntnisse. Sie benötigte dafür kaum zwanzig Minuten. Als sie geendet hatte, ergriff ich das Wort und teilte den Anwesenden mit, dass es sich hierbei keineswegs um eine Mordserie handelte, deren Ziel es war, Juden zu töten.

»Was haben wir also?« Es war Harry, der diese Frage stellte. Ich spürte, dass Helen zögerte, dann aber doch antwortete.

»Zwei Dinge machen mich stutzig: Erstens die Tatsache, dass das erste Opfer gefoltert und geschlagen wurde, und zweitens der gravierende Unterschied zwischen den ersten beiden Morden und dem dritten hier in Berlin. Die ersten beiden Morde hatten eine persönliche Note. Die Folter, die Schläge. Der dritte Mord jedoch war präzise, kalt und unpersönlich. Es ist fast so, als hätten wir es mit zwei Tätern zu tun.«

»Das würde den Fall natürlich in einem vollkommen neuen Licht erscheinen lassen«, meinte Harry scharfsinnig. Er sah erst zu Helen, dann zu mir.

»Wir müssen alles über die Vergangenheit der ermordeten Ärzte herausfinden. Vielleicht wurde doch etwas übersehen und es gibt eine Verbindung zwischen ihnen.« Sein Blick wanderte zu Helmes. »Gibt es eine Art zentraler Auskunftsstelle für Ärzte?«

»Möglicherweise die Bundesärztekammer. Ich kümmere mich darum.«

Harry wandte sich an Helen.

»Haben die Aufzeichnungen der Überwachungskameras in der Friedrichstraße irgendwelche Erkenntnisse gebracht?«

Helen schüttelte den Kopf.

»Nein. Eine vermummte Gestalt, die zur nachtschlafenden Zeit die Fähnchen aufhängte. Das einzige, was wir wissen, ist, dass unser Schütze etwa ein Meter achtzig groß ist.«

Harry klatschte in die Hände.

»Okay, Leute, wenn es sonst nichts gibt, machen wir uns an die Arbeit.«

Ich hob die Hand.

»Ich hätte da noch was«, begann ich und sah Helen dabei an. »Ich erhielt vorhin im Auto einen Anruf von der Reporterin Saskia Krempe. Morgen wird im *Blitz* ein Artikel erscheinen, der mir unterstellt, ich hätte Sex mit der Tatverdächtigen meines letzten Falles gehabt, Karoline Stegmann. Ich möchte nur der Ordnung halber erwähnen, dass da nichts dran ist.« Es trat ein betretenes Schweigen ein, dass ich als äußerst unangenehm empfand. Fast so, als hätte ich den Mist, der mir da unterstellt wurde, tatsächlich getan.

»So ein Blödsinn!«, meinte Helen dann. »Wenn du während des Falles mit irgendjemanden Sex hattest, dann mit mir.«

Harry und Kreusch brachen in Gelächter aus. Das Frettchen lief rot an und sein Blick zuckte von mir zu Helen und wieder zurück. Ich war Helen dankbar für ihre Unterstützung, wusste aber auch, dass hier das letzte Wort noch nicht gesprochen war.

»Wer streut diese Informationen?«, wollte Kreusch wissen.

»Darum kümmere ich mich«, meinte Harry, ohne ins Detail zu gehen.

»Christian Stoll«, sagte Helen ohne zu zögern. »Das trägt eindeutig seine Handschrift.

Wir erklärten den anderen kurz, wer Christian Stoll war und in welcher Beziehung ich zum ihm stand.

»Wie schon gesagt: Darum kümmere ich mich.«

Harry stand auf und damit war die Einsatzbesprechung beendet.

Kapitel 22

»Dein Vater ist ein Arschloch.«
Nicolas Eichborn

Helen und ich standen am offenen Fenster der Küche unserer Berliner Dienstwohnung und rauchten.

»Ich hätte den Arsch im Knast verrotten lassen sollen«, brummte ich.

»Du bist besser als er. Deshalb hast du das nicht gemacht.«

»Scheiß drauf.«

Helen ging zum Kühlschrank und holte zwei Flaschen Bier heraus. Sie öffnete sie und gab mir eine davon.

»Auf uns. Und auf unseren grandiosen Sex.«

Wir stießen an und ich musste grinsen. Allerdings verging mir das, als Helen weitersprach.

»Allerdings hatte ich dir von Anfang an gesagt, dass dein Verhältnis zu Stegmann sonderbar war.«

Ich wollte protestieren, aber Helen brachte mich mit einer Handbewegung zum Schweigen.

»Ich glaube dir, wenn du sagst, dass du keinen Sex mit ihr hattest. Aber beantworte mir bitte eine Frage. Als ich die Fallakte noch einmal gelesen habe, ist mir nämlich etwas aufgefallen. Nachdem ich im Krankenhaus lag und Schlossmann zur Attacke auf dich geblasen hatte, wollte er auch, dass Stegmann verhaftet wird. Allerdings hatte sie da schon ihre Wohnung verlassen. Es kam der Verdacht auf, dass sie einen Tipp bekommen hatte und deshalb rechtzeitig fliehen konnte. Wer ihr diesen Tipp gegeben hatte, wurde nie ermittelt. Ich glaube, dass du es warst. Habe ich recht?«

Ich nickte.

»Stimmt. Ich hab sie angerufen und sie gewarnt.«

»Warum?«

»Weil sie mehr Opfer als Täter war. Weil Karoline, wenn sie sie selbst war, keine Gefahr darstellte.«

»Ganz schön riskant von dir.«

»Na ja. Immerhin war sie es, die euch den Tipp gegeben hat, wohin ich verschleppt wurde. Hätte sie das nicht getan, wäre ich jetzt tot.«

»Das stimmt natürlich«, gab Helen zu. »Hast du noch Kontakt zu ihr?«

»Nein. Keine Ahnung, wo sie jetzt ist oder was sie macht.«

»Besser, wenn es dabei bleibt«, sagte Helen. Dann sah sie mich mit einem unsicheren Blick an.

»Was ist?«

»Meine Mutter hat mich angerufen. Sie hat uns zu Weihnachten eingeladen.«

»Oh.«

»Wie, oh?«

»Nur so. Einfach oh.«

»Du willst da nicht hin, oder?«

»Willst du?«

»Es sind meine Eltern.«

»Dein Vater ist ein Arschloch.«

Helen lachte.

»Das stimmt. Aber es sind meine Eltern. Und meine Mutter meinte, es wäre die Idee meines Vaters gewesen. Wer weiß, vielleicht bekommt er ja so etwas wie Altersweisheit und will alles wieder gut machen.«

»So etwas geht nicht. Niemals.«

»Wie meinst du das?«

»Man kann Dinge, die man getan hat, nicht wieder gut machen. Das geht einfach nicht. Man kann sich entschuldigen, ja. Aber man kann nichts *wieder gut machen.*«

Helen machte ein nachdenkliches Gesicht.

»Darüber muss ich tatsächlich nachdenken …«

»Es ist ganz einfach: Wenn ich dich jetzt schlagen würde, wie sollte ich das jemals gut machen können? Ich könnte mich entschuldigen, versprechen, dass ich es niemals wieder tue, und hoffen, dass du mir verzeihst. Aber wieder gut machen funktioniert nicht.«

»Ich glaube, du hast recht.«

»Danke.«

»Gerne. Fahren wir hin?«

»Wohin?«

Helen rollte mit den Augen.

»Zu meinen Eltern. Weihnachten.«

»Kann ich meine Knarre mitnehmen?«

»Nein.«

»Na gut. Aber das müssen wir dann gut organisieren, weil wir ja auch zu meiner Familie fahren.«

»Ach …«

»Wie, ach?«

»Nur so. Einfach nur ach. Bis eben wusste ich nichts davon, dass wir auch bei deinen Eltern eingeladen sind.«

»Ich dachte, das wäre klar.«

»Nö.«

»Ich hatte dir gesagt, dass ich meine Eltern einmal im Jahr sehe – zu Weihnachten.«

»Okay. Daraus hätte ich natürlich schließen können, dass wir dieses Jahr dorthin fahren.«

»Eben.«

»Eine andere, weitaus nettere und auch romantischere Methode wäre es gewesen, du hättest mich gefragt, ob ich mit dir dieses Weihnachten zu deinen Eltern fahren möchte.«

»Was, in Gottes Namen, ist daran romantisch, Weihnachten zu meinen Eltern zu fahren?«

»Männer!«

Erst jetzt fiel mir der Artikel über mich wieder ein.

»Scheiße. Meine Eltern werden den Artikel im *Blitz* lesen.«

»Na dann«, sagte Helen und grinste mich an. »Spätestens jetzt wissen sie, was du beruflich machst.«

»Schöne Bescherung.!«

Kapitel 23

»Besorg mir bitte alles an Information
über Staatssekretär Schlossmann.«
Patrick Ebel

Patrick Ebel saß im Wohnzimmer seiner Hotelsuite in der Wiesbadener Innenstadt und las zum wiederholten Male das von ihm selbst erstellte Persönlichkeitsprofil des Mannes, der seinen neuesten Klienten erpresste. Ein gelegentliches Stirnrunzeln war die einzige Regung, die er während seiner Lektüre zeigte. Ebel hatte sich in den letzten Tagen intensiv mit der Person Nicolas Eichborn beschäftigt und sich dessen Personalakte verschafft. Im Hintergrund lief Musik von Johann Sebastian Bach. Gerade begann die Suite Nummer drei. Ebel spürte eine seltsame Erregung. Nicht nur wegen der Akte, die er las. Vielmehr war es sein Eindruck, dass hier etwas ganz und gar nicht stimmte. Er war es gewohnt, dass ihm seine Auftraggeber etwas verschwiegen oder ihn sogar anlogen. Aber hier steckte mehr dahinter. Die Geschichte, die dieser Schlossmann ihm da aufgetischt hatte, ergab vorne und hinten keinen Sinn. Es gab nicht viele Dinge, die Ebel aufregten. Aber wenn ihn jemand für dumm verkaufen wollte, dann konnte es schon mal sein, das er ärgerlich wurde. Ebel mochte es nicht, wenn jemand seine Intelligenz beleidigte.

Das nahm er persönlich.

Er hatte einen Verdacht und er würde an diesem Fall so lange weiterarbeiten, bis er entweder eine Bestätigung dafür erhielt, dass sein Verdacht begründet war, oder aber bis das Gegenteil bewiesen war. Sein nächster Schritt war simpel: Er würde in das Haus von Eichborn einbrechen, um nach Beweisen für dessen Schuld zu suchen. Ebel wusste, dass sowohl Eichborn als auch Helen Wagner zur Stunde in Berlin waren. Somit war der Weg zum Haus frei und er musste sich keine Gedanken darüber machen, gestört zu werden, da Eichborn weder eine Putzfrau hatte noch einen weiteren Mitbewohner. Er warf einen Blick auf seine Uhr. Bald Mitternacht. Es wurde Zeit, aufzubrechen. In zwei Stunden wollte er mit der Durchsuchung anfangen und es konnte nicht schaden, das Haus die nächsten zwei Stunden zu beobachten. Kein Einbrecher wurde verhaftet, weil er übervorsichtig gewesen war.

Aber zunächst rief einen seinen Kontaktmann im Innenministerium an. Der nahm das Gespräch nach dem zweiten Klingeln an.

»Hier ist Patrick. Besorg mir bitte alles an Informationen über Staatssekretär Schlossmann.«

Um zwei Uhr zehn morgens öffnete Ebel die Haustür mit einem Dietrich und betrat die Diele. Er machte das Licht an, denn das Haus stand ziemlich alleine in der Landschaft, sodass er sich keine Gedanken über Nachbarn machen musste, die besorgt zum Telefonhörer greifen würden. Ebel ging durch den Flur uns fand sich im Wohnzimmer wieder. Auch hier schaltete er das Licht an und sah sich um.

Er konnte keinen extravaganten oder übertriebenen Lebensstil erkennen. Abgesehen vielleicht von der Espressomaschine, die wohl einige tausend Euro gekostet hatte. Langsam sah sich Ebel im Wohnzimmer um und nahm dabei jedes Detail in sich auf. Keine wertvolle Kunst an den Wänden. Keine teuren Möbel. Eichborn besaß ein Festgeldkonto mit einem Guthaben von rund einhundertfünfzigtausend Euro. Knapp die Hälfte davon stammte aus einer Erbschaft. Seine Großeltern hatten ihm diesen Betrag hinterlassen.

Ebel setzte sich auf die Ledercouch, schloss die Augen und dachte nach.

Eichborn war ein zutiefst misstrauischer Mensch, der sich kaum jemandem anvertraute. Er hatte außerhalb der Behörde kaum soziale Kontakte, ging so gut wie nie aus und sein einziges Hobby schien das Reisen zu sein. Er hatte Probleme mit Autoritäten, oder besser mit Vorgesetzten, war aufsässig und vorlaut, brachte allerdings auch ausgezeichnete Ergebnisse.

Und er war bislang nicht gerade dadurch aufgefallen, um jeden Preis Karriere machen zu wollen.

Wieder stellte sich Ebel die Frage, die ihn schon seit dem Treffen mit Schlossmann beschäftigte:

Warum sollte Eichborn Staatssekretär Schlossmann erpressen?

Dieser behauptete, Eichborn wolle sich Vorteile im Dienst verschaffen.

Das allerdings widersprach allem, was er bislang über Eichborn herausgefunden hatte. Darüber hinaus hatte Eichborn keine finanziellen Probleme.

Ebel schüttelte langsam den Kopf. Hier fehlte eindeutig das Motiv.

Und ohne Motiv gab es keine Erpressung.

Aber das musste noch verifiziert werden.

Wenn Eichborn irgendetwas verstecken würde, dann hier im Haus. Er war einfach nicht der Typ für ein Schließfach. Das, was ihm wichtig war, musste er um sich herum wissen. In einem Versteck, das nur er kannte. Ebel dachte an die sonderbaren Verstecke, von denen er gehört hatte. Ein Banker, der unterschlagenes Geld in seiner großen Tiefkühltruhe aufbewahrt hatte. Die Fünfhundert-Euro-Noten hatte er mit *Kalbsfilet* beschriftet, die Zweihunderter mit *Rinderfilet* und die Einhunderter mit *Schweinefilet*. Aufgeflogen war das Ganze, als ein Polizist, der das Haus des inzwischen inhaftierten Bankers bewachte, Hunger bekam und Rinderfilet auftauen wollte.

Ein anderer Fall handelte von einem Drogenboss, der zwei Kilo Kokain in einer Mülltonne voller stinkender Babywindeln versteckt hatte. Da streikten selbst die besten Drogenhunde. Dieser Fall flog auf, weil einem jungen Polizisten, der gerade Vater geworden war, das Offensichtliche auffiel: Es gab keine Kinder in dem Haus.

Ebel stand auf und ging zum großen Bücherregal, das aus dunklem Massivholz bestand. Er betrachtete die Bücher und stellte fest, dass es eine Menge Autoren gab, die er nicht kannte. Allerdings waren auch etliche Bücher dabei, die er schon gelesen hatte. Werke von Poe, Wolfe und Hemingway standen neben Biografien bekannter deutscher und internationaler Politiker. Natürlich durfte auch Fachliteratur nicht fehlen.

Er fand zwei Bücher eines mittlerweile pensionierten FBI-Agenten, der der Begründer des Profiling gewesen war, sowie diverse andere Bücher über Kriminologie. Ein Buch in der obersten Reihe des Regals erregte seine Aufmerksamkeit. Es war ein dickes, gebundenes Buch ohne Titel und Autorennamen. Es wirkte alt. Da Ebel aus dem Stand nicht an das Buch herankam, benutzte er die zum Regal gehörende Leiter, griff sich das Buch, ging zurück zum Sofa, setzte sich und schlug das Buch auf.

Für einen Außenstehenden wäre die Bewegung seiner Mundwinkel kaum erkennbar gewesen, aber Ebel lächelte.

Er hatte gefunden, wonach er gesucht hatte.

▪ ▪ ▪

In der Klinik erholte sich Rainer Schranz von dem ersten Eingriff. Sein behandelnder Arzt wirkte sehr zuversichtlich, als er ihm mitteilte, dass zwar noch eine weitere Operation nötig sei, er aber optimistisch sei, was die Perspektive seines Patienten beträfe. Trotz seiner Schmerzen versuchte Schranz, etwas von der Zuversicht des Arztes zu bewahren. Es war wichtig für ihn, vollständig genesen an den Schreibtisch zurückzukehren.

Endlich hatte er sein Ziel erreicht. Er war der Leiter einer Behörde, die wirklich etwas bewegen konnte. Nichts sollte ihn daran hindern, dieses Land sicherer zu machen.

▪ ▪ ▪

Staatssekretär Schlossmann saß daheim auf der Couch und versuchte vergeblich, sich auf den Inhalt des Buches in seiner Hand zu konzentrieren. Immer wieder schweiften seine Gedanken ab. Für seinen Geschmack wartete er schon viel zu lange auf ein Zeichen von diesem arroganten Schnösel Ebel. Erst wenn dieses Damoklesschwert Eichborn verschwunden war, konnte er wieder befreit aufatmen. Hoffentlich würde er nicht mehr allzu lange warten müssen. Erneut warf er einen Blick auf den Artikel des *Blitz*. Eichborn hat also diese Stegmann gevögelt, sehr interessant. Sollte Ebel nichts gegen Eichborn unternehmen können, würde ja vielleicht dieser Artikel die Dinge wieder ins Gleichgewicht bringen.

■ ■ ■

Christian Stoll saß in einem noblen Restaurant in der Frankfurter Innenstadt und kostete den teuren Rotwein. Dann nickte er dem Kellner wohlwollend zu und widmete sich wieder seiner Begleitung. Saskia Krempe war nicht attraktiv im klassischen Sinne. Dafür war sie zu klein und zu füllig. Aber ihr Gesicht war recht hübsch anzusehen. Und sie himmelte Stoll an. Die erste Story war nun draußen, die Saat war sozusagen gelegt. Es sollten noch einige mehr folgen und am Ende stand die vollständige Vernichtung Eichborns. Er prostete Saskia Krempe zu und schenkte ihr ein breites Lächeln, das ihre Wangen erglühen ließ.

Zweiter Teil

Phase I

In Phase I-Studien wird das Produkt in der Regel an einer Gruppe von 20 bis 80 unvorbelasteten Menschen in Hinblick auf seine Wirksamkeit und Sicherheit überprüft. Dabei werden zunächst nur geringe Teile des Produktes verwendet.

Auszug aus einem internen Besprechungsprotokoll der Geschäftsführer folgender Firmen:

Hannes. B. Klugmann | Klugmann Pharmazie AG
Geschwärzt von S.K. am 02/15

Klaus. H. Friedrichs | Medico Pharma AG
Geschwärzt von S.K. am 02/15

Manfred Stolze | Stolze Pharma AG
Geschwärzt von S.K. am 02/15

Hubertus Wagner | Wagner Pharmazie AG
Geschwärzt von S.K. am 02/15

Das Gespräch fand am 03. März 1990 in den Geschäftsräumen der Medico Pharma AG (geschwärzt von SK 02/15) statt und wurde ohne Einverständnis aller teilnehmenden Personen aufgenommen. Es begann um 15.05 Uhr und endete um 18.37 Uhr.

W: Was gibt es Neues von unseren Freunden?

K: Grabowski hat mir versichert, dass er alle Unterlagen vernichtet hat.

F: Na hoffentlich.

S: Das ist gut. Das ist sehr gut.

W: Die Frage ist, ob wir uns eine neue Quelle suchen oder nicht.

K: Ich bin der Meinung, dass wir das tun sollten.

S: Dann aber bitte in einer Ecke, wo uns das nicht nochmal passiert.

W: Es gibt manchmal Entwicklungen, die sind weder vorhersehbar noch kontrollierbar.

K: Stimmt.

S: Das beruhigt mich irgendwie nicht.

K: Großer Profit ist meistens mit gewissen Risiken verbunden.

W: Es geht hier nicht nur um Profit.

K: Stimmt.

F: Ich gebe Hubertus recht. Wir sollten uns nach einer neuen Quelle umsehen.

W: Ich hätte da einen Vorschlag. Indien käme infrage.

Kapitel 24

»Ich will sie alle töten.«
Mareike Müller

Der Mann, der sich Viktor nannte, saß in seiner Hotelsuite in Berlin und betrachtete nachdenklich die sechs Dossiers, die er auf dem Esstisch ausgebreitet hatte. Sie enthielten alles Wissenswerte über die sechs Personen, die seinem Plan bislang bedingungslos gefolgt waren.

Er erinnerte sich noch genau an das erste Treffen mit ihnen. Vorausgegangen war eine anonyme E-Mail von ihm, in der er ihnen gerade so viele Informationen aus ihrer Vergangenheit offenbarte, dass er sich sicher sein konnte, ihre Neugier geweckt zu haben. Sie folgten seiner Einladung und in dem Blockhaus in der sächsischen Schweiz erzählte er ihnen alles.

Ihre Reaktion war vorhersehbar.

Zuerst Unglaube.

Viktor zeigte ihnen die eindeutigen Beweise.

Daraufhin Schock.

Viktor schwieg und beobachtete.

Dann folgte Zorn.

Jetzt hatte er sie genau da, wo er sie haben wollte.

Er erklärte ihnen seinen Plan.

Sie waren Feuer und Flamme.

Viktor zündete sich seufzend eine Zigarette an und nahm einen Schluck Kaffee. Er griff sich eines der Dossiers und schlug es auf.

Klaus Seyfarth, 35 Jahre alt, 192 cm groß, 90 Kilo schwer und blond. Er arbeitete als Bauingenieur und war ledig. Seyfarth war rücksichtslos und besaß wenige Emotionen. Mit ihm hatte er am Anfang die größten Probleme. Es war dieses typische Alphamännchen-Gehabe, das Seyfarth an den Tag legte, und Viktor war klug genug, sich nicht darauf einzulassen. Er gab ihm das Gefühl, der Chef zu sein, und betonte mehrmals, wie wichtig er für das Gelingen des Plans sei. Schließlich gab Seyfarth Ruhe und wurde zu einem konstruktiven Team-Mitglied.

Viktor griff zur nächsten Akte.

Mareike Müller, 25 Jahre alt, klein und zierlich und mit einem hübschen Lolita-Gesicht ausgestattet. Müller studierte Biologie und war sehr klug. Darüber hinaus war sie eine Sadistin. Auf sie würde er aufpassen müssen. Sie konnte mit ihren potenziell unkontrollierbaren Gewaltausbrüchen gefährlich werden.

Martin Helbig, 32 Jahre alt, schmächtig und eher der ruhige Typ, orientierte sich meist an Seyfarth. Helbig war der klassische Mitläufer, treu ergeben und ohne eigene Meinung.

Karsten Klindworth, ehemaliger Fußballprofi, 34 Jahre alt und immer noch topfit. Klindworth war groß und dunkelhaarig, allerdings nicht gerade mit einem Übermaß an Intelligenz gesegnet.

Er würde sich immer der Mehrheit anschließen.

Lukas Hollmann, 27 Jahre alt, lang und dünn. Bei ihm hatte Viktor lange gezögert, ob er ihn einladen sollte. Hollmann studierte Jura und war ein sehr intelligenter, aber auch neurotischer Mensch. Für ihn stellte er immer noch ein gewisses Risiko dar.

Und zu guter Letzt Sabine Stapelfeld.

33 Jahre alt, groß, schlank und blond. Von Beruf Polizistin. Stapelfeld war sein Trumpf, sein Joker. Und das gleich in zweierlei Hinsicht.

Zum einen wegen ihres Berufes. So erfuhr er immer den Stand der Ermittlungen, sollten diese irgendwann einmal eingeleitet werden.

Zum anderen war Sabine Stapelfeld eine seiner engsten Mitarbeiterinnen. Und das schon seit Jahren. Nichts, was in der Gruppe geschah oder gesagt wurde, würde ihm verborgen bleiben.

Deshalb wusste er auch, dass die sechs genau jetzt in der Blockhütte waren, um ihre erste Krise zu durchleben.

Viktor hatte ihnen prophezeit, dass es dazu kommen würde.

▪ ▪ ▪

Sie saßen an einem massiven Holztisch und zwischen vieren von ihnen war eine laute Diskussion über die weitere Vorgehensweise im vollen Gange. Zwei waren der Auffassung, dass sie ihren ursprünglichen Plan weiter verfolgen sollten. Die anderen beiden waren für eine Planänderung. Seyfarth beobachtete die Auseinandersetzung schweigend. Mareike Müller beobachtete ihn aufmerksam. Sie wusste, dass er derjenige war, der im Zweifelsfalle eine Entscheidung treffen würde. Nicht nur, weil er der Älteste war, sondern vielmehr, weil er bislang schon zweimal Verantwortung übernommen hatte. Dies hatte ihm den Respekt der anderen eingebracht. Vor allem derjenigen, die noch nicht in Aktion getreten waren. Diese beiden waren es auch, die eine Planänderung ablehnten. Sie wollten sich unbedingt so schnell wie möglich beweisen. Als die Diskussion lauter wurde und zu eskalieren drohte, wandte sich einer der Streithähne an den blonden Hünen.

»Klaus, was meinst du?«

Der Angesprochene schüttelte kaum merklich den Kopf und ein feines Lächeln erschien auf seinem Gesicht. *Martin. Natürlich musste es Martin Helbig sein, der sich an ihn wandte. Wer sonst.*

Klaus Seyfarth zündete sich eine Zigarette an und ließ seinen ruhigen Blick durch den Raum schweifen. Bei jedem der Anwesenden verharrte er einen kurzen Moment. Dann wurde sein Blick prüfend, abschätzend. Endlich ergriff er das Wort.

»Ich bin jetzt fünfunddreißig Jahre alt und ich denke, dass ich durchaus etwas aus meinem Leben gemacht habe – trotz der Dinge, die ich erlebt habe. Ihr wisst, wovon ich spreche. Ich habe meinen Abschluss gemacht, studiert und einen gut bezahlten Job bekommen. Aber seit ich einigermaßen logische Schlussfolgerungen treffen kann, hatte ich dieses Gefühl in mir. Eine innere Stimme, die mir immer wieder sagte, dass irgendetwas nicht stimmte. Dann erhielt ich, genauso wie ihr, diese Mail und wir trafen uns mit Viktor. Und plötzlich ergab alles einen Sinn.«

Seyfarth holte eine kleine vergilbte Pappschachtel aus seiner Jackentasche und betrachtete sie gedankenverloren. Dann fuhr er fort. »An diesem Abend, als wir die Wahrheit erfahren haben, haben wir einen Pakt geschlossen. Wir alle hier. Aber uns war bewusst, dass wir in solchen Dingen keine Erfahrung haben. Deshalb hat auch jemand anderes den Plan für uns entworfen.« Er sah sie alle der Reihe nach an. »Wir sind immer noch nicht so weit, dass wir abweichen könnten. Man würde uns erwischen und dann wäre alles vorbei. Das will ich nicht und ich bin mir sicher, dass ihr das auch nicht wollt. Deshalb bin ich dagegen, vom Plan abzuweichen, und ich bitte euch, meinem Rat zu folgen.«

Mareike Müller war das jüngste Mitglied ihrer kleinen, verschworenen Gemeinschaft. Sie nickte langsam mit dem Kopf.

»Ich will sie alle töten«, flüsterte sie und wiederholte es wie ein Mantra. Das und ihr rhythmisches Nicken machten diese Szene unheimlich. Seyfarth dachte an das erste Opfer, diesen Doktor Rosenberg aus Magdeburg. Er hatte spät in der Nacht gemeinsam mit Mareike den Arzt entführt und in einen Park gebracht. Viktor hatte ihnen empfohlen, die ersten Aktionen zu zweit durchzuführen. Nur für den Fall, dass einer von ihnen die Nerven verlieren würde.

Genau das war geschehen – allerdings anders, als Viktor sich das vorgestellt hatte.

Es reichte Mareike nicht, den armen Kerl einfach abzuknallen. Sie musste ihm vorher noch winzige, lange Nadeln in die Fußsohlen stechen. Der Arzt hatte vor Schmerz geschrien und sich eingepisst. Irgendwann hatte Seyfarth das Geschreie und Gewimmere nicht mehr ausgehalten und ihm einen Kopfschuss verpasst. Mareike war richtig sauer auf ihn gewesen. Und geil. Nachdem ihr Ärger verflogen war, hatte sie ihm eindeutige Avancen gemacht und er hatte ihr nicht widerstehen können. Seyfarth hatte noch niemals zuvor einen so intensiven Fick gehabt.

Und nun saß sie hier und wiederholte ihr unheimliches Mantra.

»Das wollen wir alle, Mareike. Deshalb sind wir hier.«

Ihr Kopf ruckte in die Höhe und ihre großen Augen saugten sich an seinen fest.

»Dann lass es uns auch tun«, zischte sie. »Hören wir mit dem Gelaber auf und kümmern wir uns um die Liste.«

Die Liste.

Viktor hatte ihnen, nachdem sie alles erfahren hatten, eine Liste mit fünfzehn Namen gegeben. Zwölf waren noch übrig. Seyfarth wandte sich an die beiden, die vom Plan abweichen wollten. Karsten Klindworth und Lukas Hollmann waren der Meinung, es wäre unumgänglich.

»Erklärt noch einmal in Ruhe, warum ihr der Meinung seid, wir sollten unsere Vorgehensweise ändern.«

»Weil wir diesem Viktor einfach blind vertrauen«, antwortete Lukas Hollmann. »Ich denke, das ist falsch. Er gibt uns Namen und Adressen, und wir fahren los und knallen diese Leute ab. Ohne Fragen zu stellen. Einfach so. Dabei wissen wir nicht genau, ob wir auch die richtigen umlegen.« Er warf den *Blitz* auf den langen Holztisch. »Und jetzt heißt es auch noch, dass wir Nazis sind, weil die Ärzte Juden waren!«

»Aber wir haben doch die Beweise gesehen«, gab Seyfarth zu bedenken.

Hollmann schüttelte energisch den Kopf.

»Wir haben das gesehen, was dieser Viktor uns gezeigt hat. Uns zeigen wollte.«

»Traue keiner Statistik, die du nicht selbst gefälscht hast«, gab Klindworth zum Besten und lachte meckernd. Als er merkte, dass keiner in sein Lachen einstimmte, verstummte er.

»Ein bisschen spät für diesen Einwand, findest du nicht auch?«, meinte Mareike an Hollmann gewandt und lächelte schwach.

»Lieber zu spät als gar nicht«, sagte Hollmann trotzig.

»Okay«, meinte Seyfarth »Und ihr denkt, wenn wir diesen Typen aus Berlin entführen, dann kann der uns Infos geben, die das, was Viktor uns gesagt hat, bestätigen oder nicht?«

Hollmann nickte.

»Ja, genau.«

Seyfarth blickte zur zweiten Frau in ihrer Runde. Sabine Stapelfeld war am Anfang das umstrittenste Mitglied ihrer Gruppe gewesen, was an ihrem Beruf lag. Seyfarth stellte sie sich ab und zu in dunklem Leder vor. Die Haare streng nach hinten gebunden und mit einer Peitsche in der Hand, wäre sie die ideale Domina. Er wollte unbedingt dabei sein, wenn sie das erste Mal in Aktion trat. Vielleicht würde sie danach ja auch ficken wollen.

»Was meinst du, Sabine?«

»Noch haben wir kein Aufsehen erregt. Die Bullen haben keine Ahnung, dass ein Plan hinter den Morden steckt. Für sie läuft einfach ein Amokläufer durch die Gegend, der wahllos Leute umnietet.«

»Bist du der Meinung, dass wir vom Plan abweichen können?«

»Wie gesagt. Die Bullen haben keine Ahnung.«

Klaus Seyfarth fand es immer wieder amüsant, wenn Sabine von Bullen sprach. Weniger amüsant war ihre ausweichende Antwort. Er sah sie so lange eindringlich an, bis sie ergeben seufzte.

»Ich bin der Meinung, dass der Plan gut ist und wir nicht von ihm abweichen sollten«, sagte sie betont gelangweilt.

Seyfarth nickte zufrieden.

»Ich bin derselben Meinung. Machen wir weiter, wie vereinbart.«

Hollmann und Klindworth wechselten einen kurzen Blick und nickten dann zustimmend.

Kapitel 25

»Ich hatte nicht um dieses Gespräch gebeten.«
Günter Maria Helmes

Die Bundesärztekammer erwies sich für Helmes als wenig hilfreiche Quelle, um an Informationen über die getöteten Ärzte zu gelangen. Die erste Reaktion des Mitarbeiters, als Helmes sich vorstellte und sein Anliegen vorbrachte, war eine Flut von Fragen.

»Geht es um Korruptionsverdacht? Glauben Sie, diese Kollegen sind bestechlich? Haben Sie Beweise?«

»Nein, es geht nicht um Korruption. Die Kollegen, um die es geht, sind tot.«

»Na, Gott sei Dank«, entfuhr es dem Mitarbeiter.

»Na ja. Das kann man sehen, wie man will«, entgegnete Helmes. »Wo kann ich denn Informationen über diese Ärzte bekommen?«

»Versuchen Sie es dort, wo sie gearbeitet haben«, schlug der Mann vor.

Die Landesärztekammern waren ebenfalls ein Fehlschlag, und Helmes begann sich zu fragen, was diese Organisationen eigentlich für einen Zweck erfüllten außer Lobbyarbeit. Zu guter Letzt machte Helmes das, was jeder Sechzehnjährige als Erstes getan hätte:

Er googelte die Namen der Ärzte und hangelte sich durch die Suchergebnisse.

Diesmal hatte er Erfolg.

Mehr noch: Durch die Ergebnisse stellte er die Verbindung der Ärzte zueinander her.

Helmes reckte triumphierend eine Faust in die Höhe. Dann machte er sich auf den Weg in die Charité.

■ ■ ■

Die Charité ist mit ihren dreizehntausend Mitarbeitern und 1,2 Milliarden Euro Umsatz im Jahr einer der größten Arbeitgeber Berlins. 1710 als Pesthaus gegründet, gehörte sie ab 1810 zur Berliner Universität und wurde im Laufe der Zeit zu einer bedeutenden Forschungs- und Lehreinrichtung. Durch die Teilung Berlins nach dem Zweiten Weltkrieg lag die Charité im Osten und wurde das führende Krankenhaus in der damaligen DDR.

Helmes parkte seinen Wagen auf einem der zahlreichen Besucherparkplätze und machte sich auf den Weg zum zentralen Empfangsbereich. Dort erwartete ihn schon der Assistent des Direktors. Der junge Mann wirkte überaus nervös, und als er Helmes die Hand gab, war diese feucht.

»Bevor wir uns auf den Weg ins Archiv machen, möchte der Dekan Sie noch sprechen«, verkündete er mit zitternder Stimme und unruhigem Blick. Helmes war zwar über diese Verzögerung verärgert, widersprach aber nicht. Sie begaben sich in den Aufzug und als sie oben ankamen, brachte ihn der Assistent bis zum Büro des Dekans. Dort nahm ihn eine Sekretärin in Empfang und begleitete Helmes direkt in das Zimmer.

»Nehmen Sie Platz«, dröhnte es Helmes entgegen. Der Dekan blieb sitzen und musterte ihn abschätzend, als Helmes sich setzte. Helmes erwiderte gelassen den Blick. Der Dekan war schätzungsweise sechzig Jahre alt, groß und übergewichtig. Sein dunkles Haar befand sich auf dem Rückzug, hatte aber oberhalb der Augen starke Reserven gebildet.

»Sie wollen mein Archiv nach Akten durchsuchen?«, kam der Dekan sofort zur Sache.

Mein Archiv? Helmes ignorierte die Frage und streckte ihm stattdessen die Hand entgegen.

»Guten Tag. Mein Name ist Günter Maria Helmes vom Amt für innere Sicherheit.«

Der Dekan runzelte missbilligend die Stirn, ergriff dann aber die Hand.

»Professor Rudolf Hauberg, Dekan der Charité«, murmelte er schlecht gelaunt.

»Ich möchte in dem Archiv der Charité nach bestimmten Akten suchen.«

»Warum?«

»Da es sich um laufende Ermittlungen handelt, bin ich nicht befugt, Ihnen das zu erläutern.«

»So geht das nicht«, brauste Hauberg auf. »Sie können hier nicht so einfach reinplatzen und Unruhe stiften.«

»Es war und es ist nicht meine Absicht, Unruhe zu stiften. Ich verspreche Ihnen, dass wegen mir niemand von seiner Arbeit abgehalten wird.«

»Sie halten mich von meiner Arbeit ab«, stellte Hauberg fest.

»Ich hatte nicht um dieses Gespräch gebeten.«

»Werden Sie nicht unverschämt«, schnauzte ihn der Dekan an.

»Herr Professor Hauberg. Sie wecken in mir den Eindruck, als hätten Sie etwas zu verbergen. Ist das so?«

Hauberg zuckte zusammen.

»Natürlich nicht!«

»Was soll dann dieser Versuch, mich einzuschüchtern?«

Hauberg rutschte auf seinem Bürostuhl hin und her. Dann beugte er sich vor und legte die Hände auf die Schreibtischplatte.

»Wir hatten in den letzten Monaten hier einiges an Aufsehen. Das ist nicht gut für die Charité.«

Helmes nickte. Er erinnerte sich an die Meldungen, nachdem in der Säuglingsstation Keime aufgetreten waren und ein Neugeborenes verstorben war. Dann gab es da noch den Fall eines Pflegers, der Patienten sexuell missbraucht hatte. Einen besonders schweren Fall von Missbrauch an einer Minderjährigen wurde von der Charité erst mit Verzögerung der Polizei gemeldet.

»Ich habe nicht vor, Aufsehen zu erregen.«

Helmes konnte sehen, dass der Dekan einen inneren Kampf ausfocht. Allerdings hatte er keine Befugnisse, die Ermittlungen zu verhindern. Schließlich gab er sich einen Ruck.

»Ich kann also mit Ihrer Diskretion rechnen?«

Helmes stand auf.

»Selbstverständlich.«

Damit drehte er sich um und verließ das Büro.

Kapitel 26

»Was glotzt du denn so?«
Harry Steinhardt

Es gab durchaus Dinge, denen ich rein gar nichts Positives abgewinnen konnte. Die ich regelrecht hasste. Graupensuppe zum Beispiel. Oder Inkompetenz gepaart mit Dummheit. Warten gehörte auch dazu. Vor allem dann, wenn nichts voranzugehen schien. Dann spielte selbst die Zeit verrückt und aus Minuten wurden Stunden. Trotz der Tatsache, dass nur einer der drei toten Ärzte Jude war, mussten wir dem nachgehen. Der Druck aus dem Innenministerium war ungebrochen hoch. Doch der alte Nazi-Recke Klaasen dachte im Traum nicht daran, sich verdächtig zu machen oder uns irgendeinen Anlass zu geben, ihn zu verhaften.

Nicht, dass ich erwartet hatte, ihn mit einem Scharfschützengewehr auf dem Rücken und »Dann geh ich mal einen Judenarzt abknallen«-brüllend das Haus verlassen zu sehen.

Das nicht gerade.

Aber ein klein wenig verdächtiger hätte er sich schon verhalten können. Das Gegenteil war der Fall. Der Arsch ging sogar Blut spenden!

Nach ein paar Stunden hatte ich die Observation des Blödmanns einem anderen Team übertragen und war frustriert mit Kreusch zurück ins Büro gefahren. Ich ging geradewegs in Harrys Zimmer und betrat es zeitgleich mit dem Anklopfen.

»Himmel, Arsch, Nicolas! Kannst du nicht wenigstens warten, bis ich *Herein* gerufen hab?«

»Bist du etwa nicht alleine? Störe ich?« Ich machte einen langen Hals und starrte auf seinen Schreibtisch.

»Man wartet nach dem Klopfen einfach aus Höflichkeit, bis man gerufen wird.«

»Ich dachte, ich hätte so etwas gehört.«

»Das kam dann aber nicht von mir. Was gibt's?«

Mein Hals wurde noch länger.

»Nichts. Und das ist das Problem.«

»Was glotzt du denn so? Und wo glotzt du überhaupt hin?«

»Ich wollte nur sehen, ob unter deinem Schreibtisch jemand hockt ...«

»Hä?« Harry starrte jetzt selbst unter seinen Schreibtisch. Dann wurde ihm klar, was ich da unterstellt hatte, und sein Schädel kam ruckartig wieder nach oben.

»Du bist ein Schwein, weißt du das?«, sagte er. Dann musste er grinsen. »Ich wünschte manchmal, dass ich für solche Sauereien noch die Energie hätte. Aber in meinem Alter stehst du nachts dreimal auf, um einmal pissen zu können. Und wenn du dann kannst, dauert es so lange, dass du wieder hellwach bist, wenn du wieder im Bett liegst.«

»TmI, Harry. «

»Häh?«

»Too much information.«

»Arschloch.«

»Mir ist langweilig.«

»Nicolas, ich bin nicht zu deiner Unterhaltung hier. Geh, lös einen Fall.«

»Ich habe aber keinen Fall.«

»Du hast drei tote Ärzte, die nach Gerechtigkeit schreien. Hilf ihnen, die zu bekommen.«

»Hast du deine Pillen heut Morgen nicht genommen?«

Harrys Augen wurden zu Schlitzen.

»Oh-oh. Ich hab schon wieder eine Grenze überschritten, oder?«

Er nickte.

»Na gut. Ich geh dann mal. Vielleicht hat Helen ja mehr Verständnis als du.«

»Ruf doch mal Helmes an. Vielleicht hat der ja schon was herausgefunden.«

»Ausgezeichnete Idee!«

Mit neuem Elan ging ich in mein Büro und wählte die Nummer der Nähmaschinenfabrik.

»Tut mir leid«, sagte mir die Sekretärin von wem auch immer. »Herr Helmes ist in die Charité gefahren, um Nachforschungen anzustellen.«

»Alleine?«

»Ja.«

Es lief mir eiskalt den Rücken runter. Genau aus einem solchen Grund hatte ich bei meinem letzten Fall einen Kollegen verloren. Auch der hatte auf eigene Faust Recherchen angestellt und war nicht mehr zurückgekehrt.

Ich rannte aus meinem Büro, ignorierte den Aufzug und flitzte die Treppen runter. Draußen angekommen, knallte ich das Blaulicht aufs Dach meines Wagens und raste in die Charité.

▪ ▪ ▪

Mit quietschenden Reifen kam mein Wagen vor dem Haupteingang zum Stehen. Ich schaltete das Martinshorn ab und rannte ins Gebäude. Dass das Blaulicht immer noch angeschaltet war, beachtete ich nicht. Kurz bevor ich den Eingang erreichte, kam mir ein Mann entgegen, den ich um ein Haar umgerannt hätte. Er sah mich mit ausdruckslosem Blick an und mich beschlich für Sekundenbruchteile ein sehr unangenehmes Gefühl. Dann war der Moment vorbei und der Typ verschwand aus meinem Blickfeld. Ich stürmte zum Empfang und knallte meinen Dienstausweis gegen die Scheibe.

»Wo ist mein Kollege Günter Helmes?«

Die Frau hinter der Scheibe starrte mich entsetzt an und griff zum Telefon. Wahrscheinlich war sie vollkommen harmlos, aber wer konnte das schon mit Bestimmtheit sagen?

Die brutalsten Killer sahen aus wie Vorschüler – oder eben wie Empfangsdamen.

Ich starrte sie bedrohlich an und wartete nur darauf, dass sie ein riesiges Fleischermesser aus ihrer Handtasche zog. Wenig später kam ein übergewichtiger Mann mit hochrotem Kopf auf mich zu und blieb erst stehen, als sein Bauch fast den meinen berührte.

Das war eindeutig zu nahe.

»Ist das Ihre Definition von diskretem Vorgehen?«, schnauzte mich der Typ an.

»Gehen Sie auf der Stelle einen Schritt zurück, oder ich

trete Ihnen so gewaltig in die Eier, dass die Ihnen Ihre Glocken aus der Luftröhre operieren müssen.«

Der Typ schnappte nach Luft und ich hatte den Eindruck, er würde kollabieren. Dann wich er zurück.

»Wer sind Sie?«, wollte ich von ihm wissen.

»Ich bin der Dekan. Mein Name ist ...«

»Ihr Name ist mir scheißegal. Wo ist mein Kollege?«, fiel ich ihm brutal ins Wort. Entschuldigen konnte ich mich später immer noch.

»Im Archiv.«

»Wo ist das?«

Er starrte mich stumm an und schien erleichtert, als ein Mann in Uniform sich uns vorsichtig näherte. Ich nahm an, dass es sich bei ihm um einen Mitarbeiter des Sicherheitsdienstes handelte. Ich wandte mich ihm zu und wedelte mit meinen Dienstausweis.

»Wissen Sie, wo das Archiv ist?«

Er versuchte, etwas von meinem Ausweis zu erkennen und nickte dann.

»Bringen Sie mich hin.«

»In welchen Teil des Archivs müssen Sie denn?«

»Keine Ahnung. Ich will dahin, wo mein Kollege ist.«

Der Sicherheitsmann sprach in sein Funkgerät und wandte sich wieder an mich.

»Folgen Sie mir bitte. Ihr Kollege ist im zentralen Archiv in Spandau.«

»Spandau? Ich dachte, das Archiv wäre hier?«

Der Dekan lächelte überheblich.

»Wir reden hier von Millionen von Akten, guter Mann. Ganz zu schweigen von den Gewebeproben.«

Gewebeproben? Hatte der Arsch gerade Gewebeproben gesagt? Mir drehte sich der Magen um. Besaß das Charité etwa eine Art Ersatzteillager für Menschen? Wir gingen zum Parkplatz und ein netter Mitarbeiter des Sicherheitsdienstes lotste mich zum Archiv der Charité. Obwohl ich den Eindruck gewann, dass er mich begleitete, um zu vermeiden, dass ich Schaden anrichtete. Was dachten die, was ich tue, Extremitäten klauen?

Wenn ich das Wort *Archiv* höre, dann denke ich an einen Raum voller Metallschränke mit Hängeregistratur, die an den Auszügen beschriftet sind. So nach dem Motto *S-T* oder so. Was mich hingegen hier erwartete, übertraf alles für mich Denkbare.

Der Wachmann führte mich in eine Lagerhalle, deren Ausmaße mich schier erschlugen. Schmale Gänge, gerade einmal so breit, dass ein Hubwagen in der Größe eines Gabelstaplers durchpasste, trennten Stahlregale, die bis an die etwa zwölf Meter hohe Decke reichten und bestimmt einhundert Meter breit waren. In den Regalen lagen mehrere Kartons übereinandergestapelt und mit Metallbändern zusammengebunden. Jeweils zehn Kartons bildeten einen zusammengebundenen Haufen. Und von diesen Haufen gab es hier tausende.

»Was zum Teufel …«, stammelte ich. Wie sollte man hier etwas finden? Und wo waren die Gewebeproben?

Der Wachmann deutete vage in Richtung.

»Wir müssen da entlang.«

Wie konnte man sich hier orientieren? Ich folgte ihm sehr wachsam, da ich keine Ahnung hatte, ob er sich gleich aus dem Staub machen würde. Es wäre sicher kein angenehmer Tod, hier in diesen Gängen herumzuirren, ohne Wasser, ohne Brot.

Er bog rechts ab und ganz am Ende des Ganges konnte ich eine kleine Gestalt ausmachen, die an irgendetwas herumhantierte. Wobei ich mir nicht sicher war, ob das stimmte, da die Entfernung einfach zu groß war. Konnte ja keiner ahnen, dass man ins Archiv der Charité Nahrungsmittel und ein Fernglas mitnehmen sollte. Nach einigen Minuten erreichten wir die Stelle, an der ich geglaubt hatte, etwas zu erkennen.

Es war tatsächlich Helmes, der mit einem Arbeiter in eine heftige Diskussion verwickelt war. Unter seinen Arm hatte das Frettchen einen Karton geklemmt und zu seinen Füßen stand ein weiterer. Die Diskussion war sehr hitzig, und soweit ich das mitbekam, ging es um Akten, die da sein müssten, es aber nicht waren. Ich tippte Helmes auf die Schulter.

Er zuckte zusammen, als hätte ich ihn unter Strom gesetzt, sein Kopf schnellte in meine Richtung und er fauchte mich mit weit aufgerissenen Augen an.

»Was ist?«

Wow. Das Frettchen war im Blutrausch. Was für ein Anblick. Dann erkannte Helmes mich und er fiel in sich zusammen.

»Oh, Herr Eichborn. Was machen Sie denn hier?«

»Nur nach dem Rechten schauen. Alles okay hier?«

»Nein«, sagte er aufgebracht. »Ganz und gar nicht. Akten sind verschwunden und niemand kann mir sagen, wie das geschehen konnte.«

Ich nickte in Richtung der Kartons.

»Und was ist mit denen hier?«

»Das sind die Akten der ersten beiden Opfer. Die des dritten Opfers sind weg.« Er fuchtelte mit der freien Hand in der Luft herum. »Einfach verschwunden.«

Der Mitarbeiter der Charité machte ein trotziges Gesicht.

»Was sollen wir denn machen? Hier kann ja quasi jeder reinkommen und rumschnüffeln.«

»Meinen Sie etwa mich?«, blaffte Helmes.

»Nun beruhigt euch mal wieder«, ermahnte ich die beiden Streithähne. Ich wandte mich an den Mitarbeiter der Charité. »Ich hatte bis eben den Eindruck, dass die Sicherheitsbestimmungen hier ziemlich streng sind. Von jedem Besucher werden doch die Personalien aufgenommen, bevor er auch nur erfährt, wo sich das Lager überhaupt befindet, oder etwa nicht?«

»Ja, ja«, maulte er. »In der Theorie mag das so sein. Aber die Praxis sieht häufig ganz anders aus. Bei Ihnen beiden ist ja klar, dass Sie sich hier aufhalten dürfen. Sie haben ja einen offiziellen Auftrag, sozusagen. Aber gestern und heute waren schon zwei Typen hier, die mir irgendwie verdächtig schienen. Sie haben schon recht, es gibt strenge Vorschriften, was den Zutritt zum Lager betrifft, aber manchmal hab ich den Eindruck, dass der eine oder andere sie irgendwie umgeht.«

Helmes und ich wurden hellhörig.

»Wieso schienen die beiden verdächtig?«, fragte ich nach.

Der Typ verschränkte die Arme vor der Brust und sah uns mit neuem Selbstvertrauen an.

»Ich arbeite nun schon seit fünfzehn Jahren hier. Da bekommt man ein Gespür für die Menschen. Ähnlich wie in Ihrem Job. Der eine war so um die dreißig Jahre alt. Hat komische Fragen gestellt. Wollte wissen, wie weit die Akten hier zurückgehen und ob alle noch da wären und so. Normalerweise fragen die Leute nur nach den Akten, die sie einsehen wollen, verstehen Sie?«

»Und der war heute hier?«, hakte Helmes nach.

»Nee. Der war gestern hier. Der Typ, der heute hier war, der war von einem ganz anderen Kaliber. Der war richtig gruselig.« Er machte eine Pause, wohl um die Dramatik seiner Worte zu unterstreichen.

»Ja«, sagte ich leicht genervt. »Gruselig …«

»Der Typ war irgendwie komisch. Fragte nach einer bestimmten Akte und steckte mir einfach so hundert Euro zu.« Ihm wurde bewusst, dass er sich gerade verplappert hatte. Er warf einen schnellen Blick zur Seite. »Es ist nicht verboten, so was anzunehmen«, versicherte er uns schnell. Es war mir scheißegal, ob das verboten war oder nicht. Das Geld war er so oder so los, da sich auf dem Schein Fingerabdrücke des Mannes befinden konnten, der hier eine bestimmte Akte einsehen wollte. Vielleicht war er aktenkundig und vielleicht konnte das Labor diesen einen Abdruck zwischen all den anderen ausfindig machen. Ganz schön viele Vielleichts ...

»Welche Akte wollte er sehen?«, wollte Helmes wissen.

»Die von einem Doktor Goldbart oder so ...«

»Könnte es sein, dass der Name Goldmann war?«

»Ja, genau! Goldmann war's!«

Helmes und ich tauschten einen schnellen Blick.

»Okay. Dann nehmen wir erst mal das, was wir haben. Um die verschwundenen Akten sollen sich andere kümmern.« Ich sah den Mitarbeiter der Lagerhalle auffordernd an.

»Was ist?«

»Sie müssen mir die hundert Euro geben. Wir müssen sie auf Fingerabdrücke untersuchen.«

Er schnappte kurz nach Luft.

»Bekomme ich die wieder?«

»Natürlich«, log ich und streckte die Hand aus.

Er sah mich unsicher an und fingerte dann den Hundert-Euro-Schein aus seiner Tasche. Als er ihn in der Hand hielt, zögerte er kurz.

»Krieg ich ne Quittung?«

»Sie wollen für einhundert Euro Bestechungsgeld eine Quittung haben? Sind Sie bescheuert?«

Er räusperte sich und gab mir den Schein, den ich an der äußersten Ecke mit spitzen Fingern entgegennahm und in einer kleinen Plastiktüte für Beweismaterial verstaute. Diese Tüten und meine Knarre hatte ich eigentlich immer dabei. Ich wandte mich wieder an den Lagerarbeiter.

»Sie müssen dann noch schnellstmöglich ins Präsidium kommen, um Ihre Fingerabdrücke abnehmen zu lassen.«

Er zuckte erschrocken zusammen.

»Warum das denn?«

Ich hielt ihm die Tüte vor die Nase.

»Weil auf dem Schein auch Ihre Fingerabdrücke sind. Und die müssen wir ausschließen können, verstehen Sie?«

Er nickte und ich nahm Helmes den Karton, den er sich unter den Arm geklemmt hatte, ab.

»Kommen Sie, fahren wir ins Büro zurück.«

Helmes warf dem Mitarbeiter einen bösen Blick zu, schnappte sich den anderen Karton und folgte mir. Ich legte ihm, während er neben mir ging, eine Hand auf die Schulter.

»Wissen Sie, Günter, es gibt ein paar Regeln, die wir alle einhalten sollten. Regel Nummer eins lautet, fahre niemals alleine irgendwo hin, wenn du nicht weißt, was da auf dich zukommt.«

»Sie haben sich Sorgen um mich gemacht?«

»Na ja, so weit würde ich jetzt nicht gehen …«

Kapitel 28

»Autsch! Mich hat etwas gestochen.«
Professor Hubertus Klingbeil

Professor Doktor Hubertus Klingbeil liebte den Hamburger Hafen, deshalb war es auch keine Frage für ihn, wohin er ziehen würde, wenn er das entsprechende Alter erreicht hätte. Das Augustinum in Hamburg war eine der edelsten, aber auch teuersten Altersruhestätten Deutschlands. Er zahlte für das Drei-Zimmer-Apartment über viertausend Euro pro Monat. Alleine der Blick aus dem Wohnzimmerfenster im zehnten Stock auf den Hafen war jeden Euro wert.

Und Geld spielte bei ihm ohnehin keine Rolle.

Über vierzig Jahre lang hatte er als Arzt gearbeitet und dabei ein kleines Vermögen angehäuft. Das nicht immer alles legal war, was er getan hatte, hatte ihm schon damals kein Kopfzerbrechen bereitet. Er war nie verheiratet gewesen und hatte keine Kinder. Somit konnte er mit seinem Geld tun und lassen, was immer er wollte. Seine Ärzte bescheinigten ihm einen für sein Alter erstaunlich guten Gesundheitszustand und hatten ihm erst vor ein paar Wochen noch viele gesunde und glückliche Jahre prophezeit.

Hätten die Ärzte gewusst, welche Art von Besuch ihn erwartete, wären sie mit ihrer Prognose etwas zurückhaltender gewesen.

Als sein Telefon am frühen Nachmittag geklingelt hatte und der Portier ihm mitteilte, dass ein Journalist ihn sprechen wollte, war er hocherfreut gewesen. Es kam nicht mehr oft vor, dass er Besuch bekam. Seine alten Weggefährten starben weg und bei den meisten, die noch lebten, verspürte er nicht das Bedürfnis, sie zu sehen.

Aber der Journalist einer renommierten Fachzeitschrift versprach willkommene Abwechslung.

Er sagte dem Portier, dass er seinen Gast selbstverständlich nach oben schicken könne, ging gemessenen Schrittes ins Bad und kontrollierte sein Erscheinungsbild. Sein dichtes graues Haar trug er modisch kurz und seine hellblauen Augen funkelten vergnügt bei dem Gedanken an ein anregendes Gespräch. Klingbeil wusch seine Hände und begab sich wieder in das behaglich eingerichtete Wohnzimmer.

Wenig später klingelte es an der Tür. Er stand auf und ließ seinen Gast eintreten.

Der junge Mann stellte sich ihm als Torben Schäfer vor und entschuldigte sich dafür, dass er ohne Termin einfach so hereinplatzte.

Klingbeil lächelte gütig.

»Das ist kein Problem, junger Mann. Mein Nachmittagstermin musste verschoben werden und somit habe ich Zeit«, behauptete Klingbeil, der überhaupt keinen Termin hatte.

»Das ist schön«, meinte Schäfer und warf einen Blick zur Fensterfront. »Darf ich?«

Klingbeil, der es aus der Vergangenheit schon gewohnt war, dass seine Besucher zuallererst einen Blick nach unten werfen wollten, nickte. Beide gingen sie zum Fenster uns sahen hinaus.

»Schön, nicht wahr?«, sagte Klingbeil verträumt. Er war so auf den Ausblick fixiert, dass er nicht merkte, wie Schäfer eine kleine Spritze aus der Innentasche seiner Jacke holte. Erst als die Spitze in seinen Hals eindrang, zuckte er zusammen.

»Autsch!«, rief er erschrocken. »Mich hat etwas gestochen.«

Schäfer musterte ihn kalt.

»Ich habe Ihnen ein Muskelrelaxans gespritzt. Ihnen als Arzt muss ich die Wirkung ja nicht erklären.«

Das musste er nicht. Klingbeil wusste, dass Muskelrelaxanzien eine reversible Lähmung des Körpers auslösen, deren Dauer abhängig von der Dosis war. Die Wirkung setzte meist unmittelbar nach Verabreichung des Mittels ein. Schäfer fing den bewegungsunfähigen Körper des Professors sanft auf und trug ihn zu einem Sessel. Dort ließ er ihn langsam hineinsinken.

»Sie können nichts sagen, da auch Ihre Kiefermuskulatur gelähmt ist. Sie können aber zwinkern. Einmal zwinkern bedeutet ja, zweimal bedeutet nein. Haben Sie verstanden?«

Klingbeil zwinkerte einmal.

»Gut. Ich nenne Ihnen jetzt acht Namen. Ich möchte wissen, ob Sie zu diesen Kollegen noch Kontakt haben. Verstanden?«

Wieder zwinkerte Klingbeil einmal.

»Allerdings muss ich Sie warnen. Von zwei dieser Personen weiß ich, dass Sie Kontakt haben. Da Sie jedoch nicht wissen, welche zwei das sind, würde ich eine Lüge bemerken. Seien Sie also ehrlich.«

Schäfer nannte acht Namen und Klingbeil signalisierte ihm viermal, dass noch ein Kontakt bestand. Dann wollte Schäfer wissen, ob er die aktuellen Wohnorte der betreffenden Personen kannte.

Hier zwinkerte Klingbeil nur zweimal.

Die letzte Frage, die ihm Schäfer stellte, erschütterte Klingbeil bis ins Mark. Denn jetzt wusste er, dass er seinem Mörder gegenübersaß.

»Haben Sie noch irgendwo Unterlagen über das Projekt Curatio?«

Als Schäfer bemerkte, dass die Lähmung nachließ, knebelte er Klingbeil. Wenige Minuten später konnte der Professor durch Nicken oder Kopfschütteln die Antworten geben. Nachdem Schäfer sicher war, dass er alles an Informationen erhalten hatte, zog er eine weitere Spritze aus der Jackentasche.

»Kaliumchlorid. Sie werden nicht einmal merken, was passiert. Es wird aussehen wie ein normaler Herzinfarkt.«

Das Letzte, was Professor Klingbeil dachte, war, dass Gott kleine Sünden sofort bestrafte. Bei großen Sünden jedoch nahm er sich Zeit und holte so richtig aus.

Torben Schäfer beobachtete den Todeskampf Klingbeils und als er sicher war, dass der Professor nicht mehr lebte, begann er damit, die Stellen in der Wohnung systematisch zu reinigen, die er angefasst hatte.

Als er alle Fingerabdrücke beseitigt hatte, verließ er das Apartment und fuhr mit dem Aufzug nach unten. Am Empfang sagte er dem Portier, dass der Professor sich nicht wohl fühlte und sich hingelegt hatte. Er solle ihm ausrichten, dass er für die nächsten Stunden nicht gestört werden wolle. Dann ging er mit ruhigen Schritten zu seinem Fahrzeug, das er weit genug vom Gebäude entfernt geparkt hatte, und fuhr in sein Hotel. Dort angekommen, startete er seinen Laptop, loggte sich in ein Programm ein und sendete eine Nachricht.

K ist erledigt. Informationen zu vier weiteren ZP erhalten. Nächstes Ziel Berlin.

Die Antwort ließ nicht lange auf sich warten.

Sehr gut. Erwarte Bericht, wenn Berlin erledigt. Geld wird angewiesen. Haben Sie die Akte von G?

Auf Schäfers Stirn erschien eine tiefe Falte. Sein Besuch in der Charité war erfolglos gewesen. Die Akte von diesem Doktor Goldmann war, sehr zur Verwunderung der Mitarbeiter des Archives, nicht da gewesen. Er antwortete.

Die Akte von G war nicht dort, wo sie hätte sein sollen.

Diesmal ließ die Antwort länger auf sich warten.

Ok. Wir kümmern uns darum. Sobald wir wissen, wo die Akte ist, melden wir uns.

Schäfer loggte sich aus, klappte den Laptop zu und bestellte sich etwas zu essen aufs Zimmer.

Wer auch immer jetzt im Besitz dieser Akte war, bekam Probleme.

Und zwar gewaltige Probleme.

Kapitel 29

Was macht einen guten Journalisten aus? Diese Frage war für Martin Ebeling ganz einfach zu beantworten. Zum einen erkennt er eine gute Story, wenn er eine sieht, und zum anderen lässt er sich von nichts davon abhalten, sie zu schreiben.

Martin Ebeling hatte eine gute Story. Eine sehr gute. Er wusste, dass, wenn er sie veröffentlichen würde, diese Story einschlagen würde wie eine Bombe. Und er würde ebenso einen Schaden hinterlassen. Eine ganze Branche – *die* Branche – würde in ihren Grundfesten erschüttert werden.

Aber weil es um genau *diese* Branche ging, war diese Story auch so gefährlich.

Lebensgefährlich, um genau zu sein.

Und er wusste, dass man ihn beobachtete.

Schon seit einer ganzen Weile waren sie ihm auf der Spur, und mit jedem Tag, der verstrich, wuchs seine Angst. Er hatte seine Wohnung schon seit mehreren Tagen nicht mehr betreten, weil er befürchtete, dass sie dort schon auf ihn warteten. Seinem Redakteur hatte er erzählt, um was es ging, und dieser hatte das Potenzial der Geschichte sofort erkannt. Nachdem Ebeling ihm am Telefon davon berichtet hatte, dass er verfolgt wurde, hatte er ihm eine Kreditkarte und Bargeld besorgt.

Mehr konnte er nicht tun.

Ebeling war auf sich alleine gestellt.

Nun saß er in seinem schäbigen Hotelzimmer in Berlin und warf einen Blick auf seine Rechercheergebnisse der letzten vier Wochen. Zum wiederholten Male ordnete er sie chronologisch, nur um sie dann wieder in eine andere Reihenfolge zu bringen. Es war erstaunlich, wie die Wahrheit sich veränderte, wenn man die Zeiten vertauschte. Dann griff er zu der Akte, die er heute aus der Charité entwendet hatte. Es war die Akte von Doktor Goldmann, der vor wenigen Tagen in Berlin erschossen worden war. Fast hätten sie ihn erwischt und dann, beim Verlassen des Gebäudes, rannte er auch noch diesem Beamten in die Arme. Das war wirklich knapp gewesen. Aber es hatte sich gelohnt.

Diese Akte bedeutete für ihn den endgültigen Durchbruch.

Jetzt erkannte er die Zusammenhänge und erfuhr, wer alles in diesen Skandal verstrickt war. Es war nicht unbedingt der Inhalt der Akte. Vielmehr war diese Akte nur ein weiteres Teilchen eines größeren Puzzles. Aber es war ein entscheidendes.

Er gab sich einen Ruck und begann damit, einen Brief zu schreiben. Einen Brief an den Mann, den er kaum kannte, aber von dem er glaubte, dass er ihm helfen könnte.

Ebeling lachte darüber.

Helfen war wohl kaum das richtige Wort dafür.

Der Brief und die Kopien seiner Ergebnisse würden zuerst an einen Anwalt gehen. Erst wenn ihm etwas zustieß, würde der Brief von seinem Anwalt an den eigentlichen Empfänger verschickt werden. Helfen könnte ihm dann keiner mehr, da er in diesem Falle schon nicht mehr am Leben wäre.

Er fing an zu schreiben.

Sehr geehrter Herr Eichborn …

Kapitel 30

»Er kommt zurück. Mach dich bereit.«
Karsten Klindworth

»Fahr nicht so dicht auf. Halt Abstand, sonst bemerkt er uns noch«, mahnte Klindworth gereizt.

»Ist ja gut. Reg dich nicht auf«, murmelte Hollmann, nahm den Fuß vom Gas und wechselte auf den rechten Fahrstreifen.

»Du musst nicht gleich die Spur wechseln. Wenn er gleich abbiegt, baust du noch einen Unfall.«

»Mann, Alter, fahr du doch!«, schnauzte Hollmann genervt und fuhr wieder auf den linken Fahrstreifen.

Sie verfolgten nun schon seit einer guten halben Stunde eine dunkle Mercedes-Limousine. Der Fahrer war Professor Werner Schramm. Er war zwischen 1983 und 1989 kaufmännischer Direktor der Charité gewesen.

Genau aus diesem Grund wollten Klindworth und Hollmann ihn entführen.

Die Charité war das Epizentrum.

Hier hatte alles begonnen.

Die Limousine des Professors wechselte auf die Linksabbiegerspur und Hollmann, der jetzt ein Fahrzeug zwischen sich und Schramm fahren ließ, wechselte ebenfalls die Spur.

»Also, nach Hause will der bestimmt nicht«, meinte Hollmann.

»Nee«, bestätigte Klindworth. »Der fährt in Richtung Virchow-Klinikum. Aber der arbeitet doch gar nicht mehr.«

Sie fuhren jetzt auf der Seestraße in Richtung Stadtautobahn 100.

»Wenn er ins Klinikum will, muss er gleich rechts abbiegen«, sagte Klindworth leise.

Aber anstatt den Blinker rechts zu setzten, signalisierte die Limousine, dass sie gleich links abbiegen würde.

»Wo will der Arsch hin?«

Schramm lenkte sein Fahrzeug in die Straße Dohnagestell und bog nach wenigen Metern erneut rechts ab. Dann blieb er stehen.

Klindworth und Hollmann fuhren langsam weiter und konnten sehen, wie Schramm sein Fahrzeug verließ und sich auf den Weg machte.

»Was ist denn da?«, wollte Hollmann wissen.

»Ein Friedhof. Halt an. Ich steig aus und folge ihm. Du wartest hier im Auto. Bleib auf jeden Fall im Wagen, hörst du?«

»Ja, ja«, maulte Hollmann, dem der Befehlston von Klindworth auf den Geist ging.

Klindworth stieg aus und folgte dem Professor in sicherem Abstand.

Es war kalt und es hatte angefangen, zu nieseln. Klindworth schlug den Kragen seiner Jacke hoch und stapfte mit hochgezogenen Schultern den Kiesweg entlang. In etwa einhundert Metern Entfernung konnte er die Gestalt des Professors erkennen. Langsam folgte er ihm.

Der im Auto zurückgebliebene Lukas Hollmann zündete sich eine Zigarette an und inhalierte tief. Bevor er den Rauch ausatmete, öffnete er die Seitenscheibe. Klindworth war als ehemaliger Fußballprofi natürlich Nichtraucher und hasste den Gestank von Tabak. Aber saufen und koksen, das war in Ordnung für ihn. Hollmann schüttelte den Kopf und zog an der Zigarette.

Auch wenn er nicht immer einer Meinung mit Klindworth war, in einer Sache waren sie sich einig. Sie sollten einem Mann vertrauen, den sie überhaupt nicht kannten. Alleine die Tatsache, dass sie schon zwei Menschen nur aufgrund der Informationen dieses Viktors umgebracht hatten, war Wahnsinn. Anfangs waren sie alle geschockt, natürlich. Dann, als die Wut und der Zorn kamen, hätten sie wahrscheinlich jeden umgebracht, auf den Viktor gezeigt hätte. Dieser Rausch hielt aber nicht lange an. Jedenfalls nicht bei Klindworth und ihm. Erste Zweifel kamen auf, unterstützt noch durch die Berichterstattung der Medien, die von Judenkillern sprachen.

Aber schon bevor der erste Artikel erschienen war, hatten er und Klindworth darüber gesprochen, dass sie mehr Informationen brauchten. Dringend.

Sie hatten angefangen, eigene Nachforschungen anzustellen, ohne den anderen etwas davon zu erzählen, und stießen auf Professor Werner Schramm, ehemaliger Direktor der Charité, genau zu der Zeit, als all das passierte, weswegen sie nun heute hier im Auto saßen und ihn verfolgten.

Rasch war ihnen klar: Wenn es jemanden gab, der die Informationen von Viktor verifizieren konnte, dann war das Schramm. Einfach hinfahren und bei einer Tasse Kaffee mit ihm plaudern, würde natürlich nicht funktionieren. Also mussten sie ihn entführen. Was sie danach mit ihm machen würden, darüber hatten sie noch nicht gesprochen. Vielleicht hatten sie dieses Thema auch nicht angeschnitten, weil beiden klar war, was danach geschehen musste.

Es durfte keine Zeugen geben.

Natürlich nicht.

Und schließlich traf es ja mit Schramm bestimmt keinen Unschuldigen.

Klindworth hielt noch immer einen sicheren Abstand zu Schramm und beobachtete nun, wie der an einem Grab stehenblieb, die Arme vor der Brust verschränkte und mit gesenktem Haupt still dastand. Der Regen hatte an Intensität zugenommen und Klindworth zog die Kapuze seines Pullis über den Kopf. Schramm schien vom Regen nichts zu merken.

Etwa fünf Minuten verharrte er vor dem Grab, dann drehte er sich abrupt um und machte sich auf den Weg zurück zum Auto. Den jungen Mann, der vor einem uralten Grab stand, beachtete er nicht. Sobald Schramm einen gewissen Abstand zu Klindworth hatte, holte der sein Handy aus der Tasche und wählte Hollmanns Nummer.

»Er kommt zurück. Mach dich bereit.«

Klindworth dachte kurz daran, sich das Grab anzuschauen, verwarf den Gedanken aber wieder. Stattdessen klappte er sein Handy zu und folgte dem Professor. Er konnte ihn zwar nicht mehr sehen, aber das störte ihn nicht, da er ja wusste, wohin der Alte wollte. Er erreichte den wartenden Hollmann, als Schramm gerade in seinen Wagen stieg. Hollmann hatte den Motor schon gestartet und wendete langsam. Sobald Schramm an der Kreuzung Seestraße stand und links abbog, folgten sie ihm.

»Hast du etwa im Auto geraucht?«, wollte Klindworth verärgert wissen.

Leck mich, dachte Hollmann und konzentrierte sich auf den Verkehr.

Professor Schramm wohnte in einer großzügigen Dachgeschosswohnung in der Jablonskistraße im Berliner Stadtteil Prenzlauer Berg. Das Haus, in dem seine Wohnung lag, stammte aus dem Jahr 1900, und es gab keinen Fahrstuhl. Jeden Tag ging Schramm mindestens zweimal die neunundachtzig Stufen bis zu seiner Wohnungstür hinauf und hinab. Das hielt ihn zwar fit, aber er spürte jede einzelne Treppe von Monat zu Monat mehr. Seine ca. einhundertachtzig Quadratmeter große Fünf-Zimmer-Wohnung war vor acht Jahren entstanden, als das gesamte Gebäude einen neuen Eigentümer bekam, der es komplett renovierte und aus zwei Dachgeschosswohnungen eine machte. Deshalb war Schramms Wohnung auch ziemlich verwinkelt, was ihm aber sehr gefiel. Auch die Tatsache, dass einige Räume nur durch Leichtbauwände getrennt und somit die Wohnung an einigen Stellen hellhörig war, störte ihn nicht. Schließlich wohnte er hier alleine. Aber bald war die Zeit gekommen, sich nach einer adäquaten Erdgeschosswohnung umzusehen. In Berlin nur eine Frage der Verbindungen und des Geldes, und von beidem hatte er genug. Etwas außer Atem schloss Schramm die Wohnungstür auf und betrat die Diele.

Unten auf der Straße standen sich Klindworth und Hollmann ratlos gegenüber.

»Scheiße, Mann. Der Arsch wohnt ganz oben. Wie sollen wir ihn da runter kriegen, ohne dass es einer der Nachbarn bemerkt?«

Klindworth kratzte sich am Hinterkopf.

»Dann machen wir es eben in der Wohnung. Ist doch egal. Es ist jetzt«, er warf einen Blick auf seine Uhr, »halb zwei. Die meisten Leute, die hier wohnen, sind bestimmt arbeiten. Los, lass uns die Sache durchziehen.«

Hollmann blieb unschlüssig stehen.

»Ich weiß nicht ...«

»Haben wir denn eine andere Wahl? Noch wissen die anderen nicht, dass wir unser eigenes Ding machen. Wir haben nicht unbegrenzt Zeit, Alter. Jetzt oder nie.«

Hollmann knickte ein.

»Na gut. Und wie wollen wir da reinkommen?«

»Ich hab schon eine Idee. Wirst schon sehen.«

Oben stand Schramm in der Küche, um sich einen Tee zu kochen, als es klingelte. Er stellte die Teekanne beiseite und ging zur Tür. Dort nahm er den Hörer der Gegensprechanlage in die Hand.

»Ja, bitte?«

»UPS. Ich habe ein Päckchen für Professor Schramm.«

»Sie müssen in den vierten Stock. Ganz nach oben.«

»Alles klar. Danke. «

Schramm drückte den Türöffner und ließ die Wohnungstür offen. Dann ging er zurück in die Küche.

Im Schlafzimmer des Professors verstaute Torben Schäfer die Spritze wieder in der Jackentasche. Er würde warten müssen, bis der Typ von UPS wieder verschwunden und er mit Schramm alleine in der Wohnung war.

Kapitel 31

»Ich schwöre.«
Nicolas Eichborn

Während wir unterwegs waren und Helmes die Akten studierte, rief ich im Büro an und gab Harry eine kurze Zusammenfassung der letzten Ereignisse. Er bat uns darum, auf direktem Wege in die Zentrale zu kommen, und sagte, er würde dafür sorgen, dass Helen und Kreusch schnellstmöglich zu uns stoßen würden.

Fünfzehn Minuten später erreichten wir das Büro. Helmes ging direkt zum Besprechungsraum, Harry bat mich noch kurz in sein Büro, da er mit mir unter vier Augen sprechen wollte. Nachdem er die Tür hinter sich geschlossen hatte, kam er gleich zur Sache.

»Ein Staatssekretär aus dem Gesundheitsministerium hat mich gerade angerufen. Kann es sein, dass du den Dekan der Charité bedroht hast?«

»Natürlich nicht.«

»Und warum behauptet er das dann?«

»Was fragst du mich das? Frag ihn, diesen … keine Ahnung, wie der heißt.«

»Hauberg.«

»Ja, frag diesen Hauberg. Ich habe ihn nicht bedroht. Ich hatte es eilig, das ist alles.«

»Warum hattest du es eilig?«

»Nachdem ich erfahren habe, dass Helmes alleine ins Archiv der Charité gefahren war, hatte ich ein ungutes Gefühl.«

»Warum?«

»Herrgott, Harry, was soll das?«

»Warum hattest du ein ungutes Gefühl?«

»Du kennst das doch. Instinkt und so.«

»Kann es sein, dass du ein ungutes Gefühl hattest, weil Helmes das Gleiche getan hat wie dein verstorbener Kollege Paulsen?«

»Wenn du es weißt, warum fragst du dann noch?«

»Weil ich will, dass du darüber sprichst, verdammt nochmal!«, rief Harry verärgert. »Du frisst alles in dich hinein und versteckst dich hinter deinem Zynismus, oder wie auch immer man deine schräge Art von Humor nennt.«

»Du klingst schon wie Helen«, maulte ich.

»Und weißt du was? Sie hat recht. Und somit habe ich auch recht.«

»Super. Ich freue mich ohne Ende für euch. Können wir jetzt weitermachen?«

»Du schwörst, dass du den Dekan nicht bedroht hast?«

Ich hob die rechte Hand.

»Ich schwöre.«

»Okay.« Er stand auf und ging zur Tür. »Nun komm schon«, forderte er mich auf, »lass uns arbeiten.« Beim Hinausgehen hörte ich ihn murmeln: »Ich hasse es, wenn Politiker mich anrufen.«

»Wo wir gerade bei Politikern sind: Hat sich Schlossmann noch nicht bei dir gemeldet?«

Harry drehte sich zu mir um.

»Warum sollte er?«

»Wegen des Artikels im *Blitz*.«

»Nein. Hat er nicht.«

Das war sonderbar. Irgendwas war im Busch.

Wir betraten den Besprechungsraum und trafen auf Kreusch, Helen und Helmes, die in eine angeregte Diskussion verwickelt waren. Als wir eintraten, hielten sie inne und sahen uns gespannt an.

»Was heckt ihr denn hier aus?«, fragte ich niemanden Bestimmtes.

»Wir haben Indizien gefunden, die meine Zwei-Täter-Theorie stützen«, meinte Helen grinsend.

»Okay. Lasst uns Platz nehmen und dann von Anfang an, bitte.«

Da Helmes es war, der die Idee hatte, in die Charité zu fahren, hatte er auch das Vorrecht, die anderen zu informieren. Dies signalisierte ich ihm, als er mich fragend ansah. Er schenkte mir ein kleines Lächeln, das alles oder auch nichts bedeuten konnte, und gab jetzt allen Anwesenden eine ausführliche Zusammenfassung.

Er erzählte von seinen vergeblichen Versuchen, bei der Bundes- und den Landesärztekammern etwas über die getöteten Ärzte zu erfahren, und berichtete dann von seiner Idee, ihre Namen einfach zu googeln. Er fand einen Link, der ihn zu einer alten Werbebroschüre für einen Ärztekongress in Köln führte, der vor sechs Jahren stattgefunden hatte. Beide ermordeten Ärzte waren dort als Redner aufgeführt. Das Thema des Kongresses war irgendwas mit Medikamenten. Aber das wirklich Aufregende waren die Lebensläufe der beiden, die in der Werbebroschüre aufgeführt waren. Dort konnte man nämlich nachlesen, dass beide Ärzte zur gleichen

Zeit in der Charité gearbeitet hatten. Von 1980 bis 1989 waren sie dort beschäftigt. Sogar in derselben Abteilung.

Deshalb war er in die Charité gefahren. Er wollte die Personalakten der beiden Ärzte einsehen, um noch mehr zu erfahren. Der dritte Arzt, Doktor Goldmann, war mit dem Kongress in Köln nicht in Verbindung zu bringen, aber Helmes hatte dennoch herausgefunden, dass auch Goldmann in der Charité beschäftigt war. Und zwar zwischen 1978 und 1989.

»Aber die Akte Goldmann war verschwunden«, beendete Helmes seine Zusammenfassung.

»Und genau diese Tatsache stützt die Zwei-Täter-Theorie«, meinte Helen.

»Wie das?«, wollte Harry wissen.

»Denkt mal an die unterschiedlichen Methoden, mit denen die Ärzte getötet wurden. Die ersten beiden wurden, bevor man sie umgebracht hat, geschlagen. Einer wurde sogar gefoltert. Das hat etwas Persönliches. Ich könnte wetten, der Täter kannte die Opfer.

Der dritte Arzt aber, dieser Goldmann, der wurde präzise mit einem Scharfschützengewehr geradezu hingerichtet. Da gab es keine persönliche Komponente. Und nun erfahren wir, dass die Akten der ersten beiden Opfer noch im Archiv der Charité sind, während der Akte von Goldmann verschwunden ist.«

Ich kam da nicht mehr mit.

»Okay, und?«

»In der Akte von Goldmann steht irgendetwas, was uns der Lösung des Falles näherbringen würde. Deshalb hat man sie aus dem Archiv entfernt. Da die Akten der anderen beiden Ärzte noch da sind, haben die Morde mit dem an Goldmann in Berlin nichts zu tun.«

»Das würde ja bedeuten, dass wir es nicht nur mit zwei Tätern zu tun haben, sondern auch noch mit der Tatsache, dass beide Täter unabhängig voneinander vorgehen«, schloss ich aus Helens Worten.

»Richtig«, sagte Helen.

»Es kann aber auch bedeuten, dass in den Akten der beiden anderen Ärzte einfach nichts von Bedeutung drinsteht«, gab Harry zu bedenken.

»Das würde ich so nicht sagen«, kam es von Helmes.

Kapitel 32

»Scheiße, Mann, was hast du vor?«
Lukas Hollmann

Professor Schramm ging, als er Schritte aus dem Hausflur vernahm, aus der Küche in Richtung Wohnungstür. Als er die angelehnte Tür erreichte, wurde sie aufgestoßen und zwei ihm unbekannte Männer, die nicht gerade aussahen wie UPS-Fahrer, platzten herein. Einer stieß die Tür zu und beide drängten ihn durch die Diele ins Wohnzimmer.

»Was wollen Sie?«, ächzte Schramm.

»Schnauze!«, bellte Klindworth und blickte sich hektisch um. Dann sah er Hollmann an. »Such etwas, womit wir ihn fesseln können.«

Wenig später kam Hollmann mit dem Gürtel eines Bademantels zurück ins Wohnzimmer.

»Geht das?«

»Muss reichen«, brummte Klindworth und fesselte Schramm die Arme hinter dem Rücken.

»Was wollen Sie?«, wiederholte Schramm seine Frage.

»Antworten«, entgegnete Klindworth, der jetzt, wo sie in der Wohnung waren und Schramm gefesselt war, allmählich etwas entspannte.

»Dann sollten Sie vielleicht anfangen, Fragen zu stellen, damit wir diese unerfreuliche Situation beenden können«, schlug Schramm vor, der den ersten Schock offensichtlich überwunden hatte.

»Nun werd mal nicht frech, Alter«, schnauzte Hollmann ihn an.

Klindworth schnappte sich einen zweiten Stuhl vom Esstisch und setzte sich Schramm gegenüber.

»Sie haben recht, Herr Professor. Wir sollten anfangen und dann beenden wir das Ganze.«

Schramm zuckte leicht zusammen, denn diese Bemerkung war ziemlich eindeutig gewesen. Klindworth, dem dieses leichte Zucken nicht entging, lächelte hämisch.

»Okay, alter Mann. Ich hab da ein paar Fragen.«

Das Schlafzimmer, in dem sich Torben Schäfer befand, lag genau neben dem Raum, in dem Professor Schramm gerade festgehalten wurde. Da die Trennwand zwischen den beiden Zimmern sehr dünn war, konnte er jedes Wort mithören.

Er konnte nicht fassen, was da vor sich ging.

Nicht nur, dass die beiden Eindringlinge absolute Schwachköpfe waren, die überhaupt nicht wussten, was sie da taten, und dementsprechend vollkommen unvorbereitet waren. Viel schlimmer war, dass sie offenbar dieselben Personen im Visier hatten, hinter denen auch er her war. Auch schien der Grund dafür der gleiche zu sein. Nur ihre Motivation unterschied sich von der seinen.

Unglaublich.

Wie würde wohl sein Auftraggeber reagieren, wenn er von diesen Entwicklungen erfuhr?

Würde er seine Aufträge stornieren?

Würde er gar seinen Auftrag ausweiten, indem er ihm sagte, er solle auch diese Idioten liquidieren?

Darüber musste er in Ruhe nachdenken. Viel wichtiger war

erst einmal, zu hören, was die beiden noch vorhatten. Vieles würde auch davon abhängen, ob sie ihn hier entdeckten. In diesem Falle würde er die beiden töten müssen.

Kollateralschäden waren manchmal einfach nicht zu vermeiden.

Nicht einmal beim besten Profi.

Im Nebenzimmer begannen Klindworth und Hollmann mit ihrem Verhör.

Verhören ist eine Kunst, die es zu erlernen gilt. Da es das Ziel eines Verhöres ist, an Informationen zu gelangen, an die man nicht ohne weiteres herankommt, ist es wichtig, im Vorwege so viele Details über den zu Verhörenden und das Ziel zu sammeln wie möglich. Der Vernehmer muss zumindest den Eindruck erwecken, er verfüge schon über eine Menge Informationen. So wird es für die Zielperson schwieriger zu lügen, da sie ja nicht weiß, welche Unwahrheit sofort auffliegt. Entscheidend ist, dass der Vernehmer immer, zu jeder Zeit die Oberhand behält. Auch ist es wichtig zu wissen, wie man sich der Zielperson nähert.

Ist sie empfänglich für Geld?

Hat sie Angst vor Schmerzen?

Gibt es irgendein anderes Druckmittel, wie zum Beispiel eine Ehefrau oder Kinder?

Darüber hinaus muss der Vernehmer in der Lage sein, die Körpersprache der Zielperson lesen zu können. Allgemein gilt es zum Beispiel als Zeichen sich zu verschließen, wenn die Zielperson die Arme verschränkt. Diese Körperhaltung kann jedoch auch vollkommen andere Gründe haben.

Klindworth und Hollmann hatten keinerlei Erfahrung mit Verhören oder Befragungen und stellten sich dementsprechend ungeschickt an. Sie hatten keinen Plan und gingen plump und viel zu direkt vor. Schramm antwortete ausweichend und stellte jede Menge Gegenfragen, die die beiden zu allem Überfluss auch noch beantworteten.

Als die zwei spürten, dass sie so nicht weiterkamen, packte Klindworth Hollmann an der Schulter und schob ihn aus dem Zimmer bis in den Flur.

»Okay. So geht das nicht. Wir machen es wie Jack Bauer aus der Serie *24*.«

»Ihn anschreien?«

Um den Mund Klindworths erschien ein harter Zug.

»Nein. Wir foltern ihn.«

Hollmann wich erschrocken zurück.

»Scheiße, Mann, was hast du vor?«

»Ich breche ihm seine Finger. Einen nach dem anderen.«

Sie gingen zurück zu Schramm, der sie erwartungsvoll ansah.

»Okay, Alter«, sagte Klindworth kalt. »Wenn du nicht reden willst, dann bringen wir dich eben zum Schreien.«

Schramms Selbstsicherheit verschwand sofort.

»Was soll das bedeuten?«, fragte er mit ängstlichem Unterton.

»Verarschen können wir uns alleine. Du weißt was, so viel ist klar. Und wenn du nicht freiwillig anfängst zu reden, dann zwingen wir dich dazu.« Hollmann stellte sich hinter Schramm und löste seine Fesseln. Dann schlang er seine Arme um den Oberkörper des Professors und hielt ihn fest. Klindworth griff sich Schramms rechte Hand und brach ihm mit einer schnellen Bewegung den kleinen Finger.

Der Schrei des Professors war sehr laut und erst jetzt merkten die beiden, dass sie vergessen hatten, ihn zu knebeln. Schnell holten sie das nach, indem Klindworth ihm den Gürtel des Bademantels in den Mund stopfte.

Klindworth brach ihm noch einen weiteren Finger, dann flehte der alte Mann sie an, aufzuhören. Klindworth befreite ihn vom Knebel und Schramm keuchte einen Namen.

»Grabowski!«

Kapitel 33

»Vielleicht schaffen wir ja noch vor Weihnachten einen Durchbruch.«
Harry Steinhardt

»Was meinen Sie mit: Das würde ich so nicht sagen?«, fragte Harry.

Helmes pochte mit einem Finger auf die zwei Akten, die vor ihm lagen.

»Beide Ärzte wurden von der Stasi überwacht.«

»Das steht da in den Akten?«, wollte ich erstaunt wissen.

»Nicht direkt. Aber wenn man sich ein klein wenig auskennt und zwischen den Zeilen lesen kann, dann ist es eindeutig.«

»Und du kennst dich aus und kannst zwischen den Zeilen lesen«, schloss ich und wechselte einfach mal zum vertraulichen Du.

Helmes nickte.

»Richtig. Ich hab mich schon früher damit beschäftigt. Und ich sage euch, dass unsere Opfer von der Stasi überwacht wurden. Allerdings nicht, weil sie Gegner des Regimes waren.«

Ich mochte es nicht sonderlich, wenn man aufgrund des Effektes Informationen zurückhielt.

»Komm schon, Maria. Mach's nicht so spannend.«

»Bitte nicht«, meinte Helmes leise.

»Bitte nicht was?«

»Ich heiße Günter mit Vornamen, nicht Maria.«

»Du heißt Günter Maria«, korrigierte ich ihn.

Er seufzte resignierend und fuhr dann fort.

»Die Stasi hat nicht nur Bürger der DDR überwacht, die Verwandte in der BRD hatten oder durch subversives Verhalten auffällig geworden sind. Sie hatte auch treue Genossen auf dem Schirm, die über gewisse Informationen verfügten, die für eheblichen Schaden gesorgt hätten, wenn sie publik geworden wären. Diese Art von Zielperson hatte in den Akten immer einen ganz bestimmten Vermerk. Und dieser Vermerk findet sich bei beiden Ärzten.«

»Und das bringt uns weiter?«, meinte ich wenig begeistert.

»Natürlich. Wir müssen nur herausfinden, warum sie für das MfS so interessant waren. Vielleicht entpuppt sich diese Information als Sackgasse. Dann haben wir wenigstens einen weiteren Punkt, den wir abhaken können. Vielleicht bringt sie uns aber auch weiter.«

»Okay, Sherlock. Und wo kriegen wir diese Information her?«

»Na, das ist doch wohl klar: Im Archiv der Gauck-Behörde.«

Na toll, noch ein Archiv. Aber Helmes schien sich darüber zu freuen. Offenbar mochte er Archive.

»Dann lass uns morgen hinfahren«, schlug ich vor.

Harry nickte zustimmend.

»Macht das. Vielleicht schaffen wir ja noch vor Weihnachten einen Durchbruch.«

Mir war zwar nicht klar, was das mit Weihnachten zu tun hatte, es war mir aber auch egal.

Die Besprechung war mit diesen feierlichen Worten Harrys beendet und jeder ging in sein Büro, um den Feierabend einzuleiten. Helen und ich fuhren auf direktem Weg in unsere Dienstwohnung.

Kapitel 34

»Wir müssen ihn loswerden.«
Karsten Klindworth

»Wer ist das, dieser Grabowski?«, wollte Klindworth wissen.

»Ein Ex-SED-Bonze. Sehr einflussreicher Mann mit Verbindungen in die ganze Welt. Er war früher, ich meine, in den siebziger und achtziger Jahren, ein sehr erfolgreicher Devisenbeschaffer.«

»Etwa Heinrich Grabowski? Der Typ, der vor Jahren in diesen Waffendeal verstrickt war?«

»Genau den meine ich.«

»Und was hat er mit unserer Geschichte zu tun?«, wollte Hollmann wissen, der keine Ahnung hatte, wer Grabowski war. Schramm sah ihn an.

»Es war seine Idee.«

Im Nebenzimmer konnte Schäfer nicht glauben, was da vor sich ging. Natürlich hatte er auch schon von Grabowski gehört. Bei seinem Auftrag gab es, wie so oft, Primär- und Sekundärziele.

Grabowski war ein Sekundärziel.

Was in etwa so viel bedeutete, wie: Hände weg von ihm, bis wir das Gegenteil sagen. Und mit *wir* waren natürlich seine Auftraggeber gemeint. Diese Typen, die milliardenschweren Unternehmen vorsaßen, an ihren Netzwerken bastelten und die eigentlichen Lenker der Republik waren. Dass Grabowski nur ein Sekundärziel war, bedeutete in diesem Fall, dass er so viel Geld erhalten hatte, dass er überhaupt kein Motiv besaß, irgendjemandem irgendetwas zu erzählen. Und dass sie etwas gegen Grabowski in der Hand hatten, was sein luxuriöses Leben innerhalb von Stunden vernichten könnte.

Also eine Menge Gründe, um die Schnauze zu halten.

»Wo wohnt der Typ?«, wollte Klindworth wissen.

»Hier in Berlin. Hat eine Villa im Grunewald.«

»Welche Adresse?«, fragte Klindworth ungeduldig.

»An den kommen Sie nicht ran. Der wird rund um die Uhr von einer privaten Sicherheitsfirma bewacht.«

»Bewacht oder beschützt?«

»Beschützt.«

»Haben Sie seine Adresse oder nicht?«

»Dort in der Anrichte ist eine kleine, schwarze Ledermappe. Da finden sie lauter Visitenkarten. Seine ist auch darunter.«

Hollmann ging zur Anrichte und wühlte darin rum.

»Hab sie. Wallotstraße Nummer 18. Seine Handynummer haben wir auch.«

»Ich sag es Ihnen nochmal: An den kommen Sie nicht ran.«

»Lassen Sie das mal unsere Sorge sein«, sagte Klindworth. An Hollmann gewandt meinte er: »Fessle ihn wieder.«

Hollmann kam der Aufforderung nach und band Schramms Arme wieder hinter dem Stuhl zusammen. Klindworth bedeutete ihm mit einer Kopfbewegung, ihm zu folgen. Als sie im Flur standen, fing Klindworth an zu flüstern.

»Wir müssen ihn loswerden.«

»Schramm?«

Klindworth verdrehte die Augen.

»Nein. Mahatma Gandhi. Mein Gott, natürlich Schramm!«

»Und wie?«

»Wir müssen es aussehen lassen wie einen Unfall. Oder besser noch, wie einen natürlichen Tod.«

»Hast du das auch von Jack Bauer gelernt, Karsten? Dann weißt du ja sicher auch, wie man so etwas macht. Ich habe nämlich keine Ahnung.«

Klindworth warf Hollmann einen gereizten Blick zu und ging dann zurück zu Schramm. Der schien in Anbetracht seiner Lage sehr gelassen zu sein.

»Was haben Sie jetzt mit mir vor?«, wollte er wissen.

»Schnauze.« Klindworths Blick glitt suchend durch den Raum. Schließlich schnappte er sich ein Kissen, ging damit zu Schramm und drückte es ihm ins Gesicht. An der Tür stand Hollmann und verfolgte das Ganze mit blassem Gesicht.

Schramm wehrte sich nach allen Kräften und sein Todeskampf dauerte fast zwei Minuten. Als er schließlich zusammensackte, war Klindworth schweißgebadet. Er suchte an Schramms Handgelenk einen Puls und als er keinen fand, wandte er sich an Hollmann.

»Lass uns verschwinden.«

Der nickte nur stumm und beide verließen die Wohnung.

Torben Schäfer wartete noch einige Zeit, bevor er aus seinem Versteck kam. Er ging zum bewegungslosen Schramm. Anders als Klindworth suchte er den Puls an der Halsschlagader. Die Idioten waren sogar zu blöd, jemanden umzubringen. Schwach, aber regelmäßig fühlte er den Puls des Professors. Er holte seine Spritze hervor, stach die Nadel in den Hals und sorgte damit für ein endgültiges Resultat. Schäfer schüttelte den Kopf über die Dummheit der beiden, die den Tod Schramms wie einen natürlichen aussehen lassen wollten, ihn aber gefesselt zurückgelassen hatten.

Eigentlich hätte er die beiden Typen auch umbringen müssen, aber sein Auftraggeber schätzte es nicht, wenn jemand Eigeninitiative ergriff. Darüber hinaus hätten drei Leichen in der Wohnung den »natürlichen« Tod Schramms unmöglich gemacht.

Schäfer räumte auf, wie er es immer tat, löste die Fesseln des Toten und drapierte ihn dann im Wohnzimmer so, als wäre er gestürzt. Dann verließ er leise die Wohnung.

Kapitel 35

»Ich dachte, wir können die Akten mitnehmen.«
Nicolas Eichborn

Wir konnten nicht einfach so in das Archiv der Gauck-Behörde rennen und Akten entnehmen. Auch wenn dies meine bevorzugte Vorgehensweise gewesen wäre, so gab es doch strenge Richtlinien, die genau das unterbanden. Harry musste zuerst den Bundesbeauftragten für Stasi-Unterlagen anrufen und ein offizielles Gesuch stellen. Aufgrund der Dringlichkeit unseres Anliegens – immerhin versuchten wir, weitere Morde zu verhindern, was sogar einer deutschen Verwaltungsbehörde eine gewisse Geschwindigkeit verleiht – wurde dem Gesuch, das Harry an die Behörde faxte, innerhalb von nur zwei Stunden stattgegeben. Allerdings ließ es sich der Leiter der Gauck-Behörde nicht nehmen, Harry darauf hinzuweisen, dass der Staatssicherheitsdienst der DDR 1989 umbenannt wurde – und zwar in das Amt für innere Sicherheit.

Unsere Behörde hatte also denselben Namen wie die ehemalige Stasi.

Entweder war da jemand der Meinung, besonders clever gewesen zu sein, oder aber derjenige, der sich diesen Namen hatte einfallen lassen, war vollkommen verblödet.

Die Stasi hatte Akten von über dreißig Millionen Menschen angelegt. Ich fand das beeindruckend, vor allem, wenn man bedenkt, dass in der ehemaligen DDR nur knapp siebzehn Millionen Menschen gelebt hatten. Helmes erklärte mir, dass auf dem Höhepunkt der Stasi-Herrschaft auf 180 DDR-Bürger ein hauptamtlicher Stasimitarbeiter gekommen war. Da war eine persönliche Betreuung fast schon sichergestellt.

Die Berliner Zentrale der Gauck-Behörde befindet sich in der Karl-Liebknecht-Straße. Die Behörde gliedert sich in die

Zentralstelle und in 14 Außenstellen auf. Sie beschäftigt ca. 2.600 Beamte, wovon alleine 1.500 in der Zentralstelle in Berlin arbeiten. Das Zentralarchiv und die Archive der Außenstellen umfassen etwa 180 km schriftliche Unterlagen, über 15.000 Säcke mit zerrissenen Unterlagen und hunderttausende Fotos, Filme, Videos und Tonträger. Ich hoffte inständig, dass ich nicht in den Säcken mit zerrissenen Unterlagen herumwühlen musste.

Als wir unser Ziel erreichten, war ich ein klein wenig enttäuscht. Nicht nur, weil es anfing zu schneien, sondern weil die Behörde in einem hässlichen Plattenbau untergebracht war. Irgendwie hatte ich mir etwas anderes vorgestellt. Etwas Geschichtsträchtigeres, Beeindruckenderes. Eine Villa zum Beispiel.

Aber ich nahm es wie ein Mann. Es gab Wichtigeres als die Optik. Nämlich den Inhalt. Und der war wieder einmal in einem Archiv und ich fluchte lautlos, da ich vergessen hatte, etwas zu essen und zu trinken mitzunehmen.

Aber das Archiv hier war mit dem der Charité nicht zu vergleichen.

Das wurde mir klar, als der Mitarbeiter der Behörde, ein kleines, verhuschtes Wesen mit schütterem Haar und einer Brille, deren Gläser so dick wie Glasbausteine waren, uns in sein Büro führte und das Prozedere erklärte.

»Mein Name ist Hans Jürgen Seibert und zuallererst muss ich überprüfen, ob Sie die Personen sind, die laut Antrag berechtigt sind, die Akten einzusehen. Dafür müssten Sie mir bitte Ihre Dienstausweise geben«, erklärte er und streckte sofort eine Hand aus. Wir gaben ihm unsere Ausweise. Daraufhin nahm er seine Brille ab und hielt sich die Papiere so dicht vor seine Augen, dass ich das Gefühl bekam, er wollte sie einscannen. Dann warf er einen prüfenden Blick in das Antragsformular, machte an einer Stelle zwei Häkchen und gab uns die Ausweise zurück.

»Das wäre erledigt«, verkündete er zufrieden. »Jetzt benötige ich die Namen der Personen, deren Akten Sie einsehen möchten.«

Seibert zückte Papier und Stift und war bereit. Wir nannten ihm die Namen der Ärzte, die er notierte und dann in seinen Computer eingab. Er blickte kurz auf und gab uns ein Aktenzeichen, das Helmes sich notierte.

»Jetzt erfolgt ein Abgleich mit unserem elektronischen Personenregister. Das bedeutet, dass wir sehr schnell erfahren werden, ob in den Karteien Informationen über diese Bürger enthalten sind. Wissen Sie, die Stasi hat mit unterschiedlichen Karteisystemen gearbeitet. Eines davon ist die Personenkartei F16.« Er hielt ein Muster dieser Karteikarte in die Höhe. »Wir haben Millionen davon hier, alphabetisch geordnet in Metallschüben, die jetzt gerade nach Ihren beiden Personen durchsucht werden. Wenn wir die F16-Karteikarten der gesuchten Personen gefunden haben, erhalten wir hier den Hinweis, ob es eine sogenannte Vorgangskartei, F22 genannt, zu diesen Personen gibt.« Seine Augen wurden hinter den Brillengläsern noch größer. »Und dann wird es richtig interessant. Dann erfahren wir nämlich, ob die Personen als informelle Mitarbeiter oder als operativer Vorgang geführt wurden.« Er warf einen prüfenden Blick auf den Bildschirm seines Computers, während ich darum kämpfte, nicht einzuschlafen.

»Aha!«, rief er plötzlich.

»Was?« Ich zuckte zusammen.

»Es gibt Akten zu beiden Personen«, sagte er voller Enthusiasmus und stand auf. »Ich bringe Sie jetzt in einen anderen Raum. Dort werden die Akten hingebracht und Sie können sie sich in Ruhe anschauen.«

»Ich dachte, wir können die Akten mitnehmen«, meinte ich.

Seibert lachte auf.

»Guter Witz!« Als er sah, dass ich es ernst gemeint hatte, verschwand der fröhliche Ausdruck und er wurde wieder zum förmlichen Beamten. »Das ist leider nicht möglich. Sie können sich aber Notizen machen und«, er sah sich schnell um, ob jemand lauschte, was natürlich Quatsch war, weil wir ja noch in seinem Büro standen, »Sie können sich auch Kopien machen«, ergänzte er leise.

Na ja, das war wenigstens etwas.

Wie verließen sein Büro und kaum hatten wir den kahlen Besprechungsraum erreicht, brachte uns schon eine Mitarbeiterin einen Stapel zusammengebundener Akten auf einem Rollwagen in das Zimmer. Sie musterte Helmes und mich stumm, nickte in Richtung des Stapels Akten und wartete. Als wir nicht reagierten, fing sie langsam an, Aktenbündel vom Wagen auf den Tisch zu legen. Jetzt, da uns klar war, was sie mit dem Nicken meinte, halfen wir ihr. Als der Rollwagen leer war, schob sie ihn, ohne auch nur ein einziges Wort gesprochen zu haben, wieder aus dem Raum.

Helmes und ich wechselten einen irritierten Blick und machten uns an die Arbeit.

Es war erstaunlich, was die Stasi alles an Informationen über einzelne Personen sammelte. Sogar die Schuhgröße und das Leibgericht waren Einträge in die Akten wert. Besonders erschreckend fand ich, dass die ärztliche Schweigepflicht in der DDR quasi nicht existent gewesen war. Es gab haufenweise medizinische Untersuchungsberichte in der Akte von Joachim Rosenberg. Bis ins kleinste Detail wurden hier die körperlichen Beschwerden des ermordeten Arztes festgehalten, analysiert und bewertet. Als ob Gallensteine relevant für die innere Sicherheit waren. Aber wer weiß schon so genau, was man mit den Dingern alles anfangen konnte. Vielleicht wäre es ja möglich gewesen, Honecker mit Gallensteinen totzuschmeißen.

Stunde um Stunde kämpften wir uns durch Überwachungsprotokolle, Stellungnahmen der Stasi-Beamten und nichtssagende Berichte. Hin und wieder gab Helmes ein Seufzen von sich. Dankenswerterweise brachte uns eine nette ältere Dame eine Kanne Kaffee und Kekse, sonst hätte ich diesen Aktenmarathon nicht durchgehalten.

Ich griff mir ein weiteres Überwachungsprotokoll und plötzlich wurde mir ganz heiß.

Warum hatte sich Doktor Rosenberg mit Heinrich Grabowski getroffen?

Aus dem Protokoll ging der Grund für das Treffen nicht hervor, aber ich spürte, dass es etwas zu bedeuten hatte. Heinrich Grabowski war mir bestens bekannt, da ich schon mit ihm zu tun hatte. In einem anderen Leben war ich Zielfahnder des BKA gewesen, und einer meiner härtesten Fälle war der eines Waffenhändlers gewesen, den ich mit meinem Team bis in den Jemen verfolgt hatte. Dort wurde ich niedergeschossen und wäre fast gestorben.

Eben dieser Waffenhändler hatte geschäftlich mit Grabowski zu tun. Der war noch zu DDR-Zeiten einer der erfolgreichsten Devisenbeschaffer für den maroden Staat gewesen. Devisenbeschaffer ist eine nette Umschreibung für Zuhälter oder Gauner oder auch Erpresser. Manchmal eben auch Waffenhändler beziehungsweise Drahtzieher für Waffengeschäfte. Grabowski war in alles verstrickt, was der klammen DDR harte D-Mark oder auch Dollar in die Kassen spülen konnte. Moralische oder gar ethische Zweifel suchte man bei ihm und seinesgleichen vergebens. Und dieser Grabowski hatte sich mehrmals mit meinem ermordeten Arzt getroffen.

Ich musste unbedingt herausfinden, warum.

Ich griff zum Telefon und wählte Seiberts Nummer. Wenige Augenblicke später war er schon bei uns.

»Sie wollen die Akte von Heinrich Grabowski?«, fragte er mit weit aufgerissenen Augen.

Ich vermied den direkten Augenkontakt, weil dieser mir Schwindel bereitete und nickte.

»Richtig. Eines der Opfer hat sich laut der Akte mehrmals mit ihm getroffen. Allerdings geht aus meiner Akte hier nicht hervor, was der Grund für die Treffen war.«

»Okay, okay«, murmelte er nachdenklich. »Wissen Sie, Sie sind nicht der erste, der Einsicht in die Akte Grabowskis wünscht.«

Das konnte ich mir vorstellen. Der Typ hatte mehr Leichen im Keller als so manch ein Friedhof aufnehmen konnte.

»Kann ich mir vorstellen«, sagte ich pflichtschuldig.

»Nein, nein, Sie verstehen nicht. Erst vor wenigen Tagen war ein Journalist hier, der seine Akte eingesehen hat.« Seiberts Kopf ruckte von einer Seite zur anderen, als suchte er etwas. »Die Motive des Journalisten waren mir äußerst suspekt, wenn Sie verstehen, was ich meine.«

Tat ich nicht und das sagte ich ihm auch.

»Er wollte in einer uralten Sache recherchieren. Ein wirklich dunkles Kapitel der DDR-Geschichte.«

Ich konnte sehen, wie es in Seibert arbeitete. Er kniff die Lippen zusammen, nickte fortwährend und seine Hände kneteten einen unsichtbaren Teig.

»Sie sagen, Sie ermitteln in einem Fall, in dem es um ermordete Ärzte geht?« Seine Stimme war fast ein Flüstern.

»Richtig.«

Sein Nicken wurde heftiger und seine Hände arbeiteten im Akkord. Plötzlich drehte er sich um und verschwand aus dem Zimmer. Fassungslos und irritiert sah ich ihm nach. Dann blickte ich zu Helmes, der das Ganze mit offenem Mund verfolgt hatte.

»Was war das denn?«, fragte ich.

»Ich würde sagen, das war Angst.«

»Angst wovor?«

Kurze Zeit später erschien Seibert wieder in unserer kleinen

Kammer. Er schien sich wieder von seinem Schock erholt zu haben.

»Heute ist Mittwoch, da schließen wir früher. Sie haben noch eine halbe Stunde. Wenn Sie bis dahin nicht fertig sind, müssen Sie morgen wiederkommen. Wählen Sie einfach, bevor Sie gehen, die 38. Frau Augstein wird dann die Akten abholen.« Er streckte mir zum Abschied die Hand entgegen und ich ergriff sie erstaunt. Noch erstaunter war ich, als ich spürte, dass er mir einen kleinen Zettel zusteckte.

Nachdem Seibert sich auch von Helmes verabschiedet hatte, packte ich alles zusammen und bedeutete ihm, ebenfalls zum Ende zu kommen.

Dann riefen wir Frau Augstein an, die scheinbar schon vor der Tür gelauert hatte, denn sie war unmittelbar, nachdem ich den Hörer aufgelegt hatte, schon bei uns und rollte den Wagen aus dem Zimmer.

Als wir bei unserem Auto angekommen waren und einstiegen, faltete ich den Zettel, den mir Seibert zugesteckt hatte, auseinander. Die Botschaft war kurz und knapp:

Treffen Sie mich in einer Stunde in der Lobby des Park Inn Hotels am Alexanderplatz.

Gerade wollte ich Helmes von Seiberts geheimnisvoller Botschaft erzählen, da gab sein Handy ein Geräusch von sich, das klang wie das Rülpsen eines Elchs.

»Ich hab eine Mail bekommen«, erklärte er peinlich berührt. Dann zückte er sein Smartphone und wischte sich durch die Anwendungen. Der Blick, den er mir zuwarf, nachdem er die Nachricht gelesen hatte, sprach Bände.

»Ein Mitarbeiter aus der Zentrale hat eine Nachricht abgefangen. In einem Hamburger Altenheim wurde die Leiche eines gewissen Professor Klingbeil gefunden. Alles deutet auf einen Herzinfarkt hin.«

»Ja, und?«

»Professor Klingbeil war zwischen 1983 und 1989 Direktor der Charité.«

Oha. Damit passte er wohl in das Beuteschema unseres Killers.

Ich rief sofort Harry an.

Kapitel 36

»Das Alter, der Beruf, die Vita.«
Helen Wagner

Kaum hatte Harry den Hörer aufgelegt, nahm er ihn wieder ab und wählte Helens Nummer. Wenige Augenblicke später saß sie ihm gegenüber.

»Du musst sofort nach Hamburg«, sagte er und warf einen Blick in seine Notizen. »Dein Ziel ist ein Altenpflegeheim mit Namen Augustinum. Dort wurde vor wenigen Stunden die Leiche eines Bewohners gefunden. Der Name ist Klingbeil. Alles deutet auf einen Herzinfarkt hin. Ich habe da allerdings so meine Zweifel.«

»Warum?«

»Aus zwei Gründen: Erstens war der Mann Arzt und zweitens war er früher Direktor der Charité.«

Helen nickte. Das waren gute Gründe.

Sie verabschiedete sich von Harry und machte sich auf den Weg in ihr Büro. Dort holte sie eine kleine, immer fertig gepackte Reisetasche aus dem Schrank und machte sich auf den Weg zum Auto.

Fünfundzwanzig Minuten später war sie auf der A10 und wenig später schon auf der A24. Sie schaffte die Strecke nach Hamburg in weniger als zwei Stunden, verlor dann aber im

Stadtverkehr einiges an Zeit. Helen erreichte das Altenheim am frühen Nachmittag und begab sich sofort zum Empfang, wo sie ihren Ausweis zeigte. Der Portier war sehr höflich und wies Helen den Weg.

»Die Beamten von der Kripo sind noch oben in der Wohnung des Professors«, erklärte er ihr.

»Was war der Verstorbene für ein Mensch?«, wollte Helen wissen.

»Sehr nett. Fast schon herzlich. Aber er lebte sehr zurückgezogen. Ging viel spazieren und bekam sehr oft mit der Post Büchersendungen zugeschickt.«

»Hatte er Familie?«

»Ich glaube nicht, nein.«

»Also hatte er auch nicht oft Besuch?«

Der Portier schüttelte den Kopf.

»Nein. Eigentlich nie. Außer gestern. Da hatte er mal Besuch.«

Helens Interesse war geweckt.

»Ach ja? Wer war denn da?«

Der Portier griff zu einem Buch und warf einen Blick hinein.

»Hier hab ich's. Gestern Mittag war ein Journalist hier. Sein Name ist Torben Schäfer. Er hatte keinen Termin und wollte den Professor sprechen. Ich rief oben an und der Professor war einverstanden, sodass ich ihn hochschickte.« Erneut warf der Mann einen Blick in seine Notizen. »Er war nicht einmal eine Stunde bei ihm, dann kam er wieder runter und ist gegangen.«

»Ist Ihnen an dem Mann irgendetwas ungewöhnlich vorgekommen?«

»Was meinen Sie?«

»Wirkte er nervös? Hatte er eine Tasche dabei? Irgendetwas.«

Der Portier dachte nach und schüttelte dann den Kopf.

»Nein. Er war höflich. Ganz normal, würde ich sagen.«

»Würden Sie ihn wiedererkennen, wenn Sie ihn sehen würden?«

»Ich denke schon, ja.«

»Könnten Sie ihn so gut beschreiben, dass wir eine Phantomzeichnung anfertigen lassen können?«

Er zuckte die Achseln.

»Ich glaube schon.«

»Sehr gut«, sagte Helen und wandte sich zum Fahrstuhl.

»Eins fällt mir noch ein«, sagte der Portier langsam. »Als der Mann wieder runter kam, sagte er zu mir, dass sich der Professor nicht wohl fühlen würde, sich hingelegt hätte und nicht gestört werden wolle.«

»Gab es Anzeichen dafür, dass er sich nicht wohlfühlte?«

»Nein. Auch als ich ihn anrief, und den Journalisten ankündigte, wirkte er heiter. Ich hatte den Eindruck, er würde sich über den Besuch sogar freuen.«

»Vielen Dank, Sie haben mir sehr geholfen. Wegen der Zeichnung wird jemand von der Kripo auf Sie zukommen.«

Helen machte sich auf den Weg zum Fahrstuhl, fuhr in die Etage, in der Klingbeil gewohnt hatte, und ging zur Wohnung des Toten. Vor der Eingangstür war ein Streifenpolizist postiert, der nach einem Blick auf Helens Ausweis den Weg frei machte.

Die Wohnung war hell und freundlich und der Blick aus dem Wohnzimmerfenster gigantisch. Ein Beamter in Zivil drehte sich zu Helen um.

»Und Sie sind …?«

Helen zückte erneut ihren Ausweis.

»Helen Wagner, Amt für innere Sicherheit. Wir ermitteln auf Wunsch des Innenministeriums im Fall der drei Morde an Ärzten. Der Tote hier war ebenfalls Arzt und passt von seiner Vita her ins Opferprofil.«

»Was für ein Opferprofil?«

»Das Alter, der Beruf, die Vita.«

»Aha. Mein Name ist Stefan Wilke. Ich leite die Ermittlungen hier. Beziehungsweise habe sie geleitet.«

»Was können Sie mir sagen?«

Der Tote war am heutigen Tag morgens um acht Uhr dreißig von der Putzfrau entdeckt worden, die einen eigenen Schlüssel zur Wohnung besaß. Die ersten Beamten, die eingetroffen waren, waren Streifenpolizisten, die, nachdem sie den Tod des Professors festgestellt hatten, die Mordkommission verständigt hatten.

Die wirkliche Todesursache würde erst die Obduktion ergeben, aber bislang deutete alles auf einen natürlichen Tod, wahrscheinlich durch Herzversagen. Die Wohnung war sauber, offenbar fehlte nichts.

»Haben Sie in der Wohnung irgendwelche Medikamente gefunden, die auf eine Herzerkrankung hindeuten?«

»Nein.«

»Haben Sie danach gesucht?«

Wilke sah sie böse an.

»Wir verstehen unseren Job.«

»Das glaube ich Ihnen. Aber Sie haben meine Frage nicht beantwortet.«

»Nein. Ich habe nicht gezielt danach gesucht.«

»Dann lassen Sie uns das doch jetzt einfach nachholen, okay?«

Sie fingen im Bad und in der Küche an und als sie dort nicht fündig wurden, erweiterten sie die Suche auf das Schlaf- und das Wohnzimmer. Sie fanden nichts außer Aspirin und ein Mittel gegen Bluthochdruck.

»Finden Sie das nicht auch merkwürdig, dass ein scheinbar gesunder, rüstiger Rentner einfach so an Herzversagen stirbt?«

»Ich weiß nicht. Er war nicht mehr der Jüngste. Aber wenn Sie es genau wissen wollen, dann lassen Sie uns in die Gerichtsmedizin fahren.« Er warf einen Blick auf seine Uhr. »Ich glaube nicht, dass die mit der Obduktion schon angefangen haben.«

Kapitel 37

»Haben Sie jemals etwas vom Projekt Curatio gehört?«
Hans Jürgen Seibert

Helmes und ich saßen in der Lobby des Park Inn und warteten auf Hans Jürgen Seibert. Vor ein paar Minuten hatte mich Harry angerufen, um mir mitzuteilen, dass ich aller Voraussicht nach heute Abend sturmfreie Bude hätte, da Helen Hamburg unsicher machte und es wohl kaum schaffen würde, noch heute wieder nach Berlin zu kommen.

Zehn Minuten später huschte eine Gestalt zu unserer Sitzecke und ließ sich tief in die Couch fallen. Seibert wirkte verängstigt und immer wieder ließ er seinen Blick suchend durch die Lobby kreisen. Ich fand sein Verhalten etwas übertrieben.

»Wovor haben Sie Angst?«

Er zuckte zusammen und starrte mich an, als würde er mich zum ersten Mal sehen. Dann klarte sich sein Blick auf und er ließ die Schultern hängen.

»Ich bin von Anfang an dabei, wissen Sie?« Ich wusste nichts, schwieg aber, damit er fortfahren konnte. »Vom ersten Tag an war ich in der Gauck-Behörde dabei. In den ersten Monaten ging es darum, Struktur ins Chaos zu bringen. Die Akten, die wir hatten, waren zwar geordnet, aber wir wussten nicht, was alles in ihnen stand. Also mussten wir sie lesen, um den Inhalt einordnen zu können. Als ich sechzehn war, haben Ärzte bei mir das hyperthymestische Syndrom diagnostiziert. Sagt Ihnen das etwas?«

Mir sagte das nichts, aber Helmes, der Schlingel, nickte.

»Menschen mit diesem Syndrom können, vereinfacht ausgedrückt, nichts vergessen.«

Seibert nickte heftig.

»Genau. Ich habe fast alle Akten gelesen. Der Inhalt tausender von Akten hat sich in mein Hirn eingebrannt. Neunundneunzig Prozent davon absolut nutzloses Zeug. Aber das eine Prozent, das wichtig ist ... nun, manchmal geschieht etwas. Ich lese eine Akte oder bekomme ein Gespräch mit und kann die losen Fäden miteinander verknüpfen, einfach weil ich mich an die Verbindungen erinnere.«

Er sah mich unglücklich an und ich fragte mich, warum ihm seine Gabe so zu schaffen machte. Dann erinnerte ich mich an das, was Harry über das Frettchen sagte. Helmes hatte die gleiche Gabe, obwohl Seibert es wohl eher als Fluch ansah. Ich fragte mich, wie hoch wohl die Wahrscheinlichkeit war, mit zwei Menschen an einem Tisch zu sitzen, die dieses Hyperdings-Syndrom hatten. Ich stellte fest, dass sich die Anzahl der Freaks um mich herum expotentiell erhöhte, was mir irgendwie Angst machte.

Seibert fuhr fort.

»Als Sie Grabowski erwähnten und ich daran denken musste, an welchen Fällen sie gerade arbeiten – die Ermordung mehrerer Ärzte fortgeschrittenen Alters – da erinnerte ich mich an den Inhalt einer Akte, die ich vor Jahren in Händen hielt.« Wieder schweifte sein suchender Blick durch die Hotellobby.

»Haben Sie jemals etwas vom Projekt Curatio gehört?«

Ich sah Helmes an, der den Kopf schüttelte. Dann sah ich wieder zu Seibert.

»Nein. Was ist das?«

»Was ich Ihnen jetzt sage, bringt nicht nur mich in höchste Gefahr, sondern auch Sie und alle, die Ihnen lieb sind. Das klingt theatralisch, ich weiß. Aber ich weiß auch, wovon ich spreche.«

»Verstanden. Erzählen Sie.«

Alles hatte seinen Anfang in den siebziger Jahren. Das Gesundheitssystem der DDR war finanziell am Ende, die Behandlungsmethoden nicht auf dem neusten Stand und die Einrichtungen der Krankenhäuser hoffnungslos veraltet. Der Unmut der Bevölkerung über diese Zustände nahm zu und das Regime suchte händeringend nach Möglichkeiten, diesen desolaten Zustand zu verbessern.

Was tut man, wenn es einem nicht gut geht?

Man wendet sich an seinen großen Bruder. Auch dann, wenn er verhasst ist.

Auf höchster Ebene des DDR-Gesundheitsministeriums wandte man sich an die BRD und bat um Hilfe. Dort reagierte man erfreut, immerhin bot dies die Gelegenheit, Kontakte aufzubauen. Man traf sich zu vertraulichen Gesprächen – vertraulich deshalb, weil die Regierung der DDR schön blöd ausgesehen hätte, wenn dies an die Öffentlichkeit gedrungen wäre, wo es doch offiziell jedem im Lande gut ging. Besser jedenfalls als westlich der Mauer. Schon wenige Wochen nach den ersten Gesprächen verfügte die Charité in Berlin über moderne medizinische Geräte.

Durch irgendwelche Kanäle bekam die Pharmaindustrie Wind von den Kontakten seitens des Gesundheitsministeriums West zum Pendant Ost. Da man ja in der Pharmaindustrie zum Wohle der Menschheit – und nur zum Wohle der Menschheit – forschte und entwickelte, boten die Pharmariesen ihre Unterstützung an. Schließlich ging es ja auch um die Brüder und Schwestern, die zwar durch eine Mauer getrennt, aber dennoch ganz nahe am Herzen saßen. Das Gesundheitsministerium war hoch erfreut über diesen patriotischen Akt und willigte begeistert ein, den Kontakt herzustellen. Dies war die Geburtsstunde des Projektes Curatio, wobei Curatio das lateinische Wort für Heilung war. Deshalb hatten die Drahtzieher diesen Namen für ihr Projekt gewählt.

Ging es hierbei doch um das Heilen von Krankheiten und das Lindern von Leid.

Allerdings verfolgten die Pharmaunternehmen ein vollkommen anderes Ziel.

Der Contergan-Skandal in den frühen sechziger Jahren hatte enorme Auswirkungen auf das Arzneimittelgesetz und die Medikamentenzulassung. Die gravierendste Änderung war, dass nun erstmals ein Nachweis für die therapeutische Wirksamkeit erbracht werden musste, die in geeigneten Studien nachgewiesen werden sollte. Zuvor war es ausreichend gewesen, die Qualität und Unbedenklichkeit nachzuweisen. Kurz gesagt kamen auf die Pharmakonzerne zusätzliche Ausgaben in Milliardenhöhe zu, die alleine durch eine Anhebung der Preise nicht kompensiert werden konnten.

Um einen neuen Wirkstoff zu finden und auf den Markt zu bringen, vergingen bis zu zehn Jahre, und Pharmaunternehmen mussten ja ohnehin bis zu sechshundert Millionen Euro in die Forschung und Entwicklung eines Präparates stecken. Gerade der langwierige Weg der klinischen Studien, in denen in verschiedenen Phasen das neue Medikament an Menschen getestet wird, dauerte fast neun Jahre.

Nun hatte die Pharmaindustrie eine Abkürzung gefunden.

Projekt Curatio.

Ziel war es, Medikamente, die bereits entwickelt waren und vor der ersten Phase der klinischen Studien standen, in Krankenhäusern der DDR an Patienten zu testen.

Natürlich ohne deren Wissen und Einwilligung.

Das Gesundheitsministerium der DDR zeigte großes Interesse an diesem Projekt, da es Millionen von Westmark in die leeren Kassen des Staates spülen würde. Moralische oder ethische Zweifel gab es nicht. Das waren doch gute Medikamente, kamen sie doch aus dem Westen. Die DDR-Regierung beauftragte ihren besten Mann, die Rahmenbedingungen für diese Testreihen auszuarbeiten:

Heinrich Grabowski.

Grabowski war ein Phänomen. Im zarten Alter von vierundzwanzig Jahren wurde das SED-Mitglied Hauptverwaltungsleiter im Ministerium für Außenhandel und Innerdeutschen Handel. Ab Mitte der sechziger Jahre baute er den Geschäftszweig Kommerzielle Koordinierung, kurz KoKo genannt, auf. Einzige Aufgabe dieses Geschäftszweiges war es, mit verdeckten, überwiegend illegalen Geschäften die Zahlungsfähigkeit der DDR sicherzustellen. 1967 wurde er Offizier im besonderen Einsatz der Stasi. Mitte der siebziger Jahre führte er die Verhandlungen mit den westlichen Pharmaunternehmen.

Und er verhandelte gut.

Wohl auch, weil rund zehn Prozent der Einnahmen in seine Kasse gespült wurden.

Die westlichen Pharmakonzerne zahlten bis zu achthunderttausend Westmark pro Studie. Ein Unternehmen bot der Charité sogar ein jährliches Volumen von über acht Millionen Westmark an.

Der Rubel, oder besser die Westmark, rollte und alle machten mit.

Politiker in West und Ost, Krankenhäuser, Kliniken und Ärzte. Jede Menge Ärzte, die ihren Patienten Pillen verabreichten, von denen sie keine Ahnung hatten, was sie anrichten würden. Geschweige denn, ob sie helfen würden.

In mehr als fünfzig DDR-Kliniken wurden über sechshundert Medikamentenstudien an weit mehr als fünfzigtausend Patienten durchgeführt. Nicht einer der Patienten wurde darüber in Kenntnis gesetzt, dass es sich bei dem verschriebenen Medikament um ein nicht zugelassenes Präparat handelte. Sie wurden zu Versuchskaninchen, ohne es zu wissen.

Mehrere Testreihen führten zu Todesfällen.

Erst mit dem Fall der Mauer hörten diese Studien auf.

Da hatten aber schon mehr als einhundertfünfzig Menschen ihr Leben verloren. Wahrscheinlich waren es viel mehr, doch viele Todesfälle waren einfach unter den Teppich gekehrt worden.

Ich war entsetzt und musste das erst einmal verdauen.

»Und es hat nie jemand protestiert? Ich meine, wir haben jetzt 2014, das muss doch jemandem aufgefallen sein.«

»Sie haben recht. 1991 hat ein Journalist des *Spiegel* Recherchen angestellt. Er hatte den Artikel noch nicht zu Ende geschrieben, da kam er bei einem Autounfall ums Leben.«

»Ein Unfall ...«

»Ich glaube eher nicht.«

Das konnte doch nicht wahr sein. Nicht hier. Nicht in Deutschland.

Mit voller Wucht wurde mir plötzlich das ganze Ausmaß dessen, was Seibert erzählt hatte, bewusst.

»Das bedeutet, dass die Ärzte, die umgebracht wurden, in diese Medikamentenversuche verstrickt waren ...«, dachte ich laut.

Seibert nickte.

»Und nun werden sie umgebracht. Fragt sich jetzt nur, von wem und warum.« Er kramte in seiner alten Aktentasche herum und zog einen Zettel heraus, den er mir reichte. »Hier ist eine Liste mit den Namen aller Personen, die in den letzten zwölf Monaten Akten eingesehen haben oder einsehen wollten, die im Zusammenhang mit dem Projekt Curatio stehen. Zwei Anmerkungen: Zum einen kann ich nicht garantieren, dass die Namen auf der Liste den tatsächlichen Namen der Personen entsprechen. Das trifft vor allem auf die Personen zu, die Akteneinsicht wollten, aber nicht bekamen. Zum zweiten muss der Grund für die Akteneinsicht nicht unbedingt mit dem Projekt zusammenhängen.«

Ich warf einen schnellen Blick auf die Liste. Es standen grob geschätzt fünfzig Namen drauf. Keiner kam mir bei der ersten Betrachtung bekannt vor.

»Wenn Sie noch Fragen haben, erreichen Sie mich unter der Telefonnummer, die unten auf der Liste steht. Ich mache erst einmal Urlaub.« Er verabschiedete sich von uns und verschwand so schnell, wie er gekommen war.

Ich rief sofort Harry an, der daraufhin Helen kontaktierte und sie bat, doch noch heute nach Berlin zurückzukommen. Er erreichte sie in der Hamburger Gerichtsmedizin und erklärte ihr mit knappen Worten, was sich ergeben hatte.

Mehr war nicht nötig, um sie zu überzeugen.

Ich nutzte zusammen mit Helmes die Zeit bis zu Helens Eintreffen, um uns auf die anstehende Besprechung vorzubereiten. Da die Pharmabranche für uns beide unbekanntes Terrain war, versuchten wir unsere Bildungslücken zu schließen, indem wir diverse Suchmaschinen des Internets nutzten, um möglichst schnell an Informationen zu kommen.

Problematisch war die Zeitdifferenz zwischen den Vorfällen, die zwischen 1976/77 und 1989 stattgefunden hatten. Viele der damals in Deutschland agierenden Pharmaunternehmen gab es mittlerweile nicht mehr, da sie von größeren Konzernen übernommen worden waren. Teilweise hatten diese ihren Sitz im Ausland.

Die deutschen Pharmakonzerne erzielten hier einen Umsatz in Höhe von rund vierzig Milliarden Euro, wobei der Umsatzanteil des größten Unternehmens bei rund vierzehn Milliarden Euro lag. Kein deutsches Pharmaunternehmen befand sich unter den zehn größten der Welt. Diese Top Ten kamen aus den USA, aus Großbritannien, Frankreich und der Schweiz und setzten zusammen rund fünfhundert Milliarden Dollar um.

In Deutschland teilten sich die vier Big Player der Pharmazie etwa siebzig Prozent des Marktes. Dies waren die Klugmann Pharmazie, die Stolze Pharma AG, die Medico Pharma AG und mit vierzehn Milliarden Euro Umsatz das größte deutsche Pharmaunternehmen, die Wagner Pharma AG.

Ich stutzte.

Dann fiel mir die Kinnlade runter und mir wurde heiß.

Wagner Pharma AG.

Das Unternehmen von Helens Vater.

Verfluchte Scheiße.

Ich musste unbedingt mit Helen reden, bevor die Besprechung anfing.

Kapitel 38

»Kommen wir nun zur Eine-Million-Euro-Frage.«
Harry Steinhardt

Helen hörte mir stumm und mit ausdruckslosem Gesicht zu, als ich ihr mitteilte, dass möglicherweise das Unternehmen ihres Vaters in den Fall verstrickt war. Auch nachdem ich geendet hatte, schwieg sie noch eine Weile.

»Bislang gibt es keine Hinweise, die auf eine Verbindung der Wagner AG zu den Morden hindeuten, richtig?«

»Richtig.«

»Dann lass uns abwarten, was sich ergibt. Bis dahin bitte ich dich, niemandem zu erzählen, dass der Inhaber der Wagner Pharma AG mein Vater ist, okay?«

»Aber wenn es rauskommt …«

»Wenn es rauskommt, werde ich von dem Fall abgezogen und das will ich nicht.«

Ich konnte Helen verstehen. Aber wenn Helens Vater zu

den Verdächtigen gehören sollte und es herauskäme, dass die eigene Tochter an den Ermittlungen beteiligt war, könnte der Fall damit platzen. Für die Anwälte der Wagner AG wäre das jedenfalls ein gefundenes Fressen.

Auf der anderen Seite, wenn uns bei den Ermittlungen ein Fehler unterlaufen würde und es herauskäme, hätte Helen ein Problem mit der Staatsanwaltschaft, die ihr unter Umständen Tatverschleierung oder Ähnliches vorwerfen könnte.

Alles in allem eine beschissene Situation.

»Ich möchte dieses Wochenende nach Hause«, sagte Helen leise.

Diesen Gedanken hatte ich auch schon, deshalb hatte ich mich bereits nach Flügen erkundigt.

»Morgen um zwölf Uhr dreißig geht ein Flug nach Frankfurt. Lass und das Wochenende daheim verbringen.«

Helen sah mich traurig an und lehnte ihren Kopf an meine Schulter.

In der Besprechung gaben Helmes und ich dem Rest, also Helen und Harry – Kreusch war immer noch mit den Nazis beschäftigt – eine ausführliche Zusammenfassung der neuesten Erkenntnisse.

»Illegale Medikamentenversuche an DDR-Bürgern?« Harry schien fassungslos und das sollte was heißen, bei seiner Erfahrung.

»Ja. Die Pharmaindustrie hat dadurch hunderte Millionen Euro gespart.«

»Aber eines verstehe ich nicht«, meinte Harry. »Wenn die nicht zugelassene Medikamente einfach so an ahnungslosen Patienten in der DDR testen, wie können die dann hoffen, für den Kram hier eine Zulassung zu bekommen? Die haben doch die gesetzlichen Vorschriften nicht eingehalten.«

»Ganz offensichtlich hat es damals niemanden interessiert, wo und unter welchen Umständen die Medikamente getestet worden sind. Darüber hinaus wurden viele der Präparate gar nicht hier, sondern im Ausland verkauft«, gab Helmes Auskunft.

»Genau. Und das Gesundheitsministerium hier wusste ja mehr oder weniger Bescheid.«

»Junge, Junge, was für ein Wespennest«, knurrte Harry.

Jetzt schaltete sich auch Helen in die Diskussion ein.

»Dieser Professor Klingbeil, dessen Leiche heute früh entdeckt wurde. Aller Wahrscheinlichkeit nach handelt es sich um eine natürliche Todesursache. Alles deutet auf Herzversagen hin. Das einzig Merkwürdige an diesem Fall ist die Tatsache, dass es sich bei Klingbeil um einen zwar älteren, aber dennoch gesunden Mann gehandelt hat. Auch haben wir in seiner Wohnung keine Medikamente gefunden, die auf Herzprobleme hindeuten würden. Die Kripo dort versucht jetzt, den Hausarzt des Toten ausfindig zu machen. Er müsste wissen, ob der Professor an Herzbeschwerden litt.«

»Also, ich glaube grundsätzlich nicht an Zufälle. Dieser Klingbeil in Hamburg war früher leitender Mitarbeiter der Charité und in den letzten Tagen sterben auffallend viele Menschen, die mal in der Charité gearbeitet haben. Solange mir keiner das Gegenteil beweisen kann, gehe ich davon aus, dass Klingbeil Opfer Nummer vier in unserer Mordserie ist.«

»Ich gebe Nicolas recht«, meinte Helen. »Der Portier sagte mir, dass Klingbeil sehr zurückgezogen lebte, aber am Tag seines Todes Besuch von einem Journalisten bekam. Er kann sich sehr gut an den Mann erinnern und es wird wohl noch heute ein Phantombild des Journalisten angefertigt.«

Harry nickte.

»Sehr gut. Kommen wir nun zur Eine-Million-Euro-Frage: Wenn wir die neusten Erkenntnisse mit in unsere Überlegungen einbeziehen: Warum werden die Ärzte eurer Meinung nach umgebracht?«

»Vertuschung«, sagte ich.

»Rache«, meinte Helmes.

»Beides«, sagte Helen.

»Interessant«, sagte Harry und grinste. Dann deutete er auf mich. »Du zuerst. Erklärung.«

»Hier geht es um richtig viel Geld und das war schon immer eine Motivation für die schlimmsten Taten, die man sich vorstellen kann. Erst die Menschenversuche, und jetzt, wo das rauszukommen droht, legen die alle um, die etwas davon wissen.«

»Und mit die meinst du die Pharmaindustrie, richtig?«

»Richtig. Ich denke, dass die jetzt aufräumen.«

»Okay. Günter, jetzt Sie.«

»Wir haben herausgefunden, dass etwa einhundertfünfzig Menschen durch die Versuche ums Leben gekommen sind. Ich denke, dass durch noch unbekannte Umstände einige der Hinterbliebenen davon Wind bekommen haben und nun die Verantwortlichen zur Rechenschaft ziehen.«

»Okay, danke. Helen?«

»Ich bin nach wie vor von meiner Zwei-Täter-Theorie überzeugt. Ich glaube, dass zum einen die Verantwortlichen der Menschenversuche dabei sind, Zeugen zu beseitigen. Zum anderen gebe ich Günter recht, der von Rache spricht. Ich erinnere nochmals an die ersten beiden Opfer, die gefoltert und geschlagen wurden. Da waren eindeutig Emotionen im Spiel. Also war es etwas Persönliches. Auch wenn Nicolas, dessen Instinkt ich schätzen gelernt habe, sagt, dass er nicht an Zufälle glaubt, denke ich, dass beide Ereignisse zufällig zur gleichen Zeit geschehen.«

Harry sah von einem zum anderen.

»Okay. Ich habe eine Theorie, die im Grunde auf euren Annahmen beruht, dem Ganzen allerdings noch mehr Komplexität verleiht. Ich schließe nämlich nicht aus, dass beide Ereignisse von ein und demselben Verursacher eingeleitet wurden.«

»Häh?« Das war zu hoch für mich.

»Was haltet ihr von der Möglichkeit, dass die Pharmaleute auf der einen Seite einen professionellen Killer damit beauftragt haben, unliebsame Zeugen aus dem Weg zu schaffen? Denkt bitte an die Professionalität des Mordes in Berlin. Auf der anderen Seite organisieren dieselben Leute die Morde an Ärzten, die jüdische Namen tragen, und sorgen somit für eine Spur, die im Sande verlaufen muss. Diese Morde werden möglicherweise wirklich von Angehörigen der Opfer dieser Versuche ausgeführt.«

»Interessant«, meinte Helen nachdenklich.

Harry nickte bedeutungsschwanger und sah dann zu mir.

»Hattest du nicht vorhin von einer Liste gesprochen, die dieser Seibert dir gegeben hat?«

»Scheiße«, rief ich verärgert und erntete einen rügenden Blick von Harry. »Fuck! Die hab ich total vergessen.« Ich holte den Zettel aus meiner Jackentasche und las die Namen laut vor.

»Stopp«, meinte Harry, nachdem ich einen weiteren Namen vorgelesen hatte. »Wiederhole den letzten Namen.«

»Martin Ebeling.«

»Den kenne ich. Ein Journalist aus Berlin, arbeitet für den *Spiegel*. Nehmt Kontakt zu ihm auf und findet heraus, was er weiß.« Er sah uns einen nach dem anderen eindringlich an. »Unabhängig davon, wessen Theorie zutrifft, tun wir so, als hätten wir es mit zwei unterschiedlichen Tätern zu tun und führen auch die Ermittlungen entsprechend. Aber was noch viel wichtiger ist: Niemand erfährt etwas von unserem Verdacht hinsichtlich der Pharmakonzerne. Wenn sich unser Verdacht bestätigt, dann legen wir uns hier mit einer Branche an, die vor nichts zurückschreckt, und unsere Ermittlungen lösen dann ein politisches Erdbeben aus, das muss jedem klar sein. Also, absolute Diskretion.«

Warum er beim letzten Satz ausgerechnet mich ansah, wusste ich nicht.

Wir gingen alle in unsere Büros, trafen uns aber eine halbe Stunde später erneut im Besprechungsraum. Der Grund hierfür war das, was ich erfahren hatte, als ich versuchte, den Journalisten Martin Ebeling zu kontaktieren. Der Einfachheit halber rief ich die Zentrale des *Spiegel* in Hamburg an. Die freundliche Dame gab mir, nachdem ich sie darauf hingewiesen hatte, dass ich Bundesbeamter sei und nicht gegen Ebeling ermittele, sondern seine Hilfe benötige, seine Handynummer. Ich wählte und hatte prompt jemanden am Apparat. Allerdings nicht Ebeling, sondern einen Beamten der Kripo Berlin.

Ebeling hatte sich in seiner Wohnung erhängt. Mein erster Gedanke war: Das konnte kein Zufall sein. Ich fragte den leitenden Beamten nach den Details des Tatortes und wollte wissen, ob es Indizien gebe, die gegen einen Selbstmord sprachen. Er verneinte dies und sagte, dass alles für einen Freitod sprechen würde. Überzeugt war ich nicht, aber ich bohrte nicht weiter nach. Stattdessen informierte ich Harry und den Rest über die neuesten Ereignisse.

Wir sprachen eine Weile über die Folgen dieser Nachricht und entschieden, dass Harry eine besonders genaue Obduktion der Leiche beantragen würde. Danach baten Helen und ich Helmes, uns mit Harry alleine zu lassen. Als er fort war, trugen wir ihm unser Anliegen vor.

Harry schürzte die Lippen und sah uns eine Weile schweigend an.

»Lasst mich mal kurz resümieren: Wir haben bis jetzt vier tote Ärzte und einen toten Journalisten und wir gehen davon aus, dass mindestens zwei Killer durch die Gegend laufen, um noch mehr Ärzte zu töten. Zu allem Überfluss wird wahrscheinlich einer dieser Killer von Pharmakonzernen bezahlt, weil die Zeugen loswerden wollen, und ihr fragt mich, ob ich euch in ein verlängertes Wochenende schicke?«

Helen wurde rot.

»Richtig.«

»Das ist die verdammt beste Idee, die ich heute gehört habe. Fliegt nach Hause, versucht zu entspannen. Und wer weiß, vielleicht kommt euch ja sogar so etwas wie eine Erleuchtung. Ich erwarte euch am Montagmittag in alter Frische zurück.«

Das war der Unterschied zwischen einem Boss der alten Schule und einem studierten Vorgesetzten, der niemals selber draußen in der Scheiße gewühlt hatte. Diejenigen, die wussten, wie anstrengend und nervenaufreibend Ermittlungsarbeit sein kann, reagierten auf solch einen Wunsch, wenn er nicht gerade alle sechs Wochen geäußert wurde, mit Verständnis. Wer müde war, machte Fehler. Manchmal muss man einfach ein paar Schritte zurückgehen, um das ganze Bild zu betrachten. Das kann man aber nicht, wenn man sich festgefahren hat.

Es gibt Ermittler, die von sich behaupten, den Schwung zu verlieren, wenn sie sich eine Auszeit nehmen, gleich wie kurz sie ist. Da mag was dran sein. Aber manchmal ist der Schwung, den man glaubt zu spüren, nichts anderes als der Weg von oben zurück nach unten. Und der bringt einen nicht weiter.

Ich hatte für meinen Geschmack in den letzten drei Tagen genug über tote Ärzte, Medikamentenversuche und dergleichen gesprochen.

Ich brauchte eine Auszeit.

Darüber hinaus, auch wenn es mir schwerfiel, das einzugestehen, die Tatsache, dass ich in einem Fall ermittelte, in dem Menschen von Ärzten missbraucht wurden, machte mir wirklich zu schaffen.

Wir hatten Glück und in der Spätmaschine nach Frankfurt waren noch Plätze frei. Gegen null Uhr erreichten wir unser Haus. Noch zu aufgekratzt, um schlafen zu gehen, bereitete

Helen uns einen Glühwein und ich entfachte im Kamin ein Feuer. Wir setzten uns davor und sprachen über den Fall. Neue Erkenntnisse gewannen wir nicht, aber ich hoffte, wir würden durch das Sprechen den Kopf frei bekommen, um schlafen zu können. Und für den Fall, dass das nicht funktionierte, tranken wir einen zweiten Becher Glühwein. Gegen zwei Uhr gingen wir zu Bett und fielen in einen unruhigen Schlaf.

Kapitel 39

»Was ist das? Wer hat das geschrieben?«
Helen Wagner

Sehr früh am Morgen wachte ich auf. In meinem Traum war ich durch ein Meer toter Ärzte gewatet, die alle blutdurchtränkte Kittel trugen. Einige der Ärzte trugen ein Stethoskop um den Hals und ich fragte mich, warum ich einen solchen Scheiß träumte. Dass Helmes zwischen all den Leichen umherwuselte, um sie ordentlich auszurichten und zu zählen, machte es auch nicht besser.

Als ich vorsichtig das Bett verließ, gab Helen ein leises Stöhnen von sich, und ich hoffte, das lag daran, dass sie spürte, wie ich aufstand, und nicht daran, dass auch sie irgendeinen Mist träumte. Ich ging in die Küche und warf einen Blick in den Kühlschrank. Es ist schon merkwürdig, dass die meisten Menschen, wenn sie nachts aufwachten, zuallererst in den Kühlschrank glotzten. Ich sah nichts, von dem ich nicht ohnehin schon wusste, dass es drin war, ging ins Wohnzimmer und setzte mich. Mein Blick fiel auf meine Bücherwand und blieb bei einem ganz bestimmten Buch hängen.

Als ich meinen letzten Fall mehr oder weniger heil überstanden hatte, plagten mich nächtelang ziemlich fiese Alpträume. Das ging so lange gut, bis Helen mir einen Termin bei einem Psychodoktor besorgte und mich sogar selbst hinfuhr. Ich hatte gewisse Vorbehalte, musste aber feststellen, dass er mir tatsächlich geholfen hatte. Es war seine Idee gewesen, alles, was mir durch den Kopf ging, aufzuschreiben. Wie waren seine Worte gewesen? *Alles, was Sie aufschreiben, verschwindet über kurz oder lang aus Ihrem Unterbewussten, einfach, weil Sie es aufgeschrieben haben.*

Anfangs hielt ich das für Glückskekspsychologie. Aber es funktionierte. Allerdings ging ich nicht so weit, tatsächlich alles aufzuschreiben. Das hätte mich nämlich unter Umständen in ziemlich große Schwierigkeiten gebracht.

Ich stand auf, ging zum Bücherregal, schnappte mir die Leiter, griff mir mein Buch und setzte mich in den Sessel, der dem Kamin am nächsten stand. Dann zündete ich mir eine Zigarette an und schlug das Buch auf.

Eine gefühlte Ewigkeit starrte ich auf die Seite, die ich aufgeschlagen hatte. Ich konnte nicht glauben, was ich da sah, und ich bin mir sicher, dass, wenn ich ein schwaches Herz gehabt hätte, mir eben dieses um die Ohren geflogen wäre.

Ich bin kein großer Freund von Veränderungen, da diese immer gewohnte Muster durcheinanderbringen. Es gibt Menschen, die behaupten allen Ernstes, das Muster schlecht seien. Ich bin anderer Meinung. Ich glaube, wir Menschen brauchen Muster. Sie sind ein Zeichen von Beständigkeit und Berechenbarkeit. Sie geben uns das Gefühl, unser Leben selbst im Griff zu haben.

Irgendein blöder griechischer Philosoph hat mal gesagt, das einzig Beständige im Leben ist der Wandel. Würde er noch leben, dann hätte ich ihm gesagt, dass er zwar recht hätte, aber dennoch die Schnauze halten sollte, weil er das fragile Gerüst der Sicherheit mit seiner Aussage zum Wanken brachte.

Mir war klar, dass das Gefühl von Sicherheit größtenteils Illusion war.

Nichts ist sicher.
Niemals.
Veränderungen hatten immer Unsicherheiten im Gepäck. Je größer die Veränderung, desto höher war die Unsicherheit. Und mit jeder neuen Unsicherheit verlieren wir mehr und mehr die Kontrolle über unser Leben. Ich hatte in den letzten Monaten sehr oft die Kontrolle verloren. Ich hatte Grenzen überschritten, die ich niemals hätte überschreiten dürfen. Ich musste erkennen, dass die Grenzen zwischen Gut und Böse nicht klar verliefen. Vielmehr überlappten sie sich da, wo Dunkelheit herrschte. Dort wurden sie eins und somit untrennbar miteinander verbunden.
Ich war seit fast fünfundzwanzig Jahren Polizist und hatte bis vor ein paar Monaten meine Dienstwaffe nur dreimal benutzen müssen. Dabei hatte ich niemals einen Menschen getötet.
Seit dem letzten Fall sah meine Bilanz anders aus.
Ich hatte eine Killerin zu meiner Verbündeten gemacht, hatte mehr oder weniger Beihilfe zu einem Mord geleistet und war Mitverschwörer in der Vertuschung von furchtbaren Menschenversuchen geworden. Ich wurde in die Dunkelheit gezogen und fand mich an dem Ort wieder, wo die Grenze zwischen Gut und Böse unklar und diffus war.
Nicht ist sicher.
Niemals.
Nicht einmal das eigene Haus.
In dem Buch lag ein Zettel.
Ein Zettel, der ganz sicher nicht von mir stammte.
Ich las ihn nochmal und nochmal und nochmal.

Lieber Herr Eichborn,
Sie haben sich mächtige Feinde gemacht, aber das wissen Sie ja bereits. Besonders einem haben Sie es angetan und dieser

eine lässt nichts unversucht, Sie zu vernichten. Deshalb hat er mich damit beauftragt, dies zu tun. Ich gedenke, diesen Auftrag abzulehnen. Sollten Sie das Bedürfnis verspüren, zu reden. Dies ist meine Handy Nr: 0185/123 122 45

Langsam, wie in Trance, ging ich zur Fensterfront und sah hinaus. Es hatte hier in den letzten Tagen geschneit und die Temperaturen hatten auch tagsüber konstant unter null Grad gelegen, sodass sich eine geschlossene Schneedecke auf meinem Rasen gebildet hatte, die vom Vollmond angestrahlt aussah wie eine helle Kuchenglasur. Mein Grundstück ging abschüssig hinunter bis zum Rhein und zu meinem Haus gehörte sogar ein kleiner Bootsanleger.

Ich war sehr erleichtert, dass ich eine bestimmte Passage meines Lebens nicht in das Buch eingetragen hatte. Im Laufe meiner Karriere bei der Polizei hatte ich viele abgrundtief böse Menschen kennen gelernt. Menschen, denen das Leben anderer nichts bedeutete und die es einfach so zerstören konnten. Man muss einen anderen Menschen nicht unbedingt töten, um sein Leben zu vernichten, und häufig war die Tatsache, weiterleben zu müssen, weitaus schlimmer als die Alternative. Alles bislang Erlebte wurde von meinem letzten Fall in den Schatten gestellt, und ich wurde gezwungen, eine neue Definition von Böse zu akzeptieren. Was ich getan hatte, belastete mich nicht sonderlich.

Was mich allerdings belastete, war die Tatsache, dass ich Helen nie etwas davon erzählt hatte. Lange Zeit tröstete ich mich mit dem Gedanken, sie dadurch nicht zu einer Mitwisserin zu machen. Das änderte jedoch nichts daran, dass dieses Geheimnis allgegenwärtig war. Darüber hinaus hatte ich keinerlei Gewissensbisse, was mich in ruhigen Momenten ebenfalls nachdenklich machte.

Ich sah mir die Botschaft des Unbekannten noch einmal an

und erneut spürte ich den Impuls, die Nummer sofort anzurufen. Stattdessen kochte ich mir einen Kaffee und als er durchgelaufen war, ging ich mit dem dampfenden Becher zum Kamin und zündete ein Feuer an. Als es brannte, begann ich damit, Seite für Seite meiner persönlichen Aufzeichnungen aus dem Buch zu reißen und in die Flammen zu werfen.

»Was machst du da?«

Ich erschrak so heftig, dass ich fast das Buch ins Feuer geworfen hätte.

Helen kicherte.

»Entschuldigung. Ich wollte dich nicht erschrecken. Aber was machst du da?«

Sie kam zu mir und kuschelte sich an mich.

»Erinnerst du dich an Doktor Witt?«

»Natürlich. Ich hatte dir wegen deiner Alpträume einen Termin bei ihm besorgt. Ist alles in Ordnung mit dir?«

»Er hatte mir den Tipp gegeben, alles, was mich beschäftigt, aufzuschreiben. Das habe ich getan. In dieses Buch hier.«

»Und warum verbrennst du es dann?«

Wortlos gab ich ihr den Zettel des Unbekannten. Helen las die Botschaft und sah mich an.

»Was ist das? Wer hat das geschrieben?«

»Ich habe keine Ahnung. Interessant ist vor allem, wo ich diesen Zettel gefunden habe. Er lag in dem Buch.«

Helen erstarrte.

»Das heißt, jemand war während unserer Abwesenheit hier im Haus?«

»Richtig. Und er hat das Buch gefunden. Wie auch immer er das geschafft hat. Und wer auch immer er ist.«

»Das ist unheimlich«, sagte Helen leise und erschauderte. Dann sah sie mich fest an. »Was stand drin? Irgendetwas, das dich belasten könnte?«

»Warum glaubst du, dass da etwas drin stehen könnte, was belastend für mich wäre?«

Sie wich meinem Blick aus und schwieg. Ich holte ihr einen Kaffee und stumm sahen wir in die Flammen, die immer wieder emporzüngelten, wenn ich Seiten aus dem Buch hineinwarf.

»Lass mich auch mal«, sagte Helen leise. Ich riss ein paar Seiten aus dem Buch, gab sie ihr und sie schmiss sie in die offenen Flammen.

»Ich glaube, du verschweigst mir etwas«, sagte sie plötzlich.

Jetzt war ich es, der erstarrte, was Helen nicht entging.

»Und was?«

»Sag du es mir.«

Meine Brust schnürte sich zusammen und ich hatte das Gefühl, dass, wenn ich etwas hätte sagen wollen, ich nur zu einem Krächzen imstande gewesen wäre.

»Du weißt, dass ich dich liebe, oder? Dass es nichts gibt, was daran etwas ändern könnte. Das weißt du doch, oder?«, sagte Helen leise.

»Bist du sicher?«

»Ja. Ganz sicher.«

Helen drückte meine Hand. Meine Gedanken drifteten ab, zu jenem verhängnisvollen Abend, hier in meinem Haus.

»Woran denkst du?«

War jetzt der Zeitpunkt gekommen, ihr zu gestehen, was ich getan hatte?

»Manchmal muss man etwas Schlechtes tun, um etwas Gutes zu bewirken«, flüsterte ich.

»Wie meinst du das?«

Ich versuchte es, aber ich schaffte es nicht. Vielleicht würde ich es eines Tages hinbekommen. Aber dieser Tag war nicht heute.

»Was machen wir jetzt?«, wollte ich stattdessen von ihr wissen.

Ich konnte spüren, dass Helens Körper sich versteifte.

»Hör bitte auf damit, Nicolas«, sagte Helen leise.
»Ich weiß nicht, was du meinst«, antwortete ich.
»Seit wir zusammen sind, versuchst du mich zu beschützen. Du schmiedest Pläne, in die du mich nicht einweihst, du fährst einfach irgendwo hin, ohne mir etwas zu sagen, und so weiter. Ständig tust du das in der Annahme, es sei gut für mich.« Sie sah mich eindringlich an. »Ich entscheide, was gut für mich ist und was nicht. Niemand sonst. Eine Beziehung basiert vor allem auf Vertrauen, Nicolas. Ohne Vertrauen hat nichts einen Sinn. Und schon gar keine Zukunft.«
»Aber ich vertraue dir«, protestierte ich.
»Mag sein. Aber dann traust du mir nichts zu.« Sie sah mich an und in ihrem Blick war so viel Traurigkeit, dass es mir fast das Herz zerriss. »Aber das Schlimmste ist, dass ich anfange, dir zu misstrauen.«
Ich setzte mich auf.
»Warum das denn? Du hast überhaupt keinen Grund, mir zu misstrauen!«
Helen lachte bitter.
»Das hast du dir selbst eingebrockt. Jedes Mal, wenn du irgendwo hinfährst, frage ich mich, was du wohl jetzt vorhast, von dem ich nichts weiß. Nichts wissen soll. Immer, wenn du weg bist, mache ich mir Sorgen, weil ich nicht weiß, was du jetzt gerade anstellst. Das ist wirklich schlimm, Nicolas.«
»Du sprichst von mir, als wäre ich ein Kind, auf das man ständig aufpassen muss.«
Helens Stimme wurde sanft.
»Ich weiß, dass du es nur gut meinst. Aber ich bin eine erwachsene Frau, die keinen Aufpasser will, sondern einen Partner, dem sie vertrauen kann.«
Mich überkamen Scham, Wut, Trauer, Angst und das Gefühl, in die Ecke gedrängt zu werden.
Ich hätte schon mit einem der Gefühle meine Schwierigkeiten gehabt, aber alle auf einmal führten bei mir zu einer

Art Kurzschlussreaktion. Tatsächlich brannten bei mir im wahrsten Sinne des Wortes die Sicherungen durch und der Neandertaler in mir übernahm die Regie.

»Weißt du was? Es gibt wirklich einige Dinge, die ich dir nicht erzählt habe. Und willst du noch etwas wissen? Diese Dinge gehen dich einfach nichts an. Ich bohre auch nicht ständig in deiner Vergangenheit herum und will alles wissen. Weil ich mir sage, dass du mir die für uns wichtigen Dinge schon erzählen wirst. Das, liebe Helen, ist Vertrauen. Du sagst selber, dass du anfängst, mir zu misstrauen. Es ist ein verdammter Unterschied, ob ich von Vertrauen oder von Misstrauen spreche. Mag sein, dass du diesen Unterschied nicht erkennst oder nicht erkennen willst. Aber es gibt ihn.«

Helen schüttelte fassungslos den Kopf.

»Nein, diese Taktik funktioniert nicht bei mir. Du kannst nicht einfach den Spieß umdrehen und dich als Opfer darstellen. Ich habe dir gesagt, dass ich ein Problem habe. Es wäre schön, wenn du darauf eingehen würdest. Wenn nicht, hat dieses Gespräch keinen Sinn.«

Das wäre jetzt der richtige Moment gewesen, einzulenken und Helens Bitte nachzukommen. Aber dazu war ich nicht imstande. Ich hatte mich selbst ins Abseits gestellt und kam aus dieser Ecke nicht mehr raus.

»Du hast recht«, sagte ich und stand auf. »Das Gespräch hat keinen Sinn mehr.«

Es war Helen deutlich ins Gesicht geschrieben, wie sehr sie meine ruppige Art schmerzte, und das zu sehen, tat mir unendlich leid. Aber mein Reptilienhirn hatte in diesem Moment das Sagen und da hieß es nur noch, fressen oder gefressen werden.

Mit anderen Worten: Ich benahm mich wie ein Vollidiot und war dabei, alles kaputt zu machen.

Ich sah die Tränen, die Helen übers Gesicht liefen, und war doch wie gelähmt.

»Das ist schade«, sagte sie leise. Dann verließ sie das Wohnzimmer. Ich kochte mir einen weiteren Kaffee und wartete, was nun passieren würde. Knapp zwei Stunden später hörte ich, wie die Haustür ins Schloss fiel, und wenig später startete ein Automotor. Ich ging durch die Diele ins Schlafzimmer und öffnete den Kleiderschrank.

Ein paar Klamotten von Helen waren noch da, aber das meiste hatte sie eingepackt. Auf dem Bett lag ein Zettel von ihr.

Lieber Nicolas,
ich fahre nach Berlin. Ich muss ein bisschen für mich sein und die Dinge in meinem Kopf ordnen.
Helen.

Ich nahm den Zettel mit ins Wohnzimmer und schmiss ihn ins Kaminfeuer.

Kapitel 40

»Aber ich liebe meinen Job, das weißt du doch.«
Helen Wagner

Helen fuhr scheinbar ziellos durch die Gegend und erst als sie fast schon am Ziel war, realisierte sie, wohin sie ihren Wagen lenkte. Sie hielt an und gab ein Schluchzen von sich. Ohne es zu merken, war sie zu ihrem Elternhaus gefahren.

Helen erschrak heftig, als jemand gegen die Scheibe der Fahrertür klopfte. Ihr Kopf wirbelte zur Seite und sie sah ihren Vater, der sie besorgt anschaute. Helen ließ die Scheibe herunter und konnte sehen, dass ihr Vater eine Tüte mit frischen Brötchen dabei hatte. Unwillkürlich musste sie lächeln.

Einige Dinge änderten sich einfach nie. Schon als sie noch klein war, hatte ihr Vater, wenn er denn daheim war, immer Samstags und Sonntags früh Brötchen geholt.

»Hey, alles in Ordnung mit dir?«, fragte er und sah sie aufmerksam an. »Du hast ja geweint«, stellte er fest. »Was ist los?«

»Ach, Papa, mir geht's nicht gut«, brach es aus ihr heraus.

Ihr Vater legte Helen eine Hand auf die Schulter und drückte sie sanft.

»Komm, lass uns erst einmal frühstücken. Deine Mutter wird sich freuen, dich zu sehen. Und dann reden wir, okay?«

Helen sah ihren Vater dankbar an und nickte.

Helens Mutter war vom unerwarteten Besuch ihrer Tochter hingerissen und tat das, was Mütter tun, wenn sie wollen, dass es dem Kind gut geht: Sie kochte zu viel Kaffee, servierte zu viele Brötchen, briet zu viele Eier und bombardierte Helen mit Fragen, ohne die Antwort abzuwarten. Helen genoss diese Aufmerksamkeit, sog sie auf wie ein trockener Schwamm. Nicht, dass sie von Nicolas keine Aufmerksamkeit bekommen hätte – ganz im Gegenteil. Aber die hektischen Aktivitäten ihrer Mutter waren einen willkommene Ablenkung.

Nach dem ausgiebigen Frühstück verzog sich Helen mit einer dampfenden Tasse Kaffee in den riesigen Wintergarten. Hier war der einzige Ort auf dem Anwesen der Eltern, wo geraucht werden durfte. Sie setzte sich in einen der bequemen Korbsessel und zündete sich eine Zigarette an. Dabei ließ sie ihren Blick über das gigantische Grundstück schweifen. Die große, alte Eiche, an der früher eine Schaukel befestigt war, stand immer noch majestätisch in der Mitte der Wiese und trotzte jeder Witterung. Wahrscheinlich würde sie noch in tausend Jahren, wenn sie alle längst vergessen waren, noch dastehen.

Die Schaukel aus ihrer Kindheit freilich war nicht mehr da.

Leise betrat ihre Mutter den Wintergarten, setzte sich neben Helen und legte ihr eine Hand auf den Arm.

»Was macht die Arbeit, Liebes?«

»Schlimmer Fall«, murmelte Helen. »Viele Tote.«

»Ach, herrje, wie schrecklich. Findest du nicht, dass diese Arbeit nichts für dich ist? Ständig diese grauenhaften Dinge, die du siehst. Ich mag mir das gar nicht vorstellen.«

»Aber ich liebe meinen Job, das weißt du doch.«

»Ich finde ja immer noch, dass du im Unternehmen deines Vaters arbeiten solltest. Erst kürzlich haben wir darüber gesprochen, weißt du?«

Jetzt kam auch Helens Vater in den Wintergarten und zündete sich eine seiner drei Zigarren an, die er am Tag rauchte. Er legte eine Zeitung auf den Tisch und sah seine Frau fragend an.

»Worüber haben wir erst kürzlich gesprochen?«

»Darüber, dass Helens Platz in deinem Unternehmen sein sollte.«

Helens Vater paffte und nickte.

»Natürlich ist dort dein Platz, Prinzessin. Komm vorbei und wir machen einen Vertrag. Dein Anfangsgehalt liegt bei einhundertzwanzigtausend Euro im Jahr.«

Helens Mutter strahlte.

»Das klingt doch fantastisch!«, rief sie.

Helen schüttelte den Kopf.

»Es geht doch nicht ums Geld. Wenn ich sage, dass ich meinen Job liebe, dann doch nicht wegen des Geldes. Es ist die Aufgabe, die ich liebe.«

»Wie kann man eine solche Aufgabe lieben?«, flüsterte Helens Mutter fassungslos.

»Woran arbeitest du denn gerade?«

»Tote Ärzte«, antwortete Helen knapp. Sie hatte keine Lust, über die Arbeit zu reden.

»Ah, ja, davon habe ich gehört. Und, schon eine Spur?«

»Wir verfolgen mehrere Spuren.« Plötzlich erinnerte sich Helen daran, was ihr Vater beruflich machte. »Übrigens scheint es da Verbindungen zu großen Pharmaunternehmen zu geben. Du weißt nicht zufällig etwas darüber, Papa?« Sie konnte sich diese Spitze einfach nicht verkneifen.

Ihre Mutter schnappte entsetzt nach Luft, aber ihr Vater blieb gelassen.

»Was für Verbindungen? Was könnte ein Unternehmen wie meins mit Morden an Ärzten zu tun haben?« Er lachte dröhnend. »Welches Unternehmen tötet seine Kunden?«

»Es geht dabei um Menschenversuche, Papa. Ganz offensichtlich haben westdeutsche Pharmaunternehmen nicht zugelassene Medikamente in Kliniken der DDR an Patienten ausprobiert, ohne dass diese etwas davon wussten. Klingelt es da bei dir? Die Pharmaunternehmen wollten dadurch Kosten sparen. Klingt doch ganz nach dir, Papa. Findest du nicht?«

»Willst du etwa behaupten, dass dein Vater etwas mit diesen Morden zu tun hat?«, rief ihre Mutter schockiert.

Ihr Vater machte eine abwehrende Handbewegung.

»Traust Du mir so etwas wirklich zu?«

Helen sackte in sich zusammen.

»Natürlich nicht. Bitte entschuldigt. Mir geht gerade so viel durch den Kopf, dass ich nicht in der Lage bin, einen klaren Gedanken zu fassen.«

Helens Mutter tätschelte den Arm ihrer Tochter.

»Was bedrückt dich, meine Liebe?«

Helen sah ihre Mutter an und suchte nach den richtigen Worten.

»Es ist so, dass ich gerade Stress mit Nicolas habe.«

Ihre Mutter nickte, als wäre ihr das klar gewesen.

»Es macht den Eindruck, als wäre er ein sehr … grobschlächtiger Mensch.«

Helen schüttelte heftig den Kopf.

»Nein. Er ist sehr direkt. Das ganz bestimmt. Aber er ist auch ein sehr einfühlsamer Mann. Manchmal eben auch sehr verschlossen.«

»Das wundert mich nicht. Er hat offenbar viel zu verbergen«, sagte Helens Vater. In der Hand hielt er die Zeitung, die er mitgebracht hatte. »Nicht nur, dass dein neuer Freund mit dieser Killerin geschlafen hat. Jetzt droht ihm auch noch ein Verfahren, weil Angehörige der Opfer ihn wegen Strafvereitelung angezeigt haben. Die Eltern gehen davon aus, dass dein Freund Eichborn die Täterin absichtlich hat entkommen lassen.«

»Das ist doch Blödsinn! Nicolas hat nicht mit Stegmann geschlafen und er hat sie auch nicht entkommen lassen«, brauste Helen auf.

Beim ersten war sie sich sicher. Beim zweiten wusste sie, dass es zutraf. Aber sie wusste auch, warum er das getan hatte.

Ihr Vater pochte mit einem Finger auf den Artikel.

»Hier steht was anders. Dass du ihn in Schutz nimmst, war ja klar. Dieser Mann ist nicht gut für dich, meine Liebe. Ganz und gar nicht.«

»Aber, Christian, der ist gut für mich. Richtig, Papa?«

»Christian hat Niveau. So viel ist sicher.«

Helen lachte bitter.

»Ja, klar, Niveau. Deshalb hat er auch versucht, mich zu vergewaltigen. Weißt du was, Papa? Sprich nicht über Dinge, von denen du keine Ahnung hast.«

Helen sprang auf und lief aus dem Wintergarten.

Kapitel 41

»Woher wissen Sie das alles?«
Nicolas Eichborn

Ich hatte die Wahl zwischen einem einsamen Wochenende in meinem Haus und der Arbeit. Ich entschied mich für die Arbeit und buchte mir einen Platz in der Nachmittagsmaschine nach Berlin. Dann reservierte ich mir ein Hotelzimmer, da ich nicht wollte, dass Helen dachte, ich würde ihr hinterherlaufen. Mein Reptilienhirn winkte mir fröhlich zu.

Ich hatte noch zwei Stunden Zeit, bevor mich das Taxi abholen würde, griff einer spontanen Eingebung folgend zum Telefon und wählte die Nummer des unbekannten Einbrechers. Die freundliche Elektrostimme verkündete: *Die Nummer ist uns nicht bekannt*, und hätte dies wohl auch bis zum jüngsten Tag wiederholt, wenn ich nicht nach dem zweiten Mal frustriert aufgelegt hätte. Ich kontrollierte die Nummer mit der auf dem Zettel und stellte fest, dass ich mich nicht verwählt hatte. Ich wollte dennoch gerade einen dritten Versuch starten, als mein Telefon klingelte.

»Eichborn.«

»Guten Tag, Herr Eichborn. Mein Name ist Patrick Ebel. Ich bin derjenige, der bei Ihnen eingebrochen ist.«

Mir schossen eine Menge Gedanken durch den Kopf, wie ich auf diese Gesprächseröffnung reagieren könnte, und die meisten davon waren nicht jugendfrei. Aber ich beschränkte mich auf ein:

»Aha. Und nun?«

»Nun würde ich mich gerne mit Ihnen treffen, um Ihnen die Umstände zu erläutern, die dazu führten, dass der Einbruch unumgänglich war.«

Scheiße, wie redete der Kerl denn?

»Aha. Wo und wann?«

»Nun, anhand der Nummer, die ich gerade gewählt habe, erkenne ich, dass Sie daheim in Wiesbaden sind. Ich selbst lebe in Berlin. Dort befinde ich mich auch in diesem Moment.«

»Und ich werde in knapp vier Stunden auch in Berlin sein.«

»Wunderbar. Wollen wir uns zum Abendessen treffen?«

Der Typ war ja nicht ganz dicht! Bricht bei mir ein, liest meine persönlichsten Dinge und will jetzt mit mir zu Abend essen!

»Ich weiß, wie merkwürdig das für Sie klingen muss. Ich breche in Ihre Intimsphäre ein und lade Sie dann zum Abendessen ein. Aber ich kann Ihnen versichern, dass ich weder pervers noch kriminell bin. Herr Eichborn, man hat versucht mich zu belügen, damit ich Ihnen Schaden zufüge. In gewisser Weise macht uns das zu Verbündeten.«

»Sie meinen nach dem Motto, der Feind meines Feindes ist mein Freund?«

»Sozusagen, ja.«

»Das wird Sie einiges kosten, mein Freund«, sagte ich. »Ich bin ein guter Esser.«

Meine Maschine landete pünktlich in Berlin und ein ortskundiger indischer Taxifahrer mit bayrischem Akzent fuhr mich in die Innenstadt. Da mir die Lobby des Park Inn Hotels gefiel, in der ich mich mit Seibert getroffen hatte, hatte ich mir in diesem Hotel für die nächsten fünf Nächte ein Zimmer reserviert. Ich checkte ein, machte mich frisch und ging dann zu Fuß in das nahegelegene Restaurant, in dem ich mich mit meinem Einbrecher treffen wollte.

Ich war fast pünktlich und betrat das Lokal. Es war ein einfaches Grillrestaurant im ersten Stock eines Geschäftshauses und recht gut besucht, was, so hoffte ich jedenfalls, ein gutes Zeichen war. Ich schaute mich um, hatte jedoch keine Ahnung, nach wem oder was ich Ausschau hielt, da ich nicht wusste, wie dieser Patrick Ebel aussah. An einem der hinteren Tische hob ein Mann die Hand, als unsere Blicke sich trafen. Ich ging zu dem Tisch und blieb davor stehen.

»Hallo, Herr Eichborn«, begrüßte mich Ebel. »Nehmen Sie bitte Platz.«

Ich setzte mich und musterte ihn neugierig. Er sah gar nicht aus wie ein Einbrecher. Eher wie ein Politiker oder Anwalt. Ich schätzte sein Alter auf Anfang vierzig. Er hatte dunkles Haar und auffallend blaue Augen. Ich nahm an, dass die Frauen auf ihn standen, zumal er auf mich einen recht durchtrainierten Eindruck machte. Er trug einen dunklen Rollkragenpulli, der bestimmt ein Vermögen gekostet hatte. Jedenfalls sah er teuer aus. Kaschmir oder so.

»Lassen Sie mich gleich zu Beginn sagen, dass es mir leid tut, bei Ihnen eingebrochen zu haben. Ich hoffe, Sie nehmen meine Entschuldigung an.«

»Sie haben meine Aufzeichnungen gelesen.«

»Ja. Auch hierfür bitte ich um Verzeihung. Allerdings haben eben diese Aufzeichnungen dafür Sorge getragen, dass meine letzten Zweifel an Ihrer Aufrichtigkeit beseitigt wurden.«

»Sie wollen mir sagen, dass es auch etwas Gutes hatte, dass Sie in meine Privatsphäre eingedrungen sind?«

»So könnte man es formulieren.«

Er wirkte auf mich gelassen und aufrichtig.

Aber ich war immer noch sauer auf ihn.

»Geben Sie mir einen guten Grund, weshalb ich Sie nicht auf der Stelle festnehmen sollte.«

»Ich kann Ihnen helfen.«

»Ich brauche keine Hilfe. Schon gar nicht von jemanden, der in fremde Häuser einbricht und vertrauliche Dinge liest.«

»Sie sehen das viel zu emotional, Herr Eichborn.«

»Ja, schlimm oder? Aber so bin ich nun mal. Ich warte.«

»Worauf?«

»Auf den guten Grund, sie nicht festzunehmen.«
»Sie haben Feinde.«
»Erzählen Sie mir bitte etwas Neues.«
»Was zum Beispiel?«
»Zum Beispiel könnten Sie mir verraten, wer Sie beauftragt hat, bei mir einzubrechen.«
»Niemand. Das ist sozusagen in meiner Recherchearbeit inkludiert.«
Ich wartete auf eine Fortsetzung, aber die blieb aus. Der Kerl kam mir vor wie eine Maschine, die nur dann reagierte, wenn man ihr den korrekten Input gab.
»Wer hat Sie damit beauftragt, etwas gegen mich zu unternehmen?«
»Staatssekretär Schlossmann kam auf mich zu und hat behauptet, Sie würden ihn erpressen.«
»In gewisser Weise hat er damit recht. Ich habe etwas gegen ihn in der Hand und benutze das, um ihn an der kurzen Leine zu halten. Er ist ein sehr destruktiver Mensch, wissen Sie.«
»Er behauptet, Sie würden dieses Wissen benutzen, um sich persönliche Vorteile zu verschaffen.«
»Das wiederum trifft nicht zu.«
»Ich weiß. Er hat mich belogen. Er versuchte, mich und meine speziellen Erfahrungen zu missbrauchen.«
»Ihre spezielle Erfahrungen?«
»Ich löse Probleme.«
»Ich mache welche.«
»Sie haben auch welche.«
»Ach ja? Und was für Probleme wären das?«
»Nun, zum einen wäre da Staatssekretär Schlossmann, der Sie um jeden Preis aus dem Weg schaffen möchte. Zum anderen der ehemalige Generalstaatsanwalt Christian Stoll, der die Journalistin Nadine Höche mit größtenteils erfundenen Informationen versorgt, die diese dann in der gewohnt rei-

ßerischen Aufmachung veröffentlicht. Und zu guter Letzt droht Ihnen eine Anklage wegen Strafvereitelung.«

Ich zuckte zusammen, was ihm nicht entging.

»Davon wussten Sie nichts?«

»Nein, ich habe keine Ahnung, wovon Sie sprechen.«

»Die Eltern eines der Opfer Ihres letzten Falles habe Strafanzeige gegen Sie gestellt, nachdem sie den Artikel im *Blitz* gelesen haben, in welchem Ihnen unterstellt wurde, Sie hätten eine sexuelle Beziehung zur Tatverdächtigen unterhalten.«

Ich rieb mir die Augen. Das war allerhand.

»Woher wissen Sie das?«

»Nun, das mit der Strafanzeige stand heute in den Zeitungen und kam sogar im Radio. Hören Sie kein Radio?«

Nur im Auto. Und dann ging es immer nur um Nordkorea, Italien und Griechenland.

»Und das von Stoll, woher wissen Sie das?«

»Ich recherchiere gut. Und ich verfüge über ein ausgezeichnetes Netzwerk.«

»Und Sie lösen Probleme.«

»Genau.«

»Und ich habe welche.«

»Richtig. Deshalb sitzen wir hier.«

»Dann lassen Sie mal hören.«

Kapitel 42

Entnervt fuhr Helen den Weg zurück nach Wiesbaden zum Haus von Nicolas. Als sie ankam und die Tür aufschloss, war ihr sofort bewusst, dass er nicht mehr da war. Sie fand im Wohnzimmer neben dem Telefon einen Zettel mit einer Uhrzeit und einer Flugnummer. Er war zurück nach Berlin geflogen. Helen lächelte, da sie davon ausging, dass er ihretwegen nach Berlin geflogen war. Sie holte die Reisetasche aus dem Wagen und packte ihre Kleidung wieder zurück in den Schrank. Dann fuhr sie den Rechner hoch und buchte sich ebenfalls einen Flug nach Berlin.

Harry Steinhardt konnte sein Wochenende nicht genießen. Zu viel prasselte auf ihn ein. Zuerst der Fall, der eine Wendung genommen hatte, die niemand hatte vorhersehen können, dann der Artikel im *Blitz* und zu allem Überfluss auch noch die Anzeige gegen Nicolas. Das Innenministerium machte Druck und war der Meinung, man müsse ihn von dem Fall abziehen, da er schon genug im Visier der Öffentlichkeit stand. Jeder Fehler, jede Ungereimtheit wäre Wasser auf den Mühlen der Presse. Zu guter Letzt wurde am Samstagvormittag die Leiche von Professor Werner Schramm gefunden. Das machte das halbe Dutzend voll. Harry dachte nicht im Traum daran, Nicolas wirklich von diesem beschissenen Fall abzuziehen. Aber er würde mit ihm reden müssen.

Christian Stoll rieb sich voller Vorfreude die Hände. Gerade hatte ihn ein Telefonanruf erreicht, der ihm vollkommen unerwartete Perspektiven eröffnete. Ganz offensichtlich hatte sich Helen von diesem Proleten Eichborn getrennt. Das gab ihm die Möglichkeit, zarte Bande zu ihr aufzubauen. Gerade jetzt brauchte sie eine Schulter, an der sie sich ausweinen konnte, hatte ihr Vater ihm versichert. Und wer wäre besser dafür geeignet als er? Stoll schenkte sich ein weiteres Glas des teuren und exquisiten Rotweines ein und sah den beiden Callgirls zu, wie sie sich gegenseitig verwöhnten.

Klindworth und Hollmann hatten die letzten zwei Tage damit verbracht, das Haus, in dem Grabowski wohnte, zu überwachen. Und es tat sich – nichts. Absolut nichts. Es schien so, als würde niemand dort wohnen. Einmal war Klindworth ausgestiegen und um das Haus gelaufen. Allerdings konnte er nichts erkennen, da die Mauer rund um das Grundstück verlief und zu hoch war. Mehrmals hatte Seyfarth angerufen und gefragt, wo sie denn blieben. Sie hatten nun schon zwei Treffen verpasst und es gäbe eine Menge zu besprechen und zu planen. Frustriert entschieden die beiden, die Überwachung des Hauses einzustellen und zurückzufahren. Natürlich hatten sie nicht vor, den anderen zu erzählen, was sie die letzten Tage getrieben hatten. Erst wenn sie über genügend Beweise verfügten, würden sie die anderen mit einbeziehen.

Torben Schäfer atmete erleichtert aus. Endlich verschwanden die beiden Schwachköpfe. Er hatte schon befürchtet, noch eine Nacht im Wagen verbringen zu müssen. Grabowski war zurzeit im Ausland, aber die beiden Vollpfosten hatten es nicht für nötig gehalten, dies im Vorwege zu klären, und ihm war nichts anderes übriggeblieben, als die beiden dabei zu beobachten, wie sie ein leeres Haus observierten. Selbst dabei stellten sie sich ziemlich blöde an und wären von jedem Sicherheitsbeamten sofort entdeckt worden. Zu ihrer aller Glück war niemand da, der sie hätte erwischen können. Die Anweisung, die ihm seine Auftraggeber erteilt hatten, war unmissverständlich gewesen: Beobachten und nur dann eingreifen, wenn die Blödmänner in irgendeiner Art und Weise aktiv geworden wären. Dann allerdings mit aller Härte. Was er jetzt tat, war kein Bestandteil der Anweisung gewesen.

Dritter Teil

Phase II
In Phase II wird der neue Wirkstoff erstmals einer größeren Anzahl von Freiwilligen mit der entsprechenden Erkrankung verabreicht. In der Regel wird gegen ein Placebo oder eine verfügbare Therapie getestet und das Ergebnis verglichen. Am Ende der Phase II sollte eine feste Dosierung definiert sein sowie die Wirksamkeit und Verträglichkeit optimiert werden.

Auszug aus einem internen Besprechungsprotokoll der Geschäftsführer folgender Firmen:

Hannes. B. Klugmann Klugmann Pharmazie AG
Geschwärzt von S.K. am 02/15

Klaus. H. Friedrichs Medico Pharma AG
Geschwärzt von S.K. am 02/15

Manfred Stolze Stolze Pharm
Geschwärzt von S.K. am 02/15

Hubertus Wagner Wagner Pharmazie AG
Geschwärzt von S.K. am 02/15

Das Gespräch fand am 11. Dezember 2014 in den Geschäftsräumen der Medico Pharma AG (geschwärzt SK 02/15) statt und wurde ohne Einverständnis aller teilnehmenden Personen aufgenommen. Es begann um 19.15 Uhr und endete um 23.45 Uhr.

W: Wir haben ein Problem. Die Behörden haben vom Projekt Curatio erfahren.

K: Grabowski hat mir versichert, dass genau dieser Fall niemals eintreten wird. Ich habe gleich gesagt, dass wir viel zu spät reagiert haben.

F: Na ja, nun ist es zu spät, oder?

S: Das ist nicht gut. Das ist gar nicht gut.

W: Wir müssen uns der Realität stellen, Freunde. Diese Entwicklung ist nicht mehr aufzuhalten. Es sei denn ...

K: Es sei denn was?

W: Es sei denn, wir greifen zur ultimativen Problemlösung.

K: Und was heißt das?

S: Ja, genau, was heißt das?

W: Innerhalb kürzester Zeit müssen wir alles und jeden verschwinden lassen, was mit dem Projekt zu tun hatte.

K: Stimmt.

F: Ich gebe Hubertus recht. Wir sollten uns mit dieser Lösung näher befassen. Zu viel steht auf dem Spiel.

S: Oh, mein Gott. Heißt es das, was ich befürchte, was es heißt?

W: Woher soll ich wissen, was du befürchtest?

S: Wollen wir wirklich alle verschwinden lassen? Wie soll das gehen?

W: Wenn du einen besseren Plan hast, dann raus mit der Sprache.

F: Es gibt keine andere Lösung.

S: Mir gefällt das alles nicht.

F: Es gibt aber keine andere Lösung.

S: Was kann uns denn schlimmstenfalls passieren?

W: Wie meinst du das?

S: Ich meine, was passiert mit uns, wenn das raus kommt? Das ist doch alles längst verjährt.

K: Damit könntest du recht haben.

W: Leute, ums Verjähren geht's doch gar nicht. Die strafrechtlichen Konsequenzen sind nur sekundär. Primär ist es der finanzielle Schaden, den wir fürchten sollten. Angefangen bei der Schädigung unserer Reputation, die sich auf den Aktienkurs auswirken würde, über das Zurückziehen der Produkte vom Markt, die es betrifft, bis hin zu Entschädigungszahlungen an die Hinterbliebenen. Wir reden hier von Milliarden von Euro. Möglicherweise reden wir von unser aller Existenz.

S: Scheiße.

F: Genau.

K: Also müssen wir das jetzt durchziehen.

W: Mit aller Konsequenz. Sonst sind wir im Eimer.

Kapitel 42

»Willst du einen Anwalt?«
Harry Steinhardt

Nach dem ereignisreichen Abendessen am Samstag folgte ein ebenso interessanter Sonntag mit Ebel. Wir besprachen die weitere Vorgehensweise und ich war sehr beeindruckt von seiner strukturierten Art des Denkens. Vielleicht würde ich ihm ja, nachdem wir das alles überstanden hatten, ein Jobangebot machen. Einen wie ihn hat man lieber auf der eigenen Seite.

Den Sonntagabend verbrachte ich alleine in meinem Hotelzimmer. Mein Handy klingelte ein paarmal, aber ich hatte weder die Lust noch die Zeit, mit irgendjemanden zu reden.

Den Montag verbrachte ich mit langweiliger Büroarbeit. Harry war den ganzen Tag im Innenministerium und Helen auf einem Seminar für forensische Psychiatrie.

Am Dienstag fuhr ich sehr früh ins Büro, da ich wusste, dass Harry immer schon um sieben Uhr an seinem Schreibtisch saß. Ich klopfte an seiner geschlossenen Bürotür, und da ich ja ein Mensch war, der dazulernte, wartete ich, bis er »Herein!« rief.

Als er mich sah, wirkte er überrascht.

»Hey, Nicolas. So früh schon hier?«

»Ich denke, du weißt, warum.«

Seine Stirn legte sich in Falten.

»Ja. Ich denke, das tue ich.«

»Ich möchte ein Dienstverfahren gegen mich selbst einleiten und da du mein Dienstvorgesetzter bist, beantrage ich das bei dir. Hier und jetzt.«

Es ist durchaus möglich, ein Disziplinarverfahren gegen sich selbst zu beantragen. Allerdings sollte man das nur dann machen, wenn man unschuldig ist. Darüber hinaus ist diese

Vorgehensweise der ideale Weg, um auf indirekter Weise ein Verfahren gegen einen Dritten einzuleiten.

Und genau das hatte ich vor.

Es war interessant, Harrys Mienenspiel zu beobachten. Als erstes vertieften sich die Sorgenfalten auf seiner Stirn. Dann, als er begriff, was ich damit bezweckte, machten sich um die Augenwinkel seine ausgeprägten Lachfalten breit.

»Das ist ein cleverer Schachzug von dir«, lobte er mich und grinste dabei breit.

Ich erwähnte nicht, dass es Ebels Idee gewesen war, sondern beschränkte mich darauf, weise zu nicken.

»Oftmals ist Angriff die beste Verteidigung sagt Dim Sum.«

»Dim Sum ist ein chinesisches Gericht, du Trottel. Du meinst Sun Tsu.«

»Richtig.«

»Okay. Willst Du einen Anwalt?«

»Kennst du einen?«

»Ja.«

»Gut. Zunächst will ich keinen. Ich werde mich umfassend zu den gemachten Vorwürfen äußern und natürlich auch Zeugen benennen, die am Fall beteiligt waren.«

»Sehr gut. Ich nehme an, die Zeugen sind Helen und Rainer Schranz, richtig?«

»Genau. Aber auch Christian Stoll.«

»Du willst Stoll als Zeugen benennen?«

»Oh ja.«

»Was hast du vor?«

»Ich will endgültig für Ruhe sorgen.«

»Du denkst, Stoll steckt dahinter.«

»Ich denke, dass er hinter diesen Vorwürfen und hinter dem Artikel im *Blitz* steckt, jawohl.«

Die nächsten sechzig Minuten verbrachten Harry und ich damit, meine Aussage aufzunehmen. Dann erklärte er mir feierlich, dass er nun verpflichtet sei, die zur Aufklärung des Sachverhaltes erforderlichen Vorermittlungen aufzunehmen, was so viel bedeutete, wie die Vernehmung der von mir benannten Zeugen durchzuführen. Ich bat ihn inoffiziell darum, zunächst Helen und Schranz zu befragen. Stoll sollte er sich für zuletzt aufheben.

Harry fragte nicht, warum ich das wollte, sondern lächelte nur wölfisch.

Er ahnte wohl, was ich vorhatte und freute sich diebisch darauf.

Als wir fertig waren, sangen wir gemeinsam die Nationalhymne und dann ging ich in mein Büro, immer in der Hoffnung, Helen nicht zu begegnen, da ich nicht wusste, wie ich mich ihr gegenüber verhalten sollte. Sie hatte mehrfach versucht, mich über Handy zu erreichen. Mir war bewusst, dass ich durch mein Verhalten ihr Misstrauen nur verstärken würde. Jemand, der nichts zu verbergen hat, geht dem anderen nicht aus dem Weg, sondern sucht vielmehr den Kontakt, um alles aus der Welt zu schaffen. Es ist schon verrückt, wie viel Blödsinn man im klaren Bewusstsein machte.

Ich ging in mein Büro und sah mehr oder weniger Aufmerksam die Post durch. Ein brauner Umschlag erregte kurz mein Interesse und ich verspürte ein leichtes Kribbeln, dann klingelte jedoch mein Telefon und ich vergaß den Umschlag.

Es gab schon wieder eine Leiche.

Kapitel 43

Torben Schäfer hatte sich in einem noblen Hotel in Dresden einquartiert und stand in regem E-Mail- Austausch Kontakt mit seinem Auftraggeber. Das war insofern ungewöhnlich, als dass sich der Kontakt normalerweise auf kurze Statusmeldungen beschränkte.

Das hatte sich nun geändert.

Sein Auftraggeber stellte ihm plötzlich sehr viele Fragen. Er wollte wissen, wie groß die Gruppe war, deren Treffpunkt er ausgemacht hatte, ob sie zu Grabowski Kontakt aufgenommen hatten und wie er die Situation in der Wohnung des getöteten Professor Schramm geregelt hatte. Es war natürlich so gut wie unmöglich, Stimmungen anhand einer E-Mail zu erkennen, aber Schäfer hatte das Gefühl, sein Auftraggeber verlöre der Kontrolle über die Situation.

Das war nicht gut.

Das konnte auch ihn in Gefahr bringen.

Dann erreichte ihn die Nachricht, von der er wusste, dass sie kommen würde: Sein Auftraggeber erklärte die Gruppe zum Primärziel.

Das gleiche galt für Grabowski.

Schäfer dachte über die Konsequenzen nach.

Da wäre zum einen der finanzielle Aspekt. Sein Honorar pro Zielperson betrug in der Regel fünfzigtausend Euro. Er hatte demnach gerade einen Auftrag in Höhe von Dreihundertfünfzigtausend Euro erhalten, wobei das Honorar für Grabowski höher ausfallen würde, da die Zielperson schwerer zu eliminieren sein würde. Hier würde er achtzigtausend Euro erhalten. Also erhöhte sich sein Honorar auf dreihundertachtzigtausend Euro.

Eine schöne Summe.

Aber mit jeder Zielperson, die hinzukam, erhöhte sich sein Risiko, geschnappt zu werden.

Er war nun seit mehr als sieben Jahren in diesem Geschäft. Eine Ewigkeit, wenn man bedachte, womit er sein Geld verdiente. Torben Schäfer war nur eine von vielen Identitäten, die er besaß. Sein richtiger Name lautete Axel Hoffmann, aber diesen hatte er schon lange nicht mehr benutzt. Seit er dieser Tätigkeit nachging, existierte Axel Hoffmann nicht mehr.

Als er nach zehn Jahren die Bundeswehr verlassen hatte, konnte Hoffmann auf eine ereignisreiche Zeit zurückblicken. Drei Einsätze in Afghanistan, jeder Einsatz hatte mehr als ein Jahr gedauert, hatten aus ihm einen anderen Menschen gemacht. Einen Menschen, dem es unmöglich war, im zivilen Leben Fuß zu fassen. Er hatte einfach zu viel erlebt und gesehen, als dass ein normales Leben für ihn noch möglich gewesen wäre. Allerdings besaß er, schon bevor er nach Afghanistan flog, eine gewisse moralische Flexibilität. Nur konnte er dies sehr gut verbergen. Da es ihm nicht gelang, sich nach Beendigung seiner Dienstzeit richtig einzugliedern, bekam er auch keinen Job. Er wollte jedoch auch nicht wirklich einen normalen Job. Also verdiente er sein Geld zuerst als Türsteher, dann als Personenschützer.

Hier hatte er die Leute kennengelernt, die für seine zukünftige Laufbahn von entscheidender Bedeutung sein würden.

Die Russen.

Die Agentur, die ihn damals an Personen, die eines gewissen Schutzes bedurften, vermittelte, rief ihn eines Tages an, um ihm einen Auftrag zu erteilen. Ein russischer Geschäftsmann aus Moskau weilte für eine Woche in Frankfurt und wollte einen ortskundigen Bodyguard engagieren. Da Hoffmann aus Frankfurt kam und die Szene gut kannte, war er die erste Wahl gewesen.

Hoffmann nahm an und sein Leben änderte sich für immer.

Es war schon weit nach Mitternacht gewesen, als sie den ersten Club verließen. Hoffmann, der zunächst keine Ahnung hatte, welchen Geschäften sein russischer Klient nachging, war im Laufe des Abends klar geworden, dass es sich bei ihm um hochrangiges Mitglied der Russenmafia handelte, der in Frankfurt nach dem rechten sah. Lauter dunkle Gestalten wuselten um ihn herum und krochen ihm in den Arsch, dass es schon fast peinlich war. Aber der Typ genoss diesen Aufstand sichtlich und hatte großzügig lobende Worte verteilt.

Als sie den Club verließen und auf der Straße auf ihren Wagen warteten, war eine dunkle Limousine um die Ecke geschossen. Geistesgegenwärtig hatte Hoffmann den Russen zu Boden gestoßen und seine Waffe gezogen. Die Typen in der Limousine hatten das Feuer eröffnet, waren aber zu blöd gewesen, den am Boden liegenden Russen zu treffen. Anders Hoffmann; seelenruhig hatte er anvisiert und dem Wagen die Reifen zerschossen. Als dieser in eine Reihe parkender Autos gekracht war, war Hoffmann zum Wrack gegangen und hatte den Fahrer und einen der Schützen erschossen. Den dritten hatte er am Leben gelassen, damit sein Klient ihm Fragen stellen konnte. Der Russe war so beeindruckt von Hoffmann, dass er ihn nach Moskau einlud und seinen Geschäftspartnern dort vorstellte.

So wurde er zum Auftragskiller der Russenmafia.

Aber damit war es nicht genug. Hoffmann wollte nicht nur für einen Auftraggeber arbeiten. Das war ihm zu riskant, da die Zielpersonen irgendwann auf seinen Auftraggeber zurückverfolgt werden konnten. Er machte sich in der Szene einen Namen und schon bald hatte er mehrere Auftraggeber aus unterschiedlichen Ländern. Die Russen waren die einzigen, mit denen er jemals einen persönlichen Kontakt hatte.

Seine aktuellen Aufträge kamen von einem neuen Kunden. Die Russen hatten ihn empfohlen.

Und nun schienen sie in Panik zu geraten.

Er würde die Entwicklungen genau beobachten.

Kapitel 44

Ebel hatte lange über die neuesten Entwicklungen nachgedacht. Seine Überlegungen hatten schon begonnen, lange bevor er sich mit Eichborn getroffen hatte. Wenn er ehrlich war, dann hatte er fünf Minuten, nachdem er den Besprechungsraum betreten hatte, in dem Schlossmann auf ihn gewartet hatte, angefangen, sich Gedanken zu machen.

Ebel war nicht naiv. Er wusste, dass fast alle Menschen irgendeine Leiche im Keller hatten. Die meisten sogar mehrere. Bei vielen reichte der Keller schon nicht mehr aus. Auch war ihm klar, dass die meisten seine Klienten ihn anlogen und die Tatsachen verdrehten, sodass sie in einem besseren Licht dastanden. Das alles wusste er und es machte ihm nichts aus. Oder besser, bislang hatte es ihm nichts ausgemacht. Das lag einfach daran, dass die Personen, gegen die er vorging, immer schlimmer gewesen waren, als die, die ihn beauftragt hatten.

Nun lag der Fall anders.

Ganz anders.

Wieder hatte ein Klient gelogen. Erneut wurden Tatsachen verdreht. Nur dieses Mal in einem Ausmaß, das selbst für einen hartgesottenen Menschen wie ihn das Fass zum Überlaufen brachte. Schlossmann hatte die Fakten total verdreht und aus einem unschuldigen Mann einen Erpresser gemacht, den es aufzuhalten galt. Vielleicht war Eichborn nicht vollkommen unschuldig. Wahrscheinlich hatte auch er Leichen im Keller. Aber eines war Ebel klar: Eichborn war kein Erpresser. Er war hier nicht der Täter, sondern das Opfer.

Deshalb hatte Ebel entschieden, das genau hier Schluss sein würde.

Aus diesem Grund würde er sein Netzwerk nun nutzen, um Eichborn aus der Schusslinie heraus und Schlossmann hinein zu befördern.

Sein erster Anruf ging an einen Beamten des Innenministeriums in Bayern, der ihm einen Gefallen schuldig war. Ebel bat ihn, dafür zu sorgen, dass ein vertrauenswürdiger Kriminalbeamter die Familie Wegener in München besuchte. Das Ehepaar Wegener hatten vor einigen Monaten ihre Tochter verloren. Sie wurde von der Killerin getötet, die Eichborn angeblich hatte entkommen lassen. Deshalb hatte Frau Wegener auch Strafanzeige gegen Eichborn gestellt.

Der Beamte sollte herausfinden, ob die Familie aus eigenem Impuls gehandelt hatte, oder ob sie in irgendeiner Art und Weise manipuliert worden war. Und wenn ja, von wem. Gleichzeitig überprüfte er die Finanzen der Familie, für den Fall, dass sie sich hatten bestechen lassen.

Die Überprüfung der Konten brachte nichts, aber die Befragung des Kriminalbeamten machte deutlich, dass die immer noch trauernden Eltern der getöteten jungen Frau von der Reporterin Saskia Krempe geradezu genötigt worden waren, rechtliche Schritte gegen Eichborn einzuleiten.

Interessant war vor allem, dass Krempe Details der Ermittlungen bekannt waren, die nur ein Insider wissen konnte. Ihm war klar, dass dieser Insider nur der ehemalige Generalstaatsanwalt Christian Stoll sein konnte.

Zwar konnte der Kriminalbeamte die Wegeners nicht dazu bewegen, die Anzeige zurückzuziehen, aber das hätte ohnehin keinen Sinn gemacht, da Eichborn ja schon ein Disziplinarverfahren gegen sich selbst eingeleitet hatte und eine einmal gestellte Anzeige nicht rückgängig gemacht werden konnte.

Aber es war ihm gelungen, bei ihnen Zweifel zu säen.

Ebel würde sich nun intensiv mit Christian Stoll befassen.

Und mit der Journalistin Saskia Krempe.

Kapitel 45

»Aus einem uns unbekannten Grund haben sich die Bahnen der beiden Täter gekreuzt.«
Harry Steinhardt

»Der Tote heißt Professor Werner Schramm und er passt zu einhundert Prozent in unser Opferprofil, da er zwischen 1983 und 1989 als kaufmännischer Direktor der Charité beschäftigt war.« Helens Vortrag war voller unterkühlter Professionalität. Sie war erst vor kurzem zu uns gestoßen, da sie der Obduktion des Toten beigewohnt hatte. Bislang war es noch zu keiner Begegnung unter vier Augen gekommen, was mir nur recht war. Sie fuhr fort. »Der Tod trat vor ca. sechsunddreißig Stunden ein und wirkt auf den ersten Blick natürlich. Bei der genaueren Untersuchung stellten wir fest, dass zwei Finger der rechten Hand gebrochen waren. Zunächst gingen wir davon aus, dass er sich die Finger bei einem Sturz brach, den er in Folge eines Herzversagens erlitt. Dann jedoch fanden wir in seinem Rachen Faserspuren, die übereinstimmten mit einem Kissen aus seiner Wohnung. Auf diesem Kissen wiederum stellten wir Speichelspuren des Toten sicher. Mit an Sicherheit grenzender Wahrscheinlichkeit hat jemand versucht, ihn mit dem Kissen zu ersticken. Stauungsblutungen in den Augen bestätigen diesen Verdacht.«

»Warum sagst du, es hätte jemand *versucht*, ihn zu ersticken? Schramm ist doch tot, also war der Täter doch erfolgreich«, warf Harry ein und bewies damit, dass er aufgepasst hatte.

»Wir wissen noch nicht exakt, was die Todesursache letztendlich war. Denn als uns das alles auffiel, unterzogen wir dem Körper des Toten einer noch genaueren Untersuchung. Dabei fanden wir eine winzige Einstichstelle im Bereich des Nackens.« Ihr Blick machte die Runde, blieb etwas länger bei mir hängen und in Helens Gesicht erschien ein kleines Lächeln, das fast scheu wirkte. Dann war sie wieder ganz bei der Sache. »Erinnert ihr euch an den toten Arzt aus Hamburg, der im Altenheim gefunden wurde? Klingbeil hieß der. Bei seiner Obduktion konnte ich nicht dabei sein, hatte aber dem Pathologen gesagt, er möge bitte eine absolut gründliche Untersuchung vornehmen. Auch bei Klingbeil wurde eine solche Einstichstelle gefunden. Das kann kein Zufall sein.«

»Wie erklärst Du die gebrochenen Finger des Toten hier in Berlin?«, wollte ich von ihr wissen.

Helen schürzte die Lippen, was hinreißend aussah.

»Die geben mir wirklich zu denken. Wir haben mit einer lebensechten Puppe diverse Sturzszenarien durchgespielt und bei keiner einzigen Variante kam es zu solchen Brüchen. Spontan würde ich sagen, er wurde gefoltert. Aber gegen diese Theorie spricht die Einstichstelle. Klingbeil in Hamburg wurde nicht gefoltert und wenn es Mord war, dann war er sehr professionell. Bei unserem Opfer hier in Berlin, Professor Schramm, ist das Gesamtbild sehr verwirrend. Man hat versucht, ihn mit einem Kissen zu ersticken, ihm wurden zwei Finger gebrochen und dann die Einstichstelle … ich bin im Augenblick ratlos.«

»Es gibt in meinen Augen eigentlich nur zwei Möglichkeiten, die das alles erklären«, meinte ich und erntete mit dieser Aussage lauter neugierige Blicke. Ich zuckte mit den Achseln. »Na ja, wir gehen doch sowieso von einer Zwei-Täter-Theorie aus. Entweder irren wir uns und unser Täter ist so was von schizophren, dass er auf zweierlei Arten tötet, oder aber der unglückliche Professor Schramm hatte das zweifelhafte Vergnügen, beiden Tätern zu begegnen.«

»Äh … wie jetzt?« Harry, sonst blitzschnell im Kopf, kam da nicht mehr mit. Ehrlich gesagt wunderte mich das nicht. Ich übte mich gerade im Sprechdenken und als passiver Zuhörer hätten mich meine eigenen Worte wohl auch verwirrt.

»Nehmen wir mal an, wir haben es hier wirklich mit zwei unabhängig voneinander operierenden Tätern zu tun. Der eine tötet mit Emotionen. Er foltert und schießt mit Pistolen. Der andere geht viel kälter vor. Er tötet mit einem Scharfschützengewehr oder mit einer tödlichen Injektion. Keine Folter, da er alle Informationen, die er braucht, schon hat. Wenn wir das als gegeben annehmen und bei einem der Opfer beide Tätersignaturen finden, dann lässt das nur eine Schlussfolgerung zu.«

Ich lehnte mich, erschöpft von meinem Vortrag, zurück und trank einen Schluck Kaffee.

Harry schnaufte.

»Du könntest tatsächlich recht haben, Nicolas«, sagte er leise. »Aus einem uns unbekannten Grund haben sich die Bahnen der beiden Täter gekreuzt.«

Jetzt lief ich zur Hochform auf.

»Es geht noch weiter. Täter Nummer eins, der mit den Emotionen, hat Schramm erst die Finger gebrochen, wahrscheinlich um den armen Kerl zum Sprechen zu bringen, und dann versucht, ihn mit einem Kissen zu ersticken. Das bedeutet, dass unser emotionaler Killer immer noch auf der Suche nach Informationen ist. Als er davon ausging, dass er Schramm erstickt hat, machte er sich aus dem Staub. Auftritt Killer Nummer zwei. Er stellt fest, dass Schramm eben doch nicht tot ist, und verpasst ihm mit einer Spritze eine tödliche Dosis von was auch immer. Dann versucht er, den gebrochenen Fingern eine logische Erklärung zu geben und haut auch ab. Das wiederum bedeutet, dass unser Profi nun weiß, dass ein Amateur dasselbe Beuteschema hat wie er.«

»Oder den gleichen Auftraggeber«, ergänzte Harry.

»Richtig«, stimmte ich zu. »Und das wiederum bedeutet eines; wir haben hier mal wieder einen ganz beschissenen Fall.«

»Warum?« Das Frettchen wollte auch mal was sagen.

Ich sah ihn an.

»Na ja, wenn ich Profikiller mit einem ganz klaren Auftrag wäre und mir würde bewusst werden, dass ein Amateur droht, mir ins Handwerk zu pfuschen, dann würde ich ganz schnell den Amateur aus dem Weg schaffen.«

»Das macht Sinn«, meinte Helmes.

»Was bedeutete das für uns?«, fragte Harry niemanden bestimmtes.

Eine wirklich gute Frage, auf die ich keine Antwort wusste.

»Ich hab übrigens die Phantomzeichnung aus Hamburg bekommen«, erklärte Helen. Sie verteilte Kopien der Zeichnung. Als sie mir die Kopie gab, berührten sich unsere Finger und mich überlief ein Schauder. Ich sah mir das Bild an und legte es dann enttäuscht zur Seite.

»Den kenn ich nicht. Leider«, murmelte ich.

»Bevor ich es vergesse«, meinte Helen dann. »Erinnert ihr euch an den toten Journalisten Martin Ebeling? Der, den man erhängt in seiner Wohnung gefunden hat? Der hatte auch eine dieser Einstichwunden im Nacken.«

Ich schlug mit der Hand auf den Tisch, weil ich mich an etwas erinnerte, was auf meinem Schreibtisch lag.

Ich war ein solcher Idiot.

Die irritierten Blicke der anderen ignorierend sprang ich auf und rannte in mein Büro. Dort schnappte ich mir den Stapel mit der alten Post und durchwühlte ihn, bis ich den braunen Umschlag gefunden hatte. Der Absender des Umschlages war ein M. Ebeling. Der tote Journalist hatte mir kurz vor seinem Tod diesen Umschlag geschickt.

In dem Umschlag gab es einen Zettel mit einer Art Inhaltsverzeichnis, den ich nur überflog und dann beiseite legte. Dann eine Menge Kopien von offiziell aussehenden Akten und ein USB-Stick. Ich warf einen verächtlichen Blick in Richtung meines neuen iPads und wühlte weiter. Ein Brief kam zum Vorschein.

Lieber Herr Eichborn,
ich bin mir nicht sicher, ob Sie sich an mich erinnern, aber im Laufe der Ermittlungen Ihres letzten Falles haben wir ein, zweimal miteinander gesprochen.
Seit einigen Monaten bin ich an einer Story dran, die eine ziemlich krasse Entwicklung genommen hat. 1991 ist ein Journalist des Spiegel *bei einem Autounfall ums Leben gekommen. Durch Zufall habe ich Unterlagen gefunden, die Aufschluss darüber gaben, woran mein Kollege gearbeitet hat, bevor er verunglückte. Ich bin diesen Hinweisen nachgegangen und stieß bei meinen Recherchen auf ein Projekt mit dem Namen Curatio. Hierbei geht es um illegale Medikamentenstudien, die durch westliche Pharmaunternehmen an ahnungslosen Patienten in der ehemaligen DDR durchgeführt wurden.*
Dabei kam es zu einigen Todesfällen. Auf dem beiliegenden USB-Stick finden Sie alle Beweise, die ich bis dato sammeln konnte. Ich schicke Ihnen das, weil ich nicht mehr an einen Unfall meines Kollegen glaube. Ich bin davon überzeugt, dass er ermordet wurde. Darüber hinaus habe ich den Verdacht, dass ich beschattet werde. Für den Fall, dass mir etwas passiert, weiß ich, dass meine Beweise an der richtigen Stelle sind.
Mit freundlichen Grüßen
Martin Ebeling

Ich lehnte mich zurück und versuchte, mich an das Gesicht Ebelings zu erinnern. Es gelang mir nicht. Es war ein seltsames Gefühl, den Brief eines Toten in Händen zu haben und mich befiel eine tiefe Trauer, obwohl ich Ebeling überhaupt nicht kannte. Ich griff mir den USB-Stick, steckte ihn in meinen alten, aber gut ausgestatteten Laptop und öffnete die Dateiübersicht. Insgesamt gab es zehn Ordner auf dem Stick. Einer fiel mir sofort auf. Er trug den Namen Verdächtige_Firmen.doc

Ich öffnete den Ordner und begann zu lesen.

Kapitel 46

»Warum willst du ihn immer noch fertig machen?«
Saskia Krempe

»Warum hasst du diesen Eichborn eigentlich so sehr?« Saskia Krempe rekelte sich nackt auf dem breiten Bett in Christian Stolls Schlafzimmer und sah Stoll aus ihren dunklen Augen an.

»Weil er meine Karriere zerstört hat«, antwortete Stoll leise.

Krempe rückte ein Stück näher an Stoll heran und kratzte ihm mit einem ihrer langen, dunkelroten Fingernägel langsam über den Rücken.

»Ganz so unschuldig daran warst du aber nicht, oder?«, fragte sie vorsichtig nach.

Stolls Kopf ruckte herum und seine Augen bohrten sich in ihre.

»Wie meinst du das?«

»Na ja, ich hab die Akten gelesen und für einen Staatsanwalt hat du dich ganz schön in die Ermittlungen eingemischt.«

»Das musste ich, weil dieser Eichborn inkompetent war.«

»Du hättest für seine Ablösung sorgen können ...«

Das stimmte natürlich. Fakt war, dass er sich in die Ermittlungen eingemischt hatte, weil er Helen Wagner nahe sein wollte. Und weil er ihr beweisen wollte, dass er mehr drauf hatte, als dieser Eichborn. Aber das konnte Stoll Saskia Krempe schlecht sagen.

»Oder war der Grund für deine Einmischung in Wahrheit Helen Wagner? Immerhin wart ihr ja mal zusammen.«

Scheiß Weiber. Immer mussten sie die richtigen Schlüsse zur falschen Zeit ziehen.

»Mit Helen hatte das nichts zu tun. Unsere Beziehung war da schon lange vorbei. Mir ging es nur und ausschließlich um den Fall. Eichborn hat im Laufe der Ermittlungen sehr zweifelhafte Entscheidungen getroffen. Das weißt du.«

»Ich weiß nur das, was in den Akten steht und was du mir gesagt hast, mein Schatz.« Ihr Kopf näherte sich seinem Schoß. »Und das muss nicht unbedingt die ganze Wahrheit sein.« Sie nahm sein schlaffes Glied in die Hand und begann, es zu reiben.

»Was ist der wahre Grund, Christian? Sag es mir.« Sie legte ihren Kopf in seinen Schoß. Stoll griff ihr in die Haare und bestimmte den Rhythmus.

»Ich habe dir die ganze Wahrheit erzählt«, keuchte er mit geschlossenen Augen.

Krempe hörte auf zu saugen und sah zu Stoll auf.

»Ich glaube dir nicht und ich mache erst weiter, wenn du mir alles erzählst.«

Stoll stöhnte gequält auf.

»Damals hat es mich gewurmt, dass Helen mit Eichborn zusammen war. Aber dennoch war und ist dieser Kerl inkompetent.«

»Aber den Fall hat er doch gelöst, oder?«

»Ja, ja. Mit mehr Glück als Verstand.«

»Du hast dich also eingemischt, weil du ihm eins auswischen wolltest und nicht unbedingt, weil er unfähig war. Richtig?« Krempes Kopf näherte sich langsam seiner Körpermitte.

»Ja, verdammt. Ich wollte ihm zeigen, dass ich besser bin als er.«

»Aber der Fall ist nun abgeschlossen. Warum willst du ihn immer noch fertig machen?«

»Warum stellst du auf einmal so viele Fragen? Am Anfang haben dich Details doch auch nicht so sehr interessiert.«

Krempe fing wieder an zu saugen und Stoll verdrehte die Augen.

»Willst du kommen?«, fragte sie ihn heiser.

»Ja«, keuchte Stoll.

»Dann sag mir die Wahrheit. Was steckt dahinter?«
Stoll wand sich wie unter Krämpfen.
»Politik!«, stieß er hervor. »In zwei Jahren sind Wahlen und ich soll Staatssekretär im Innenministerium werden. Das geht aber nur, wenn Eichborn als unglaubwürdig dasteht. Deshalb mache ich das alles. Und jetzt blas mir endlich meinen Schwanz, du Schlampe!«
Saskia Krempe richtete sich auf, warf Stoll einen traurigen Blick zu und stand dann auf. Stoll sah sie fassungslos an, während sie sich anzog.
»Was machst du da?«
»Es tut mir leid, Christian. Aber hier geht es um meine Karriere. In ein paar Tagen wirst du verstehen, was ich meine.« Sie drehte sich ohne ein weiteres Wort herum und verließ das Schlafzimmer.

In einem Transporter, wenige Meter vom Hauseingang des Mehrfamilienhauses, in dem Stoll wohnte, saß Patrick Ebel. Er trug einen Kopfhörer und hatte alles mitgehört, was im Schlafzimmer von Christian Stoll abgelaufen war. Saskia Krempe hatte sich genau an die Absprache gehalten, die er mit ihr vereinbart hatte. Leicht war es ihr bestimmt nicht gefallen. Ebel hatte den Eindruck, dass sie sich tatsächlich ein wenig in Stoll verliebt hatte. Aber er hatte ihr unmissverständlich klar gemacht, dass, wenn sie nicht mitspielen würde, ihrer beider Karriere vorbei sein würde. Wenn sie jedoch mitspielen würde, dann wäre nur Stoll am Ende.
Ebel hatte sich erneut an sein Netzwerk gewandt und umfangreiches Material über die Journalistin gesammelt. Dann hatte er sich Zugang zu ihrer Wohnung verschafft und dort wartete er auf sie. Die Informationen hatte er auf ihrem Esstisch ausgebreitet. Es waren eindeutige Indizien dafür, dass Saskia Krempe eine sehr gefährliche Strategie entwickelt hatte, um an Storys zu gelangen. Sie stellte den Kontakt zu

Spitzenmanagern oder Politikern her, machte sich diese durch sexuelle Gefälligkeiten gefügig und gelangte so an die Informationen, die sie brauchte. Offen erpresst hatte sie niemals, aber da die meisten Männer verheiratet waren, brauchte sie das auch nicht zu tun.

Als Saskia Krempe nach Hause gekommen war und das umfangreiche Material ihrer moralisch fragwürdigen Karriere vor sich ausgebreitet vorfand, brach sie in Tränen aus.

»Was glauben Sie, geschieht mit Ihnen, wenn das veröffentlicht wird?« Die Stimme Ebels war aus der Dunkelheit gekommen und Krempe war erschrocken zusammengezuckt.

»Wer sind Sie?«, hatte sie gefragt. »Was wollen Sie?«

»Ich will Christian Stoll.«

Sie war in sich zusammengesackt.

»Scheiße! Ich wusste, dass so etwas passieren würde«, hatte sie leise gesagt.

»Ihn können Sie nicht mehr retten. Aber Ihre Karriere schon.«

Das hatte schlussendlich den Ausschlag gegeben und sie hatte zugestimmt, ein Mikrofon und eine Minikamera mit zu Stoll zu nehmen. Jetzt hatte Patrick Ebel alles, was er brauchte. Allerdings war er sich nicht sicher, ob die Karriere von Saskia Krempe das alles unbeschadet überstehen würde. Immerhin hatte sie die Informationen, die sie von Stoll erhalten hatte, ohne sie zu verifizieren einfach veröffentlicht und damit die Reputation eines aufrichtigen Staatsbeamten fast zerstört. Darüber hinaus hatte sie mit ihrem Artikel, in dem sie behauptete, Eichborn hätte sexuellen Kontakt zu einer Tatverdächtigen gehabt, die Wunden der Familien der getöteten Frauen wieder aufgerissen. Was noch viel schlimmer war: dass sie die Familien mit ihren Suggestivfragen dermaßen unter Druck gesetzt hatte, das diese gar keine andere Chance hatten, als zu glauben, dass die ermittelnden Behörden unfähig und korrupt waren.

Ebel konnte und wollte ihre Verstrickung nicht vertuschen. Sollten andere über Krempe urteilen.

Kapitel 47

»Seid ihr Bullen?«
Torben Schäfer

Hollmann und Klindworth hatten es geschafft, ihre Abwesenheit einigermaßen plausibel zu erklären, sodass genauere Nachfragen ausblieben. Wie auf Kohlen hatten sie die letzte Besprechung über sich ergehen lassen, um dann sofort wieder nach Berlin zurückzufahren und die Überwachung des Hauses von Grabowski fortzusetzen.

Dass ihnen eine dunkle Limousine gefolgt war, hatten sie nicht bemerkt.

Sie erreichten den Berliner Stadtteil Grunewald, parkten ihren Wagen in einer Seitenstraße und taten so, als würden sie trotz der Kälte einfach nur spazieren gehen. Der Himmel war eine einzige graue Masse und der Wind durchdrang ihre gefütterten Jacken, als bestünden sie aus Seide.

»Sieht doch noch genau so aus, wie beim letzten Mal«, bemerkte Hollmann, als sie an Grabowskis Haus vorbei schlenderten.

»Irgendwann muss er ja mal da sein«, knurrte Klindworth und sie gingen weiter. Sie drehten eine größere Runde und kamen eine halbe Stunde später wieder am Haus vorbei. Vor dem schmiedeeisernen Tor stand ein junger Mann, der, als er sie sah, mit schnellen Schritten auf sie zukam.

»Wohnen Sie hier?«, fragte er die beiden mit weit aufgerissenen Augen.

Hollmann und Klindworth schüttelten unisono den Kopf.

Der junge Mann fluchte leise. Dann deutete er auf das Haus von Grabowski.

»Da wohnt der Mörder meiner Mutter. Aber es macht keiner auf«, sagte er wütend.

Hollmann und Klindworth wechselten einen schnellen Blick.

»Wie jetzt, der Mörder ihrer Mutter?«, wollte Klindworth wissen.

Der Mann sah sich gehetzt um.

»Grabowski heißt das Schwein. Er hat vor vielen Jahren dafür gesorgt, dass Patienten in der früheren DDR an Medikamente verabreicht wurden, die noch überhaupt nicht getestet waren. An so einem Versuch ist meine Mutter gestorben«, sagte der Mann.

Wieder wechselten Hollmann und Klindworth einen raschen Blick.

»Und was würdest du mit Grabowski machen, wenn du ihn erwischen würdest?«, wollte Klindworth wissen. Der Mann sah die beiden misstrauisch an.

»Seid ihr Bullen?«

Die beiden sahen sich an und fingen an zu lachen.

»Wie heißt du?«, wollte Hollmann wissen.

»Torben Schäfer«, antwortete der Killer und sie gaben sich die Hand.

»Keine Angst, wir sind keine Bullen. Auch wir sind hinter Grabowski her. Wir wissen, was er getan hat. Wegen ihm habe ich meine Mutter verloren und mein Kollege hier seinen Vater«, erklärte Klindworth.

»Scheiße«, flüsterte der Mann. »Das gibt's doch nicht. Was machen wir jetzt?«

»Ich schlage vor, wir gehen einen Kaffee trinken und unterhalten uns in Ruhe«, schlug Klindworth vor.

»Gute Idee.«

Schäfer hatte lange überlegt, wie er mit der neuen Situation umgehen sollte und sich dann dazu entschlossen, einen

Sub-Unternehmer zu beauftragen. Das würde zwar sein Honorar schmälern, aber die Wahrscheinlichkeit, gefasst zu werden, verringern. Als Profi wusste er, wie an einen solchen Sub-Unternehmer heranzukommen war. Alles lief über einen Makler, der für fünfzehn Prozent des Honorars verschiedenen Optionen anbot und dann einen Kontakt herstellte.

Schäfer entschied sich für die asiatische Lösung.

Die vietnamesische Mafia war schon seit Jahren in Berlin eine feste Größe. Anfangs beschränkten sie sich auf den Verkauf unversteuerter Zigaretten, erweiterten dann ihre Aktivitäten auf Menschenhandel, Drogen und Waffen. Der Plan Schäfers sah vor, sich das Vertrauen der beiden Blödmänner zu erschleichen und sie in eine gewisse Ecke Berlins zu locken, wo die beiden asiatischen Killer schon auf sie warteten. Es würde aussehen wie ein Drogengeschäft, das fehlgeschlagen war und er hätte zwei Probleme weniger.

Die drei gingen in ein Café in der Nähe, gaben ihre Bestellung auf und unterhielten sich die nächste Stunde angeregt. Dabei erfuhr Schäfer von den beiden mehr, als diese von ihm, was seinen Eindruck von der Dummheit der beiden nur bestätigte. Es grenzte an ein Wunder, dass sie bislang noch nicht geschnappt worden waren. Immer wieder streute Schäfer kleine Informationen ein, die die beiden begeistert aufnahmen und drauflos plapperten.

Schäfer erfuhr von dem dubiosen Victor, der ihnen eine Liste übergeben hatte und sie erzählten ihm auch von den ersten Morden, die allerdings von anderen Mitgliedern ihrer Gruppe begangen worden waren. Er gaukelte den beiden vor, mächtig beeindruckt zu sein und verriet ihnen dann, dass er einen Kontaktmann hätte, der mehr über den Aufenthaltsort von Grabowski zu wissen schien.

Beide sprangen sofort darauf an und baten ihn, ein Treffen zu vereinbaren.

Schäfer griff zu seinem Handy und führte mit dem Makler ein vorher abgesprochenes Gespräch, das für Klindworth und Hollmann wie eine normale Verabredung klang. Schäfer klappte sein Handy zu und sah die beiden erfreut an.

»Wir haben einen Termin. Noch heute Abend!«

Klindworth und Hollmann sahen sich grinsend an.

»Super!«

Keiner von ihnen ahnte auch nur im Mindesten, dass sie in wenigen Stunden tot sein würden.

Kapitel 48

»Mit wehenden Fahnen, Vollgas und Fanfare.«
Nicolas Eichborn

Schon nach Lektüre der ersten Seite, eine Art Zusammenfassung seiner Arbeit, war mir klar, dass wir auf eine Goldader gestoßen waren. Ebeling hatte hervorragende Arbeit geleistet und ich hätte mir gewünscht, ihm danken zu können. Ebeling hatte schon vor vielen Monaten mit der Recherche begonnen, also lange bevor wir auf der Bildfläche erschienen waren und ich fragte mich, ob seine Recherche letztendlich Auslöser der Mordserie gewesen war.

Wahrscheinlich war das so.

Ich öffnete den Ordner, den ich bislang aus gutem Grund gemieden hatte. Er trug den bezeichnenden Namen beteiligte_Firmen.doc.

Ich war mir sicher, dass meine Befürchtungen ihre Bestätigung finden würden und ich wurde nicht enttäuscht. Ich lehnte mich zurück und tat etwas für mich vollkommen Neues; anstatt aktiv zu werden, dachte ich nach. Helen hatte mir mehrfach zu verstehen gegeben, dass sie es hasste, wenn ich versuchte, sie zu schützen. Sei es nun durch übertriebene Vorsorge oder durch das Verschweigen unbequemer Wahrheiten. Der Inhalt dieses Ordners fiel in die zweite Kategorie, da er bewies, dass das Unternehmen, dem Helens Vater vorstand, die Wagner Pharma AG, maßgeblich an den Versuchen beteiligt war. Es gab sogar Kopien interner E-Mails und Besprechungsprotokolle.

Damit wäre Helens Mitarbeit an dem Fall beendet.

Jedenfalls ihre offizielle.

Ich wollte gerade im Konferenzraum anrufen, um Harry und Helen zu mir zu bitten, als es an meiner Tür klopfte und Helen ihren blonden Kopf in mein Zimmer steckte.

»Wir vermissen dich«, sagte sie, ohne wirklich reinzukommen.

»Ich bin doch erst ...« Ich warf einen Blick auf meine Uhr und musste feststellen, dass ich keine Ahnung hatte, wann ich die Besprechung verlassen hatte.

»Du bist seit fast einer Stunde weg«, erklärte mir Helen und kam jetzt doch in mein Büro.

»Schließ bitte die Tür«, bat ich sie.

Sie nahm mir gegenüber Platz und sah mich erwartungsvoll an. Ich wusste nicht, wie ich anfangen sollte, was sie zu einer Gesprächseröffnung nutzte.

»Du schläfst im Hotel?«

Das war jetzt eigentlich nicht das Thema, das mich beschäftigte, aber ich antwortete natürlich trotzdem.

»Im Park Inn.«

»Und, ist es schön dort?«

»Nicht so schön wie daheim.«

»Dann komm doch wieder nach Hause.«

»Du wolltest Zeit für dich«, erinnerte ich sie.

»Die hatte ich. Und nun möchte ich, dass du nach Hause kommst.«

»Ich bin noch nicht bereit, mit dir über diese ganz spezielle Sache zu reden.«

»Dann eben später. Das reicht mir, Nicolas.«

»Ich liebe Dich.«

»Und ich dich. Kommst du nach Hause?«

»Mit wehenden Fahnen, Vollgas und Fanfare.«

»Liebevoll und leise würde vollkommen ausreichen.«

»Dann so.«

Helen nickte in Richtung meines Laptops.

»Was hast du da?«

»Schlechte Nachrichten, fürchte ich.«

Ich gab ihr eine kurze Zusammenfassung dessen, was ich bislang den Unterlagen entnehmen konnte. Helen wurde blass.

»Dieses gottverdammte Arschloch«, sagte sie leise.

Ich nahm an, dass sie damit ihren Vater meinte und nicht mich und gab ihr im Stillen recht.

»Das bedeutet, dass ich aus dem Fall raus bin.«

»Nicht unbedingt. Ich hatte zwar nicht sehr viel Zeit, mir darüber Gedanken zu machen und ich bin kein regelmäßiger Leser der Dienstvorschriften, aber ich denke, es gibt durchaus die Möglichkeit, dich weiter am Fall arbeiten zu lassen. Aber lass uns bitte Harry dazu holen. Der hat nämlich vor hundert Jahren diese Dienstvorschriften geschrieben.«

Harry kam zu uns und ich erklärte ihm, wie ich an die Unterlagen des toten Journalisten gekommen war und was ich gefunden hatte. Dann teilte ich ihm Helens und meine Befürchtung mit, dass Helens Arbeit am Fall mit der Tatsache, dass ihr Vater darin verstrickt war, beendet sei und lieferte ihm direkt im Anschluss die Lösung für dieses Problem.

»Im Grunde haben wir es hier mit zwei Fällen zu tun: Zum einen hätten wir da die Morde. Fall Nummer eins. Zum anderen, Fall Nummer zwei, haben wir die Medikamentenversuche mit Todesfolge. Beides hängt zwar irgendwie zusammen, erfordert aber unterschiedliche Ermittlungsarbeit. Helen kann weiter an den Morden arbeiten und ich verfolge die Spuren der Pharmafirmen.«

»Du redest dir das jetzt aber schön«, tadelte mich Harry. »Aber dein Ansatz gefällt mir. Allerdings ist uns allen doch klar, dass, wenn die Pharmafirmen die Morde in Auftrag gegeben haben, wir es unterm Strich mit nur einem Fall zu tun haben, oder?«

»Klar. Aber bis dahin haben wir es mit zwei Fällen zu tun«, beharrte ich.

»Gut. So machen wir das. Last uns jetzt über die nächsten Schritte reden.«

Kapitel 49

»Wollen Sie auch das Video sehen?«
Patrick Ebel

Ich fuhr nach Dienstschluss ins Hotel, packte meine Sachen und checkte aus. Das Hotel war so zuvorkommend, mir für den aktuellen Tag nur den halben Preis zu berechnen, was ich nach schwachem Protest auch akzeptierte. Die mussten schließlich auch sehen, wo sie blieben. Ich saß gerade im Auto und fuhr aus der Tiefgarage, als mein Handy klingelte. Ich blickte aufs Display, konnte die Nummer aber nicht einordnen. Trotzdem nahm ich das Gespräch an.

Es war Ebel. Wie viel Handys hatte der Kerl eigentlich?

»Es wäre gut, wenn wir uns sehen könnten«, meinte er.

»Wann?«

»Passt es Ihnen noch heute?«

Ich dachte kurz nach. Da meine Alleingänge nun der Vergangenheit angehören mussten, wäre dies vielleicht ein guter Zeitpunkt, das in die Praxis umzusetzen.

»Ich möchte, dass noch jemand dabei ist.«

»Wer?«

»Helen Wagner, meine Kollegin und …«

»Ihre Lebensgefährtin. Das geht in Ordnung. Bliebe noch die Frage nach dem Wann und dem Wo.«

»Sind Sie in Berlin?«

»Ja.«

»Sagen wir bei uns in zwei Stunden?«

Er war einverstanden und ich gab ihm die Adresse, obwohl ich davon ausging, dass er sie schon längst kannte. Er war so höflich, so zu tun, als hörte er sie zum ersten Mal und wir beendeten das Gespräch.

Ich schaltete das Radio ein und erfuhr, dass Nordkorea nun den USA Friedensgespräche anbot und Griechenland dringend elf Milliarden Euro benötigte. Wie kann ein kleines Volk wie die Griechen elf Milliarden Euro verbrennen? Und waren Nordkorea und die USA etwa im Krieg? Ich verstand die Welt nicht mehr und wechselte den Sender. Nun dröhnte mir die Stimme eines fünfhundert Jahre alten Schlagersängers entgegen, die die Vorzüge griechischen Weines anpries. Diesem Kerl hatte ich mal einen Brief geschrieben, weil er in einer Talkshow behauptet hatte, dass Männer einfach nicht treu sein könnten. Dies läge an ihren Genen. Seit der Steinzeit seien Männer dazu verdammt, sich fortzupflanzen und genau diese Triebe hätten wir immer noch in uns. Ich schrieb ihm, dass er es bitte unterlassen sollte, für die Gesamtheit der Männer zu sprechen. Ich sei treu und hätte schließlich auch die Gene meiner Höhlenbewohner-Verwandtschaft in mir. Zumindest erwarte ich, dass er in Zukunft sagen würde, dass alle Männer untreu seien, bis auf Nicolas Eichborn.

Auf eine Antwort warte ich heute noch.

Ich schaltete das Radio aus und eine halbe Stunde später betrat ich meine Wohnung. Helen erwartete mich bereits und begrüßte mich mit einer stürmischen Umarmung.

»Rate mal, wer zum Essen kommt«, sagte ich, als wir uns voneinander lösten.

Da ich bislang noch keine Gelegenheit hatte, Helen von meiner wunderbaren neuen Freundschaft zu erzählen, dauerte die Zusammenfassung der letzten Tage etwas länger. Gebannt lauschte sie meinen Worten.

»Dann steckt also Schlossmann hinter dem Einbruch in dein Haus.«

»Indirekt schon. Er hat Ebel beauftragt, belastendes Material gegen mich zu sammeln. Wie er an das Material rankommt, ist natürlich Ebels Sache.«

»Also hast du nichts gegen Schlossmann in der Hand«, schloss Helen.

»Ach, weißt du, Schlossmann ist wie ein Mückenstich am Arsch: Nervig, weil er ab und zu juckt. Aber du weißt, dass er in ein paar Tagen verschwunden ist. Stoll ist momentan das größere Problem. Aber um den wollte sich Ebel kümmern und ich denke, er hat was erreicht. Deshalb will er mich auch treffen.«

Helen schnaufte genervt.

»Dass der Blödmann einfach keine Ruhe geben kann. Unglaublich. Er besaß sogar die Frechheit, mich anzurufen.«

»Er hat dich angerufen?«

»Gestern. Er habe gehört, dass es mir nicht so gut gehen würde und bot mir an, gemeinsam einen Kaffee trinken zu gehen. Nur für den Fall, dass ich jemanden zum Reden bräuchte.«

Ich dachte kurz nach.

»Er sagte, er habe gehört, dass es dir nicht gut gehen würde?«

»Ja.«

»Hat er auch gesagt, von wem er das gehört hat?«

»Das brauchte er nicht. Ich war am Samstagvormittag bei meinen Eltern, weil es mir tatsächlich nicht gut ging. Da hab ich wohl einiges gesagt, was ich besser für mich behalten hätte.«

»Zum Beispiel, dass ich ein Arschloch bin.«

»Na ja, das hab ich nicht gesagt. Aber es ging in die Richtung.«

Ich grunzte. »Und dein Papa hat die Gelegenheit am Schopfe ergriffen und Stoll davon in Kenntnis gesetzt, dass deine rechte Flanke offen ist.«

»Das ist zwar eine merkwürdige Umschreibung, aber ja, ich denke, dass es so war.«

»Hat er sonst noch etwas gesagt?«

»Er hat mir einen Job angeboten.«

»In seiner Firma.«

»Natürlich.«

Es klingelte an der Tür und wenig später stand Ebel in der Diele. Ich stellte ihm Helen vor und wir machten es uns im Wohnzimmer bequem. Ebel hielt wie immer nichts von Smalltalk und kam gleich zur Sache. Er erzählte uns von seinem Besuch bei Saskia Krempe und von der Vereinbarung, die er mit ihr getroffen hatte. Dann berichtete er uns von den Ereignissen in Stolls Schlafzimmer und schloss mit der Frage:

»Wollen Sie auch das Video sehen?«

»Unbedingt«, sagte ich.

»Auf keinen Fall«, sagte Helen.

»Muss nicht sein«, korrigierte ich mich.

Kapitel 50

»Ich will bei dem Arsch aber nicht subtil vorgehen!«
Nicolas Eichborn

Am nächsten Morgen informierten Helen und ich Harry über die neu gewonnenen Erkenntnisse. Zu meinem großen Leidwesen verzichtete auch Harry auf das Video. Ich würde es mir wohl irgendwann alleine anschauen müssen.

»So, so«, sagte Harry nachdenklich. »Dann hat also Stoll diese Journalistin mit falschen Informationen versorgt und sie auf dic Familien der getöteten Mädchen angesetzt, damit die dann mit falschen Anschuldigungen an die Öffentlichkeit gehen. Und sie hat flankierend dazu diesen bescheuerten Artikel veröffentlicht. Himmel, Arsch und Zwirn, das ist harter Tobak.«

»Vor allem, wenn man bedenkt, warum das alles gemacht wurde. Schlossmann will übernächstes Jahr Innenminister werden und Stoll soll ihn als Staatssekretär ersetzen«, ergänzte ich.

»Und da du Schlossmann in der Hand hast, wollen sie dich loswerden«, fügte Helen an.

»Sie müssen ihn loswerden«, sagte Harry leise.

»Es läuft genauso ab, wie Schranz es mir prophezeite. Er sagte, sie würden versuchen, meine Glaubwürdigkeit zu zerstören.«

»Das wäre ihnen beinahe gelungen«, meinte Harry. Als er meinen irritierten Blick bemerkte, fügte er schnell an: »Nicht bei mir. Aber ich sagte dir ja bereits, dass das Innenministerium ständig bei mir anruft.«

Ich war etwas beruhigter. Dann fiel mir etwas ein und ich bekam ein schlechtes Gewissen.

»Wo wir gerade über Rainer sprechen; gibt's was Neues? Wie geht's ihm? Ich habe es in den letzten Tagen nicht geschafft, ihn zu besuchen.«

»Es geht ihm soweit ganz gut. Er hatte jetzt zwei OP's und die Ärzte hoffen, dass sie es dabei belassen können. Dass ihr ihn nicht besuchen konntet, macht nichts. Er war eh kaum ansprechbar und wenn er es war, hab ich ihm Grüße von euch bestellt.«

»Danke, Harry.«

»Kein Problem. Ihr hattet weiß Gott genug um die Ohren.« Er sah uns beide an und lehnte sich dann in seinem Stuhl zurück. »Ich kann dann jetzt das Ermittlungsverfahren gegen dich offiziell wieder einstellen, oder?«

»Ohne dass wir Stoll befragt haben? Kommt nicht in die Tüte!«

»Wir könnten das auch subtiler klären«, mahnte Harry.

»Ich will bei dem Arsch aber nicht subtil vorgehen!«

Harry grinste.

»Du weißt doch gar nicht, was das ist.«

»Ich würde gern mit ihm reden. Ihn mit all unseren Erkenntnissen konfrontieren«, sagte Helen.

Dagegen gab es kaum Argumente. Wenn jemand das Recht hatte, dieses Gespräch zu führen, dann Helen.

»Ich bin einverstanden«, sagte ich sofort und erntete von Helen ein Lächeln, das mir Hitzewallungen verursachte.

»Ich bin auch einverstanden«, sagte Harry.

Auch ihm schenkte sie ein Lächeln, das aber nicht ganz so hinreißend war, wie das an mich eben.

Harrys Telefon klingelte und er nahm das Gespräch an. Er lauschte einen kurzen Moment und sagte dann:

»Und warum rufen Sie mich an?« Er lauschte wieder und auf einmal wurden seine Augen riesengroß. »Ich verstehe. Das war richtig von Ihnen. Ich schicke sofort zwei meiner Leute vorbei.« Er beendete das Gespräch und beugte sich vor. »Das wird immer mysteriöser. Das war gerade das LKA Berlin. Heute Vormittag wurden in Kreuzberg die Leichen zweier junger Männer gefunden. Beide wurden erstochen. Man vermutete zunächst einen schief gelaufenen Drogendeal als Motiv. Dann aber fand man in der Jackentasche eines des Toten die handschriftlich notierten Adressen von Heinrich Grabowski und Professor Werner Schramm.«

»Schramm?«, fragte ich nach, weil mir der Name im ersten Moment nichts sagte.

»Das ist der Tote mit den gebrochenen Fingern«, erinnerte mich Helen.

»Ah, jetzt hab ich's. Sorry, bei den ganzen toten Ärzten und Professoren kann man schon mal die Übersicht verlieren.«

»Kann man, sollte man aber nicht«, rügte mich Harry.

Ich nahm die Kritik an wie ein Mann und hielt das Maul. Harry kritzelte etwas auf einen Zettel und gab ihn an Helen.

»Das ist der Fundort der Leichen. Macht euch besser gleich auf den Weg.«

Das taten wir auch.

▪ ▪ ▪

Der Fundort der beiden toten Männer befand sich in der Wiener Straße, Ecke Liegnitzer Straße. Die Leichen lagen hinter zwei Altglascontainern und waren von der Straße aus nicht zu sehen. Ein aufmerksamer Bewohner hatte sie entdeckt, als er Flaschen entsorgen wollte. Der Fundort war weitläufig abgesperrt und hinter dem gelben Absperrband hatten sich trotz der Schweinekälte mehrere Schaulustige eingefunden, die mit ihren Handys munter Fotos machten. Wahrscheinlich würden die ihre Aufnahmen gleich auf Facebook posten. Herrliche neue Welt.

Ich fand diesen Leichentourismus zum Kotzen, riss mich aber zusammen.

Ein Beamter führte uns zu der Stelle, wo die Leichen lagen.

»Waren bestimmt die Vietkong«, meinte er schlecht gelaunt.

»Die was?«

»So nennen wir die vietnamesische Mafia. Die haben halb Berlin unter ihrer Kontrolle.«

»Bringen die öfter Leute um?«

»Na ja, was heißt öfter? Hier und da gibt's schon mal ein paar. Aber so übers Jahr gesehen sind es nicht viele.«

Ging es vielleicht ein klein wenig präziser?

»Sind die Leichen schon identifiziert?«, wollte Helen wissen.

»Nee. Die hatten keine Ausweispapiere bei sich.«

»Irgendetwas anderes vielleicht? Brieftasche, Handy?«

»Nee. Die hatten nix dabei.«

»Bringt Ihnen der Job Spaß?«, fragte ich ihn.

»He?«

»Vergessen Sie's. Wann kommt der Rechtsmediziner?«

»Keine Ahnung.«

»Haben Sie ihn verständigt?«

»Ich glaub, ein Kollege von mir hat das erledigt.«

Helen, die spürte, dass ich kurz davor war, auszurasten, dankte dem Beamten und griff zum Telefon.

»Er ist gleich hier«, verkündete sie und mein Blutdruck sank ein klein wenig.

Etwa zehn Minuten später traf der Rechtsmediziner ein und begann, eine lustige Melodie pfeifend, mit seiner Arbeit.

»Oft holt man uns ja nicht«, erklärte er, während er einer der Leichen eine Sonde oder so in den Oberkörper schob. Mir drehte sich der Magen um. »Meistens ruft man ja den Arzt, der gerade in der Nähe ist und der weiß in aller Regel gar nicht, worauf er achten muss. Möchte nicht wissen, wie viele Tötungsdelikte in Deutschland unbemerkt bleiben, weil die Leiche nicht richtig untersucht wurde.«

Helen nickte bekräftigend. Scheinbar hatte der Doktor recht mit dem, was er sagte. Er fummelte nun an einer Leiche herum und es sah aus, als würde er sie massieren, was ich irgendwie überflüssig fand. Er bemerkte wohl meinen Blick und fing an zu erklären.

»Ich habe gerade die Körpertemperatur gemessen und probiere jetzt, ob sich die Leichenflecken noch wegdrücken lassen. Wenn es gut läuft, dann kann ich den Todeszeitpunkt auf zwei Stunden genau einkreisen. Näher kommt man nicht ran." Er zog das Thermostat wieder aus dem Oberkörper der Leiche und starrte es an. »Ich würde sagen, der Tod dieses Mannes trat etwa vor zehn, zwölf Stunden ein.«

Er warf einen Blick auf seine Uhr. »Also gestern Abend zwischen einundzwanzig und dreiundzwanzig Uhr. Todesursache sind, oberflächlich betrachtet, mehrere Stichwunden, zugefügt mit einer Klinge, die etwa zwanzig Zentimeter lang war. Näheres erfahren sie, wenn die beiden Kalten bei mir auf dem Edelstahltisch liegen.« Er kicherte und bohrte dann dem zweiten Toten das Thermometer in den Oberkörper.

»Der liebt seinen Job«, raunte ich Helen zu. Dann wandte ich mich an einen anderen Beamten.

»Man sagte uns, bei einem der Toten wurde ein Zettel gefunden. Wo ist der?«

Er reichte uns eine kleine, durchsichtige Plastiktüte, in der üblicherweise Beweismaterial verstaut wurde. Ich drehte sie so, dass ich den Zettel lesen konnte.

»Tatsächlich. Hier stehen Namen und Anschrift von Schramm und Grabowski.«

»Aber wie hängen die beiden Toten mit dem Fall zusammen?«

»Möglicherweise liegen hier unsere Amateure, die vom Killer aus dem Weg geräumt wurden.«

Helen nickte.

»Gut möglich. Hoffen wir mal, dass wir die Identitäten der beiden rausfinden.«

Ich wandte mich an den staatlich geprüften Masseur.

»Wann sind Sie hier fertig? Wir müssen wissen, um wen es sich bei den Toten handelt.«

Er drehte sich zu mir herum.

»Soll ich Ihnen die Fingerabdrücke mitgeben? Dann können Sie die schon mal durchs Programm laufen lassen.«

Einen kurzen Moment fragte ich mich, ob er jetzt den Leichen die Zeigefinger abschneiden und mir in die Hand drücken würde, aber er holte ein kleines Kästchen aus seiner scheinbar endlos großen Jackentasche, öffnete es und fing an, die Fingerabdrücke der Toten auf ein Blatt Papier zu drücken. Als er fertig war, tütetet er die kleinen Blätter ein und reichte sie mir.

»Rufen Sie mich in zwei Stunden an. Dann hab ich bestimmt etwas für Sie.«

Helen und ich fuhren zurück ins Präsidium und schrieben unsere Berichte. Dann, nach angemessener Wartezeit riefen wir den schrägen Vogel an.

»Gute Nachrichten. Einer der beiden hatte wohl mal eine Operation. Ich nehme an, in Folge einer schweren Sportverletzung. Auf jeden Fall hatte er Stahlschrauben im Oberschenkel, die anhand der Seriennummern zu der Klinik zurückzuverfolgen sein müssten, die diese Operation durchgeführt hat.«

»Und? Haben Sie?«

»Habe ich was?«

»Sie zurückverfolgt.«

»Hören Sie mal, ich bin Arzt. Ich untersuche. Sie sind der Ermittler, also ermitteln Sie.«

Klugscheißer.

Er gab uns die Seriennummern und wir ermittelten.

Kapitel 51

»Ich mache euch fertig, Helen.«
Christian Stoll

Helen rief Christian Stoll an und vereinbarte mit ihm noch am selben Abend ein Treffen. Mir war nicht ganz wohl bei der Sache.

»Soll ich mitkommen?«, fragte ich Helen, obwohl ich ihre Antwort kannte.

»Das wird nicht nötig sein.«

»Ich traue dem Kerl nicht.«

»Ich auch nicht und deshalb werde ich vorsichtig sein.«

»Ich würde mich auch im Hintergrund halten.«

Helen lachte.

»Nicolas, wenn du eines nicht kannst, dann dich im Hintergrund zu halten.«

»Ich sorge mich einfach. Ist das so schlimm?«

»Überhaupt nicht. Schlimm wäre, wenn Du es nicht tätest. Aber wir treffen uns an einem Ort, wo viele Menschen sind. Darüber hinaus glaube ich kaum, dass er so weit gehen würde, mich in aller Öffentlichkeit zu attackieren.«

»Na ja. Die Tatsache, dass du einen so öffentlichen Ort gewählt hast, zeigt mir, dass du diese Möglichkeit zumindest in Betracht gezogen hast.«

»Mit der Wahl der Lokalität wollte ich ihm nur signalisieren, dass es sich bei unserem Treffen nicht um einen Plausch zwischen zwei Verliebten handelt.«

»Solche Signale verstehen Männer nicht.«

»Da könntest du natürlich recht haben …«

»Außer mir natürlich. Ich würde so ein Signal verstehen.«

»Ich weiß nicht …«

»Nimm deine Waffe mit.«

»Nicolas, wirklich, ich glaube nicht, dass das …«

»Entweder die Waffe oder ich.«
»Okay. Ich nehme die Waffe mit.«

Helen erreichte das Restaurant und als sie es betrat, sah sie schon von weitem Christian Stoll, der ihr breit grinsend zuwinkte. Sie ging an seinen Tisch und noch bevor sie sich setzen konnte, stand Stoll auf und versuchte, sie zu umarmen. Helen entzog sich seinen Armen und reichte ihm stattdessen die Hand.

»Hallo, Christian«, sagte sie betont kühl.

Irritiert lächelnd ergriff er ihre Hand und sie setzten sich.

»Nach so langer Zeit hätte ich eine etwas herzlichere Begrüßung erwartet.«

»Es ist mir egal, was du erwartest, Christian. Wir haben uns nicht getroffen, weil ich Sehnsucht nach dir hatte. Ich dachte, das wäre klar.«

Sein Blick verdunkelte sich.

»Du musst nicht gleich zickig werden. Ich freue mich einfach, dich wiederzusehen und das wollte ich dir auch zeigen.« Langsam schob er eine Hand über den Tisch und legte sie auf Helens Hand. »Wie geht es dir?«

Helen zog ihre Hand weg und holte eine Akte aus ihrer Handtasche. Sofort wurde Stolls Blick wachsam.

»Was ist das?«

»Eine Akte.«

»Das ist mir klar. Was für eine? Was steht da drin?«

Helen konnte sich eine bestimmte Bemerkung nicht verkneifen.

»Du warst ein sehr böser Junge, Christian.«

»Was soll das?«

»Wusstest du, dass Saskia Krempe bei eurem letzten Treffen ein Mikrofon dabei hatte?« Als sie sah, wie er erschrocken zusammenzuckte, legte sie noch einen drauf. »Sogar eine Kamera hatte sie laufen. Wir haben alle deine Schweinerein auf Band. Aber die sind gar nicht so wichtig. Viel interessanter für uns war das, was du gesagt hast. Du weißt schon, deine Ambitionen bezüglich des Postens als Staatssekretär. Tja, mein Lieber, dumm gelaufen. Du hast dich mit den falschen Leuten angelegt.«

Das Gespräch lief anders, als Helen es geplant hatte. Sie hatte nicht vorgehabt, Stoll zu provozieren. Aber sie konnte einfach nicht anders. Sie ritt der Teufel, und der Ritt war noch nicht zu Ende. Stoll hatte ihre Worte mit fassungslosem Schweigen über sich ergehen lassen. Jetzt konnte sie sehen, wie eine Ader auf seine Stirn anschwoll.

Dieses Zeichen kannte sie nur zu gut.

»Du billiges Flittchen«, zischte er. »Du hast ja keine Ahnung, mit wem du dich hier anlegst.«

»Ach, lass mal. Ich glaube nicht, dass du neuerdings der König von Berlin bist.«

Stoll schlug mit der flachen Hand so heftig auf den Tisch, dass einige Gläser umfielen. Ein paar Gäste warfen ihnen verstohlene Blicke zu.

»Reiß dich zusammen«, mahnte Helen den wütenden Stoll. »Nimm es wie ein Mann, auch wenn dir das schwerfallen sollte.«

»Ich mache euch fertig, Helen«, sagte Stoll gefährlich leise. »Ist dir das klar?«

Helen schob ihm die Akte zu.

»Christian, das einzige, was mir klar ist, ist die Tatsache, dass deine politischen Ambitionen vorbei sind. Du hast keine Chance, irgendeine hochrangige Position zu bekleiden. Pförtner vielleicht, aber das war's dann auch schon.«

Plötzlich funkelten Stolls Augen triumphierend.

»Du weißt genau so gut wie ich, dass diese Aufnahmen vor keinem Gericht der Welt zugelassen werden. Ihr habt nichts in der Hand, du blöde Schlampe.«

Helen warf ihm ein breites Lächeln zu.

»Aber, aber. Wie spricht denn von einem Gericht? Wozu gibt es YouTube, Facebook und Co? Und was glaubst du, wie sich die Medien erst um die Aufnahmen reißen werden? Jetzt wirst du uns sicher mit einer Klage drohen. Versuche es, bitte, tu mir den Gefallen. Ich würde dich nur allzu gern im Gerichtssaal in Stücke reißen, du arrogantes Stück Scheiße.«

»Was willst du?«, fragte Stoll mit vor Zorn bebender Stimme.

»Lass Nicolas in Ruhe. Und wenn ich sage, du sollst ihn in Ruhe lassen, dann meine ich damit, dass du aufhören sollst, Leute einzuspannen, die ihm Dinge zu unterstellen, die erstunken und erlogen sind. Höre auf, Intrigen zu spinnen und Lügen zu verbreiten. Und lass mich in Ruhe. Ein für alle Mal.«

Helen stand auf und ging ohne ein weiteres Wort zur Tür. Sie kam bis zum Ausgang des Restaurants, als Stoll sie einholte und gegen die Wand drückte.

»Das wird kein gutes Ende für dich nehmen, Helen«, flüsterte Stoll und drückte ihren Kopf gegen die Wand, wobei sein Arm ihrem Kehlkopf bedenklich nahe kam.

»Sieh nach unten«, sagte Helen gepresst, weil ihr das Sprechen schwerfiel.

»Was?«

Sein Blick wanderte nach unten und dann sah er den Lauf von Helens Waffe, der auf seinen Unterleib gerichtet war.

»Lass mich los, oder ich schieße dir deine Eier weg.«

Wiederwillig ließ Stoll von Helen ab.

»Du hättest nicht geschossen«, meinte Stoll, der sich wieder im Griff hatte.

Helen sagte nichts. Das einzige, was sie tat, war, ihre Waffe wieder zu sichern.

Kapitel 52

»Du weißt, was ich getan habe, oder?«
Nicolas Eichborn

Kaum war Helen zu Hause angekommen, fing sie am ganzen Körper an zu zittern und brach in Tränen aus. Wäre Stoll in diesem Moment vor meiner Tür aufgetaucht, hätte ich ihn ohne zu zögern über den Haufen geschossen. Sie benötigte zehn Minuten, um sich zu beruhigen. Erst dann konnte sie mir mit erstickter Stimme erzählen, was vorgefallen war.

»Fast hätte ich auf ihn geschossen«, schloss sie ihre Erzählungen.

Da ich sie, bevor sie zum Treffen mit Stoll gefahren war, nicht gefragt hatte, wie sie das Gespräch mit ihm aufbauen wollte, konnte ich nicht sagen, was ihre ursprüngliche Taktik gewesen war. Allerdings glaubte ich nicht, dass sie vorhatte, ihn derart zu provozieren. Offenbar waren bei Helen der ganze Frust und Zorn, der sich wegen Stoll bei ihr aufgestaut hatte, innerhalb dieses Treffens ausgebrochen.

»Ich denke, du hast ihm unmissverständlich klar gemacht, dass sein Spiel vorbei ist.«

Helen brachte ein Lächeln zustande.

»Das hast du jetzt aber schön formuliert. Aber ich habe ihn total provoziert. Die Wahrheit ist, es hat mir gefallen und ich konnte nicht mehr aufhören.«

»Vergiss es. Jetzt ist es überstanden und alles ist gut gegangen. Das ist das einzige, was zählt.«

Helen kuschelte sich an mich und ich strich ihr durchs Haar.

»Und ich dachte immer, ich wäre der Amokläufer von uns beiden.«

»Dachte ich auch. Aber es gibt Menschen, die wecken das Schlimmste in einem.«

»Wem sagst du das«, sagte ich leise und dachte an die Verantwortlichen der furchtbaren Menschenversuche, mit denen wir es in unserem letzten Fall zu tun hatten.

»Du weißt, was ich damals getan habe, oder?«

»Ich habe eine Vermutung. Wissen tue ich nichts.«

Ich erzählte ihr, was sich vor einigen Monaten ereignet hatte. Helen hörte mir zu und ließ mich, während ich sprach, nicht los. Dann schwieg ich. Endlich war es ausgesprochen und irgendwie wartete ich jetzt auf ein Zeichen. Einen Blitz, einen Donner, irgendetwas in dieser Art. Aber es geschah nichts. Außer, dass ich mich besser fühlte.

Dann gab sie mir einen zärtlichen Kuss auf den Mund.

»Ich kann das, was du getan hast, nachvollziehen. Ich hätte es nicht getan, aber nicht, weil ich es moralisch für falsch halte, sondern weil ich den Mut nicht gehabt hätte.«

»Mutig? Ich weiß nicht. Verzweifelt trifft es wohl eher.«

»Manchmal heiligt der Zweck die Mittel.«

»Ich bin erstaunt.«

»Warum?«

»Ich hätte zumindest mit einer Ermahnung von dir gerechnet. Irgendwas wie: *Tu das bitte nicht wieder*, oder so.«

»Würdest du es wieder tun?«

Ich dachte kurz nach.

»Mehr oder weniger schon, ja.«

»Also, was würde es bringen, dich zu ermahnen? Ich kenne dich, Nicolas.«

»Offensichtlich, ja.«

»Und übrigens: Du hattest recht«, sagte sie.

»Womit?«

»Manchmal muss man etwas Schlimmes tun, um Gutes zu bewirken.«

Am nächsten Morgen fuhren wir gemeinsam ins Büro, wo ein aufgeregter Harry schon auf unser Eintreffen gewartet hatte.

»Wir haben einen der Toten aus Kreuzberg identifiziert«, rief er uns schon von weitem zu.

»Anhand der chirurgischen Schrauben?«, wollte Helen wissen.

»Genau. Herrlich, oder?«

Ich wusste nicht, was daran herrlich sein sollte, eine Art Robocop zu sein.

Wir gingen in Harrys Büro und setzten uns an den runden Besprechungstisch.

»Kaffee?«, fragte Harry.

»Unbedingt.«

Während Harry die Tassen füllte, berichtete er uns.

»Der Tote heißt Karsten Klindworth, vierunddreißig Jahre alt, geboren in Dresden. Dort hat er bis zuletzt gewohnt.« Harry reichte mir einen Zettel. »Hier ist die Adresse, unter der er gemeldet ist. Der Kerl hat mal in der zweiten Bundesliga Fußball gespielt. Daher stammte auch die Verletzung. Seit ungefähr einem Jahr war er ohne Beschäftigung.«

»Vorbestraft?«

Harry schüttelte den Kopf.

»Nein, keine Vorstrafen. Ist auch niemals durch Drogenkonsum oder so aufgefallen. Ein vollkommen unbeschriebenes Blatt.« Harrys Augen funkelten. »Aber Helmes hat etwas anderes herausgefunden.« Harry warf einen Blick in seine Notizen. »Klindworths Mutter ist 1989 in der Charité gestorben.«

»Oh-oh.«, machte Helen.

»Bingo«, sagte ich. »Wenn der Zettel mit den Adressen von Grabowski und Schramm nicht ausreichen sollte, um eine Verbindung zum Fall herzustellen, diese Information reicht auf jeden Fall.«

»Das denke ich auch. Nun müssen wir noch die Identität des zweiten Toten herausfinden.«

»Wir können ja mal in Klindworths Umfeld herumstochern.

Vielleicht finden wir was heraus«, schlug Helen vor. »Am besten nehmen wir ein Foto des unbekannten Toten mit. Mal sehen, was wir erreichen. Lebt seine Familie auch in Dresden?«

Wieder studierte Harry seine Notizen.

»Sein Vater lebt noch. Wohnt in Dresden, ja. Mehr Familie scheint er nicht zu haben.«

»Dann besuchen wir zuerst den Vater. Hast du seine Adresse?«

Hatte er nicht, aber wir fanden sie natürlich dennoch heraus. Es hatte wieder einmal angefangen zu schneien und die Meteorologen nannten das Tiefdruckgebiet, das uns nun heimsuchte, Helen, was ich zum Schreien komisch fand. Meine Partnerin nicht.

Klindworths Vater lebte in einem heruntergekommenen Mehrfamilienhaus am nördlichen Stadtrand Dresdens. Obwohl früher Nachmittag, öffnete er uns in Jogginghose und Bademantel und wirkte, als hätten wir ihn geweckt. Er glotzte uns aus blutunterlaufenden Augen an.

»Ich gaufe nischts.«

Wir zeigten ihm unsere Dienstausweise, um zu unterstreichen, dass wir ihm nischts vergaufen wollten und widerwillig ließ er uns eintreten. Er wohnte in einer kleinen Zweizimmerwohnung, die dringend einer Dekontamination bedurfte. Es roch nach altem Essen, abgestandenem Bier und Qualm. Bevor wir uns setzten, inspizierten wir das Sofa, um uns nicht in Essensreste zu setzen.

»Wir haben leider schlechte Nachrichten für Sie«, begann Helen das Gespräch.

Er sah sie aus stumpfen Augen an und wartete wohl auf eine Fortsetzung. Vielleicht aber verstand er ihre Worte auch einfach nicht, weil es für ihn schon seit Jahren keine guten Nachrichten mehr gegeben hatte.

»Wann haben Sie ihren Sohn das letzte Mal gesehen?«

»Meinen Sohn …?«, echote er und ich hatte das Gefühl, er würde gleich fragen: Ich habe einen Sohn?

»Schon seit Wochen nicht mehr«, schnaubte er. »Sein Vater geht ihm am Arsch vorbei. Früher, als er noch bei Dynamo Fußball gespielt hat, da war er öfters hier.« Er machte eine Handbewegung, die den kompletten Raum einschloss. »Hat mir diese Wohnung hier gekauft.« Sein Blick verlor sich in den Weiten der Vergangenheit und es dauerte etwas, bis er wieder zu uns zurückkehrte. »Als er sich verletzte und die Ärzte ihm sagten, dass er nie wieder Fußball spielen kann, da hat sich alles verändert. Er hat sich verändert.«

Es wurde Zeit, ihm den Grund unseres Kommens zu erklären. Das übernahm Helen.

»Ich muss Ihnen leider mitteilen, dass Ihr Sohn tot ist, Herr Klindworth. Seine Leiche und die eines noch unbekannten jungen Mannes wurde gestern früh in Berlin gefunden.«

Er starrte Helen und mich stumm an und nickte dann, als würde ihn diese Nachricht nicht überraschen.

»Wie …?«, presste er mühsam hervor.

»Er wurde ermordet. Wir wissen noch nicht, von wem und warum.«

Er gab ein Geräusch von sich, das eine Mischung aus Räuspern und Schluchzen war. Dann gab er sich einen Ruck.

»Möchten Sie einen Kaffee oder sowas?«

Auf keinen Fall!

»Ja, danke. Sehr gerne«, sagte Helen einfühlsam. Ich warf ihr einen entgeisterten Blick zu, den sie ignorierte. Stöhnend erhob er sich und schlich in die Küche. Wenig später hörten wir es scheppern und krachen. Wahrscheinlich musste er sich den Weg in die Küche freikämpfen, weil Kakerlaken, die so groß waren wie Dackel, ihm den Weg versperrten. Nach einer gefühlten Ewigkeit kam er mit einem Tablett zu uns zurück. Vorsichtig stellte er die Tassen vor uns auf den Tisch. Er hatte sogar Servietten mitgebracht. Ich nippte vorsichtig am Kaffee und musste feststellen, dass er besser schmeckte als der in unserem Büro.

»Der Kaffee ist ausgezeichnet«, sagte ich ihm und erntete ein kleines Lächeln.

»Sie sagten vorhin, dass ihr Sohn schon längere Zeit nicht mehr bei Ihnen war. Hatten Sie Streit?«

Langsam schüttelte Klindworth den Kopf.

»Als er noch Fußball spielte, wissen Sie, da hat er fast schon unanständig viel Geld verdient. Jedenfalls für unsere Verhältnisse. Jeder in der Region kannte ihn und er war beliebt. Wir hatten es nicht leicht, früher. Seine Mutter ist früh gestorben und ich musste ihn alleine aufziehen ...«

»Wir wissen, dass Ihre Frau 1989 im Charité verstarb. Was ist passiert? War sie krank?«

Ein bitterer Zug erschien um seinen Mund. Offenbar war das eine Sache, die er verdrängt hatte und an die er sich nur ungern erinnerte.

»Sie hatte Krebs. Brustkrebs in einem frühen Stadium. Sie hätte es schaffen können, aber die Ärzte haben sie umgebracht.«

»Wie kommen Sie darauf?«

»Wir sprachen miteinander, als es ihr schlechter ging. Da hat sie mir erzählt, dass der Arzt, der sie behandelte, ihr auf einmal andere Medikamente gab. Die waren so heftig, dass sie sich ständig übergeben musste und starke Kopfschmerzen bekam.«

»Was haben Sie dann getan?«

»Ich habe natürlich den Arzt darauf angesprochen. Aber er sagte mir, dass ich mich nicht in die Behandlung einmischen solle, er wisse, was er tue. Sechs Wochen später war sie tot.«

»Und dann?«

»Ich habe keine Ruhe gelassen. Dann, eines Abends, klingelte die Staatssicherheit an meiner Tür. Sie forderten mich auf, den Mund zu halten, ansonsten würden sie mir meinen Sohn wegnehmen, da sie mir Unzurechnungsfähigkeit nachweisen würden. Da hab ich aufgehört, Fragen zu stellen. Ich hatte doch nur noch ihn.«

»Hat Sie ihr Ihr Sohn irgendwann einmal darauf angesprochen?«, wollte ich wissen.

Sein Blick bohrte sich in meine Augen wie Laserstrahlen.

»Warum fragen Sie das?« Sein Ton war voller Misstrauen.

»Hat er?«

»Ja, das hat er. Als wir uns das letzte Mal sahen, wollte er auf einmal alles wissen, was sich damals abgespielt hat. All die Jahre haben wir kein Wort darüber verloren und plötzlich fing er davon an und wollte gar nicht mehr aufhören.«

Helen holte das Foto des unbekannten Toten aus ihrer Tasche und zeigte es Klindworth.

»Kennen Sie diesen Mann?«

Er starrte das Foto intensiv an und schüttelte dann den Kopf.

»Nein.« Er gab ihr das Foto zurück. »Was hat der Tod meines Sohnes mit der Geschichte von früher zu tun?«

»Wir wissen es nicht. Das sind Routinefragen. Es tut mir leid, aber wir müssen Sie bitten, nach Berlin zu kommen, um ihren Sohn zu identifizieren.«

»Natürlich. Viel mehr kann ich wohl nicht tun.«

»Wir fahren jetzt in die Wohnung ihres Sohnes. Wollen Sie uns begleiten?«

Er schüttelte den Kopf.

»Nein, besser nicht. Aber halten sie mich auf dem Laufenden, ja?«

Wir versprachen es ihm und verabschiedeten uns.

▪ ▪ ▪

Die Wohnung des Toten befand sich in einer ruhigen Wohngegend im Westen der Stadt. Er bewohnte drei Zimmer, wobei ihm das dritte Zimmer als Büro gedient hatte. An einer Wand im Wohnzimmer hingen Auszeichnungen, die er für besonders gute Leistungen im Sport erhalten hatte und jede Menge Fotos von ihm als aktiven Fußballer. Wir suchten nach Hinweisen aus seiner jüngsten Vergangenheit, um so an den Namen des unbekannten Toten zu kommen. In der Wohnung fanden wir jedoch nichts, was uns weiterbrachte und wir wollten uns gerade wieder auf den Weg machen, als Helen den Einfall hatte, in Klindworths Briefkasten zu schauen.

Hier hatten wir mehr Glück, denn wir fanden seine aktuelle Mobilfunkrechnung. Helen riss den Umschlag auf und sah mich triumphierend an.

»Einzelverbindungsnachweis!«

Sofort riefen wir Helmes an und gaben ihm die letzten von Klindworth gewählten Rufnummern durch. Jetzt würden wir herausfinden, wen er angerufen hatte und wo er sich zum Zeitpunkt des Anrufes befunden hatte.

Helmes rief uns nicht einmal eine Stunde später zurück.

»Fangen wir mit dem letzten Anruf an«, meinte er und gab uns die Daten durch. Als wir das Gespräch beendeten, wussten wir, mit wem Klindworth zuletzt telefoniert hatte.

Zweimal hatte er von Berlin aus die Handynummer eines gewissen Andreas Seyfarth angerufen. Beide Gespräche dauerten etwa fünf Minuten. Ein weiteres Gespräch, das ebenfalls aus Berlin geführt wurde, dauerte nur sechs Sekunden und ging an einen Lukas Hollmann. Helmes gab uns dann auch die Adressen von Seyfarth und Hollmann durch. Seyfarth wohnte in Leipzig, Hollmann lebte hier in Dresden. Wir machten uns sofort auf den Weg zur Adresse von Lukas Hollmann, der nur fünfzehn Autominuten von Klindworth entfernt wohnte. Als wir ankamen, begann es, obwohl erst halb fünf am Nachmittag, bereits dunkel zu werden. Der Himmel hatte ein bedrohliches dunkelgrau angenommen und es wehte ein eiskalter Ostwind.

Wir fanden seinen Namen auf dem Klingelbrett und läuteten mehrmals ohne Ergebnis. Dann versuchten wir es bei den

Nachbarn. Hier hatten wir mehr Glück. Eine ältere Dame drückte auf den Türsummer und ließ uns rein. Wir zeigten ihr unsere Dienstausweise und fragten sie dann, ob sie wisse, wann Lukas Hollmann nach Hause käme.

»Den Lukas hab ich schon ein paar Tage nicht mehr gesehen. Ich weiß nicht, wann er nach Hause kommt.«

Helen holte das Foto aus der Tasche und zeigte es der Frau.

»Ist das Lukas Hollmann?«

»Ja, das ist er«, rief sie. »Aber das ist kein schönes Foto von ihm. Warum schaut er denn so komisch aus? Und seine Augen sind zu. Ist ihm was passiert? Ist er etwa …«

»Es tut uns leid, aber Lukas Hollmann ist tot.«

»Oh mein Gott, wie schrecklich«, hauchte die Frau.

Wir dankten ihr für die Hilfe und verließen ihre Wohnung. Dann riefen wir die Zentrale an, um sie über die Identität des zweiten Toten zu informieren. Unser nächstes Ziel war das etwa einhundert Kilometer entfernte Leipzig.

Seyfarth wohnte in einem modernen Mehrfamilienhaus der Telemannstraße, die in unmittelbarer Näher der Leipziger Galopprennbahn lag. Als wir dort ankamen, war es bereits neunzehn Uhr. Wir parkten das Auto und klingelten bei ihm. Er war vorsichtiger als die ältere Dame in Dresden, denn er betätigte die Gegensprechanlage.

»Ja, bitte?«

»Wagner und Eichborn, Bundespolizei. Wir haben ein paar Fragen zu einem Bekannten von Ihnen. Würden Sie uns bitte öffnen?«

Es dauerte einen Moment, dann summte es und wir drückten die Tür auf.

Seyfarth wohnte im Dachgeschoss. Er erwartete uns an der Tür. Ich schätzte ihn auf Mitte dreißig und er war groß, blond und kräftig. Er sah uns mit ausdruckslosem Gesicht an.

»Um was geht's denn?«, fragte er und lächelte höflich.

Helen lächelte ebenso freundlich.

»Dürfen wir bitte reinkommen?«

»Darf ich bitte erst Ihre Ausweise sehen?«

Wir zückten unsere Dienstausweise zu er studierte sie aufmerksam.

»Amt für innere Sicherheit? Hab ich noch nie gehört. Kommen Sie bitte rein.«

Wir betraten eine helle und geschmackvoll eingerichtete Wohnung und er führte uns ins Wohnzimmer. Auf dem großen Flachbildschirm lief eine amerikanische Krimi-Serie, die ich zwar kannte, aber deren Namen ich vergessen hatte. Er schaltete den Fernseher aus und machte eine einladende Geste.

»Nehmen Sie bitte Platz. Kann ich Ihnen etwas anbieten? Kaffee, Tee?«

Wir verneinten und er nahm uns gegenüber auf der hellen Ledercouch Platz.

»Was kann ich für Sie tun?«

Ich sprach, Helen beobachtete.

»Kennen Sie einen Karsten Klindworth?«

Er schien nachzudenken.

»Flüchtig, ja.«

»Wann haben Sie ihn zuletzt gesprochen?«

Er überlegte.

»Keine Ahnung. Vielleicht vor ein, zwei Wochen.«

»Sind Sie sicher?«

»Nein. Ich sagte doch, dass ich keine Ahnung habe. Um was geht's denn?«

»Zunächst geht es um die Frage, wann Sie Karsten Klindworth zuletzt gesprochen haben.«

»Ich weiß es nicht mehr.«

»In was für einer Beziehung stehen Sie zu ihm?«

»Wie gesagt, wir kennen uns flüchtig.«

»Definieren Sie flüchtig.«

»Wir sind keine Freunde, wenn Sie das wissen wollen.«

»Gut, jetzt wissen wir, was sie *nicht* sind. Mich würde aber interessieren, was sie *sind.*«

Das konnte ich wirklich gut; anderen auf den Geist gehen.

»Ich bin alter Dynamo-Fan und er hat da mal gespielt. So haben wir uns kennen gelernt und sind sporadisch in Kontakt geblieben. Ab und zu haben wir mal ein Bier zusammen getrunken.«

»Auf welcher Position hat er gespielt?«

»Was?«

»Ich will wissen, auf welcher Position Klindworth bei Dynamo gespielt hat.«

Erste Zornesfalten machten sich auf Seyfarths Stirn breit.

»Im Angriff glaube ich. Ist schon lange her.«

»Um was ging es in Ihrem letzten Gespräch?«

Seyfarth warf die Hände in die Luft.

»Ich weiß es nicht mehr. Das ist schon länger her.«

Ich warf einen Blick in meine Notizen.

»Drei Tage«, sagte ich.

»Wie, drei Tage?«

»Ihr letztes Gespräch mit Klindworth ist drei Tage her, dauerte länger als fünf Minuten und Sie wollen mir erzählen, dass Sie nicht mehr wissen, um was es ging?« Meine Stimme wurde etwas lauter. »Wir haben gestern früh die Leiche Ihres flüchtigen Bekannten in Berlin gefunden. Er wurde erstochen. Wissen Sie jetzt, über was sie kurz vor seinem Tod gesprochen haben?«

»Er ist tot?«, stammelte Seyfarth.

»Allerdings. Und neben ihm lag die Leiche von Lukas Hollmann. Ist das auch ein flüchtiger Bekannter von Ihnen?«

Seyfarths Gesicht wurde zur Maske.

»Lukas Hollmann? Nie gehört. Verdächtigen Sie mich des Mordes an Klindworth?«

»Noch nicht, nein.«

»Dann möchte ich Sie bitten, zu gehen.«

»Wir hätten aber noch ein paar Fragen.«

»Ich möchte Sie bitten zu gehen. Haben Sie eine Visitenkarte? Mein Anwalt wird sich mit Ihnen in Verbindung setzten.«

Ich gab ihm eine Karte und er brachte uns zur Tür.

Als wir wieder in unserem Wagen saßen, blickte ich zu Helen.

»Was meinst du?«

»Er lügt, dass sich die Balken biegen. Er hat eindeutig etwas zu verbergen.«

Ich griff zu meinem Handy.

»Dann lass uns mal mehr über den lieben Seyfarth herausfinden.«

Helmes war noch im Büro und ich bat ihn um die erforderlichen Informationen über Seyfarth. Dann stellte er mich zu Harry durch. Bei ihm forderte ich Unterstützung an, denn von nun an würden wir Seyfarth nicht mehr aus den Augen lassen.

Kapitel 53

»Lukas und Karsten sind tot.«
Andreas Seyfarth

Seyfarth konnte es nicht fassen. Klindworth und Hollmann waren tot. Ermordet. Und bei ihm tauchten Beamte dieses Amtes für innere Sicherheit auf und stellten ihm bescheuerte Fragen. Und woher wussten sie, dass er mit Klindworth telefoniert hatte? Er warf einen verstohlenen Blick aus dem Fenster seines Wohnzimmers hinaus auf die Straße, konnte aber nichts Verdächtiges erkennen.

Seine Gedanken rasten.

Eines war klar; er musste verschwinden. Und zwar so schnell, wie möglich. Er lief ins Schlafzimmer und begann, eine Sporttasche zu packen. Als er fertig war, ging er zurück ins Wohnzimmer und setzte sich hin. Was nun? Er sah sein Handy an und überlegte, ob er Victor anrufen sollte. Aber was, wenn sie seine Telefone schon abhörten? Durften sie das überhaupt? Dann hatte er eine Idee. Er schnappte sich sein Handy und schrieb eine SMS an Sabine Stapelfeld, in der er sie bat, mit ihm in einen Live-Chat zu gehen. Sie antwortete ihm prompt und bat um zehn Minuten Zeit, dann würde sie sich melden. Er löschte die Nachricht und wartete unruhig, bis die zehn Minuten vorüber waren.

»*Kann losgehen. Was ist los?*«, las er nach zehn Minuten.

»*Zwei Bullen waren bei mir. Lukas und Karsten sind tot.*«, schrieb er.

»*Was ist passiert?*«

»*Keine Ahnung. Sie sagten, die Leichen der beiden wären gestern Früh in Berlin gefunden worden.*«

»*Was wollten die noch wissen?*«

»*Wie mein Verhältnis zu Karsten war und um was es bei unserem letzten Telefonat ging.*«

»*Haben sie irgendetwas von toten Ärzten gesagt?*«

»*Nein.*«

»*Wie hießen die beiden und von welcher Dienststelle waren sie?*«

»*Der Typ heißt Nicolas Eichborn. Wie die Frau hieß, weiß ich nicht mehr. Beide sind vom Amt für innere Sicherheit.*«

Jetzt dauerte es etwas, bis sie antwortete.

»*Was hast du jetzt vor?*«

»*Abhauen.*«

»*Sei vorsichtig. Wahrscheinlich beobachten sie dein Haus.*«

Scheiße!

»*Ich versuche es durch den hinteren Garten.*«

»*Wirf dein Handy weg, sonst orten sie dich über GPS. Besorg dir so schnell wie möglich ein Prepaid-Handy und simse mir die Nummer.*«

»Okay.«

»Ist in deiner Wohnung irgendetwas, was die zu uns führen könnte? Notizen oder was auch immer?«

»Nein.«

»Gut. Dann verschwinde und melde dich.«

Seyfarth klappte sein Notebook zu und verstaute es in der Reisetasche. Dann machte er sich auf den Weg in das Erdgeschoss und klingelte bei seinem Nachbarn.

Seyfarth erzählte ihm eine Geschichte über seine Ex-Freundin, die ihn stalkte und vor der Tür auf ihn lauerte. Er müsse seine Wohnung verlassen und fragte, ob er durch den Garten verschwinden dürfte.

Sein Nachbar hatte nichts dagegen und öffnete ihm die Terrassentür. Seyfarth dankte ihm und verschwand in der Dunkelheit.

Kapitel 54

»Du kennst die Dienstvorschriften?«
Helen Wagner

Helen und ich saßen ziemlich entspannt im Auto, beobachteten den Hauseingang und alberten ein bisschen herum. Plötzlich wurde sie ernst.

»Sag mal, hat dieses Haus eigentlich einen Garten?«

Wir sahen uns beide für wenige Sekunden mit großen Augen an, dann sprangen wir förmlich aus dem Auto und rannten zum Haus.

»Klingel du an der Tür, ich laufe nach hinten«, rief ich Helen zu und flitzte gefährlich schnell ums Haus. Der Schnee war zum Teil liegengeblieben und es war glatt. Ich schaffte es, ohne mich auf die Nase zu legen, um das Haus und stand vor einem normalen Gartenzaun, der das zum Wohnhaus gehörende Grundstück abgrenzte. Ich sprang über den Zaun, rutschte aus und fiel auf die Schnauze. Als ich mich aufrappelte, öffnete sich eine Terrassentür und Helen kam in den Garten.

»Er hat dem Nachbarn eine Geschichte über eine Stalkerin erzählt und der hat ihn in den Garten rausgelassen. Er meinte, Seyfarth hätte eine Sporttasche dabeigehabt.«

»Scheiße!«

»Große Scheiße.«

»Lass uns in die Wohnung des kleinen Pissers gehen. Vielleicht war er ja so dumm und hat irgendwas vergessen.«

»Ohne Durchsuchungsbeschluss?«

»Es ist Gefahr im Verzug, da brauchen wir keinen.«

»Du kennst die Dienstvorschriften?«

»Nur die sinnvollen Passagen. Komm.«

Wir gingen durch die Wohnung des zuvorkommenden Nachbarn ins Treppenhaus, dabei saute ich ihm den Teppich ein, was mir scheißegal war. Als wir vor der Wohnungstür Seyfarths standen, rief er uns von unten zu, dass er den Hausmeister anrufen könne, der hätte einen Schlüssel. Ich rief zurück, dass ich keinen Schlüssel bräuchte und trat mit Wucht die Tür ein.

Helen runzelte die Stirn und folgte mir in die Wohnung.

Wir durchsuchten die Wohnung sehr sorgfältig, da ein Fehler pro Tag mehr als genug war. Einen Computer fanden wir genausowenig wie einen Laptop. Auch keine aufschlussreichen Notizen. Als wir kurz davor waren, die Hoffnung aufzugeben, warf Helen einen verzweifelten Blick in den Mülleimer in der Küche.

»Hey«, rief sie mir zu. »ich hab sein Handy gefunden.«

Unterschätze niemals die Dummheit von Verbrechern.

In der Wohnung roch es, als ob noch nie darin geraucht würde, also zündete ich mir eine Zigarette an und setzte mich an den Esstisch.

»Dann lass uns mal schauen, was wir da haben«, sagte ich und griff mir das Handy. Der Schwachkopf hatte es nicht einmal ausgeschaltet. Ich rief Helmes an, der scheinbar neben dem Telefon nur auf meinen Anruf gewartet hatte, denn er nahm nach dem ersten Klingelzeichen ab.

»Was gibt's?«, rief er.

»Ich habe hier das Handy eines dringend Tatverdächtigen und gebe Dir jetzt mal ein paar Nummern. Besorge mir bitte alle Informationen über die Besitzer der Nummern. Aber zu allererst schreib diesen Seyfarth zur Fahndung aus

»Geht klar. Schieß los.«

Ich gab ihm alle Nummern durch, die entweder abgespeichert waren, oder sich im Anrufspeicher befanden. Alles in allem waren es vierundzwanzig Nummern. Helmes sollte sich zuerst um die Nummern kümmern, die zuletzt gewählt wurden, bzw. die ihn zuletzt angerufen hatten.

»Gib Gas«, sagte ich zum Schluss und legte auf.

Helen kam ins Wohnzimmer.

»Lust auf einen Kaffee?«

»Klar. Und mach beim Kochen ordentlich Dreck.«

Eine Stunde später rief uns Helmes zurück.

»Okay, habt ihr was zu schreiben? Also die Nummern, die Seyfarth am häufigsten angerufen hat, außer denen von Klindworth und Hollmann, sind die von einem Martin Helbig aus Erfurt und von einer Sabine Stapelfeld aus Magdeburg. Das interessante an Sabine Stapelfeld ist, dass sie bei der Polizei arbeitet.«

»Das ist wirklich interessant.«

»Hab ich schon erzählt, dass auch Seyfarths Mutter gestorben ist?«

»In der Charité?«

»Nein. Aber dort hat sie lange Zeit gelegen. Gestorben ist sie zu Hause.«

»Woran?«

»Da scheiden sich die Geister. Im Krankenhaus hat sie gelegen, weil bei ihr Krebs diagnostiziert wurde. Gestorben ist sie aber an Herzversagen.«

»In Folge von Medikamenten, die noch nicht ausgereift waren?«

»Vermutlich, ja.«

»Großer Gott«, sagte ich. »Wir haben es hier nicht mit einem Amateurkiller zu tun, sondern mit mehreren.«

»Mit ihnen wird es nie langweilig, was?« Helmes lachte meckernd und legte auf. Kurze Zeit später rief er nochmal an.

»Hätte ich fast vergessen; Seyfarth hat noch eine Nummer recht häufig gewählt. Die kann ich aber keinem Empfänger zuordnen. Gehört wohl zu einem Prepaid-Handy.«

»Bevor du wieder auflegst, kümmere dich bitte darum, dass diese Stapelfeld und der andere Typ, Helbig, rund um die Uhr überwacht werden. Am liebsten wäre es mir, wenn Kreusch Stapelfeld übernehmen würde.«

»Geht klar, Chef.«

Chef?

Kapitel 55

»Jetzt nur keine Fehler machen.«
Andreas Seyfarth

Auf der Flucht zu sein war für Seyfarth etwas vollkommen Fremdes. Er war sich ziemlich sicher, dass sein Verschwinden schnell bemerkt werden würde. Spätestens morgen Vormittag würden sie wissen, dass er abgehauen war. Das verschaffte ihm zwar einen gewissen Vorsprung, nur hatte er keine Ahnung, was er damit anfangen sollte. Er fühlte sich verloren und verunsichert. Als er an einem Bankautomaten vorbeikam, erinnerte er sich an Krimis, in denen Flüchtige deshalb geschnappt wurden, weil sie ihre Kredit- oder EC-Karte benutzt hatten. Aber er war schließlich noch in Dresden und er brauchte dringend Bargeld. Seyfarth hob die maximale Summe von seinem Konto ab und schmiss die EC-Karte in einen Mülleimer. Jetzt fühlte er sich ein klein wenig besser. An ein Handy würde er erst am nächsten Tag kommen. Bis dahin war er auf sich alleine gestellt.

Eine Frage ging ihm immer wieder durch den Kopf.

Warum waren Klindworth und Hollmann tot?

Was, zum Teufel, hatte das zu bedeuten? Ihm war natürlich aufgefallen, dass sie sich in den letzten Tagen anders verhalten hatten. Auch das sie zwei Treffen der Gruppe verpasst hatten, hatte ihn stutzig gemacht, waren sie es doch gewesen, die eine Abweichung vom Plan gefordert hatten.

Es gab nur eine logische Schlussfolgerung; sie hatten auf eigene Faust versucht, an Informationen heranzukommen und dabei war irgendetwas Furchtbares passiert, in Folge dessen sie umgebracht wurden. Nur was?

Seyfarth schlich durch das nächtliche Leipzig und die Stadt kam ihm bedrohlich und abweisend vor. Plötzlich blieb er stehen. Er hatte einen Einfall, wo er sich die nächsten Tage verstecken könnte, ohne dass man ihn finden würde. Er wollte zu seinem Handy greifen, um Sabine anzurufen, erinnerte sich dann aber, dass er es ja weggeschmissen hatte. Ihm war klar, dass er, wenn er seine Idee in die Tat umsetzten würde, nicht so schnell an eines dieser Prepaid-Handys herankäme. Ihm würde schon noch etwas einfallen, wie er den anderen seinen Aufenthaltsort mitteilen könnte.

»Jetzt nur keine Fehler machen«, mahnte er sich selbst.

Er hielt Ausschau nach einem der immer seltener werdenden öffentlichen Telefone, entdeckte eines und rief sich ein Taxi.

Kapitel 56

»Wir müssen nach Pirna.«
Nicolas Eichborn

Helen und ich saßen in der Bar eines Hotels in Leipzig und tranken den nächsten Kaffee. Mein Magen fing langsam an, sich zu beschweren, da er so viel Koffein nicht gewohnt war. Helen sah mich niedergeschlagen an.

»Wir haben es verbockt, oder?«

Ich zuckte mit den Achseln.

»Würde ich nicht unbedingt sagen. Nachweisen konnten wir Seyfarth zu diesem Zeitpunkt eh nichts und wer weiß, was es uns bringt, wenn er jetzt panisch durch die Gegend rennt.«

»Du und dein unerschütterlicher Optimismus«, sagte Helen und lächelte schwach.

Mein Handy klingelte.

»Ich bin's«, sagte Helmes aufgeregt. »Wo seid ihr?«

»Noch in Leipzig. Was ist los?«

»Seyfarth hat vor einer halben Stunde an einem Bankautomaten in der Leipziger Innenstadt seine EC-Karte benutzt. Hat ne Menge Bargeld abgehoben.«

Ich nickte Helen zu.

»Es geht los.«, flüsterte ich ihr zu. Dann widmete ich mich wieder Helmes. »Wie sieht's in Leipzig mit den Überwachungskameras aus?«

Helmes kicherte.

»Hab ich mich schon drum gekümmert. Die Aufzeichnungen der Kameras, die in einem Radius von drei Kilometern um die Bank herum positioniert sind, werden gerade auf unseren Server überspielt. Ich denke, in Kürze wissen wir mehr. Am besten bleibt ihr erst einmal in Leipzig. Kann sein, dass ihr schnell aktiv werden müsst.«

Wir beendeten das Gespräch und ich gab dem Kellner einen Wink.

»Ich hab Hunger, was ist mit dir?«

Helen nickte.

»Lass uns was essen, Wer weiß, wann wir wieder dazu kommen.«

Wir bestellten uns eine Kleinigkeit und mussten nicht lange warten. Danach gingen wir in den Garten des Hotels, um zu rauchen.

»Was würdest du machen, wenn du erfahren würdest, dass deine Mutter durch die Einnahme nicht zugelassener Medikamente ums Leben gekommen wäre?«, wollte Helen von mir wissen.

Diese Frage hatte ich mir auch schon gestellt.

»Wahrscheinlich das gleiche, wie die, die wir jagen«, gab ich zu.

Helen nickte.

»Ja. Geht mir genauso.«

»Aber wenn wir es täten, würde uns jemand jagen und zur Rechenschaft ziehen, weil das, was wir tun würden, falsch wäre. Das ist ziemlich komisch, oder?«

»Allerdings. Siehst du hier auch Parallelen?«

»Parallelen wozu?«

»Zum letzten Fall. Da ging es um eine Killerin, die zum Töten missbraucht wurde.«

»Hab ich noch nicht drüber nachgedacht.«

»Solltest du vielleicht mal tun.«

»Du meinst, weil ich vielleicht wieder zu einem der Killer eine persönliche Beziehung aufbaue?«

Helen zuckte mit den Schultern.

»Ich weiß nicht. Aber kannst du das ausschließen?«

»Ich weiß, dass wir uns erst kürzlich darüber unterhalten haben und ich gesagt habe, dass ich in einer ähnlichen Situation wohl wieder so entscheiden würde. Aber ich glaube nicht, dass wir das vergleichen können – diesen Fall und den davor. Ich glaube nicht, dass mir hier so etwas noch einmal passiert. Eigentlich möchte ich auch nicht, dass sich das wiederholt.«

Mein Handy klingelte und wir gingen wieder ins Hotel zurück. Es war Helmes, der jetzt wirklich aufgeregt war.

»Eine Überwachungskamera hat ihn aufgenommen, als er in ein Taxi gestiegen ist. Vor einer halben Stunde!«

»Sehr gut. Weißt Du, für welches Taxiunternehmen der Fahrer arbeitet?«

»City Taxi. Notier dir mal die Telefonnummer.«

Ich rief sofort die Zentrale von City Taxi an. Der entsprechende Fahrer war noch unterwegs mit dem Ziel Pirna. Ich sagte der netten Frau, dass sie, sobald der Fahrer sich wieder meldete, ihm sagen sollte, er möge bitte bleiben, wo er war, damit wir ihn vernehmen könnten. Dann sollte sie sich bei mir melden. Auf keinen Fall sollte sie ihn über Funk kontaktieren, solange der Fahrgast noch im Taxi war. Ich versicherte ihr, dass der Fahrer nicht in Gefahr sei und gab ihr meine Handynummer. Sie versprach, mich sofort zu verständigen. Ich bedankte mich, legte auf und sah Helen an.

»Wir müssen nach Pirna.«

»Großartig. Wo ist das?«

»In der Nähe von Dresden. Aber zum Glück haben wir ja ein Navi.«

Kapitel 57

»Sind die gefährlich?«
Nicolas Eichborn

Als sie neunzig Minuten später in Pirna ankamen, sagte Seyfarth dem Fahrer, er solle in das rund fünfzehn Kilometer entfernte Pfaffendorf fahren. Das war die Endstation. Als sie in dem Ort ankamen, zahlte Seyfarth dem Fahrer zweihundertfünfzig Euro und verschwand in der Nacht.

Er ging zum westlichen Rand der kleinen Ortschaft, wechselte von der Straße auf einen schmalen Feldweg und verschwand wenig später in einem Wald. Nun hatte er noch einen einstündigen Marsch vor sich, dann hatte er das Blockhaus erreicht.

Der Taxifahrer meldete währenddessen der Zentrale, dass er seine Fracht abgegeben hatte und sich nun auf den Rückweg machen würde. Wunschgemäß richtete ihm die Mitarbeiterin der Zentrale aus, dass Polizeibeamte auf dem Weg wären und er warten müsse. Über das GPS des Taxis ermittelte die Zentrale den genauen Standort des Taxis und gaben ihn an Helen und mich weiter. Helen gab das neue Ziel ins Navi ein und wir teilten der Zentrale mit, dass wir noch etwa vierzig Minuten bis nach Pfaffendorf brauchten.

Es schneite nicht mehr und wir schafften es tatsächlich innerhalb von vierzig Minuten nach Pfaffendorf. Als wir beim Taxi ankamen, begrüßte uns der Fahrer mit mürrischem Gesicht. Seine Schicht war eigentlich schon seit einer Stunde vorbei und er hatte noch neunzig Minuten Fahrt vor sich. Ich versprach, dass wir seine Wartezeit entschädigen würden. Das stimmte ihn ein klein wenig milder und er beantwortete all unsere Fragen.

Einzig die Antwort auf die Frage, wohin der Fahrgast gegangen war, als er das Taxi verließ, blieb er uns schuldig.

»Sorry, aber es war dunkel. Ich glaube, er ist nach rechts weg, aber das hilft Ihnen bestimmt nicht weiter.«

Tat es nicht. Trotzdem bedankten wir uns und er verschwand daraufhin Richtung Leipzig.

Helen sah sich um.

»Du verstehst es, eine Frau auszuführen«, bemerkte sie.

Ich sah auf meine Uhr und erschrak.

»Scheiße. Es ist fast halb zwölf und wir sind am Ende der Welt. Was machen wir jetzt?«

»Wir suchen uns ein Plätzchen zum Schlafen.«

Ich sah mich um.

»Hier?«

»Wo sonst?«

»Hier gibt's bestimmt Bären und so.«

»Ich will ja nicht draußen schlafen, sondern drinnen.«

Ich griff zu meinem Handy und wählte die Nummer von Helmes.

»Seid ihr da?«, wollte er wissen.

»Ja. Am Rande der Zivilisation. Ich sehe in der Nähe eine Erhöhung, sieht aus wie ... mein Gott, das ist ein Arsch. Wir sind am Arsch der Welt. Kannst du uns ein Hotel oder so in der Nähe nennen?«

»Dafür gibt es Apps auf deinem Smartphone«, belehrte mich Helmes.

»Nützt aber nichts, wenn ich hier kein Internet habe«, konterte ich.

»Warte eine Moment«, sagte Helmes und ich hörte Tastaturgeklapper im Hintergrund. Ich war gespannt, ob er jetzt wirklich ein Hotel in der Nähe vom Arsch der Welt suchte. Ich nahm kurz das Handy vom Ohr und lauschte. Da war nichts.

Es war absolut ruhig hier. Richtig unheimlich.

»Ganz in eurer Nähe gibt es eine Pension. Warte mal«, jetzt hörte ich, wie er eine Nummer wählte. Nach einiger Zeit meldete er sich wieder. »Da geht keiner ran. Ich geb euch die Adresse. Notfalls müsst ihr die Leute aus dem Bett klingeln.«

Das mussten wir dann tatsächlich und nach einigem Murren und unverständlichen Verwünschungen gelang es Helen und mir, ein Zimmer für eine Nacht zu ergattern.

Am nächsten Morgen standen wir zeitig auf und bekamen sogar ein richtiges Frühstück, was meine Laune merklich verbesserte. Nachdem wir uns mit Rühreiern, Speck, Toastbrot und Kaffee gestärkt hatten, wurde es Zeit für einen Plausch mit einem, der sich hier auskannte. Der Besitzer der kleinen Pension setzte sich zu uns und wir erklärten ihm unser Problem.

Er rieb sich nachdenklich sein Kinn.

»Sie verfolgen also einen jungen Mann von Leipzig bis nach Pfaffendorf, aber hier verliert sich seine Spur, richtig?«

»Richtig.«

»Na ja. Hier fällt jeder Fremde auf, wenn Sie verstehen, was ich meine.«

Ich verstand genau, was er meinte. Schließlich waren hier wahrscheinlich alle miteinander verwandt.

»Also, in den Wäldern, da gibt's ein paar Hütten ...«

»Gibt's da auch Bären?«, wollte ich wissen.

»Nee, aber jede Menge Marder.«

»Sind die gefährlich?«

Er sah mich an, als würde er mich für total bescheuert halten.

»Was für Hütten sind das?«, kam Helen wieder zur Sache.

»So Blockhäuser halt. Für Stadtmenschen, die einen auf Natur machen wollen.«

»Haben Sie eine Landkarte, auf der diese Hütten eingezeichnet sind?«

»Nein.«

»Kennen Sie jemanden, der eine solche Karte hat?«

»Ja.«

Ob die hier alle so waren?

»Würden Sie uns verraten, wer das ist?«

»Gibt's eine Belohnung?«

»Wofür?«, wollte ich wissen.

»Na, es heißt doch immer, für die Ergreifung des Verdächtigen sind insgesamt so und so viel Euro Belohnung ausgesetzt.«

»Sie bekommen von uns eine Mütze, auf der *Mitarbeiter des Monats* steht. Das muss reichen.«

Er stand auf und schlurfte aus dem Frühstückraum. Er murmelte etwas, das klang wie *Scheißmütze* und dann noch die Angabe einer Stelle, wo ich sie mir hinschieben könnte. Wenig später kehrte er zurück und überreichte Helen einen Zettel.

»Da müssen Sie hin. Der hat solche Karten. Aber Mützen will er auch keine.«

Der Mann, der sich hier auskannte wie kein anderer, wohnte nur wenige Gehminuten von der Pension entfernt. Aber eigentlich traf das auf alle Anwohner hier zu, da es ein sehr kleiner Ort war. Als wir vor seinem Haus standen, begriffen wir, warum er so ortskundig war. Er war der Förster. Wir klingelten und augenblicklich wurde die Tür geöffnet. Vor uns stand ein großer und kräftiger Mann, dessen Gesicht so behaart war, dass es unmöglich schien, sein Alter zu schätzen. Er führte uns in eine große Wohnküche, wo wir Platz nahmen. Er hatte schon den massiven Holztisch freigeräumt und eine Karte darauf ausgebreitet. Ganz offensichtlich waren wir ihm angekündigt worden.

Er tippte auf eine Stelle auf der Karte.

»Wir sind etwa hier«, sagte er mit tiefem Bass. »Wenn der Mann, den Sie suchen, zu Fuß unterwegs zu einer Hütte ist, dann gehe ich davon aus, das er nicht länger als zwei Stunden braucht, um sie zu erreichen. Vor allem, weil er im Dunklen marschiert ist.« Er zog mit einem schwarzen Stift einen Radius um den Ort Pfaffendorf. »In diesem Kreis sollte sich die Hütte, die Sie suchen, befinden.« Er griff sich eine zweite, kleinere Karte und legte sie neben die erste. »Hier auf dieser Karte habe ich alle Hütten eingezeichnet, auf die ich im Laufe der letzten Jahre gestoßen bin. Kann sein, dass es noch welche gibt, die ich noch nicht gefunden habe, aber viele sind das bestimmt nicht.« Man konnte seiner Stimme entnehmen, dass er ihm sehr ernst damit war, jede Hütte zu finden. »Also, so wie ich das sehe, kommen nur drei Hütten in Frage.« Er machte um drei Punkte auf der Karte einen Kreis und sah uns von oben bis unten an. »Wollen Sie in dem Aufzug raus in die Wälder?«

»Ich hab meinen Kampfanzug leider in der Reinigung«, sagte ich.

»Aha. Kampfanzug, ja?«

»Wir sind seit gestern früh unterwegs«, erklärte Helen. »Kleidung zum Wechseln haben wir nicht dabei.«

»Na, so wird das nichts. Wollen wir?«

»Wollen wir was?«

»Sie können nicht in den schicken Klamotten in die Wälder. Schon gar nicht mit diesen Schuhen. Wir müssen Sie erst mal einkleiden. Dann marschieren wir los.«

»Wir?«

»Denken Sie, ich lass sie da alleine raus? Am Ende muss ich mich noch auf die Suche nach Ihnen machen. Nee, nee, Herrschaften, ich begleite sie.«

Er öffnete einen Wandschrank und nahm eine Schrotflinte heraus.

»Was wollen Sie mit der Flinte?«

»Schon mal von einem Wildschwein angegriffen worden?«

Kapitel 58

»Dann sind die anderen bestimmt auch da.«
Torben Schäfer

Torben Schäfer machte sich, nachdem er dafür gesorgt hatte, dass Klindworth und Hollmann beseitigt wurden, auf den Weg nach Magdeburg. Dort lebte ein weiteres Mitglied dieser Amateure. Als er den beiden Idioten gefolgt war, nachdem sie die Observation von Grabowskis Haus abgebrochen hatten, führten sie ihn geradewegs in die Sächsische Schweiz zu einer Blockhütte. Dies war wohl der geheime Treffpunkt der Gruppe gewesen. Schäfer hatte geduldig gewartet und von allen Mitgliedern der Gruppe Fotos geschossen. Insgesamt waren sie zu sechst. Es war ihm sogar gelungen, sich an die Hütte heranzuschleichen und mitzuhören, worüber gesprochen wurde. Dabei notierte er sich alle Namen und versah diese mit Anmerkungen, die ihm während der Diskussion auffielen. Später, als die Gruppe die Hütte wieder verließ und verschwand, öffnete er die Tür, ohne eine Spur zu hinterlassen, und versteckte Abhörwanzen in allen Räumen. Es waren Wanzen neuester Technik, die ihm sein Auftraggeber zur Verfügung gestellt hatte. Sie reagierten nur dann, wenn der Geräuschpegel mindestens sechzig Dezibel betrug. Alles, was darunter geschah, wurde von den Wanzen ignoriert. Das Aufnahmegerät versteckte er unter einem Baum in der Nähe der Hütte.

Nachdem er sich ein Hotel gesucht hatte, fing er an, die Stadt zu erkunden. Sabine Stapelfeld war möglicherweise die größte Herausforderung für ihn, da sie Polizistin war. Er hatte nicht vor, sie jetzt schon zu eliminieren. Polizistenmörder wurden mit aller Macht verfolgt und diesem Risiko würde er sich erst ganz zum Schluss stellen. Vielmehr wollte er sich schon einmal einen ersten Eindruck von der Zielperson und ihrer Umgebung verschaffen.

Er saß nun eine ganze Weile in seinem Auto und beobachtete das Haus, in dem Stapelfeld wohnte. Es war ein gepflegtes Mehrfamilienhaus in einer ruhigen Seitenstraße im Süden der Stadt. Schäfer registrierte, dass mindestens zwei Familien mit Neugeborenen in dem Gebäude lebten. Säuglinge hatten die unangenehme Angewohnheit, die Nächte nicht durchzuschlafen. Dies erhöhte die Gefahr, entdeckt zu werden.

Er machte sich gerade Notizen, als er aus den Augenwinkeln eine Bewegung am Hauseingang wahrnahm. Er hob den Kopf und beobachtete, wie Stapelfeld mit einer kleinen Sporttasche in der Hand das Grundstück mit schnellen Schritten verließ und in ihren Wagen, der auf einem Seitenstreifen vor dem Haus parkte, einstieg. Sie startete den Motor und fuhr mit quietschenden Reifen los. Schäfer folgte ihr in sicherem Abstand. Sie fuhren durch die halbe Stadt, dann verließ Stapelfeld den Magdeburger Ring und fuhr auf die A14 in Richtung Dresden. Schäfer glaubte zu wissen, wohin die Reise ging. Sie würde nach Pfaffendorf fahren.

Ins Blockhaus.

»Na wunderbar. Dann sind die anderen bestimmt auch da«, sagte er zu sich selbst.

Kapitel 59

»Ich wette, sie ist auf dem Weg hierher.«
Nicolas Eichborn

Der Förster, er hieß Siegfried Langmeier, stapfte voraus. Sein Ziel war, wie sollte es auch anders sein, ein nur wenige Gehminuten entferntes Haus, in dem Outdoor-Kleidung angeboten wurde. Wir gingen gerade um eine Hausecke, als Helen mich von hinten packte und zurückzerrte.

»Nicht weitergehen«, zischte sie mir zu.
»Was ist los? Greifen uns Wildschweine an?«
»Da vorne geht Seyfarth.«
Langmeier hatte mittlerweile bemerkt, dass wir nicht mehr hinter ihm waren. Mit fragendem Blick kehrte er zu uns zurück.
»Was ist?«
»Da vorne geht der Mann, den wir suchen«, erklärte ihm Helen und deutete vage in die Richtung.
Langmeier drehte sich langsam herum.
»Der Typ in der dunklen Jacke?«
Helen nickte.
Langmeier wog seine Flinte in der Hand.
»Soll ich ihn stellen?«
Großer Gott, der Förster war ein Fan von Dirty Harry.
»Nee«, sagte ich. »lassen Sie mal. Aber es wäre toll, wenn Sie herausfinden würden, wohin er geht. Uns kennt er, aber Sie nicht.«
»Kein Problem«, brummte Langmeier und wollte sich auf den Weg machen.
Ich hielt ihn auf.
»Lassen Sie bitte die Flinte hier«, bat ich ihn.
Widerwillig gab er sie mir.
»Aber nicht damit rumspielen«, mahnte er und verschwand.
Wir blieben, wo wir waren und warteten. Dann klingelte mein Handy.
»Kreusch. Es ist hier gerade etwas verwirrend, aber ich glaube, ich verfolge jemanden, der Sabine Stapelfeld verfolgt.«
»Häh?«
»Ich war in Magdeburg, um Sabine Stapelfeld zu beobachten. Vor ungefähr einer Stunde ist sie mit einer Sporttasche unterm Arm in ihren Wagen gestiegen und auf die A14 Richtung Dresden gefahren. Schon auf dem Weg zur Autobahn

hatte ich das Gefühl, nicht der einzige zu sein, der ihr folgt. Auf der Autobahn hat sich mein Verdacht bestätigt. Es folgt ihr noch jemand.«

»Hast du das Kennzeichen?«

»Ja. Ich habe es schon der Zentrale gemeldet. Noch habe ich keine Rückantwort. Was macht ihr?«

»Wir stehen in einem Ort, in dem alle irgendwie miteinander verwandt sind, mit einer Schrotflinte bewaffnet an einer Hausecke und warten auf Rübezahl, der uns neu einkleiden möchte.«

»Klingt, als hättet ihr Spaß.«

»Geht so. Wir haben gerade Seyfarth entdeckt und Rübezahl versucht herauszufinden, was er vorhat.«

»Rübezahl ist ein Kollege von uns?«

»Nein. Er ist der Förster.«

»Ah ja. Ich verstehe.«

»Echt?«

»Nein.«

»Dachte ich mir. Du sagtest, Stapelfeld hat eine Reisetasche dabei und fährt in Richtung Dresden?«

»Korrekt.«

»Ich wette, sie ist auf dem Weg hierher. Wo genau bist du gerade?«

»Ungefähr zwanzig Kilometer vor Leipzig.«

»Gib mal als Ziel Pirna in das Navi ein und sag mir, wie lange du brauchst, um anzukommen.«

»Moment«, sagte Kreusch. Wenig später hörte ich eine weibliche Stimme, die verkündete, dass die Routenberechnung starte. Dann meldete sich Kreusch wieder.

»Restfahrtzeit etwas über eine Stunde.«

»Pass auf. Ich denke, sie ist auf dem Weg nach Pfaffendorf, um sich mit Seyfarth zu treffen. Der hat hier in der Nähe wahrscheinlich ein Blockhaus oder so. Wir halten die Stellung und warten auf dich. Wenn was passiert, melde dich.«

»Alles klar.«

Wenige Minuten später war Langmeier wieder bei uns.

»Er hat was zu essen gekauft und nach einem Handy gefragt. Gab's da aber nicht. Dann hat er gefragt, ob er telefonieren darf. Durfte er. Macht er jetzt immer noch.«

Ich sah Helen an.

»Ist es für dich okay, wenn du hier in Pfaffendorf auf Vincent wartest und ich mit Rüb… mit Herrn Langmeier Seyfarth folge?«

Helen nickte.

»Klar.«

»Was ist nun mit anderen Klamotten?«, wollte Langmeier wissen.

Ich sah Seyfarth, der den Weg, den er gekommen war, wieder zurückging und nickte in seine Richtung.

»Ich fürchte, dafür ist nun keine Zeit mehr.«

Kapitel 60

»Viktor hat uns die ganze Zeit verarscht.«
Mareike Müller

Sabine Stapelfeld hatte kurzfristig ein paar Tage Urlaub eingereicht und war nun auf dem Weg Richtung Pfaffendorf. Sie wollte in die Hütte, da sie davon ausging, dass Seyfarth dort früher oder später auftauchen würde. Kurz vor Leipzig erhielt sie die Bestätigung, als ihr Handy klingelte.

Es war Seyfarth, er ihr sagte, dass er seit gestern Nacht in Pfaffendorf war und dort auch die nächsten Tage bleiben würde.

»Das ist gut. Ich bin ebenfalls auf dem Weg dorthin. Ich schätze, dass ich in etwa zwei Stunden da bin.«

»Wäre es nicht besser, die anderen würden auch kommen?«

Stapelfeld dachte kurz nach.

»Stimmt, du hast recht. Ich rufe sie an und sage ihnen, dass wir uns alle im Blockhaus treffen müssen.«

Stapelfeld beendete das Gespräch und gab ein neues Ziel ins Navi ein. Sie suchte die nächstliegende Raststätte. Das Navi rechnete und spuckte als Ziel einen Autohof in der Nähe von Grimma aus. Sie erreichte ihn zwanzig Minuten später, suchte sich einen Parkplatz und telefonierte. Als erstes rief sie Martin Helbig an. Helbig reagierte erfreut, als er ihre Stimme hörte und versprach, so schnell wie möglich zu kommen. Stapelfeld hatte nichts anderes erwartet. Dann wählte sie die Nummer von Mareike Müller. Die stellte viele Fragen und nörgelte herum, willigte dann schlussendlich doch ein, zu kommen. Allerdings schlug sie vor, sich an einem zentralen Ort zu treffen, um gemeinsam mit einem Wagen die Fahrt fortzusetzen. Stapelfeld musste zugeben, dass das eine sinnvolle Idee war und schlug vor, dass sie sich an dem Autohof trafen, an dem sie gerade war. Müller versprach, gleich loszufahren. Daraufhin verständigte sie Helbig und teilte ihm den neuen Treffpunkt mit. Helbig kam aus Erfurt und hatte somit den längsten Weg vor sich, rund einhundertsechzig Kilometer. Stapelfeld rechnete bei ihm mit einer Wartezeit von knapp zwei Stunden. Mareike Müller kam aus Halle an der Saale und würde nicht mehr als eine Stunde benötigen. Sie stieg aus dem Wagen und machte sich auf den Weg ins Restaurant. Sie konnte genauso gut beim Essen auf die beiden warten.

Sie war schon beim Kaffee danach, als sich Mareike Müller ihr gegenüber hinsetzte und sie stumm ansah.

»Hallo, Mareike.«

»Warum schon wieder ein Treffen? Am Telefon wolltest du mir nichts sagen.«

»Karsten und Lukas sind tot.«

Mareike sah sie ohne Regung an.

»Was ist passiert?«

Sabine war wieder einmal beeindruckt von der Abgebrühtheit Mareike Müllers. Kein »Oh mein Gott, wie schrecklich!« oder ähnliches. Nein, einfach nur ein kühles und beherrschtes »Was ist passiert«?

Fast so, als hätte sie gesagt, dass es regnen würde.

»Ich weiß es nicht. Die Polizei fand ihre Leichen vorgestern in Berlin. Sie wurden erstochen. Dann tauchten die Bullen auf einmal bei Klaus auf und stellten ihm Fragen. Als sie fort waren, ist er abgehauen. Jetzt sitzt er in der Hütte und wartet.«

»Alles gerät außer Kontrolle«, sagte Mareike.

»Nichts gerät außer Kontrolle, solange wir nicht die Nerven verlieren.«

»Sag das Karsten und Lukas.«

»Wir wissen doch gar nicht, ob ihr Tod irgendetwas mit dem, was wir tun zusammenhängt.«

»Wie naiv bist du eigentlich? Das ist doch klar. Ich meine, die beiden haben doch deutlich gemacht, dass sie vom Plan abweichen wollen. Glaubst du wirklich, dass wir sie umgestimmt haben? Dass ich nicht lache! Die haben ihr eigenes Ding gemacht und deshalb mussten sie sterben.«

»Aber wer hat sie deiner Meinung nach umgebracht?«

»Dieser Viktor natürlich!«

»Und warum?«

»Weil die beiden recht hatten. Viktor hat uns die ganze Zeit verarscht.«

»Und da bist du sicher?«

»Absolut. Oder hast du eine bessere Erklärung?«

»Die Berliner Polizei glaubt, dass es ein schief gelaufener Drogendeal war, der den beiden das Leben gekostet hat. Die Vietnamesen verstehen da keinen Spaß.«

Mareike Müller lachte bitter.

»Klar, ein Drogendeal. Das liegt ja auf der Hand, dass Karsten und Lukas als Drogendealer durch die Gegend marschieren. Herrgott, Sabine, wach auf. Größeren Schwachsinn hab ich schon lange nicht mehr gehört.«

»Und du meinst wirklich, Viktor hat die beiden umgebracht, ja?«

»Das ist für mich die einzig plausible Erklärung. Fragt sich nur, wie er erfahren hat, dass Karsten und Lukas aus der Reihe schlagen wollten.«

Sabine sah Mareike schweigend an. Sie war sich sicher, dass Viktor nicht dahinter steckte, da sie in regelmäßigem Kontakt zu ihm stand und somit wusste, dass er vom Tod der beiden genau so überrascht war wie sie selbst. Aber das konnte sie den anderen natürlich nicht sagen. Sabine blickte zu Mareike. Ihr Blick war eiskalt.

»Besser, du behältst deine wirren Gedanken für dich. Ich will nicht, dass du alle verrückt machst.«

Bevor Mareike protestieren konnte, tauchte Helbig auf und sie machten sich gemeinsam auf den Weg nach Pfaffendorf.

Kapitel 61

»Wo sind wir eigentlich?«
Nicolas Eichborn

»Himmel, Arsch und Zwirn, Eichborn! Sie bewegen sich wie ein Pottwal. Geht's nicht ein bisschen leiser?«, raunte mir Rübezahl zu, als wir durch den dichten Kiefernwald schlichen, immer in sicheren Abstand zu Seyfarth, der etwa fünfhundert Meter rechts von uns auf einem Wanderweg lief.

»Ich bin ein Stadtmensch. Bei uns gibt es Fußwege«, moserte ich zurück.

»Ich glaube, ich weiß, in welche Hütte er will. Da war in den letzten Wochen öfter jemand drin.«

»Ach, Sie spionieren den Leuten also hinterher?«

»Hören Sie mal, Sie Stadtmensch, sie. Einer muss hier doch aufpassen. Wenn das keiner macht, was meinen Sie, was dann hier los ist? Ruckzuck sind die Wälder voller Müll, die Leute grillen mitten im Wald und verursachen Brände, sie klettern die Felswände hoch, am liebsten nehmen sie natürlich die, an denen das Klettern verboten ist und um dem Ganzen die Krone aufzusetzen, fangen manche auch noch an, die Tiere abzuknallen.«

»Wo Sie gerade Tiere erwähnen: Gibt's hier Bären?«

»Sie haben wirklich keine Ahnung von der Natur, oder?«

»Ich weiß, dass es hier Marder gibt.«

»Die gibt's doch überall, Mann. Und nein, hier gibt's keine Bären.«

Langmeier blieb abrupt stehen.

»Vorsicht jetzt. Die Hütte steht auf einer Lichtung und ist nicht mehr weit entfernt.«

»Wo sind wir eigentlich?«

»Keine Ahnung, wie ich Ihnen das erklären soll«, sagte Langmeier. Er deutete vage in die Richtung, aus der wir gekommen waren. »Zwei Kilometer in dieser Richtung liegt Pfaffendorf.« Dann zeigte er in die Richtung, in der die Hütte wohl lag. »Gut zehn Kilometer weiter ist die Grenze zur Tschechischen Republik.«

»Sie verarschen mich.«

»Warum sollte ich. Wenn Sie mir nicht glauben, dann gehen Sie hin. Ich warte hier so lange.«

Wirklich witzig, dieser Höhlenmensch. Ich blieb natürlich, wo ich war.

»Also«, sagte er leise zu mir. »Etwa zweihundert Meter vor uns ist eine Lichtung. Dort befindet sich die Hütte.« Er machte eine Handbewegung, die alles um uns herum einschloss. »Seit mehreren Jahren ist das alles hier Naturschutzgebiet. Die Hütte gehört einem Typen aus Berlin, glaube ich. Der hat eine Ausnahmegenehmigung, also blieb sie stehen. Alle anderen Hütten, die es hier gibt, dienen der Unterbringung von Geräten und der Unterkunft von Typen wir mir. Oder Geologen, die hier ab und zu mal vorbeischauen.«

Er blickte mich neugierig an. »Und, wie ist der Plan?«

Ausgezeichnete Frage.

Um ehrlich zu sein, hatte ich noch keine Gelegenheit, mir darüber Gedanken zu machen.

Zumal es ja so aussah, als ob Sabine Stapelfeld demnächst auch hier auftauchen würde. Ich holte mein Handy aus der Tasche und fluchte leise. Auf Anraten meines Reiseleiters hatte ich es auf lautlos gestellt und musste nun feststellen, dass Helen versucht hatte, mich zu erreichen.

Rübezahl sah mich grinsend an.

»Kein Empfang, mmh?«

Ich zählte die Balken, die die Empfangsstärke anzeigten.

»Zwei Balken, das reicht.«

Er runzelte verärgert die Stirn.

Helen hatte mir eine Kurznachricht geschickt. Kreusch hatte angerufen. Stapelfeld hatte auf einer Raststätte angehalten, um noch zwei weitere Personen mitzunehmen. Jetzt waren sie also zu dritt auf dem Weg nach Pfaffendorf. Der Verdacht, sie würde noch von einem weiteren Fahrzeug verfolgt werden, hatte sich bestätigt, da dieses Fahrzeug ebenfalls den Rasthof angefahren hatte. Die Überprüfung des Kennzeichens hatte ergeben, dass es sich um einen Mietwagen von Sixt handelte, der von einem Torben Schäfer angemietet wurde. Eine Überprüfung des Namens blieb erfolglos.

Was zum Teufel war hier los?

Ich schrieb Helen, dass wir die Hütte erreicht hatten und erst mal warten würden. Sie sollte Kreusch anrufen und ihm sagen, dass er die Verfolgung von Stapelfeld einstellen sollte, da klar war, wohin sie fuhr. Er sollte seinen Fokus auf diesen Torben Schäfer legen, dabei aber äußerste Zurückhaltung üben. Erst wenn er sich sicher war, dass Schäfer nicht nach Pfaffendorf fuhr, sollte er die Verfolgung abbrechen und zu uns stoßen.

Es war zu befürchten, dass im kleinen, beschaulichen Ort Pfaffendorf bald die Hölle los sein würde.

Kapitel 62

»Was machen wir jetzt?«
Vincent Kreusch

Als Sabine Stapelfeld, Mareike Müller und Martin Helbig gegen vierzehn Uhr in Pfaffendorf eintrafen, hatte es angefangen, stark zu schneien. Stapelfeld fuhr vorsichtig Richtung Süden durch den Ort, bis sie einen Ferienhof am Ende der Ortschaft erreichte. Hier stellte sie den Wagen ab. Sie wandte sich an Müller und Helbig.

»Ich hoffe, ihr habt festes Schuhwerk und eine warme Jacke dabei.«

»Wir sind nicht zum ersten Mal hier, Sabine«, erinnerte Mareike Müller sie mit spitzem Ton. Alle drei griffen sich ihre Reisetaschen und zogen sich um. Es wehte ein scharfer Ostwind und sie beeilten sich, da es empfindlich kalt wurde. Wenig später waren sie soweit.

»Na dann«, sagte Stapelfeld und grinste. »Auf geht's.«

Zunächst marschierten sie einige hundert Meter über ein freies Feld, was bei dem starken Wind sehr unangenehm war, ließen die bekannte Felsformation Pfaffenstein links liegen und betraten den dichten Kiefernwald. Sie kreuzten eine kleine Straße, die für Landwirtschaftsfahrzeuge frei war und mehrere Wanderwege, bis sie den Weg erreichten, den Stunden zuvor Seyfarth benutzt hatte. Dieser brachte sie auf nahezu direktem Weg zur Blockhütte.

▪ ▪ ▪

Torben Schäfer erreichte den Ort nur wenige Minuten später. Da er wusste, wohin die kleine Gruppe wollte, hielt er es nicht für nötig, ihnen bis in den Ort zu folgen. Langsam fuhr er durch Pfaffendorf und hielt Ausschau nach dem Wagen von Stapelfeld, sah jedoch wegen dem heftigen Schneefall fast nichts. Er ging davon aus, dass die drei schon ihren Fußmarsch begonnen hatten, wollte aber für den Fall, dass er sich irrte, vermeiden, ihnen zu begegnen. Als er das südliche Ende der Ortschaft erreichte, bemerkte er auf der rechten Seite einen Gasthof. Schäfer verringerte das Tempo, bog ab und fuhr langsam auf den Parkplatz des Gasthofes. Er hielt an und stieg aus dem Wagen aus. Ein einzelnes Fahrzeug fuhr auf der Landstraße Richtung Süden vorbei. Er beachtete es nicht weiter, sondern konzentrierte sich auf den nun vor ihm liegenden Marsch. Er holte eine längliche Tasche und einen Rucksack aus dem Kofferraum und machte sich auf den Weg.

Vincent Kreusch fuhr langsam am Gasthof vorbei. Der Mann, dem er gefolgt war, stieg aus dem Wagen und warf ihm einen kurzen Blick zu. Kreusch fuhr langsam weiter und verließ den Ort. Als er außer Sichtweite war, fuhr er rechts ran und wählte die Handynummer von Helen.

»Wo bist du?«, fragte Helen gleich.

»Am südlichen Ende von Pfaffendorf. Der Typ, dem ich gefolgt bin, hat seinen Wagen gerade auf dem Parkplatz eines Gasthofes abgestellt.«

»Kannst du mich abholen?«

»Klar. Wo bist du?«

Helen gab ihm die Adresse, Kreusch wendete und fuhr zurück in den Ort, um sie abzuholen.

»Was machen wir jetzt?«, wollte Kreusch wissen, als Helen neben ihm im Auto Platz genommen hatte.

»Ich bin mir nicht sicher. Nicolas ist mit einem Förster bei der Hütte und dorthin sind wohl auch alle anderen unterwegs.«

Einige Leute gingen an ihnen vorbei und warfen verstohlene Blicke ins Auto.

»Die sehen hier wohl nicht oft fremde Fahrzeuge, was?«, stellte Kreusch fest.

»Im Winter bestimmt nicht. Hier ist eher im Frühling und Sommer was los.«

Kreusch sah sich um.

»Sollten wir nicht auch raus zu der Hütte? Wer weiß, was da abgeht. Immerhin haben wir es hier ja wohl mit den Typen zu tun, die die Ärzte getötet haben. Nicht zu vergessen der Typ, dem ich gefolgt bin. Von dem wissen wir überhaupt nicht, wie er in das Bild passt.«

Helen griff sich ihr Handy.

»Ich schreib Nicolas eine SMS und frage ihn, ob wir kommen sollen.«

▪ ▪ ▪

Wir waren ungefähr fünfzig Meter von der Hütte entfernt in Stellung gegangen. Allerdings gab es nicht viel zu sehen. Die Hütte maß ungefähr zwölf auf fünf Meter, bestand aus dunklem Holz, hatte nach vorne raus die Eingangstür und zwei Fenster und der Schornstein qualmte. Neben der Hütte gab es einen kleinen Verschlag mit gehacktem Holz. Das war's. Mir wurde langweilig und ich fror. Mein Handy vibrierte und ich holte es aus der Tasche meiner Jacke. Es war eine Kurznachricht von Helen, die mir mitteilte, dass sowohl Stapelfeld und zwei weitere Personen auf dem Weg zur Hütte waren, als auch der unbekannte Typ, dem Kreusch gefolgt war. Dann wollte sie wissen, ob sie und Kreusch auch kommen sollten. Ich schrieb ihr eine Antwort und verstaute das Handy wieder in meiner Jackentasche.

»Hier wird's bald voll«, sagte ich leise zu Langmeier.

»Was?«

»Es kommen jede Menge Leute hierher.«

»Keine Touristen, oder?«

»Eher nicht«, sagte ich und sah ihn an. »Es könnte gefährlich werden. Vielleicht sollten Sie verschwinden.«

»Kommt nicht in Frage. Das ist hier mein Gebiet, mein Wald. Ich bleibe.«

»Wie Sie schon selbst sagten: keine Touristen. Die sind nicht hier, um zu grillen oder um zu klettern.«

»Ist mir egal«, schnaubte er.

»Die haben Leute umgebracht.«

Sein Griff um die Flinte wurde fester.

»Ist mir egal«, wiederholte er, wirkte aber nicht mehr so sicher.

»Okay. Dein Vorname war Siegfried, oder?«

Er nickte und ich reichte ihm die Hand.

»Ich heiße Nicolas. Siegfried, ich erkläre dir jetzt, was ich glaube, das hier demnächst passieren wird. Egal, ob ich recht behalte, oder nicht, Du bleibst genau hier in Deckung, okay?

Er nickte.

Kapitel 63

»Hat keiner von euch einen Verdacht?«
Mareike Müller

Nach einer guten Stunde Fußmarsch hatten Stapelfeld, Müller und Helbig die Hütte erreicht. Als Stapelfeld vor der Holztür stand, sah sie sich noch einmal kurz um. Dann öffnete sie die Tür und die drei betraten die Hütte. Seyfarth kam ihnen entgegen und lächelte erleichtert.

»Gut, dass ihr hier seid«, sagte er und begrüßte die Neuankömmlinge.

Sie setzten sich an den schweren Holztisch und Seyfarth schenkte ihnen Kaffee ein, den er zuvor zubereitet hatte. Es gab in der Hütte keinen Strom. Alles was mit kochen oder heizen zu tun hatte, wurde mit Holzfeuer erledigt.

»Also«, kam Stapelfeld zur Sache. »Was ist passiert?«

Seyfarth gab ihnen eine Zusammenfassung der letzten Ereignisse und als er fertig war, trat zunächst ein Schweigen ein, das von Mareike Müller gebrochen wurde.

»Hat jemand eine Idee, warum die beiden getötet wurden?«

Helbig schüttelte den Kopf, Seyfarth kratzte sich am unrasierten Kinn.

»Keiner einen Verdacht?« Mareike Müllers Stimme klang ungläubig.

»Wenn du einen hast, dann teile ihn doch mit uns«, forderte Seyfarth sie auf.

»Viktor.« Mehr sagte sie nicht.

Seyfarth sah sie überrascht an. Stapelfeld verdrehte die Augen,.

»Und warum? Was hätte er davon?«

Mareike Müller schilderte ihren Verdacht nun im Detail.

Helbig war nicht überzeugt.

»Nur weil die beiden vom Plan abweichen wollten, legt Viktor sie um? Ist ein bisschen weit her geholt, finde ich.«

»Nicht, wenn sie schon vom Plan abgewichen sind, ohne uns etwas darüber zu erzählen. Denkt bitte dran, dass sie zwei Treffen versäumt haben. Und so wirklich gute Argumente, warum sie nicht da waren, hatten sie nicht. Und warum waren sie beide in Berlin?«

Seyfarth nickte.
»Da hat sie recht.«
Sie diskutierten noch eine Weile weiter. Dann klopfte es plötzlich an der Tür.

Kapitel 64

»Glaubst du, der will nur kontrollieren, ob wir volljährig sind?«
Mareike Müller

Bevor wir die drei sehen konnten, hörten wir sie. Regungslos beobachteten Siegfried und ich, wie sie, laut miteinander redend, in einer Entfernung von ungefähr zwanzig Metern an uns vorbei gingen. Es waren zwei jungen Frauen und ein Mann.

Ohne anzuhalten gingen sie zur Blockhütte, und eine der Frauen, ich vermutete, dass es sich bei ihr um Sabine Stapelfeld handelte, sah sich noch einmal kurz um, öffnete die Tür und die drei verschwanden in der Hütte.

»Na, das war doch jetzt gar nicht schlimm«, meinte Siegfried zuversichtlich.

Ich sah auf meine Uhr. Die Nachricht an Helen hatte ich vor vierzig Minuten abgeschickt. Seitdem hatten wir uns kaum bewegt. Immerhin war hier irgendwo noch der Unbekannte, von dem wir nicht wussten, was er mit all dem zu tun hatte. Gut möglich, dass es sich bei ihm um den Profikiller handelte, der die Gunst der Stunde nutzen wollte, alle Amateure auf einen Schlag loszuwerden.

Und wir waren mittendrin.

Mein Handy vibrierte und ich las die Nachricht von Helen. Sie und Kreusch würden noch etwa fünfzehn Minuten brauchen würden.

Ich wandte mich an Siegfried.

»Ich geh da jetzt hin und egal, was passiert, du bleibst hier. Verstanden?«

»Wo gehst du hin?«

»Zur Hütte.«

»Bist du bescheuert?«

Ich stand auf, lud meine Waffe durch, steckte sie mir hinten in den Hosenbund und grinste.

»Ja. Bin ich.«

Ich ging langsam auf die Hütte zu und als ich vor der Tür stand, schlug ich mit der Faust dagegen.

Es dauerte eine Weile, bis sich etwas tat. Die Tür wurde langsam geöffnet und die junge Frau, die zuerst die Hütte betreten hatte, beäugte mich misstrauisch durch den Spalt.

»Ja, bitte?«

»Entschuldigung, ich hab mich verlaufen. Kann ich bitte reinkommen und mich ein bisschen aufwärmen? Vielleicht haben Sie auch ein Handy? Dann könnte ich jemanden anrufen, der mich abholt.«

Sie warf einen Blick in die Hütte und ich konnte spüren, wie sie mit sich kämpfte. Die Verbrecherin in ihr wollte mich nicht reinlassen. Der Mensch jedoch wollte helfen. Offenbar erhielt sie von ihren Kameraden ein Okay, denn sie öffnete die Tür nun ganz und ließ mich rein.

Sobald Seyfarth mich erkannte, sprang er auf und deutete auf mich.

»Scheiße!«, rief er entsetzt. »Das ist der Bulle, der bei mir war!«

Ich zog meine Waffe und nickte ihm zu.

»Hallo, Herr Seyfarth. Wenn Sie das nächste Mal vor der Polizei flüchten, dann werfen Sie ihr Handy unterwegs weg und schmeißen es nicht in den Küchenmüll. Nur so ein Tipp.«

Stapelfeld warf ihm einen vernichtenden Blick zu. Die anderer Frau war da etwas direkter.

»Du Schwachkopf«, fauchte sie ihn an.

Ich betrachtete sie neugierig.

»Und Sie sind ...?«

»Scheißbulle!«

»Ah ja. Okay. Ist irgendjemand von Ihnen bewaffnet? Egal ob Pistole, Messer oder Pfefferspray, legen Sie das bitte auf diesen Tisch hier«, sagte ich und deutete auf den Holztisch.

Keiner rührte sich.

Ich hob meine Pistole und alle wichen einen Schritt zurück.

»Davon werde ich Gebrauch machen, wenn einer von ihnen meiner Aufforderung, seine Waffen auf den Tisch zu legen, nicht nachkommt.«

»Wir sind unbewaffnet«, meinte Seyfarth. Seine Freunden nickten bestätigend.

»Fein. Übrigens, da draußen lungert irgendwo noch jemand rum«, Ich sah Stapelfeld an. »Er ist Ihnen von Magdeburg aus bis hierher gefolgt. Irgendeine Ahnung, wer das sein könnte?«

Sie sahen sich ratlos an. Nur Mareike Müller schien nicht überrascht zu sein.

»Das ist garantiert Viktor.«

»Halt dein Maul«, herrschte Seyfarth sie an.

Mareike Müller lachte. Es klang hysterisch.

»Warum denn? Was glaubst du, hat es zu bedeuten, dass dieser Bulle hier steht? Glaubst du, der will nur kontrollieren, ob wir volljährig sind?« Sie sah mich an. »Warum sind Sie hier? Verraten Sie uns das.«

»Ihr habt Ärzte umgebracht.«

Sie drehte sich mit einem fiesen Lächeln zu Seyfarth herum.

»Siehst du, was habe ich gesagt? Es ist aus, Andreas. Wir sind aufgeflogen.«

Sabine Stapelfeld kam einen Schritt nach vorn.

»Niemand von uns hier hat jemanden getötet. Es waren Karsten und Lukas. Die haben die Ärzte umgebracht.«

Das war ein kluger Schachzug von ihr. Aber sie war ja auch Polizistin, da konnte man das erwarten.

»Und Sie als Polizistin hielten es nicht für nötig, die zwei zu verhaften oder zumindest den Behörden zu melden?«

»Es ging alles so schnell. Vielleicht wissen Sie ja schon, warum die beiden die Ärzte getötet haben. Sie wollten, dass wir mitmachen, aber keiner von uns hätte das getan.«

»Ich weiß, was mit euren Eltern passiert ist. Es hat etwas gedauert, aber wir haben das herausgefunden. Ich kann verstehen, dass ihr zornig seid, aber Selbstjustiz ist nie der richtige Weg.«

Ich kam mir bei diesen Worten ein wenig scheinheilig vor, aber die Atmosphäre in der Hütte wurde ein bisschen entspannter.

»Wie geht es jetzt weiter?«, wollte Mareike Müller wissen.

»Ich schlage vor, wir gehen alle zurück in den Ort. Da gibt's nämlich Strom und so. Und dann überlegen wir in Ruhe, was wir machen. Einverstanden?«

Die vier tauschten einen Blick und nickten. Sie begannen, ihre Sachen zusammenzupacken, zogen sich ihre Jacken an und waren wenige Minuten später bereit zum Aufbruch.

Ich machte eine einladende Handbewegung in Richtung Tür.

»Nach euch.«

Sabine Stapelfeld trat hinaus. Unmittelbar nachdem sie den ersten Schritt gemacht hatte, verschwand ihr Kopf in einer Wolke aus Blut und Hirnmasse. Sie wurde wieder in die Hütte zurückgeworfen und prallte gegen den hinter ihr stehenden Seyfarth, die wiederum Helbig fast umwarf.

Mir wurde schlagartig klar, was das zu bedeuten hatte, sprang nach vorn und trat die Tür wieder zu.

»Weg von den Fenstern«, schrie ich den anderen zu. »Da draußen ist ein Scharfschütze.«

Kapitel 65

»Was ist hier los?«
Martin Helbig

Torben Schäfer hatte Stapelfeld in den Kopf geschossen, obwohl der Oberkörper leichter zu treffen gewesen wäre. Der Effekt war immer wieder famos.

Die verbliebenen Mitglieder der Gruppe hatten sich in der Hütter verschanzt und hatten keine Ahnung, was hier los war. Schäfer schaltete das Aufnahmegerät ein und betätigte eine Taste. Jetzt war es ihm möglich, die Gespräche in der Hütte live mitzuhören.

Wie erwartet herrschte dort Chaos.

»Was ist hier los?«, schrie ein Mann mit schriller Stimme.

»Hast du doch gehört, Martin. Da draußen ist ein Scharfschütze«, antwortete eine Frau.

Martin Helbig war der Mann mit der schrillen Stimme, die Frau musste Mareike Müller sein. Fehlte noch dieser blonde Hüne Seyfarth.

»Was machen wir jetzt?«, fragte da auch schon wie auf Kommando eine dritte Stimme.

Aber dann geschah etwas vollkommen Unerwartetes. Schäfer vernahm eine vierte Stimme und das konnte eigentlich nicht sein, da die Gruppe aus sechs Personen bestand, von denen er drei erledigt hatte.

»Wir warten«, sagte diese Stimme. Für Schäfer klang sie älter und in Anbetracht der Umstände sehr ruhig. »Solange wir hier drin bleiben, kann uns nichts passieren. Zwei meiner Kollegen sind auf dem Weg hierher und sobald sie da sind, kümmern wir uns um den Scheißkerl da draußen.«

Zwei Kollegen? Was waren das für Typen?

»Und was geschieht dann mit uns«, fragte Mareike Müller. »Werden Sie uns dann verhaften?«

Verhaften? War das etwa ein Polizist da in der Hütte? Vielleicht ein Kollege von Stapelfeld?

»Ihr habt doch selbst gesagt, dass ihr mit den Morden an den Ärzten nichts zu tun habt. Es waren Lukas Hollmann und Karsten Klindworth. Sicher werden wir uns noch ein wenig unterhalten, aber der Typ da draußen, dem gilt meine ganze Aufmerksamkeit. Ihm und den Pharmafuzzis, die euren Eltern diese Scheiß Pillen verabreicht haben.«

Okay, das war kein Kollege von Stapelfeld, sondern ein Beamter, der in den Mordfällen ermittelte. Und er wartete auf zwei seiner Kollegen. Das würde Schäfer mit Sicherheit nicht tun.

Behutsam baute er sein Gewehr auseinander und verstaute die Teile in der länglichen Tasche. Dann sah er sich um und verschwand geräuschlos.

Kapitel 66

»Ihr seid mir scheißegal.«
Nicolas Eichborn

»Heißt das, wir werden nicht verhaftet?«, fragte Helbig mit neuer Hoffnung in der Stimme.

Ich schrieb gerade ein SMS an Helen, um sie zu warnen. Anrufen wollte ich sie nicht, da ich vermeiden wollte, dass der Killer auf sie aufmerksam wurde, wenn ihr Handy klingelte.

»Ihr seid mir scheißegal«, sagte ich an Helbig gewandt und drückte auf senden.

Helens Reaktion erfolgte unmittelbar durch Rückruf. Ich erklärte ihr mit wenigen Worten, was passiert war und bat sie, mit äußerster Vorsicht zu agieren. Dann fragte ich sie:

»Wo seid ihr jetzt?«

»Wir sind auf dem Wanderweg und können die Lichtung sehen. Sie ist unmittelbar vor uns«, sagte Helen leise.

»Ist Kreusch bei dir?«

»Er ist vor wenigen Augenblicken im Wald verschwunden und wollte die Gegend um die Hütte auskundschaften.«

Er würde hoffentlich vorsichtig sein.

Helen holte scharf Luft.

»Was ist?«

»Vincent kommt zurück, er hat jemanden in Gewahrsam«, sagte Helen aufgeregt. »Oh! Er hat den Förster verhaftet.«

Ich konnte hören, wie Helen etwas zu Vincent sagte und wenige Augenblicke war Helen wieder am Handy.

»Der Förster hat beobachtet, wie ein Mann mit einer länglichen Tasche durch den Wald in Richtung Pfaffendorf lief. Ich glaube, ihr könnt rauskommen.«

Zwei Stunden später saßen wir alle in einem Gasthof im Zentrum des Ortes und die nette Inhaberin des Hofes servierte heißen Kaffee und belegte Brote. Allerdings fanden sich für die Brote kaum Abnehmer. Einzig Mareike Müller schien Appetit zu haben. Helbig starrte mit leerem Blick vor sich hin und Seyfarth stand mit vor der Brust verschränkten Armen an einem der Fenster und sah hinaus. Auch Siegfried war bei uns geblieben und wachte mit argwöhnischem Blick und Flinte in der Hand über Seyfarth und Helbig. Kreusch unterstützte ihn dabei, während Helen und ich uns in eine Ecke des Lokales zurückgezogen hatten.

»Was machen wir denn mit denen?«, wollte Helen wissen und nickte in Richtung der jungen Leute.

»Ich weiß es nicht. Es wird meiner Meinung nach schwer, denen etwas nachzuweisen. Die schieben die Schuld den beiden Toten aus Berlin zu. Sie behaupten, mit den Morden nichts zu tun zu haben. Wir wissen zwar, dass das nicht wahr ist, können ihnen aber nichts nachweisen.«

»Also haben wir bis auf eine weitere Leiche gar nichts?«

Gut, das sie es erwähnte. Wir durften nicht vergessen, das Abholen der Leiche von Sabine Stapelfeld zu veranlassen. Darüber hinaus wollte ich, dass sie die Hütte gründlich auseinander nahmen in der Hoffnung, irgendetwas zu finden.

Aber Helen hatte leider recht.

Wir hatten nichts erreicht außer einer Bestätigung, dass da draußen tatsächlich ein Profikiller herumlief. Uns würde wohl nichts anderes übrig bleiben, als den drei verbliebenen Mitgliedern dieser eingeschworenen Gruppe alles an Informationen zu entlocken, derer wir habhaft werden konnten und uns dann auf die Pharmaunternehmen zu konzentrieren. Das wiederum würde bedeuten, dass Helen raus war aus dem Fall. Ich spürte, dass sie das wurmte und konnte ihre Frustration nachvollziehen. Hätten wir einen Ansatz, dem Killer zu folgen, könnte Helen an ihm dran bleiben und somit auch am Fall. Aber wir wussten nichts über ihn, außer, dass er sich Torben Schäfer nannte.

Und wenn das sein richtiger Name war, dann würde ich freiwillig einem Abendessen mit meiner Ex-Frau zustimmen.

»Aber wir können sie nicht einfach laufen lassen. Wenn wir das tun, dann stimmen die ihre Aussage untereinander ab und wir werden niemals erfahren, ob einer von ihnen ein Mörder ist.«

Ich sah sie an.

»Was schlägst du vor?«

Helen grinste humorlos.

»Na ja, ein Killer hat versucht, sie umzubringen. Wir nehmen sie ins Zeugenschutzprogramm auf.«

Jetzt musste ich auch grinsen.

»Du bist ganz schön schlau«, sagte ich. »Wir können das mit dem Zeugenschutz astrein begründen und haben sie dadurch für die nächsten Tage für uns alleine und können sie bearbeiten. «

»Vorausgesetzt, wir finden einen Richter, der das absegnet.«

»Lass das mal den Harry machen. Der kennt Richter, mit denen hat der schon im ersten Weltkrieg gekämpft.«

Helen lachte.

»Okay. Wir machen es so: Kreusch fährt mit Helbig und wir nehmen Müller und Seyfarth mit. Was sagst du?«

»Ich werde dir nicht widersprechen. Ich bin doch nicht bescheuert.«

»Du bist ein kluger Mann.«

Wir riefen Kreusch zu uns und informierten ihn über unseren Plan. Dann wandten wir uns an die Krabbelgruppe. Ich klatschte in die Hände.

»Okay, Herrschaften, hier nun unser Programm für die nächsten Tage. Ein Profikiller will Sie umbringen und unsere Aufgabe ist es, dies zu verhindern. Zu Ihrer eigenen Sicherheit werden wir Sie ab sofort ins Zeugenschutzprogramm aufnehmen. Wir machen uns jetzt gemeinsam auf den Weg nach Berlin. Wenn wir dort sind, erfahren Sie weitere Einzelheiten.«

Helbig schien erleichtert zu sein. Seyfarth sah mich trotzig an und Mareike Müller lächelte süffisant. Irgendetwas stimmte mit dieser Frau nicht.

Kapitel 67

»Mein Instinkt sagt mir, dass das etwas zu bedeuten hat.«
Nicolas Eichborn

Wir kamen am späten Nachmittag in Berlin an und kümmerten uns sofort um die Unterbringung unserer drei unfreiwilligen Gäste. Zum Zwecke des Zeugenschutzes gibt es im gesamten Bundesgebiet sogenannte sichere Wohnungen. Mareike Müller kam in eine solche Wohnung nach Lichtenberg, Seyfarth und Helbig brachte man nach Charlottenburg. Sie wurden rund um die Uhr von Beamten des LKA bewacht. Ich meinte natürlich beschützt. Harry hatte einen Richter gefunden, der ihm noch einen Gefallen schuldig war und somit hatten wir für die nächsten zehn Tage Zugriff auf die drei, ohne Gefahr laufen zu müssen, dass sie auf freien Fuß gesetzt wurden.

Am nächsten Tag war es an der Zeit, Resümee zu ziehen und die weiteren Schritte zu besprechen. Das hieß, dass wir über die weitere Mitwirkung von Helen am Fall reden mussten. Harrys Standpunkt war deutlich: Drei der mutmaßlichen Mörder der Ärzte waren tot. Die anderen befanden sich in Schutzhaft. Somit waren alle aus dem Verkehr gezogen. Die Suche nach dem Profikiller lief zwar auf Hochtouren, da wir aber kaum Anhaltspunkte bezüglich seiner Identität hatten, waren schnelle Erfolge nicht zu erwarten.

Das alles bedeutete, dass unser Fokus nun auf den uns durch die Unterlagen des Journalisten Ebeling bekannten Pharmaunternehmen lag.

Damit war Helen draußen.

Das passte ihr natürlich überhaupt nicht, aber ihr Protest fand bei Harry kein Gehör. Konnte er auch nicht, und Helen wusste das. Sie fand sich schließlich damit ab und wir verzogen uns alle in unsere Büros. Als gegen Mittag mein Telefon klingelte, hoffte ich, dass es Helen sei, um mich zu fragen, ob wir gemeinsam etwas essen wollten. Es war aber nur einer der Beamten, die in Pfaffendorf die Hütte durchsucht hatten. Was er mir zu sagen hatte, konnte ich im ersten Moment nicht einordnen. Sie hatten in der Hütte etwas entdeckt, möglicherweise eine Art Abhörwanze neuester Technik.

Ich bat ihn, jemanden zu beauftragen, die Wanzen umgehend nach Berlin zu bringen.

Drei Stunden später lagen sie auf meinem Schreibtisch.

Ich hatte schon öfter mit Wanzen zu tun gehabt. Aber die Dinger, die ich hier vor mir hatte, waren für mich vollkommenes Neuland. So etwas hatte ich noch nie zuvor gesehen. Die Dinger waren winzig, kleiner als eine Ein-Cent Münze. Ich rief meinen Kumpel Kohlenberg an und beschrieb sie ihm. Er konnte damit nichts anfangen, schlug mir aber vor, ins ehemalige Kasernengelände am Treptower Park zu fahren.

Dort residierte das Terrorismusabwehrzentrum des BKA und die kannten sich damit aus. Er versprach mir, mich dort anzukündigen und ich machte mich auf den Weg.

Als ich zwei Stunden später zurück in mein Büro kam, war ich verwirrter als zuvor. Die Beamten waren vollkommen hingerissen von meinem Mitbringsel und wollten unbedingt eines davon behalten, um es intensiv zu untersuchen. Ich hatte drei davon, also überließ ich ihnen ihr neues Spielzeug. Eines jedoch konnten sie mir sagen: Sie hatten schon davon gehört, aber nicht im Traum daran gedacht, es in absehbarer Zeit in Händen zu halten. Diese Dinger dürfte es in Deutschland gar nicht geben. Sie gehörten der neuesten Abhörtechnologie an.

Einer Technologie, die aus Japan stammte.

»Was haben jetzt die Japze mit dem Fall zu tun?«, knurrte Harry schlechtgelaunt, als ich ihm von den Wanzen erzählte.

»Ich weiß es nicht. Aber mein Instinkt sagt mir, dass das etwas zu bedeuten hat.«

»Ah, dein berühmter Instinkt. Hat dich aber ganz schön im Stich gelassen, als sie das Mädchen in Pfaffendorf abgeknallt haben, dein Instinkt.« Das war unfair und Harry erkannte das sofort, nachdem er es ausgesprochen hatte. »Sorry, das war jetzt unnötig.«

Ich tat so, als hätte ich das nicht gehört und fuhr fort.

»Ich würde gerne Helen darauf ansetzen. Vielleicht findet sie ja was heraus.«

»Sie ist ganz schön sauer, oder?«

»Ja. Aber sie versteht auch, warum du diese Entscheidung treffen musstest. Also, was ist; bist du einverstanden?«

»Ja. Macht das und haltet mich auf dem laufenden.«

Das versprach ich ihm und verschwand aus seinem Büro.

In Wahrheit hatte ich nicht vor, Helen darauf anzusetzen, sondern jemanden anderes.

Vorausgesetzt, dieser jemand hatte Zeit und Lust dazu.

Aber zunächst sprach ich mit Helen.

Sie freute sich, nun doch über Umwege weiter am Fall arbeiten zu können. Darüber, dass ich in den nächsten Tagen ihren Vater würde befragen müssen, sprachen wir nicht. Wichtiger war es, sie in meinen Plan einzuweihen. Sie lauschte mir aufmerksam, und willigte dann ein, so vorzugehen, wie ich es vorgeschlagen hatte.

Wenn Patrick Ebel so etwas wie Freude empfinden konnte, dann freute er sich über den Anruf von Eichborn. Der lud ihn zu Abendessen ein und deutete an, ihn bei einer bestimmten Sache zu brauchen. Ob er denn bereit wäre, ihm zu helfen? Ohne zu wissen, worum es im Konkreten ging, sagte Ebel ihm Unterstützung zu. Er war neugierig darauf, was Eichborn von ihm wollte.

Klaus Seyfarth und Martin Helbig durften noch ihre Eltern anrufen und wurden dann in die sichere Wohnung gebracht, wo sie nun viel Zeit hatten, nachzudenken. Allerdings hatten sie keine Gelegenheit, vertraulich miteinander zu sprechen, da ein Beamter des LKA immer anwesend war. Aber im Internet surfen konnten sie. Und auf einer juristischen Beratungsseite erfuhr Seyfarth, dass ihnen eigentlich ein Anwalt zustand. Jetzt galt es nur noch, Kontakt zu einem richtig guten Anwalt herzustellen. Wozu gab es Email-Accounts?

Torben Schäfer war nach Magdeburg in sein Hotel zurückgekehrt und informierte seinen Auftraggeber über die neusten Vorkommnisse. Der war nicht erfreut darüber, dass der verbliebene Teil der Gruppe nun in Polizeigewahrsam war. Überhaupt entsprachen die jüngsten Entwicklungen in keiner Weise seinen Erwartungen. Sollte es ihm nicht gelingen, Grabowski innerhalb der nächsten sieben Tage zu eliminieren, müsste er die Geschäftsbeziehung zu ihm überdenken.

Torben Schäfer klappte sein Notebook zu.

Was für ein Arschloch.

Drei Tage waren vergangen, seit wir aus Pfaffenhofen zurückgekehrt waren. In diesen drei Tagen war eine Gruppe Geschäftsmänner emsig damit beschäftigt, bestimmte Unternehmen sowie Inhaber von Hedgefonds zu besuchen und ihnen ein Angebot zu unterbreiten. Am dritten Tag klingelte bei uns in der Zentrale die Telefone Sturm und Harry bekam fast einen Schlaganfall.

Aus übergroßen Lettern sprang einen die Titelstory des *Blitz* geradezu ins Gesicht:

Deutsche Pharmafirmen missbrauchen DDR-Patienten als Versuchskaninchen.

Ich konnte es nicht fassen.

Es war, als hätten uns Journalisten bei der Arbeit über die Schulter geschaut.

Schlimmer noch: Es hatte den Anschein, als hätte Martin Ebeling seine Unterlagen nicht nur an mich geschickt, sondern auch an die Redaktion des *Blitz.*

Vierter Teil

Phase III

Phase III Studien werden international an vielen Kliniken mit oft mehreren Tausend Patienten durchgeführt. Sehr genaue Angaben zur Verträglichkeit und Wirksamkeit können so gewonnen werden. Ziel ist es, Informationen zu sammeln, die eine unbedenkliche Anwendung des Arzneimittels oder der Behandlung erlauben. Erst jetzt ist der Zeitpunkt für die Beantragung einer Zulassung gekommen.

Auszug aus einem internen Besprechungsprotokoll der Geschäftsführer folgender Firmen:

Hannes. B. Klugmann Klugmann Pharmazie AG
Geschwärzt von S.K. am 02/15

Klaus. H. Friedrichs Medico Pharma AG
Geschwärzt von S.K. am 02/15

Manfred Stolze Stolze Pharma AG
Geschwärzt von S.K. am 02/15

Hubertus Wagner Wagner Pharmazie AG
Geschwärzt von S.K. am 02/15

Das Gespräch fand am 14. Dezember 2012 in den Geschäftsräumen der Medico Pharma AG (geschwärzt SK 02/15) statt und wurde ohne Einverständnis aller teilnehmenden Personen aufgenommen. Es begann um 12.00 Uhr und endete um 14.50 Uhr.

W: Warum um alles in der Welt behauptet der *Blitz*, wir hätten Ärzte umgebracht?

K: Dieser tote Journalist hat gelogen. Das ist ja wohl klar. Es ist doch unsinnig, zu denken, wir würden Menschen töten. Unglaublich.

F: Der Kurs meiner Aktie fällt ins Bodenlose.

S: Das ist nicht gut. Das ist gar nicht gut.

W: Wir müssen etwas dagegen unternehmen, Freunde. Diese Entwicklung ist gefährlich. Hier will uns jemand fertig machen.

K: Aber wer?

S: Und warum?

W: Ich weiß es nicht, aber es ist offensichtlich, oder nicht? Innerhalb kürzester Zeit stürzen hier die Säulen unserer Lebensarbeit über uns zusammen. So etwas geschieht nicht einfach nur so. Da steckt ein Plan dahinter.

K: Stimmt.

F: Jawohl. Schießen wir zurück.

S: Aber woher sollen wir wissen, auf wen wir schießen sollen?
W: Das müssen wir rausfinden. So schnell wie möglich.
F: Bevor es zu spät ist.
S: Mir gefällt das alles nicht.
F: Viel Zeit bleibt uns nicht.
K: Was sind unsere nächsten Schritte?
W: Wir müssen herausfinden, woher die Informationen des *Blitz* wirklich stammen.
S: Und dann?
W: Dann holen wir zum Gegenschlag aus. Wir müssen davon ausgehen, dass die Polizei in den nächsten Stunden bei uns auftaucht. Ich schlage vor, dass jeder von uns sich dem entsprechend darauf vorbereitet. Leute, hier geht's um alles.

Kapitel 68

»Natürlich störst du nicht.«
Nicolas Eichborn

In den nächsten Stunden knieten Harry, Kreusch, Helmes und ich uns mächtig in den Fall rein, da wir Durchsuchungsbeschlüsse für die Privat- und vor allem für die Büroräume der Geschäftsführer der vier Pharmaunternehmen erwirken wollten, die laut unseren Unterlagen in den Fall verstrickt waren. Was wir benötigten, um die Staatsanwaltschaft dazu zu bewegen, unseren Anträgen stattzugeben, war ein konkretisierter Anfangsverdacht. Was wir vorhatten, war eine zeitlich aufeinander abgestimmte Aktion, bei der wir alle Büros und Wohnungen der Verdächtigen am selben Tag zur gleichen Uhrzeit aufsuchten. So wollten wir vermeiden, dass einer der Geschäftsführer die anderen warnen konnte. Zwar hat uns der Bericht im *Blitz* den Überraschungsmoment gekostet, aber hoffen durften wir trotzdem.

Das Positive an meinem Job ist, dass man viel lernt. Nicht nur über Waffen, Drogen und so, sondern auch über andere, nützliche Dinge. Bei diesem Fall zum Beispiel lernte ich sehr viel über Pharmaunternehmen. So erfuhr ich unter anderem, dass die zehn größten Pharmaunternehmen der Welt im vergangenen Jahr 359 Milliarden Euro erwirtschafteten und dabei einen Gewinn von 95 Milliarden Euro erzielten. Das waren beeindruckende Zahlen.

Die deutschen Pharmaunternehmen hatten insofern die Zeichen der Zeit verschlafen, als dass andere Wettbewerber aus dem Ausland schon vor vielen Jahren damit begonnen hatten, zu fusionieren, um die Kräfte im Markt zu bündeln. So entstanden Pharma-Riesen, die in Punkto Umsatz und Mitarbeiter alle deutschen Unternehmen in den Schatten stellten. Und das, obwohl Deutschland zuvor eine weltweite Spitzenposition eingenommen hatte. Diese Giganten kamen überwiegend aus den USA, aus Frankreich und aus der Schweiz. Die vier deutschen Unternehmen, die mutmaßlich mit dem Fall zusammenhängen, waren:

Die Klugmann Pharmazie AG, Geschäftsführer Hannes B. Klugmann,

MEDICO Pharma AG, Geschäftsführer Klaus. H. Friedrichs,

Stolze Pharma AG, Geschäftsführer Manfred Stolze,

und natürlich der Branchenprimus, die Wagner Pharmazie AG mit ihrem Geschäftsführer Hubertus Wagner, Helens Vater.

Gemeinsam setzten die vier Unternehmen knapp 40 Milliarden Euro um, wobei die Klugmann AG ihren Hauptumsatz mit Präparaten gegen Diabetes und Bluthochdruck machten, die MEDICO mit Herz/Kreislaufmedikamenten, die Stolze AG mit Generika, also mit Kopien bereits existierender Medikamente, deren Patente abgelaufen waren und die somit durch Stolze verbilligt angeboten werden konnten. Die Wagner AG besaß Patente für Medikamente gegen MS und Blutgerinnung.

Die Entwicklung von Medikamenten ist enorm aufwendig und ziemlich kostspielig. Daher erwirken Pharmaunternehmen Patente auf ihre neuen Präparate. Die Dauer der Marktexklusivität ab der ersten Arzneimittelzulassung ist auf höchstens 15 Jahre beschränkt. Danach beginnt das Kopieren und der Abverkauf zu wesentlich günstigeren Preisen.

Dann fiel mir etwas auf, was bei mir die Alarmglocken ganz leicht zum Klingen brachte, aber bevor ich mich näher damit beschäftigen konnte, klingelte mein Telefon.

»Hi, ich bin's«, sagte Helen zur Begrüßung. »Wie geht's, schon jemanden verhaftet?«

»Nö, wir sind noch am basteln«, sagte ich abwesend, weil ich die Stelle in einer Firmenübersicht suchte, die bei mir gerade so ein komisches Gefühl ausgelöst hatte.

»Störe ich?«

Es war wohl der Tatsache geschuldet, dass Helen mir irgendwie leidtat, weil sie ausgeschlossen wurde, oder aber einfach, weil ich sie liebte – auf jeden Fall unterbrach ich meine Arbeit.

»Natürlich störst du nicht«, sagte ich und lehnte mich im Stuhl zurück. »Was machst du?«

»Ach, ich kann mich nicht so recht aufraffen. Ich sitze hier so rum und versuche, einen klaren Kopf zu kriegen.«

»Wo ist Ebel?«

»Bei einem seiner dubiosen Freunde«, flüsterte Helen. »Der kennt ja wirklich Gott und die Welt. Echt unheimlich.«

Wir plauderten noch eine Weile weiter, dann beendeten wir das Gespräch und ich widmete mich wieder meiner Recherche. Dass mein innerer Alarm vorhin angeschlagen war, hatte ich schon wieder vergessen.

Einen Tag später hatten wir dem Staatsanwalt unseren Fall präsentiert und erhielten für alle Privat- und Geschäftsräume der vier Verdächtigen einen Durchsuchungsbeschluss. Wir sprachen uns mit den Beamten der jeweiligen Regionen ab – Klugmann hatte seinen Firmensitz in Frankfurt, MEDICO saß in Freiburg, Stolzes Firmensitz befand sich in der Nähe von München und die Wagner AG residierte in Offenbach – und konnten loslegen.

■ ■ ■

Zu behaupten, es hätte mich Überwindung gekostet, die Durchsuchung der Geschäftsräume der Wagner Pharma AG persönlich zu leiten, wäre verkehrt gewesen. Ich wollte das so.

Die komplette Aktion an allen vier Standorten startete um Punkt neun Uhr vormittags. Wir fuhren mit insgesamt acht Fahrzeugen vor die Zentrale der Wagner Pharma AG. Ein

Transporter, sechs Streifenwagen und zwei zivile Fahrzeuge, von denen eins meins war. Aus den Streifenwagen stiegen jeweils drei Beamte in Uniform aus, also achtzehn Mann, aus dem Transporter zwei Mann. Den Lieferwagen brauchten wir für die Akten und Computer, die wir sicherstellen würden.

Ich verließ meinen Wagen gemeinsam mit Harald Seeger, einem Staatsanwalt, der die Durchsuchung überwachen würde. Aus der zweiten zivilen Limousine stiegen zwei Computerfachleiter des LKA. Ein Beamter in Uniform blieb draußen bei den Fahrzeugen, der Rest, also dreiundzwanzig Mann, betrat, angeführt von mir und dem Staatsanwalt, den Empfangsbereich der Wagner Pharma AG. Überall Marmor und an den Wänden lauter Vitrinen, in denen man sich Arzneiverpackungen anschauen konnte. Wahrscheinlich ein who is who der erfolgreichsten Pillen des Unternehmens. Ich zählte insgesamt acht große Flachbildschirme, die in der riesigen Halle an den Wänden hingen und manipulative Werbefilme ausstrahlten, die suggerierten, wie ungefährlich, umweltschonend und lebensverbessernd die Medikamente der Wagner AG doch waren.

Unsere Gruppe sorgte natürlich für Aufsehen und ich erkannte mindestens zwei Personen, die sofort zu ihren Handys griffen. Gemeinsam mit Staatsanwalt Seeger begab ich mich zum Empfangsschalter. Dort zeigten wir unsere Ausweise und den Durchsuchungsbeschluss.

Beides erregte hohe Aufmerksamkeit bei den Damen und alle zückten gleichzeitig den Telefonhörer. Da wir nicht auf Erlaubnis warten mussten, fing ich schon mal an, die Beamten aufzuteilen. Von größtem Interesse für uns waren die Abteilungen Finanzen, Vertrieb, EDV und natürlich die Geschäftsführung. Die Beamten schwärmten aus.

Ich wartete auf den Firmenboss, der bestimmt jeden Moment hier erscheinen würde.

Ich sollte mich nicht irren. Kaum hatte der letzte Beamte

den Empfangsbereich verlassen, öffnete sich in einer abseits gelegenen Ecke der Halle eine Aufzugtür und Hubertus Wagner kam in Begleitung eines weißhaarigen Mannes auf uns zu. Als der Staatsanwalt den Begleiter Wagners erkannte, hörte ich ihn leise »Scheiße« sagen. Wagner trug einen modern geschnittenen, dunklen Anzug, ein weißes Hemd mit Manschettenknöpfen und eine blaue Krawatte. Der Staatsanwalt hatte sich auch schick gemacht, ich jedoch trug wie immer eine verwaschene Jeans und Sneakers. Zur Feier des Tages trug ich jedoch ein dunkles Sakko. Wagner musterte mich kühl und wandte sich dann an Seeger.

»Was ist hier los?«

»Ich nehme an, Sie sind der Firmeninhaber, Hubertus Wagner?«

»Da haben Sie verdammt recht.«

Seeger reichte ihm wortlos den Durchsuchungsbeschluss. Seeger verzog angewidert den Mund und musterte das Teil, als würde Vogelscheiße daran kleben. Ohne es zu lesen, reichte er es an den weißhaarigen Mann weiter. Der fing an zu lesen und als er den Kopf wieder hob, funkelten seine blauen Augen angriffslustig.

»Sehr amüsant«, sagte er mit sonorer Stimme. »Sie haben die Anklagepunkte ja vom *Blitz* abgeschrieben.« Diese Äußerung brachte Wagner zum Grinsen, was bei mir den Gefechtsmodus aktivierte.

»Herr Wagner, wir sind hier, weil wir Beweise dafür haben, dass ihr Unternehmen nicht zugelassene Medikamente an Patienten in der ehemaligen DDR getestet haben.«

Er sah mich an, als wäre ich nicht ganz dicht.

»Ehemalige DDR? Wann soll das denn gewesen sein?«

»Wir wissen von Medikamentenlieferungen von 1983 bis 1989. Aber wir sichten noch die Beweise. Die Daten können sich also noch ändern.«

Er sah jetzt Seeger an.

»Das ist eine ungeheure Unterstellung«, brummte er. Dann deutete er auf den weißhaarigen Mann neben ihm. »Darf ich vorstellen, mein Anwalt, Dr. Fleming. Er ist rein zufällig im Haus. Ich schlage vor, wir besprechen den Rest in meinem Büro. Obwohl ich nicht davon ausgehe, dass wir dafür sehr viel Zeit beanspruchen müssen.«

Ich kannte Gerhard Flemming nur vom Hörensagen, wusste aber, dass er ein erstklassiger Strafverteidiger war, der bislang so gut wie keinen Fall verloren hatte und ausschließlich hochkarätige Mandanten vertrat. Andere hätte sich sein Honorar allerdings auch nicht leisten können. Man munkelte, dass er einen festen Stundensatz verlangte und darüber hinaus einen Erfolgsbonus, auch wenn dies so nicht zulässig war. Flemming war groß und leicht übergewichtig, hatte ungewöhnlich langes Haar (es wurde vermutet, dass er sich zum Squash spielen einen Pferdeschwanz band) und trug einen dunklen, dreiteiligen Anzug mit blütenweißem Hemd und einer roten Fliege.

Er gab zuerst Seeger die Hand, dann mir.

Seeger klinkte sich jetzt in das Gespräch ein.

»Herr Wagner, ich möchte Sie noch darüber in Kenntnis setzen, dass Beamte auch ihr Privatdomizil durchsuchen.«

Jetzt bekam seine Gesichtsfarbe einen bedenklichen Braunton und auf seiner Stirn pulsierte eine Ader, die zuvor nicht dagewesen war.

»Bei mir zu Hause«?, flüsterte er. »Sie sind auch bei mir zu Hause?«

Ich nickte.

»Ja. Und bei Klugmann, bei Stolze und bei Friedrichs. Wir haben die ganze Rentnergang im Visier.«

Seeger warf mir einen warnenden Blick zu. Vielleicht übertrieb ich es gerade etwas.

»Sie wissen ja nicht, was sie hier tun«, meinte Wagner heiser. »Sie haben ja keine Ahnung.«

»Dann erklären Sie es uns, Hubertus«, sagte ich. »Erklären Sie uns, warum sie mit ihren Pillen unschuldige Menschen umgebracht haben. Erklären Sie uns, wie es sich anfühlt, Millionen von Euro auf Kosten der Leben anderer zu sparen. Wir sind verständnisvolle Menschen und würden ihnen aufmerksam zuhören. Bestimmt können Sie mir auch erklären, warum Sie jetzt alle Menschen umbringen lassen, die von der Scheiße, die Sie und ihre Kumpels gebaut haben, wissen.«

Seine Augen verengten sich zu Schlitzen.

»Was sagen Sie da? Weder ich noch meine Kollegen haben jemals irgendjemanden umgebracht. Sie haben ja vollkommen den Verstand verloren, Mann. Wir sind Geschäftsleute und keine Mörder.«

Ich weiß nicht warum, aber irgendwie bekam ich den Eindruck, als würde er die Wahrheit sagen.

Zu viele Dinge passten eigentlich nicht zusammen.

»Selbst wenn Sie und ihre Kollegen nichts mit den Morden zu tun haben sollten, was zum jetzigen Zeitpunkt überhaupt nicht klar ist, so steht der Vorwurf des vorsätzlichen Totschlags auf sehr soliden Füßen. Die Beweise, die uns vorliegen, sind hieb- und stichfest.«

Er schüttelte energisch den Kopf und öffnete den Mund, schloss ihn aber gleich darauf wieder, als Flemming ihm eine Hand auf die Schulter legte.

»Lassen Sie uns die Diskussion im Büro meines Mandanten fortsetzen.«

Wir fuhren mit dem Aufzug in den vierten Stock und betraten das Büro von Wagner, das größer war als mein Haus in Wiesbaden. Als wir alle Platz genommen hatten, ergriff der Anwalt erneut das Wort. »Was für erdrückende Beweise haben sie denn gegen meinen Mandanten?«

»Wir wissen, welche Medikamente aus dem Unternehmen ihres Mandanten zu welchem Zeitpunkt in welcher Klinik ausgegeben wurden. Ich möchte erwähnen, dass es sich hierbei ausschließlich um Medikamente handelte, für die keine Zulassungen vorlagen. Nach damals und heute gültiger Rechtsprechung hätten diese Präparate die Zulassungsphasen eins, zwei und drei durchlaufen müssen.«

Flemming nickte, als sei ihm dies längst bekannt.

»Und Sie können zweifelsfrei beweisen, dass diese Medikamente mit dem Wissen und der Zustimmung meines Mandanten herausgegeben wurden?«

»Zum Zeitpunkt dieser Vorkommnisse war ihr Mandant in der gleichen Position wie heute; Vorstandsvorsitzender der Wagner Pharma AG. Somit ist er auch dafür verantwortlich.«

»Sie verdächtigen meinen Mandanten also nur aufgrund seiner Position?«

»Nein. Uns liegen auch interne Besprechungsprotokolle vor. An diesen Besprechungen haben ihr Mandant sowie die Geschäftsführer der anderen drei Unternehmen teilgenommen.«

Wagner zuckte zusammen, was keinem entging.

»Woher haben Sie diese Protokolle?«, wollte Flemming wissen.

Seeger warf mir einen kurzen Blick zu.

»Ein Journalist, der leider mittlerweile verstorben ist, hat mir vor seinem Tod diese Beweise zukommen lassen.«

Wieder nickte Flemming.

»Es war nicht zufällig ein Journalist vom *Blitz*?«

»Nein.«

»Und woher hatte er diese Protokolle?«

Ich zuckte mit den Achseln. Keine Ahnung. Aber es interessierte mich auch nicht.

»Sie wissen also nicht, ob diese Protokolle echt sind, richtig?«

»An der Echtheit der Protokolle gibt es keine Zweifel.« Seeger lehnte sich damit weit aus dem Fenster. Nicht, dass ich ihre Echtheit anzweifelte, aber wie in aller Welt sollten wir diese beweisen?

»So, so. keine Zweifel? Nun, meine Herren, ohne sie gesehen zu haben, bezweifle ich die Echtheit der ominösen Protokolle sehr wohl. Denn wie bitteschön soll ein Journalist an Protokolle interne Besprechungen der Geschäftsführer der vier größten Pharmakonzerne kommen?«

Fast hätte ich genickt, so gut war diese Frage des Anwalts.

Wagner durchbohrte den Staatsanwalt mit seinem Blick.

»Hören Sie uns etwa ab?« Hektisch sah er sich in seinem Büro um. »Haben Sie hier Wanzen versteckt?«

Seeger schüttelte den Kopf.

»Ich bitte Sie. Wir sind doch nicht in Nordkorea.«

Offenbar hörte Seeger während der Autofahrt den gleichen Radiosender wie ich.

Plötzlich durchlief mich ein Beben. Ich erinnerte mich an das, was mich stutzig gemacht hatte, als ich mich über die Pharmabranche informiert hatte. Ich hatte es wieder vergessen, als Helen mich anrief.

Ich wandte mich direkt an Wagner.

»Nur mal rein hypothetisch: Wenn Sie eine solche Besprechung abhalten würden, wo würde diese stattfinden? Hier in diesem Büro vielleicht?«

Wagner sah seinen Anwalt an, der nickte.

»Hypothetische Fragen kannst du beantworten«, sagte er.

»Wenn Besprechungen dieser Art hier in meiner Firma stattfinden würden, dann in meinem Büro«, bestätigte er.

Ich kramte aus meiner Aktentasche einen Zettel und einen Stift und schrieb. Als ich fertig war, gab ich den Zettel Flemming, der ihn stirnrunzelnd las und dann an Wagner weiterreichte. Der wurde blass.

Ich glaube, dass das Büro tatsächlich abgehört wird. Lassen Sie uns das Gespräch woanders fortsetzen.

Kapitel 69

»Lecken Sie mich am Arsch.«
Nicolas Eichborn

»Es ist absolut unmöglich, dass irgendjemand mein Büro verwanzt hat. Wir haben im gesamten Gebäude Überwachungskameras und nachts, wenn niemand mehr hier ist, patroullieren außen und im Gebäude mehrere Sicherheitsleute. Darüber hinaus ist meine Bürotür mit einer Zahlenkombination doppelt gesichert.« Hubertus Wagner war außer sich, wobei mir nicht ganz klar war, warum. Vielleicht war es ja eine Kombination aus allem. Wir verdächtigten ihn, Menschen mit seinen Pillen missbraucht zu haben, warfen ihm vor, Killer zu beauftragen, die Leute umbrachten und jetzt trauten wir ihm nicht einmal zu, sein Bürogebäude gescheit zu sichern.

Das kann einem schon den Tag vermiesen.

»Lassen Sie uns doch einfach einen Spezialisten des BKA ihr Büro nach Abhöreinrichtungen durchsuchen. Nur so zur Sicherheit. Sollte er keine finden, habe ich mich eben geirrt. Aber ich bin mir sicher, dass er welche finden wird.«

Wagners Augen wurden zu Schlitzen und er sah mich voller Argwohn an.

»Ist das ein Trick von Ihnen, Eichborn? Wollen Sie vielleicht nichts finden, sondern etwas verstecken?«

Allmählich ging der Kerl mir auf den Sack. Ich war auf der Suche nach der Wahrheit, und dieser Blödmann unterstellte mir niedere Beweggründe. Ich stand auf.

»Wissen Sie was, Wagner? Lecken Sie mich am Arsch. Ich wollte möglichen Schaden von Ihnen abwenden. Ich hätte meine Gedanken auch für mich behalten können und dann könnten Sie demnächst vielleicht Protokolle ihrer Besprechungen auf Facebook lesen oder bei Wikkileaks, was weiß ich.« Ich wandte mich an Staatsanwalt Seeger. »Lassen Sie uns von hier verschwinden. Ich hab keinen Bock mehr.«

Als sich Seeger erhob, hob Flemming beschwichtigend die Hände.

»Aber, aber, meine Herren. Bewahren wir doch die Ruhe«, meinte er mit seinem tiefen Bass. »Hubertus, ich bin der gleichen Meinung wie Herr Eichborn. Lassen wir dein Büro untersuchen. Und Sie, Herr Eichborn, sollten vielleicht Ihre Ausdrucksweise überdenken.«

Meine Ausdrucksweise überdenken? Keine Ahnung, wie das gehen sollte.

Wir tranken in friedlicher Stimmung bei Kerzenlicht Kräutertee und philosophierten über das Leben, während wir auf den Techniker des BKA warteten.

In Wahrheit tranken wir Kaffee und schwiegen uns an.

Der Techniker brauchte für die Überprüfung von Wagners Büro über zwei Stunden und musste sich sogar noch Verstärkung holen, was wir alle irritiert zur Kenntnis nahmen.

Das Ergebnis war noch besorgniserregender als der Fund der Wanzen in der Hütte. In einem hatte ich unrecht: Es waren keine Wanzen im Büro Wagners versteckt. Die Methode, mit der sein Büro abgehört wurde, war noch viel perfider und ausgefeilter.

»Die haben Ihr Büro über die Glasfaserleitungen abgehört. Dazu brauchten die nur einen PC oder Laptop, der angeschaltet war«, berichtete der Techniker des BKA und verschwand.

Wagner war fassungslos, Flemming war besorgt und ich war froh, recht behalten zu haben.

»Und jetzt?«, fragte ein sichtlich niedergeschlagener Wagner.

»Jetzt versuchen wir, herauszufinden, wer ihr Büro abgehört hat. Dazu benötigen wir aber ihre Hilfe.«

»Was kann ich tun?«

»Mit allen Mitarbeitern reden. Fragen Sie, ob ihnen etwas aufgefallen ist. Eine neue Putzfrau, Techniker, die unangemeldet hier auftauchten, egal.«

»Ich verstehe. Das werde ich umgehend veranlassen.«

Seeger und ich standen auf und verabschiedeten uns. Kurz bevor wir das Büro verließen, ergriff Wagner noch einmal das Wort.

»Nicolas?«

Ich drehte mich zu ihm herum und sah ihn an.

»Danke.«

Ich nickte und verließ sein Büro.

Kapitel 70

»Musst du so schreien?«
Nicolas Eichborn

»Sag mal, was hast du eigentlich in deinem Vorleben ausgefressen, dass du immer in so merkwürdige Fälle gerätst?« Kohlenberg, mein Kumpel vom BND sah mich neugierig an.

Er hatte mich am Vormittag angerufen und mich um ein Treffen gebeten. Natürlich kam ich seinem Wunsch gerne nach, weil ich dann immer auf Staatskosten so richtig gut schlemmen konnte. Das Budget des BND dafür schien unermesslich zu sein.

Ich kostete vom gegrillten Langustenschwanz und verdrehte voller Wonne die Augen.

»Warum? Wie meinst du das?«

Er sah mich aufmerksam an.

»Du hast mit deinem Besuch bei der Terrorabwehr für ziemliches Chaos gesorgt. Da sind einige richtig in Ekstase geraten.«

Jetzt kostete ich von den gebratenen Rosmarinkartoffel. Sie waren herrlich.

»Warum?«, fragte ich mit vollem Mund.

»Wegen der kleinen Dinger, die du denen mitgebracht hast.«

Wenn es etwas gab, was mich an Kohlenberg störte, dann die Tatsache, dass er Informationen immer nur häppchenweise verteilte. Er wollte wohl die Spannung erhöhen. Ich fand es lästig.

»Hör mal, wenn du mir was zu sagen hast, dann komm auf den Punkt.«

»Ist ja gut.« Er beugte sich verschwörerisch vor. »Hast du schon mal was von Lichtmikrofonen gehört?«

»Nö.«

Er sah mich enttäuscht an.

»So ganz begriffen hab ich es ja auch nicht, aber die Wanzen, die du denen gezeigt hast, sind so modern, dass sie eigentlich nur vom Militär stammen können. Die sind eigentlich überhaupt nicht aufzuspüren.«

»Sind ja auch winzig«, bestätigte ich.

»Nicht nur deshalb. Die verpacken die Aufnahmen in kleine digitale Pakete und verschicken die quasi in Echtzeit über den Erdball.«

»Toll«, sagte ich kauend.

»Die Lichtmikrofone bestehen nicht aus Metall, verstehst du?«

»Nicht aus Metall«, sagte ich und kostete die Garnelen.

Kohlenberg laberte ununterbrochen weiter. Dabei benutzte er Worte wie Röntgentechnik, Hochfrequenz-Scanner, Halbleiterdetektoren, Time Domain Reflektormeter, GSM-Detektoren, ISDN Protokoll Analyzer, Spectrum Analyzer und Endoskopiekameras.

Ich stutzte.

»Endoskopiekameras? Das sind doch diese winzigen Dinger, die sie dir in den ... Du weißt schon in was stecken, um zu gucken, ob im Darm alles paletti ist.«

Er ließ die Schultern sacken und sah mich fassungslos an.

»Ist das das einzige, was dir einfällt? Mann, ich erzähle dir hier, dass du High Tech Krams aus Fernost angeschleppt hast, die unsere Terrorabwehr noch nie zuvor gesehen hat, und du kommst mir mit Darmspiegelungen.«

»Heut Vormittag haben wir noch drei von diesen Dingern gefunden«, teilte ich ihm mit, während ich den wohltemperierten Weißwein probierte. Eigentlich bin ich ja Biertrinker, aber manchmal …

»Was?!«, schrie Kohlenberg fast und ich erschrak.

»Musst du so schreien?«

»Noch drei von diesen Lichtdingern? Was für ein Fall ist das, verdammte Kacke?«

»Das Übliche. Mord, Todschlag, Gier. Du weißt schon.«

»Wäre ich mit dir doch bloß in eine Pommesbude gegangen. Dann hätte ich wenigstens deine volle Aufmerksamkeit«, beklagte er sich.

»Du hast meine volle Aufmerksamkeit. Und wenn du über Dinge sprichst, die ich verstehe oder die mich interessieren, dann beteilige ich mich auch an dem Gespräch. Aber so lange du von Halbleiterdetektoren und Anal-Spektrometern erzählst, konzentriere ich mich aufs Essen.«

»Analwas?«

»Genau. Ich habs auch nicht verstanden.« Ich legte das Besteck zur Seite, faltete meine Hände und sah Kohlenberg an. »Gib mir einfach ein Resümee dessen, was du mir sagen wolltest.«

»Okay, ich versuchs. Also, egal, um was es in deinem aktuellen Fall geht, irgendwie sind entweder die Japaner oder aber die Koreaner darin verwickelt.«

»Wegen der Lichtmikrofone.«

»Genau.«

»Aber könnte nicht ein ausländischer Geheimdienst den Japanern oder Koreanern dieser Technologie abgekauft haben?«

»Auf keinen Fall. Die geben diese Technologie nicht aus der Hand. Vergiss es.«

»Du scheinst dir deiner Sache ziemlich sicher zu sein.«

»Absolut.«

»Okay. Also sind Japaner oder Koreaner in den Fall verstrickt. Lass mich kurz überlegen, ob mich das weiterbringt. Nein.«

Kohlenberg verdrehte die Augen.

»Du stellst die falsche Frage. Nicht, ob dich diese Informationen weiterbringen ist entscheidend. Vielmehr ist von Bedeutung, wem das alles, was in den letzten Tagen passiert ist, nützt.«

»Mhmm«, machte ich. »Interessanter Ansatz. Ich kann dir im Augenblick nur sagen, wem es schadet. Aber vielleicht sagt uns das automatisch, wem es nützt.«

»Erzähl.«

»Nun, die Aktienkurse der vier involvierten Pharmakonzerne sind massiv eingebrochen.«

Kohlenberg machte einen spitzen Mund.

»Also halte Ausschau nach jemanden, der von einem fallenden Aktienkurs der Firmen profitieren würde.«

»Zum Beispiel einem Börsenspekulanten.«

»Richtig. Oder einem Unternehmen, dass die fallenden Kurse für eine Übernahme ausnutzen will.«

Kapitel 71

»War schön, Sie kennengelernt zu haben.«
Nicolas Eichborn

Das leckere Essen mit Kohlenberg war beendet und ich saß wieder am Schreibtisch, als es an meiner Tür klopfte und ein

Zwerg mein Büro betrat. »Ich möchte umgehend zu meinem Mandanten«, sagte der kleine, graue Mann zu mir und legte seine Visitenkarte auf meinen Schreibtisch. Ich nahm sie in die Hand.

»Karsten Meier, Anwalt mit dem Fachgebiet Arbeitsrecht«, las ich laut und erntete ein energisches Nicken.

»Genau.«

»Gut. Und wer ist Ihr Mandant?«

»Klaus Seyfarth«, sagte er und sah mich trotzig an. »Der Klaus Seyfarth, den Ihre Behörde gegen seinen Willen gefangen hält.«

Ich lehnte mich in meinem Drehstuhl zurück und musterte den Anwalt. Ich hatte weitaus Wichtigeres zu tun als mich mit einem Anwalt für Arbeitsrecht über Seyfarth zu unterhalten. Zum Beispiel ein Gespräch mit Ebel, der sich nach japanischen Unternehmen erkundigt hatte, die in Deutschland auf Einkaufstour waren und dabei ihren Fokus auf die Pharmabranche legten. Oder einen Besuch bei meinem alten Chef Schranz, dem es besser zu gehen schien. Auch ein Termin bei Hubertus Wagner wartete auf mich. Und zum Frisör musste ich auch. Ich sah schon aus wie ein Hippie, auch wenn Helen Gefallen an meinen längeren Haaren gefunden hatte.

Kurzum, der Typ nervte mich schon.

»Wir halten ihren Mandanten nicht gegen seinen Willen fest. Er hat eine Einverständniserklärung unterschrieben.«

»Unter Druck.«

»Blödsinn.«

»Oh, doch! Mein Mandant wurde dazu gezwungen, diese Erklärung zu unterschreiben.«

»Behauptet Ihr Mandant.«

»So ist es.«

»Blödsinn.«

»Hören Sie, ich kann auch anders ...«

»Ich auch.«

»Und wie verbleiben wir jetzt?«

»Sie verschwinden und lassen mich meine Arbeit machen.«

»Ich kann an die Öffentlichkeit gehen und publik machen, dass Sie meinen Mandanten gegen seinen Willen gefangen halten.«

»Machen Sie so etwas öfters?«

»Was?«

»Die Leute bedrohen, die ihre Mandanten beschützen?«

»Beschützen? Beschützen wovor?«

»Vor dem Killer, der da draußen rumläuft und nur darauf wartet, dass eine Laie wie Sie auftaucht, und dafür sorgt, dass die Zielpersonen auf freien Fuß gesetzt werden.«

Meier schluckte so heftig, dass sein Adamsapfel auf und ab hüpfte.

»Killer?«

»Richtig. Hat Ihnen ihr Mandant nicht gesagt, warum wir ihn in Zeugenschutz genommen haben?«

»Nicht so ausführlich, nein.«

Ich stand auf.

»Ach, wissen Sie was? Ich gebe Ihnen die Adresse, unter der Sie ihren Mandanten finden. Dann können Sie in Ruhe mit ihm reden.« Ich blickte aus dem Fenster. »Ich hoffe nur, dass der Killer mein Büro nicht beobachtet. Denn wenn er das tut, dann hat er vielleicht gesehen, wie Sie das Gebäude betreten haben und hat schon längst herausgefunden, wer Sie sind. Und dann folgt er Ihnen vielleicht bis zu dem Haus, in dem Seyfarth sich aufhält. Und dann«, ich schlug mit der flachen Hand auf die Tischplatte und Meier zuckte erschrocken zusammen. »Dann tötet er alle, die sich dort aufhalten.«

»Vielleicht sollte ich Herrn Seyfarth einfach eine Mail schicken ...«

»Ausgezeichnete Idee«, rief ich und streckte ihm meine Hand entgegen. »War schön, Sie kennengelernt zu haben.«

Meier ergriff meine Hand und verließ fluchtartig das Büro.

Ich griff zum Telefon und rief Ebel an. Das Gespräch dauerte fast zehn Minuten, dann hatte ich alle Informationen, die ich für mein Gespräch mit Wagner brauchte.

Und dann, endlich erhielt ich die Nachricht, auf die wir so lange hatten warten müssen. Jetzt hatten wir möglicherweise die Chance, den Killer zu schnappen. Ich rief Helen an. Sie konnte ihren Dornröschenschlaf beenden.

Kapitel 72

»Was Sie brauchen, ist Schutz.«
Helen Wagner

Heinrich Grabowski runzelte missbilligend die Stirn, als ihn der Zollbeamte am Berliner Flughafen bat, ihm zu folgen.

»Stimmt irgendwas nicht?«, fragte er vorsichtig nach.

»Folgen Sie mir bitte einfach.«

Sie gingen einen schmalen Flur entlang und nach einer Weile blieb der Beamter stehen, öffnete eine Tür und bedeutete Grabowski, einzutreten. Misstrauisch betrat er den kleinen, schmucklosen Besprechungsraum und sah sich um. Niemand war da. Grabowski hatte schon viele solcher Momente erlebt und war deshalb in keiner Weise beunruhigt. Sein Gepäck war in Ordnung und soweit er wusste, lag nichts gegen ihn vor.

Er setzte sich und wartete.

Nach etwa einer halben Stunde ging die Tür auf und eine junge Frau kam in den Raum. Sie lächelte ihn an und er stand auf.

»Bitte entschuldigen Sie die Wartezeit, Herr Grabowski. Mein Name ist Helen Wagner vom Amt für innere Sicherheit.« Sie zückte ihren Ausweis und hielt ihn Grabowski unter die Nase. »Ich muss dringend mit Ihnen reden, da Ihr Leben in Gefahr ist.«

Grabowskis Augenbrauen hoben sich erstaunt und er ergriff die ihm entgegengestreckte Hand.

»Mein Leben ist in Gefahr, sagen Sie?«, wollte er wissen, als sie sich setzten.

Helen nickte.

»Ja. Wir wissen, dass ein Profikiller auf Sie angesetzt worden ist. Wir wissen nur nicht, von wem.«

»Ein Profikiller? Sind Sie sicher, dass es hierbei um mich geht?«

»Erinnern Sie sich an das Projekt Curatio?«

Grabowskis Gesicht wurde zu einer undurchdringlichen Maske.

»Keine Ahnung, wovon Sie reden.«

»Herr Grabowski, ich bin nicht hier, um Sie für eine ihrer alten Geschäftsideen zur Rechenschaft zu ziehen. Das übernimmt schon jemand. Schramm, Goldmann, Rosenberg, Klingbeil, sie alle wurden in den letzten Tagen ermordet. Klingelt es bei Ihnen, wenn Sie diese Namen hören?«

Es war ihm deutlich anzumerken, dass es nicht nur klingelte. Grabowski, ohnehin übergewichtig, schwitzte. Und das nicht, weil es in dem kleinen Raum heiß war.

»Brauche ich einen Anwalt?«

»Nein. Sie brauchen Schutz.«

»Ich habe einen privaten Sicherheitsdienst. Schon seit Jahren.«

»Wir wissen, wer Sie beschützt. Deshalb bin ich hier; wir brauchen den Kerl möglichst lebend. Ihre Bodyguards würden auf diese Tatsache keine Rücksicht nehmen.«

Er tupfte sich mit einem Taschentuch die Stirn ab und schluckte schwer.

»Was schlagen Sie vor? Wie sieht der Plan aus?«

In den nächsten zehn Minuten erklärte Helen ihm, was sie

vorhatten. Grabowski hörte ihr schweigend zu und sie konnte sehen, wie er sich mehr und mehr entspannte.

Als sie geendet hatte, ergriff er das Wort.

»Der Plan hat einen einzigen Schwachpunkt.«

»Und der wäre?«

»Wir müssen davon ausgehen, dass der Killer mein Haus schon seit geraumer Zeit beobachtet oder aber beobachten lässt. Wenn jetzt auf einmal keiner meiner Sicherheitsleute vor dem Haus Wache hält, dann fällt das doch auf.«

Helen nickte. Das hatten sie bedacht.

»Ich weiß, was Sie meinen. Wir haben dafür eine plausible Erklärung.«

»Lassen Sie hören.«

Als Grabowskis Bedenken sich in Luft aufgelöst hatten, beendeten sie das Gespräch und machten sich getrennt voreinander auf den Weg. Grabowski wurde von einem Zollbeamten zu seinen zwei wartenden Personenschützer gebracht. Helen fuhr nach Hause, um sich umzuziehen.

Kapitel 73

»Ihr könnt jetzt rauskommen.«
Helen Wagner

Torben Schäfer war erleichtert. Seine Kontaktperson hatte ihm mitgeteilt, dass Heinrich Grabowski endlich aus Kanada zurück nach Deutschland gereist war. Eine kleine Verzögerung bei der Einreise hatte es gegeben, aber nun war er auf dem Weg in sein Anwesen in Berlin-Grunewald und er konnte endlich den Auftrag ausführen und seinen Auftraggeber zufriedenstellen.

Schäfer hatte lange Zeit über den richtigen Plan nachgedacht, Grabowski umzubringen. Das Problem mit dieser Zielperson war, dass sie sich nur äußerst selten in der Öffentlichkeit zeigte. Und wenn, dann war sie von mindestens vier Personenschützern umgeben, die ihren Job verstanden und kaum Angriffsfläche boten.

Schlussendlich hatte sich Schäfer dazu entschlossen, sich Zutritt zum Haus der Zielperson zu verschaffen, um die Auftrag drinnen zu erledigen. Dazu verschaffte er sich Zugang zu den Bauplänen und Sicherheitseinrichtungen der Stadtvilla. Dies kostete ihn zehntausend Euro – im Vergleich zum Honorar eine lachhafte Summe. Blieb nur die Frage offen, wie er die zwei Sicherheitsleute ausschalten würde, die Nachts um das Gebäude patrouillierten.

Aber auch dieser Plan nahm Konturen an.

Endlich fuhr die dunkle Limousine Grabowskis vor. Das schwere, drei Meter hohe schmiedeeiserne Tor öffnete sich langsam und das Fahrzeug fuhr auf das Grundstück. Schäfer warf einen Blick auf seine Uhr. Es war siebzehn Uhr dreißig. Seit gut einer halben Stunde war es dunkel. Er würde im Wagen bis Mitternacht warten. Dann war es Zeit, zuzuschlagen.

Gegen zwanzig Uhr fuhr ein Taxi vor und hielt vor dem Haus Grabowskis. Schäfer wartete gespannt, was als nächstes passieren würde. Nach kurzer Zeit ging eine der hinteren Türen auf und eine blonde Frau auf hochhackigen Schuhen und kurzem Wintermantel stieg aus dem Taxi. Sie ging zum Tor und läutete, während das Taxi fortfuhr. Augenblicke später öffnete sich eine kleine Seitentür neben dem großen Tor und die Frau verschwand. Schäfer dachte nach.

Hatte sich Grabowski ein Call Girl bestellt?

Das wäre nicht das erste Mal. Er überlegte, ob das Auswirkungen auf sein Vorhaben hatte und entschied, dass es eher ein Vorteil denn ein Nachteil war. Ein abgelenkter Grabowski war besser als ein aufmerksamer. Darüber hinaus war es durchaus möglich, dass die Nutte wieder verschwand, bevor er in das Haus eindrang. Er lehnte sich zurück und wartete geduldig, bis es soweit war. Währenddessen beobachtete er, wie sich die Sicherheitsleute vor dem Haus nach vier Stunden ablösten und ihre Runden drehten.

Dann sah er, wie zwei Männer, die ganz offensichtlich stark angetrunken waren, angetorkelt kamen. Jeder von ihnen hatte eine Flasche in der Hand. Sie blieben vor dem großen Tor stehen und unterhielten sich lautstark. Dann klingelte einer von ihnen am Tor. Als nichts geschah, grölten sie lautstark, was die Aufmerksamkeit der beiden Sicherheitsleute erregte, die gerade an den anderen beiden Enden des Grundstückes entlang liefen.

Beide kamen sie zum Tor. Als die beiden Betrunkenen sie sahen, warfen sie ihre Flaschen nach den beiden und beschimpften sie. Dann liefen sie davon und erstaunt sah Schäfer, dass die zwei Sicherheitsleute die Verfolgung aufnahmen. Was für Idioten, dachte er und öffnete die Autotür. Leise schlich er zu der Stelle, von der er wusste, dass sie von den Überwachungskameras nicht erfasst wurde. Er warf ein stabiles Seil mit einem Widerhaken über die Mauer und als er sichergestellt hatte, dass der Haken einen Halt gefunden hatte, kletterte er in Windeseile über die Mauer. Als er auf der Mauer war, holte er das Seil wieder ein, befestigte den Haken und seilte sich ab. Dann stand er auf dem Grundstück. Schäfer trug einen komplett schwarzen Spezialanzug. Das Besondere an diesem Anzug war, dass er eine Schicht aus Glasfasern hatte, die die Wärmeausstrahlung seines Körpers absorbierte und er somit für die Wärmesensoren der Bewegungsmelder unsichtbar war. Wie ein Schatten huschte er über den Rasen bis hin zur Eingangstür. Dort machte er sich am Schloss zu schaffen und wenige Sekunden später betrat er das Haus. Er rief sich den Grundriss des Hauses in Erinnerung und wandte sich nach rechts, in Richtung Wohnzimmer. Leise schlich er durch den Flur, seine Glock hatte er bereits gezogen, entsichert und mit einem Schalldämpfer versehen. Schäfer erreichte das Wohnzimmer und warf einen vorsichtigen Blick hinein. Im Kamin brannte ein kleines Feuer, aber es schien sich niemand dort aufzuhalten. Er drehte sich um, ging zur Treppe, stieg geräuschlos die Stufen nach oben und wandte sich nach links in Richtung Schlafzimmer. Aus der geschlossenen Tür drangen gedämpfte Geräusche zu ihm durch. Er hörte jemanden reden und lachen. Schäfer war total konzentriert. Behutsam drückte er die Türklinke nach unten.

»Ganz langsam die Waffe fallen lassen. Eine falsche Bewegung und ich schieße Ihnen in den Rücken.«

Die Stimme gehörte einer Frau und sie war beherrscht und kühl.

Schäfer erstarrte. In Sekunden ging er alle möglichen Optionen durch und entschied sich dann, der Aufforderung Folge zu leisten. Langsam spreizte er die Arme und ließ die Waffe fallen.

»Gehen Sie einen Schritt zurück und legen Sie sich auf den Bauch. Die Arme ausgestreckt.«

Schäfer gehorchte. Dann hörte er Schritte und seine Waffe verschwand aus seinem Blickfeld.

Die Schlafzimmertür wurde geöffnet und die Frau rief in den Raum:

»Ihr könnt jetzt rauskommen.«

Zwei Personen betraten den Flur. Grabowski und Kreusch, der am Flughafen die Rolle eines der Personenschützer von Grabowski angenommen hatte. Kreusch sicherte den am Boden liegenden Schäfer, während Helen ihm Handschellen anlegte. Dann zog Kreusch den Killer auf die Beine.

»Wir haben viel zu besprechen. Lassen Sie uns doch in unser Büro fahren.«

Kapitel 74

»Ist doch gemütlich hier, finden Sie nicht?«
Nicolas Eichborn

Ich atmete erleichtert aus, als Helen und Kreusch mich anriefen und mir mitteilten, dass sie gemeinsam mit dem Gefangenen auf dem Weg in die Zentrale waren. Der Plan sah vor, ihn nicht ins Präsidium zu bringen, da dort einfach zu viele Leute herumrannten, die nicht zu uns gehörten. Hier, in Helmes Reich hatten wir da schon mehr Freiheiten. Etwa vierzig Minuten später kamen sie an und wir brachten den Killer in einen der Verhörräume und schlossen ihn ein.

»Einverstanden, wenn Helen und ich das Verhör führen?«

Kreusch nickte.

»Natürlich. Ich bin im Nebenraum und gucke mir die Show im Fernsehen an.«

Gemeinsam mit Helen betrat ich den Verhörraum. Anders als in Krimiserien gab es hier keinen Spiegel, durch den Beobachter das Geschehen verfolgen konnten. Dafür waren an der Decke drei Kameras installiert, die Video und Audioaufnahmen des Verhörs auf DVD speicherten. Der Raum war einfach eingerichtet. Zwei Stühle für die Beamten, ein am Boden verschraubter Stuhl für den zu Verhörenden und ein ebenfalls am Boden verschraubter Tisch. Keine Pflanzen, keine Bilder. Nur graue Möbel und weiße Wände.

Ich legte einen Aktenordner auf den Tisch und betrachtete neugierig den Killer.

»Mein Name ist Nicolas Eichborn, die Dame neben mir heißt Helen Wagner. Wie sollen wir Sie anreden?«

»Nennen Sie mich Schäfer. Torben Schäfer.«

»Okay, gut. Herr Schäfer, was hatten Sie mit ihrer Waffe im Haus von Heinrich Grabowski vor?«

Er sah uns stumm an.

Ich legte die Fotos der bislang getöteten Männer auf den Tisch. Insgesamt lagen neun Fotos auf dem Tisch, die von Schäfer ausdruckslos begutachtet wurden.

»Drei von denen haben Sie nicht getötet. Wen Sie mir diese drei zeigen können, bekommen Sie zur Belohnung einen Kaffee.« Ich grinste ihn an und er grinste zurück.

»Ich will meinen Anwalt anrufen.«

»Ich bin mir sicher, dass Sie das wollen. Aber wir lassen Sie erst mal hier bei uns.« Ich sah mich um und breitete die Hände aus. »Ist doch gemütlich hier, finden Sie nicht?«

»Ich will meinen Anwalt sprechen.«

Mein Handy klingelte, ich nahm das Gespräch an, lauschte, bedankte mich und legte auf.

»Das war ein Kollege von mir. Wir haben Ihr Fahrzeug gefunden. Es ist nicht das gleiche, mit dem Sie nach Pfaffendorf gefahren sind. Meine Kollegen sind auf dem Weg in ihr Hotel. Sagen Sie mal, sind die Honorare von Profikillern wirklich so schlecht, dass Sie sich kein besseres Hotel leisten konnten?«

Es war fast nicht auszumachen, aber etwas änderte sich an ihm. Er schien besorgt zu sein. Helen könnte mir das später sicher genauer erklären.

»Ohne Durchsuchungsbeschluss …«

Ich fiel ihm ins Wort.

»Hören Sie mit diesem Scheiß auf, Schäfer, oder wie immer sie auch heißen. Wir sind eine neue Behörde, wissen Sie? Wir arbeiten mit Sonderbefugnissen und haben Vollmachten, von denen normale Kriminalbeamten nur träumen können.«

Sicher übertrieb ich damit, aber konnte dieser kleine Wichser das wissen?

»Ich sag Ihnen mal, wie es läuft: Meine Kollegen werden in Kürze ihr Hotelzimmer durchsuchen, und glauben Sie mir, wenn ich ihnen sage, dass wir dort etwas finden werden. Dessen bin ich mir ganz sicher. Und dann nageln wir Ihren Arsch so dermaßen fest, dass kein Anwalt der Welt ihn wieder losbekommt. Wir kriegen Sie dran wegen Hausfriedenbruch, versuchtem Mord und wir können beweisen, dass Sie vor ein paar Tagen im beschaulichen Pfaffendorf waren. Und dort wurde ja bekanntlich eine junge Frau von einem Profikiller erschossen.« Ich musterte ihn kühl. »Glauben Sie mir, wenn ein einziger Dominostein fällt, dann gibt's eine Kettenreaktion und Sie werden dran glauben.«

»Ich will meinen Anwalt sprechen.«

Ich stand auf und Helen folgte meinem Beispiel.

»Genießen Sie Ihren Aufenthalt. Wenn Sie was brauchen sollten, dann rufen Sie uns einfach.«

Damit verließen wir den Verhörraum.

Als wir im Nebenraum waren, sah Helen mich zweifelnd an.

»Ganz schön harter Brocken«, meinte sie. »Aber als du sein Hotelzimmer erwähnt hast, wurde er unsicher. Hast du das auch gemerkt?«

»Mir ist aufgefallen, dass er besorgt war. Aber unsicher trifft es auch.«

»Was meintest du eigentlich, als du ihm sagtest, dass wir auf jeden Fall etwas finden werden?«

»Ich bin mir einfach sicher, dass da irgendetwas ist.«

»Wenn nicht, dann kriegen wir ihn nur wegen minderer Delikte dran.«

»Dazu wird es nicht kommen.«

Wir gingen in die Küche und holten uns trotz der späten Stunde einen Kaffee. Genauer gesagt war es nicht spät, sondern ziemlich früh und insofern passte Kaffee dann doch.

Nach einer halben Stunde Kaffeepause kamen die Beamten, die das Hotelzimmer Schäfers durchsucht hatten, fröhlich grinsend in die Zentrale.

»Wir haben seinen Laptop«, verkündete einer von ihnen und legte das moderne Teil auf den Tisch.

»Der ist doch bestimmt ohne Ende passwortgeschützt«, meinte ich zweifelnd.

»Deshalb habt ihr ja mich«, hörte ich jemanden von der Tür sagen. Ich drehte mich um und blickte in das fahle Gesicht von Robert, dem Hacker. Er hob kurz zum Gruß einen Arm und warf dann einen begierigen Blick auf das Laptop.

»Darf ich?«, fragte er mit heiserer Stimme.

Großer Gott, der war ja richtig geil auf das Teil.

»Nur zu«, ermunterte ich ihn und er stürzte sich auf das Gerät und verschwand.

Ich wandte mich an die Kollegen, die in Schäfers Hotelzimmer waren.

»Und, sonst noch was gefunden, außer dem Laptop? Vielleicht ein Gewehr oder eine Todesliste?« Ich erntete allgemeines Kopfschütteln.

»Wir haben seinen Laptop, sein Handy und ein paar Schlüssel, von denen wir nicht wissen, wofür sie sind.«

»Für ein Schloss?«, schlug ich vor.

»Ja, klar. Aber für was für eins?«

Schon klar. Ich wollte ja nur die Atmosphäre etwas auflockern.

Aber das war doch schon mal was. Ein Laptop und ein Handy. Wenn wir da nichts fanden, dann ... ja, was dann? Dann war Schäfer ein Profi. Und da wir wussten, dass er ein Profi war, blieb nur die Schlussfolgerung, dass wir ...

»Ich hab was gefunden!«, schrie jemand. Ich vermutete, dass es Robert war und hechtete fast schon aus der Küche. Robert stand vor seinem Schreibtisch und machte irgendeinen Regentanz oder so. Er strahlte mich an.

»Ich hab was gefunden«, wiederholte er und hielt mir die Faust hin. Ich ignorierte sie und sah auf den Laptop.

»Was hast du gefunden?«

»Also, die komplette Festplatte war verschlüsselt. Ich hatte aber auch nichts anderes erwartet. Ich hatte ja physischen

Zugriff auf den Rechner und konnte vor den Krypto-Bootmanager ein eigenes Programm stellen, das dann den Plattenschlüssel abgefangen hat. Hätte er Krypto-Hardware in den Rechner eingebaut, dann …«

Er verstummte, weil ich eine Hand hob.

»Was hast du gefunden, Robert?«, fragte ich bedrohlich leise.

»Ach so, ja. Sein E-Mail Programm. Ich habe all seine Mails entschlüsselt.«

»Okay, es ist dir also gelungen, sämtliche Mails von unserem Killer zu entschlüsseln. Das klingt ja prima, aber haben wir auch was davon?«

Ich konnte eine richtige Spaßbremse sein, dass sah ich dem Gesichtsausdruck Roberts deutlich an.

»Ich bin nicht hier, um zu bewerten. Ich bin nur hier, um zu …«

»Hacken«, unterbrach ich ihn.

»Helfen, wollte ich sagen.«

»Indem du dich überall reinhackst.«

Auf dem Schreibtisch von Robert klingelte ein Handy und er sah es genervt an.

»Das Ding klingelt schon die ganze Zeit«, beschwerte er sich.«

»Dann geh doch ran«, schlug ich vor.

»Ist nicht meins.«

»Wem gehört es?«

»Keine Ahnung. Ich glaube einem von denen, die ihr verhaftet habt.«

Mir verschlug es den Atem und in dem Moment, in dem Robert es aussprach, wurde ihm bewusst, was er da sagte.

»Sorry, ist schon spät und ich hab echt viel um die Ohren«, entschuldigte er sich.

Ich griff mir das Handy und sah es mir an.

»Hab ich dir das gegeben?«

Er zuckte mit den Schultern.
»Ich weiß es echt nicht mehr.«
Ich dachte nach. Das Handy konnte eigentlich nur Seyfarth, Helbig oder dieser Mareike Müller gehören. Als wir aus Pfaffendorf zurückgekehrt waren, hatten wir allen drei ihre Handys abgenommen. Da ich in Seyfarth eine Art Anführer der Gruppe gesehen hatte, wollte ich dessen Handy besondere Aufmerksamkeit schenken und hatte es Helmes gegeben. Der wiederum hatte mir versprochen, dass Robert sich drum kümmern würde. Es war also mit allergrößter Wahrscheinlichkeit Seyfarths Telefon.
»Mach dir keinen Kopf«, sagte ich dem aufgeregten Robert. »Ich glaube, ich weiß, wessen Telefon das ist. Kümmere du dich um den Laptop des Killers. Vor allem druck die Mails aus und versuche, rauszufinden, mit wem er Mails ausgetauscht hat. Wenn mich jemand sucht, ich bin auf dem Weg in die sicherer Wohnung von Seyfarth.«
Er nickte. Ich verließ die Zentrale und fuhr zur sicheren Wohnung, wo ich wegen der frühen Stunde, es war jetzt fast zwei Uhr in der Früh, nach einer halben Stunde ankam. Ich klingelte an der Tür und blickte in das Objektiv der Überwachungskamera. Wenige Augenblicke später wurde mir geöffnet und ich betrat die Wohnung.
»Was gibt's zu dieser unchristlichen Zeit?«, wollte ein hellwacher Beamter von mir wissen.
»Wir müssen Seyfarth wecken.«
Fünf Minuten später saß mir Seyfarth mit verquollenen Augen und verwüsteter Frisur gegenüber.
»Wenn Sie mir noch einmal ihren Anwalt ins Büro schicken, dann lass ich Sie wirklich laufen. Aber vorher verständige ich die Presse, damit ihre Heimfahrt live im Fernsehen übertragen wird. So erfährt der Killer davon und Sie spielen unseren Lockvogel. Wenn Sie Glück haben, erwischen wir ihn, bevor er sie abknallt.«

Da Seyfarth nicht wusste, dass wir den Killer schon längst verhaftet hatten, konnte ich diesen Bluff durchziehen. Er schluckte schwer. Ich legte das Handy auf den Tisch.

»Das gehört Ihnen, oder?«

Er warf einen kurzen Blick darauf und nickte.

»Wer ist Victor?«

Seyfarth riss die Augen auf und starrte mich erschrocken an. Ich tippte auf das Handy.

»Er hat Sie in den letzten Stunden mehrmals angerufen. Scheint wichtig zu sein. Also, wer ist dieser Victor?«

Irgendwie wirkte der arme Kerl ziemlich benommen. Ich rief einen der Beamten und fragte, ob wir einen Kaffee bekommen könnten. Er nickte, verschwand in der Küche und kam wenig später mit zwei dampfenden Bechern zurück.

»So«, sagte ich, »und jetzt sagen Sie mir, was hier los ist.«

Die nächste halbe Stunde erzählte er mir die Geschichte von Victor. Wie er Kontakt zu ihnen aufgenommen hatte, ihnen die Wahrheit über den Tod ihrer Eltern offenbart hatte und wie er ihnen gezeigt hatte, wie sie Rachen nehmen konnten.

Ich lauschte fasziniert. Das war eine wahrhaft spannende Geschichte, und wenn sie der Wahrheit entsprach, dann warf sie mehr Fragen auf, als dass sie Antworten gab.

»Und ihr habt niemals nach dem Grund gefragt, weshalb er euch diese Geschichte erzählt und euch die Liste gegeben hat? Ihr habt einfach so alles geglaubt, was er euch sagte?«

Er stand auf, verließ den Raum und kehrte wenig später mit einer kleinen Schachtel zurück. Er legte sie auf den Tisch und starrte sie stumm an. Ich wollte ihn gerade fragen, was die Schachtel zu bedeuten hatte, als er leise anfing, zu reden.

»Ich war gerade mal zehn Jahre alt, als ich mit ansehen musste, wie meine Mutter starb.« Er hob den Blick und sah mich aus feuchten Augen an. »Sie war krank, wissen Sie, Krebs. Aber der Krebs hat sie nicht umgebracht.«

Er schob die Schachtel in meine Richtung. »Diese Pillen hier, die haben sie getötet. Aber das wollte natürlich niemand zugeben.« Er schob trotzig sein Kinn vor. »Nein, wir haben nicht nach dem Grund gefragt, und ja, wir haben ihm geglaubt. Weil wir immer gewusst haben, dass irgendwas damals nicht mit rechten Dingen zugegangen war.« Seyfarth schüttelte müde den Kopf. »Wir waren so voller Wut, dass uns das gar nicht interessiert hat. Erst als es in den Zeitungen hieß, wir wären Judenkiller, haben einige von uns Fragen gestellt.«

»Lass mich raten; zwei von denen waren Klindworth und Hollmann.«

»Ja.«

Ich nickte. Das war zu erwarten gewesen.

Dann sah ich Seyfarth eindringlich an.

»Ich brauche deine Hilfe.«

»Was soll ich tun?«

»Ruf Victor zurück und vereinbare ein Treffen. Geht das, oder wäre das ungewöhnlich?«

Seyfarth dachte einen Moment darüber nach.

»Nein. Ich war eh seine Kontaktperson. Nur ich konnte ihn erreichen.«

»Das ist gut. Hilfst du mir?«

»Bleibt mir eine andere Wahl?«

»Natürlich. Aber wenn du mir hilfst, dann verspreche ich, dass ich ein gutes Wort für euch einlege.«

Er sah mich misstrauisch an.

»Echt?«

»Ja. Ich verspreche es.«

»Was soll ich ihm sagen?«

Das hatte ich mir schon überlegt.

»Sag ihm, dass ein Killer Jagd auf euch macht. Sag ihm, dass Klindworth, Hollmann und Stapelfeld tot sind und du nicht weißt, was du machen sollst. Und dann frag ihn, ob ihr euch treffen könnt. Kriegst du das hin?«

Seyfarth nickte. Dann holte er tief Luft und wählte Victors Nummer.

Kapitel 75

»Zugriff.«
Nicolas Eichborn

Das Gespräch mit Victor hatte keine fünf Minuten gedauert. Seyfarth hatte ihm alles erzählt, was wir abgesprochen hatten. Victor fragte ihn, wo er gewesen sei, und Seyfarth antwortete, dass er und die anderen beiden nach Berlin gefahren seien, weil sie sich in einer großen Stadt sicherer fühlten. Das hätte sogar mich überzeugt und ich atmete erleichtert aus. Dann fragte er, ob sie sich treffen könnten. Am besten sehr schnell. Und dann war das Gespräch auch schon vorbei.

»Wir treffen uns um sieben, also in viereinhalb Stunden.«

»Wo?«

»Im Freizeitpark Tegel. An einem Bootssteg.«

Ich ging mit einem der Rechner online und sah mir den Treffpunkt bei Google Earth an. Kurz fragte ich mich, wie meine Kollegen bloß vor zwanzig Jahren in der Lage waren, Fälle zu lösen – ganz ohne i-Pad, i-Phone, Navi und Google. Dann konzentrierte ich mich wieder auf den Bildschirm. Was ich sah, gefiel mir nicht. Unübersichtliches Gelände mit vielen Bäumen, begrenzt nur im Westen und Südwesten von einem großen See. Ansonsten ein idealer Treffpunkt, um schnell wieder zu verschwinden. Ich rief in der Zentrale an. Kreusch würde mit einem Team des SEK anrücken müssen, wenn wir nicht Gefahr laufen wollten, Victor entkommen zu lassen.

Kreusch organisierte das Sondereinsatzkommando und besprach mit dem Einsatzleiter des SEK die Vorgehensweise.

Ich würde mich auf jeden Fall immer in der Nähe von Seyfarth aufhalten, für den Fall, dass Victor gemeinsame Sache mit dem Killer machte, und nun dessen Aufträge abschließen wollte. Als Kreusch mich gegen halb sechs Uhr in der Früh anrief, vernichtete ich gerade meine zehnte Tasse Kaffee – immerhin war ich seit gefühlten zwei Tagen auf den Beinen. Er berichtete mir, dass das SEK inzwischen mit zwanzig Mann den Treffpunkt weiträumig überwachte. Unterstützt wurden sie von einer Hundertschaft der Bereitschaftspolizei. Dies hatten wir der unübersichtlichen Lage des Treffpunktes zu verdanken. Ich hoffte, dass alle Beamten sich in den Büschen oder so versteckt hielten, sodass Victor nichts von deren Anwesenheit mitbekäme. Sogar auf dem See würden zwei Boote dümpeln, falls er diesen Weg wählen sollte.

Wir erreichten den Park eine halbe Stunde später. Da war es kurz nach sechs. Ich bekam von Kreusch ein Ohrenstöpsel und ein Kragenmikrofon, sodass ich den Funkverkehr verfolgen konnte und die Möglichkeit hatte, mich einzuschalten. Seyfarth bekam kein Mikro. Gemeinsam mit Seyfarth machte ich mich auf den Weg zum vereinbarten Treffpunkt.

Unterwegs instruierte ich ihn nochmals und als wir den Bootssteg erreichten, versteckte ich mich in einem Gebüsch, keine drei Meter von ihm entfernt. Es war arschkalt und ich verfluchte mich, weil ich nicht eine Daunenjacke angezogen hatte. Auf der anderen Seite hätte das meine Bewegungsfreiheit ziemlich eingeschränkt. Auch Seyfarth fror – trotz dicker Jacke. Hätte also eh nichts gebracht.

Nach einer Weile hörte ich in meinem Ohr eine leise Stimme.

»Unbekannte Person nähert sich dem Objekt aus Nordwest.«

Ich überlegte, wo wohl Nordwest war und vermutete es rechts von mir. Kurze Zeit später hörte ich Schritte. Langsam zog ich meine Waffe und wartete.

»Hallo, Klaus.«, hörte ich eine unbekannte Stimme.

»Hi. Ganz schöne Scheiße, das alles«, antwortete Seyfarth.

»Tut mir leid, dass deine Freunde tot sind.«

»Mir auch. Hast du irgendwas damit zu tun?«

»Natürlich nicht. Wenn dem so wäre, dann wärst du jetzt wohl schon tot, meinst du nicht?«

»Ich weiß gar nichts mehr. Ich wünschte, wir hätten das alles nicht getan.«

»Dafür ist es jetzt zu spät, nicht wahr? Lass uns lieber überlegen, wie wir die Sache noch retten können.«

»Die Sache retten? Da gibt's nichts zu retten. Wir müssen unsere Ärsche retten.«

»So leid mir das alles tut, aber einfach so aussteigen funktioniert nicht.«

»Warum nicht?«

Gute Frage. Das würde mich auch sehr interessieren.

»Weil meine Auftraggeber das nicht zulassen würden.«

»Was für Auftraggeber? Wovon sprichst du?«

»Glaubst du wirklich, ich handle hier alleine? Woher, glaubst du, habe ich all diese Informationen, die ich euch gegeben habe?«

»Ich dachte, die hättest du selber gesammelt.«

Victor lachte.

»Falsch gedacht. Es gibt jemanden, der mir diese Infos zugespielt hat. Und für diesen jemanden war es eine Menge Geld wert, dass ich euch damit versorgt habe.«

»Also geht es hier um Geld, ja? Das ist der eigentliche Grund.«

»Das ist er doch immer, Klaus.«

Ich hatte genug gehört. Leise sprach ich in mein Mikrofon.

»Zugriff.«

Sekundenbruchteile später brach rings um Seyfarth und Victor die Hölle los. Schwarzgekleidete Gestalten mit Sturmhauben brachen aus dem Unterholz hervor und schrien die beiden an.

»Polizei! Hinlegen! Auf den Bauch!« Einer schrie sogar »Keine Bewegung!«, was natürlich Quatsch war, weil sie sich ja hinlegen sollten. Beide kamen der ersten Aufforderung sofort nach und nachdem sie Victor gründlich nach Waffen durchsucht hatten und keine fanden, ging ich auf sie zu. Als ich das Gesicht sah, konnte ich es nicht fassen. Ich kannte diesen Mann. Allerdings nicht unter dem Namen Victor. Ich kannte ihn als Bastian Kelling, Sicherheitsberater des Edelnazi Klaasen.

Als wir mit dem stoisch stummen Victor alias Bastian Kelling in der Zentrale ankamen, erwartete mich die nächste Überraschung. Robert zog an meinem Ärmel, um meine Aufmerksamkeit zu erregen. Sein Gesichtsausdruck spiegelte verschiedenen Emotionen wider. Unsicherheit, Angst, Neugier, Erregung.

»Was ist denn los?«, fragte ich ihn genervt.

»Unser Killer hat eine Mail bekommen«, flüsterte er.

»Was stand drin?«

Er sah sich schnell um.

»Das ist der Grund, weshalb ich so ein Gewese mache und es nicht laut rausbrülle. Der Auftraggeber wusste von eurem Treffen in Tegel und hat dem Killer den Auftrag erteilt, beide umzubringen.«

Ach du Scheiße.

Wie um alles in der Welt hat der Auftraggeber des Killers von diesem Treffen erfahren?

Kapitel 76

»Ihr aktueller Auftraggeber hat wohl keine Verwendung mehr für Sie.«
Nicolas Eichborn

Wir schlossen Bastian Kelling weg und trafen uns alle im Besprechungsraum. Auch Helen war da, was mich sehr freute. Komischerweise sahen alle außer mir fit aus. Selbst Harry mit seinen zweihundert Lenzen wirkte ausgeruht. Er sah in die Runde und ergriff das Wort.

»Herrschaften, wir haben in den letzten Stunden sehr große Fortschritte gemacht. Vor allem ist es uns gelungen, den Killer dingfest zu machen, sodass wir davon ausgehen können, dass keine weiteren Morde geschehen. Das war ausgezeichnete Arbeit von Ihnen allen. Nun aber hat sich etwas ereignet, was uns allen zu denken geben muss. Der noch unbekannte Auftraggeber des Killers hat vom Treffen zwischen Klaus Seyfarth und Bastian Kelling erfahren. Wir müssen herausfinden, wie das geschehen konnte.«

»Gibt es etwa ein Leck bei uns?« Helmes bleckte die Zähne und sah sich misstrauisch um.

Harry hob abwehrend eine Hand. »Ich möchte mich mit Mutmaßungen zurückhalten. Es gibt bestimmt eine andere Erklärung, als die von Herrn Helmes angesprochene.«

»Wann ist die Mail auf dem Laptop des Killers eingegangen?«, wollte Helen wissen.

Helmes warf einen Blick auf seine Notizen.

»Um zwei Uhr fünfzig.«

Ich dachte nach und versuchte, den zeitlichen Ablauf der vergangenen Stunden zu rekapitulieren.

»Das ist etwa zwanzig Minuten, nachdem Seyfarth im sicheren Haus das Treffen mit Victor, also Bastian Kelling, vereinbart hat.«

Helen sah mich an. »Was hast du im Anschluss an das Telefonat zwischen Seyfarth und Victor gemacht?«

»Seyfarth hat mir erzählt, was Victor gesagt hat. Dann habe ich mir den Treffpunkt auf Google Earth angeschaut und Vincent angerufen, damit der das SEK verständigt.«

»Wie viel Zeit ist vergangen zwischen dem Ende des Gespräches zwischen Seyfarth und Victor und deinem Anruf bei Vincent?«

Ich begriff, worauf Helen hinauswollte und versuchte, so gut es ging, die Zeit abzuschätzen.

»Ungefähr fünfzehn Minuten.«

»Bleibt also ein zeitliches Loch von etwa fünf Minuten, in dem ein Maulwurf hier eine Nachricht an den Auftraggeber des Killers abgeschickt hat. Und die Antwort müsste dann prompt erfolgt sein«, schlussfolgerte Helmes.

Ich schüttelte den Kopf.

»Das ergibt aber keinen Sinn. Denn schließlich wissen hier alle, dass wir den Killer in Gewahrsam haben.«

Helen schlug mit der flachen Hand auf den Tisch. Harry schnellte nach vorn.

»Große Scheiße«, rief er. »Du hast recht. Von hier kann es niemand gewesen sein.«

»Dann bleibt nur noch eine Möglichkeit übrig.«

Ich ging gemeinsam mit Helen in den Verhörraum, in dem Bastian Kelling saß und der Dinge harrten, die da kamen. Unterwegs schnappte ich mir den Laptop vom Killer. Als wir eintraten, hob Kelling den Kopf, musterte uns desinteressiert und ließ ihn wieder sinken.

Wir nahmen ihm gegenüber Platz.

»Sie sollten in Zukunft mehr darauf achten, mit wem Sie Geschäfte machen. Ihr aktueller Auftraggeber hat wohl keine Verwendung mehr für Sie«, begann ich das Gespräch und wartete auf eine Reaktion.

Er sah mich aus müden Augen an.

»Ach ja? Ist das so?«

»Lassen Sie mich mal raten; Sie haben, nachdem Seyfarth sie anrief und Ihnen mitteilte, dass er Ihre Hilfe braucht, sofort Ihren Auftraggeber kontaktiert, ich vermute per Mail, und ihn über diesen Anruf informiert. Ihr Auftraggeber hat Ihnen daraufhin mitgeteilt, dass Sie sich mit ihm treffen sollen. Am besten an einem abgeschiedenen Ort, um herauszufinden, was los ist. Soweit richtig?«

Kelling sah mich mit einem spöttischen Gesichtsausdruck an.

»Wenn Sie das sagen.«

Ich drehte den Bildschirm des Rechners in seine Richtung, sodass er die Mail lesen konnte.

»Diese Nachricht ging unmittelbar, nachdem Sie ihren Auftraggeber kontaktierten, an einen Profikiller raus. Ich denke, selbst jemand mit ihrem begrenzten geistigen Horizont wird diese Botschaft verstehen. Ihr und Seyfarths Glück war, dass wir den Killer vor ein paar Stunden verhaftet haben. Wäre das nicht der Fall, könnten Sie und Seyfarth jetzt gemeinsam mit Elvis ein Bier zischen.«

Um den Mundwinkel Kellings erschien ein harter Zug.

»Die Nachricht ist doch gefaked.«

»Meinen Sie? Lassen Sie es drauf ankommen. Wissen Sie, ich hab hier einen echt beschissenen Fall, äußerst kompliziert. Und mir gehen allmählich die Verdächtigen aus. Da kommen Sie gerade richtig.«

»Keine Ahnung, wovon Sie sprechen.«

»Ich spreche zum Beispiel von Anstiftung zum Mord. In Ihrem Fall ist da eine besonders schwere Schuld nachweisbar. Helen, was meinst du, sechs bis sieben Jahre sind drin, oder?«

»Da bin ich mir ziemlich sicher. Aber das ist ja noch nicht alles, nicht wahr? Ich denke, dass wir die Anklage noch erweitern können.«

»Da fallen uns noch nette Sachen ein.« Ich zwinkerte ihm zu. »Bei Arschlöchern wie dir können wir richtig kreativ werden.«

»Oder wir einigen uns«, warf Helen ein.

Ich machte eine wegwerfende Handbewegung.

»Dafür ist unser kleiner Adolf hier nicht clever genug.«

Ich stand auf und Helen folgte meinem Beispiel. Bevor wir den Raum verließen, warf sie ihm noch einen Blick zu.

»Denken Sie über unser Angebot nach.«

»Sie haben mir keines gemacht.«

Helen und ich sahen uns an.

»Echt nicht?«

»Ich glaube, er hat recht.«

»Vielleicht haben wir ihm kein Angebot gemacht, weil wir der Meinung sind, dass er sowieso nichts zu sagen hat«, meinte ich nachdenklich.

Helen nickte.

»Zum einen deshalb und zum anderen, weil wir glauben, dass er gar nichts weiß, was uns weiterhelfen könnte.«

»Ein sinnloser und nutzloser Typ.« Ich sah ihn an und zuckte bedauernd mit den Achseln. »Tut mir echt leid, Kumpel, aber das einzige, wozu wir dich gebrauchen können, ist als Sündenbock.«

»Und wenn ich doch etwas hätte, was weiterhelfen würde?«

Helen und ich wechselten einen kurzen Blick.

»Es müsste etwas sein, was uns wirklich weiterbringt, ansonsten sehe ich kaum Möglichkeiten, deinen Arsch zu retten«, gab ich ihm zu bedenken.

»Wussten Sie, das Klaasen in Brandenburg eine kleine Armee aufstellen will und zu diesem Zwecke ein Waffenlager eingerichtet hat? Ich könnte Ihnen sagen, wo sich dieses Lager befindet. Und wie wäre es mit dem Typen, der mich kontaktiert hat und mir die ganzen Informationen bezüglich der Medikamententests gab?«

»In einem persönlichen Gespräch?«
»Ja.«
»Wo?«
»Hier in Berlin.«
Wir schlossen die Tür uns setzten uns wieder.

Kapitel 77

»So läuft das nicht, meine Herren.«
Nicolas Eichborn

Helen kümmerte sich zusammen mit Vincent Kreusch um die Aussage von Bastian Kelling und verständigte den zuständigen Staatsanwalt. Der würde mit Kelling reden und, sofern sich seine Aussage als wahr erwies, ein geringes Strafmaß beantragen. Helen und Kreusch machten sich auf die Suche nach dem unbekannten Informanten. In Brandenburg stand ein SEK Team bereit, um das Waffenlager hochzunehmen.

Für mich war es jetzt endlich an der Zeit, ein Treffen mit den vier Geschäftsführern der betroffenen Pharmaunternehmen anzugehen. Ich war mit Staatsanwalt Seeger auf dem Weg in ein Fünf-Sterne-Hotel in den Berliner Innenstadt, um an der Besprechung mit Wagner und seinen Kollegen teilzunehmen. Keiner von ihnen traute sich, eine solch brisantes Treffen in den eigenen Geschäftsräumen stattfinden zu lassen. Sie hatten sogar ihre Handys im Auto gelassen.

Den Zustand der vier Leute als besorgt zu beschreiben wäre stark untertrieben.

Aber es war auch noch etwas anderes zu spüren; eine gewisse Entschlossenheit.

Hubertus Wagner hatte standesgemäß das Kaminzimmer für unser Treffen reserviert und als wir ankamen, prasselte im riesigen Kamin ein Feuer, auf dem man einen Ochsen hätte grillen können. Die vier Geschäftsführer begrüßten mich wie einen alten Freund und als wir Platz nahmen, ergriff Wagner das Wort.

»Nicolas, wir sind schon eine Weile hier und haben uns intensiv ausgetauscht. Wir sind übereingekommen, schonungslos offen zu sein. Wir legen heute die Karten auf den Tisch.«

Die drei anderen nickten und ich quittierte diese Eröffnung mit einem schwachen Lächeln, da ich wusste, dass die meisten Lügen mit dem Satz »Um die Wahrheit zu sagen …« oder »Um ganz offen zu sein …« begannen. Dass er mich beim Vornamen nannte, sollte den anderen wohl eine gewisse Vertraulichkeit signalisieren. Auch dies ließ ich unkommentiert.

»Wir vier hier«, Wagner machte eine ausholende Handbewegung, »repräsentieren ungefähr vierzig Prozent des deutschen Pharmamarktes. Jeder von uns hält etwa zwanzig Prozent der Aktien seines Unternehmens. Weitere siebzig Prozent sind im Besitz von Unternehmen oder Investmentfonds. Die restlichen zehn Prozent befinden sich im Streubesitz.« Sein Gesicht nahm einen besorgten Ausdruck an. »Vor ungefähr zwei Jahren ist ein Firmenverbund aus Japan an unsere Großaktionäre herangetreten und hat ihnen ein Übernahmeangebot unterbreitet. Nach Rücksprache mit uns wurde dieses Angebot abgelehnt. Wie wir jetzt erst erfahren haben, ist der gleiche Firmenverbund einen Tag vor Veröffentlichung des Artikels, in dem wir beschuldigt wurden, in der ehemaligen DDR Patienten zu missbrauchen, erneut an unsere Großaktionäre herangetreten. Diesmal war das Angebot besser als zuvor und mit dem Hinweis versehen, dass der Kurs unserer Aktien in den nächsten Tagen stark fallen werde. Als Beweis für diese Prognose wurde den Aktionären eine Vorabkopie des Artikels überreicht.«

»Und sind einige Ihrer Aktionäre schwach geworden?«, wollte Seeger wissen.

Wagner nickte betrübt.

»Ja, leider. Zwei riesige Hedgefonds, die etwa zehn Prozent der Aktien halten, sind in der Tat schwach geworden. Wir erhielten eine Mitteilung, dass sie verkauft haben.«

»Ist das so schlimm? Ich meine, das kann doch immer passieren oder nicht?«

Hubertus Wagner wehrte theatralisch mit den Händen ab.

»Oh, nein!«, rief er entrüstet. »Unser Aktienkurs wurde manipuliert. Das ist Wirtschaftskriminalität.«

»Interessanter Standpunkt«, sagte ich und sah die vier der Reihe nach an. »Vor allem, wenn man bedenkt, dass die Vorwürfe, die Ihnen gemacht werden, ja den Tatsachen entsprechen.«

Daraufhin trat ein betretenes Schweigen ein, dass erst von Hubertus unterbrochen wurde.

»Wenn wir in der Vergangenheit Fehler gemacht haben sollten, dann stehen wir dafür auch gerade. Aber hier versucht jemand jetzt, uns fertig zu machen! Mit illegalen Mitteln!«

»Dann schlage ich vor, Sie wenden sich an die Börsenaufsicht. Die ist für solche Fälle zuständig«, riet ihnen Staatsanwalt Seeger, und der musste es ja wissen.

Hubertus machte eine wegwerfende Handbewegung.

»Das haben unsere Anwälte heute schon erledigt. Sie müssen die dafür Verantwortlichen finden.«

Ich stand auf und bedeutete Seeger, es mir gleich zu tun.

»Herr Wagner, offen gestanden bin ich enttäuscht. Sie erweisen sich wieder einmal in keiner Weise als kooperativ. Im Gegenteil, Sie scheinen tatsächlich zu erwarten, dass wir in Ihnen das Opfer sehen und nicht den Täter. Sie alle hier sind Täter. Hätten Sie vor mehr als zwanzig Jahren nicht die Idee gehabt, Millionen zu sparen, indem sie ihre Pillen in der DDR testen, gäbe es diese Angriffsfläche, die jetzt ausgenutzt wird, überhaupt nicht. Aber das scheinen Sie irgendwie zu übersehen. Jetzt sollen wir für Sie die Kohlen aus dem Feuer holen. So läuft das nicht, meine Herren.«

»Aber Nicolas«, rief Wagner. »Sie haben mich vollkommen missverstanden.«

»Ach ja? Am Anfang dieser netten Runde hier sprachen Sie von schonungsloser Offenheit. Sie wollten die Karten auf den Tisch legen. Ich gebe ihnen eine allerletzte Chance, Hubertus. Eine allerletzte.«

Kapitel 78

»Wie geht es jetzt weiter?«
Bastian Kelling

Bastian Kelling trug ein winziges Mikrofon, damit Helen und Kreusch das Gespräch zwischen ihm und dem Kontaktmann mitverfolgen konnten. Kelling hatte, als der Plan mit ihm besprochen wurde, einen berechtigten Einwand gehabt.

»Die haben schon einmal meinen Tod gewollt. Wer garantiert mir, dass sie es bei diesem Treffen nicht erneut versuchen?«

»Garantien gibt's keine«, hatte Kreusch geantwortet. »Aber um Sie herum werden so viele Beamte des SEK sein, dass Sie zwei Fußballmannschaften mit denen gründen könnten. Darüber hinaus werden mehrere Scharfschützen Ihren Gesprächspartner ständig im Visier haben. Die Wahrscheinlichkeit, dass Ihnen wirklich etwas passiert, ist äußerst gering.«

Kelling wirkte wenig überzeugt, aber er protestierte nicht, als sie ihm das Mikrofon zeigten, er sah sie nur stumm und ausdruckslos an. Als es an seinem Körper befestigt war, machten sie einen Test – es sendete in ausgezeichneter Qualität.

Kelling hatte den Kontaktmann am frühen Vormittag angerufen und um ein persönliches Treffen gebeten. Er hatte die Dringlichkeit betont und der Kontaktmann hatte zugestimmt. Ihr Treffpunkt war das Teehaus im Englischen Garten. Kreusch hatte erneut ein SEK-Team zur Verstärkung angefordert, da sie keine Ahnung hatten, mit wem sie es zu tun bekommen würden. Anders als bei dem vorherigen Einsatz trugen die SEK-Leute bei diesem Einsatz Zivil. Ziel war es diesmal nicht, eine Verhaftung vorzunehmen. Vielmehr wollten sie den Mann observieren, um so viel wie möglich über ihn herauszufinden. Aus diesem Grund standen drei Fahrzeuge in der Altonaer Straße und im Hanseatenweg bereit. Diese Straßen waren die bevorzugten Parkmöglichkeiten, wenn man das Teehaus besuchen wollte. Für den Fall, dass der Kontaktmann die S- oder U-Bahn benutzen würde, standen dort auch schon Beamte bereit.

Als es an der Zeit war, zum Treffpunkt zu gehen, machte sich Kelling auf den Weg. In einem Abstand von einhundert Metern folgten ihm Helen und Kreusch. Es war ein sonniger und trockener Tag und Helen schob zum Zwecke der Tarnung einen Kinderwagen vor sich her. Alle bis auf Helling trugen winzige Ohrenstöpsel und standen untereinander im Funkkontakt.

»Alpha drei hier. Verdächtige Person asiatischer Abstammung verlässt Fahrzeug am Hanseatenweg. Alter Mitte bis Ende dreißig, etwa einen Meter sechzig groß und schlank. Trägt einen dunklen Anzug und einen dunklen Mantel«, kam es leise aus ihren Ohrenstöpseln.

»Hier Alpha eins. Überprüfung des Kennzeichens veranlassen.«

Helen und Kreusch wechselten einen kurzen Blick und sie setzten ihren Weg fort.

Als sie das Teehaus erreichten, sahen sie Kelling, der vor dem Gebäude stand und rauchte.

»Alpha vier hier. Verdächtiger nähert sich Teehaus aus Nordwestlicher Richtung. Ist noch etwa zweihundert Meter entfernt.«

Helen und Kreusch ignorierten Kelling und schoben den Kinderwagen am Teehaus vorbei in Richtung Froschbrunnen. Dort würden sie einen Moment warten und dann den Weg langsam zurückgehen.

»Alpha zwei hier. Verdächtiger nähert sich unserem Mann und nimmt Kontakt auf.«

Langsam machten sich Helen und Kreusch auf den Weg zurück zum Teehaus.

Der Asiate musterte Kelling gelangweilt und zündete sich eine dünne Zigarette an.

»Warum diese Hektik?«, wollte er mit leiser Stimme wissen. Kelling hoffte, dass das Mikrofon stark genug war, dieses Flüstern auch zu übertragen.

»Es gab Tote in der Gruppe«, sagte Kelling etwas zu laut.

Der Asiate sah sich rasch um.

»Ich weiß. Das erwähnten Sie bereits am Telefon.«

»Davon war niemals die Rede. Der Plan war schlecht.«

Der Asiate zog lange an seiner Zigarette, inhalierte tief und stieß den Rauch in kleinen Wolken durch die Nase wieder heraus.

»Wissen Sie, egal wie gut ein Plan auch ist, es gibt immer die Möglichkeit, dass unvorhersehbare Ereignisse eintreten, die eine Kurskorrektur erfordern. Und jede Korrektur des Kurses bedeutet eine Abweichung vom Plan – und damit wird der weitere Verlauf immer unkontrollierbar. Deshalb haben wir uns entschieden, Sie einzusetzen. Sie sollten unser Kompass sein, der den Plan auf Kurs hält, die erforderlichen Korrekturen vornimmt.« Der Asiate hob den Kopf und sah Kelling aus kalten, dunklen Augen an. »Nicht der Plan war schlecht, Herr Kelling, sondern Ihre Leistung.«

»Wie hätte ich vorhersehen können, dass zwei dieser Idioten im Alleingang anfingen nachzuforschen?«

»Sie haben sich die Antwort selbst gegeben, Herr Kelling. Es waren Idioten. Idioten machen immer Unvorhersehbares. Das hätten Sie berücksichtigen müssen. Das gleich gilt übrigens auch für Ihren eigenen Plan, Herr Kelling. Ich muss gestehen, dass wir sehr amüsiert waren, als Sie uns ihr Vorhaben erläuterten. Juden töten, ihren Vorgesetzten so in Verdacht bringen, um ihn loszuwerden. Alles sehr naiv, wenn Sie mich fragen.«

Kelling sah den Asiaten hasserfüllt an.

»Und jetzt? Wie geht es jetzt weiter?«

»Drei dieser Idioten sind noch übrig. Um die kümmert sich ein anderer. Sie sind aus dem Spiel.«

»Und mein Geld?«

»Fünfzig Prozent des vereinbarten Honorars für fünfzig Prozent Ihrer Leistung haben Sie bereits erhalten. Betrachten Sie sich als vollständig bezahlt. Sie sollten sich glücklich schätzen, Herr Kelling. Normalerweise sind wir nicht so großzügig.«

Kelling schluckte.

»Einverstanden.«

Der Asiate lächelte kalt.

»Gute Entscheidung.« Er verbeugte sich leicht und machte sich auf den Rückweg.

Da die Beamten das Fahrzeug der Zielperson nun kannten, hatten sie die Gelegenheit genutzt und einen Peilsender am Wagen befestigt. So konnten sie ihm im sicheren Abstand folgen, ohne aufzufallen. Der dunkle Lexus des Asiaten fuhr durch den Kreisverkehr in die Straße des siebzehnten Juni, bog rechts ab in die Ebertstraße und gleich wieder links in die Behrenstraße. Am Ende der Straße fuhr das Fahrzeug nach rechts und nach wenigen Metern verschwand es in einer Tiefgarage in der Friedrichstraße. Ein Beamter verließ sein

Fahrzeug und sah sich das Gebäude, in dem der Asiate verschwand, genauer an. Als er sah, was für ein Unternehmen in dem Gebäude residierte, meldete er es per Funk. Minuten später klingelte Helens Handy und sie wurde auch informiert. Helen sah Kreusch an.

»Ich glaube, wir sollten anfangen, japanisch zu lernen.«

»Warum das denn?«

»Der Typ ist geradewegs in die Tiefgarage einer Filiale der Bank of Tokio gefahren.«

Kapitel 79

»Geschäft ist Krieg.«
Günter Maria Helmes

Nachdem ich die Besprechung mit den Pharmakönigen verlassen hatte – Seeger blieb noch dort, um einen möglichen Deal mit den Herren zu besprechen –, fuhr ich auf direktem Wege in die Zentrale. Helen hatte mir eine SMS mit den neuesten Entwicklungen geschickt und ich war gespannt darauf, alles zu erfahren. Ich erreichte die Zentrale und holte mir als erstes einen Kaffee. Dann ging ich in Helmes Büro, wo Helen, Kreusch, Harry und er schon auf mich warteten.

Helen gab mir eine Zusammenfassung der Ereignisse und spielte mir die Aufnahme des Gespräches zwischen Kelling und dem Asiaten vor.

»Und«, meinte Harry, nachdem die Aufnahme beendet war, »Was meinst du?«

»Ich will einen neuen Fall.«

Helmes kicherte. Harry runzelte die Stirn.

»Typisch. Kaum wird's kompliziert, will sich jeder verpissen.«

»Ich hab seit sechs Wochen oder so nicht mehr geschlafen, Harry. Erwarte also keine genialen Rückschlüsse von mir.«

»Tu ich aber.«

»Wir haben es hier offensichtlich mit Wirtschaftskriminalität in höchster Vollendung zu tun. Die Rasselbande hat mir das bestätigt.«

»Wer?«

»Die Pharmafuzzys.«

»Du meinst die Geschäftsführer der betroffenen Unternehmen?«

»Herrgott, Harry …«

»Was haben sie dir bestätigt?«

Ich erzählte ihnen von dem Übernahmeangebot der Japaner von vor zwei Jahren und den aktuellen Angeboten an die Großaktionäre, die unmittelbar vor der Veröffentlichung des Artikels unterbreitet wurden, der für den Kursfall der Aktien verantwortlich war. Das japanische Unternehmen hieß Takamura.

»Soll das etwa bedeuten, dieses Unternehmen Takamura bringt hier in Deutschland Ärzte um, mit dem Ziel, den vier Pharmaunternehmen die Schuld in die Schuhe zu schieben, um sie dadurch kaputt zu machen?«

»Äh, ja. So stellt es sich dar.«

»Also, ich hab ja schon vieles gehört und einiges erlebt, aber das scheint mir doch etwas weit hergeholt.«

»Geschäft ist Krieg«, meinte Helmes.

»Nochmal?«

»Ist ein altes japanisches Sprichwort. Geschäft ist Krieg. Und die meinen das auch so.«

Harry schürzte die Lippen.

»Ich weiß nicht so recht …«

»Lass uns mal die Fakten zusammenfassen.« Ich ging zum Flipchart. »Zum einen haben wir die Abhörtechnik, die nach Meinung des BKA aus Japan stammt. Dann haben wir das Übernahmeangebot des japanischen Unternehmens Takamura von vor zwei Jahren und jetzt. Und zu guter Letzt haben wir diesen Asiaten, der für eine japanische Investmentfirma arbeitet und unseren lieben Freund Bastian Kelling mit Informationen und Geld versorgt hat. Die Indizien sprechen in meinen Augen eine klare Sprache. Es waren die Japaner.«

»Noch wissen sie nicht, dass wir den Killer in Gewahrsam haben«, sagte Kreusch leise. »Wir könnten doch über seinen Email-Account eine Nachricht schreiben und dieser Hacker hier, wie heißt er noch gleich …?

»Robert.«

»Robert schickt denen eine Nachricht mit einem Trojaner. Mit Glück finden wir heraus, an welchen Rechner diese Nachricht geht und können den Empfänger identifizieren.«

»Selbst wenn uns das gelingt – in Japan können wir überhaupt nichts gegen die ausrichten. Das ist dann eine Angelegenheit des Außenministeriums«, gab Harry zu bedenken.

»So merkwürdig das klingt, aber wir könnten dann zumindest Schaden von der deutschen Wirtschaft abwenden, indem wir diese Übernahme verhindern«, meinte Kreusch.

»Und so werden dann doch aus Tätern Opfer, die es zu schützen gilt. In was für einer bescheuerten Welt leben wir eigentlich?«, brummte ich.

Kapitel 80

»Du bist richtig sauer, oder?«
Helen Wagner

»Kennen Sie jemanden in der Berliner Filiale der Bank of Tokio?«

Ebel sah mich mit seinen undurchdringlichen Augen an und zuckte mit den Achseln.

»Selbstverständlich.«

War ja klar. Was stellte ich ihm auch so eine blöde Frage. Ich zeigte ihm die Bilder, die Beamte mit ihren Hochleistungskameras vom Asiaten gemacht hatten, als der sich mit Kelling getroffen hatte.

»Es geht um diesen Mann. Der Lexus, den er fährt, ist auf eine Investmentfirma zugelassen, die zu dieser Bank in der Friedrichstraße gehört.«

Ebel nahm sich ein Foto, auf dem das Gesicht des Mannes deutlich zu erkennen war.

»Ich nehme an, Sie brauchen diese Informationen so schnell wie möglich?«

»Richtig.«

»Gut. Dann mach ich mich gleich an die Arbeit.« Er stand auf und verließ den Raum, den ich als Büro in der Zentrale nutzte. Mein eigentliches Büro im Präsidium hatte ich schon seit gefühlten Ewigkeiten nicht mehr gesehen. Ich erinnerte mich vage an Bewerbungsgespräche, die ich dort geführt hatte. Das schien Jahre her zu sein.

Es klopfte an der Tür und Helen kam herein. Sie setzte sich mir gegenüber und sah mich traurig an.

»Darfst du mir verraten, wie das Gespräch mit meinem Vater und seinen Geschäftspartnern lief?«

»Es ist mir scheißegal, ob ich dir das verraten darf oder nicht.« Ich stand auf und nahm sie in den Arm. Wir hielten uns eine kleine Ewigkeit, dann setzte ich mich wieder.

»Zuerst eierte er rum und wich direkten Fragen aus. Als ich dann den Raum verlassen wollte, weil es mir zu blöd wurde, knickten sie ein und gaben zu, diese *modifizierten Studien* durchgeführt zu haben. Sie nannten es tatsächlich modifizierte Studien, diese Armleuchter. Ich sagte ihnen, dass man wohl kaum von Studien sprechen könne. Wenn man dem Ganzen einen Namen geben wollte, dann könnte man nur von Kostensenkungsmaßnahmen sprechen. Illegale Maßnahmen, die eine Strafverfolgung nach sich ziehen müssten, da sie zu Lasten der Gesundheit vieler gingen. Daraufhin gelobten sie Wiedergutmachung. Ich wollte von ihnen wissen, wie sie das denn wieder gut machen wollten, erhielt aber keine plausible Antwort. Vielleicht wollen sie ja gemeinsam den Jakobsweg gehen und sich dabei gegenseitig auspeitschen. Wahrscheinlicher ist wohl, dass sie den Hinterbliebenen Schadenersatz zahlen. Als ob das irgendetwas wieder gut machen könnte.«

»Du bist richtig sauer, oder?«

»Was heißt sauer. Ich bin frustriert. Frustriert deshalb, weil es in diesem Fall so viele Schuldige gibt und keiner von ihnen wird die Strafe kriegen, der er verdient hat. Dein Vater und seine Kollegen kommen mit einer Geldstrafe davon und in ein paar Wochen wird keiner mehr über die Schweinerein, die sie getan haben, sprechen. Der Aktienkurs ihrer Milliardenunternehmen wird wieder steigen, sie werden noch reicher und wer weiß, vielleicht ziehen sie die gleiche Scheiße in einem Land der dritten Welt wieder durch.« Erregt stand ich auf.

»Die Japaner werden ihr Angebot zurückziehen und sich nach Hause verpissen. Denen können wir gar nichts, da hat Harry recht. Dem Killer können wir nicht einen einzigen Mord beweisen, den können wir nur wegen Hausfriedensbruch drankriegen. Bastian Kelling können wir anhand der Aufnahme des Gespräches wegen Beihilfe zum Mord anklagen. Mit etwas Glück kommt er mit sechs Jahren davon. Seyfarth und den anderen zweien können wir auch nichts. Die Morde haben natürlich die begangen, die schon tot sind und wir können nicht das Gegenteil beweisen. Ich meine, es gibt hier neun Tote, jede Menge Schuldiger und uns Trottel, die keinen wegen Mordes anklagen können. Das ist doch nicht normal.«

Helen hatte meinem Ausbruch mit stoischer Gelassenheit zugehört. Als ich fertig war und mich erschöpft in meinen

Bürostuhl sinken ließ, kam sie zu mir und begann, sanft meine Schultern zu massieren.

»Wann hast du zuletzt geschlafen?«

»Keine Ahnung, vor einem Monat oder so.«

Helen schmunzelte und gab mir einen Kuss.

»Puh, Du stinkst.«

»Das liegt daran, dass meine letzte Dusche auch schon ein paar Tage her ist.«

»Hier gibt's Duschen.«

»Echt?«

»Ja. Sind ganz okay, hab sie schon benutzt.«

»Selbst wenn ich zwei Stunden am Stück duschen würde, ändere ich meine Meinung nicht.«

Helen lächelte mich an.

»Das erwarte ich auch nicht. Aber du bekommst einen klaren Kopf, und den brauchen wir noch.«

»Wofür?«

»Für unseren Plan.«

Ich richtete mich auf und sah sie aufmerksam an.

»Wozu brauchen wir einen Plan?«

»Wir müssen doch etwas gegen die Ungerechtigkeit unternehmen, von der du gerade gesprochen hast«, sagte sie leise.

»Wie bitte?«

»Du hast mich schon richtig verstanden, Nicolas. Lass uns etwas dagegen unternehmen. Lass uns für Gerechtigkeit sorgen. Manchmal muss man was Schlimmes tun, um was Gutes zu bewirken. Deine Worte, erinnerst du dich?«

»Du meinst das wirklich ernst, oder?

Helen nickte entschlossen.

»Ja.«

»Alleine schaffen wir das nicht.«

»Ich weiß. Aber ich habe da eine Idee. Und ich weiß, wer uns helfen könnte.«

Kapitel 81

»Haben Sie mir irgendwas zu sagen?«
Nicolas Eichborn

Helen und ich hatten uns mit Patrick Ebel zum Abendessen verabredet, weil wir ihn ins Boot holen wollten. Wir brauchten ihn, seine Fähigkeiten und vor allem seine Kontakte ins Außen- und Wirtschaftsministerium. Wir beschränkten uns in dem Gespräch auf die Drahtzieher des Komplotts und erklärten ihm unser juristisches Dilemma. Er hörte aufmerksam zu und als wir geendet hatten, stellte er eine einzige Frage:

»Was schwebt Ihnen vor?«

Wir wechselten einen kurzen Blick und sagten ihm, was wir uns vorstellten. Ebel dachte eine ganze Weile darüber nach und sagte dann:

»Ich muss ein paar Vorbereitungen treffen und Telefonate führen. Dafür benötige ich ungefähr drei Stunden.« Er warf einen Blick auf seine Uhr. »Allerdings kann ich diese Telefonate erst gegen Mitternacht führen.«

»Die Zeitverschiebung?«

Er sah mich an und nickte.

»In Tokio ist es jetzt drei Uhr in der Früh.«

»Heißt das, Sie machen mit?«, wollte Helen wissen.

»Unter der Voraussetzung, dass ich meine Kontakte in Tokio davon überzeugen kann, ja. Dann mache ich mit.«

Ich hob abwehrend eine Hand.

»Moment. Halten Sie es für eine gute Idee, irgendwelche Leute in Tokio anzurufen und über unser Vorhaben zu informieren, in der Hoffnung, sie würden mitmachen? Ist das nicht zu riskant? Ich meine, wer sagt uns denn, dass die Typen, die Sie anrufen, nicht mit den Arschlöchern zusammenarbeiten?«

Ebel sah mich vollkommen unberührt an.
»Warum wollen Sie, dass ich bei Ihrem Plan mitmache?«
»Wegen Ihrer Kontakte«, sagte ich.
»Und wegen Ihrer Fähigkeiten«, ergänzte Helen.
Ebel nickte.
»Wenn Sie beide von meinen Kontakten und von meinen Fähigkeiten überzeugt sind, dann sollten Sie auch wissen, dass ich nicht *irgendwelche* Leute anrufe, sondern nur Personen, denen ich vertraue.«
Treffer und versenkt. Ich nickte schuldbewusst.
»Sie haben recht. Tut mir leid.«
»Lasst uns etwas zu essen bestellen. Ich habe einen Mordshunger«, sagte Helen und lächelte.
Ebel nickte und sah mich an.
»Sie wollten noch den Namen einer bestimmten Person wissen; der Mann heißt Kusako Waki.«
Das ging schnell und bewies einmal mehr, über welch gute Kontakte Ebel verfügte und wie glücklich wir uns schätzen konnten, ihn auf unserer Seite zu wissen.
Helen und ich waren uns einig, dass wir weder Harry noch Vincent Kreusch einweihen würden. Harry stand kurz vor seiner Pensionierung und Kreusch war zu frisch an Bord, als dass wir ihn mit unserer Vorgehensweise kompromittieren wollten. Helmes und Robert, der Hacker waren im Boot, ohne es zu wissen, da sie mit ihren Nachforschungen schon begonnen hatten und nicht wussten, wie wir die Informationen, die wir von ihnen erhielten, nutzen würden. In gewisser Weise würden wir die Geschäftsführer der vier Pharmaunternehmen in Teile unseres Planes einweihen, da sie und ihre Firmen einen nicht unwesentlichen Beitrag dazu würden leisten müssen.
Auf dieses Gespräch freute ich mich schon.
Aber als erstes würden wir uns um den Killer kümmern.
Inzwischen hatten wir nämlich herausgefunden, zu wel-

chen Schlössern die Schlüssel gehörten, die wir bei der Durchsuchung der Wohnung des Killers gefunden hatten. Sie gehörten zu Schließfächern an den Hauptbahnhöfen in Berlin und Hamburg. Um unseren Plan nicht zu gefährden, fuhren Helen und ich zum Bahnhof in Berlin und öffneten das Schließfach. Hier fanden wir, ordentlich in einer Sporttasche verpackt, das Scharfschützengewehr und eine Schachtel Patronen des Kalibers 12,7×99 mm. Ich rief umgehend Kohlenberg vom BND an und bat ihn um Hilfe. Er müsste für mich einen ballistischen Test durchführen, um sicherzustellen, dass die tödlichen Schüsse auf den Arzt in der Friedrichstraße aus diesem Gewehr abgefeuert wurden. Darüber hinaus sollte er prüfen, ob es an der Waffe Fingerabdrücke gab, wovon ich nicht ausging. Wie immer fragte er mich nicht nach dem warum, sondern er beschränkte sich auf ein bis wann. Als ich ihm sagte, dass ich die Ergebnisse noch heute bräuchte, fragte er mich nur, ob ich ihm die Filmrechte an meinem aktuellen Fall abtreten würde.

Als er mich am späten Nachmittag anrief, hatte er eine gute und eine schlechte Nachricht für mich. Die gute Nachricht lautete, dass der tödliche Schuss in der Friedrichstraße eindeutig aus der im Schließfach gefundenen Waffe stammte. Die schlechte Nachricht war, dass das Gewehr so sauber war, wie ein frisch gewaschener Kinderarsch. Es gab keinen einzigen Fingerabdruck.

Das überraschte mich nicht – im Gegenteil, für diesen Fall hatte ich schon Vorkehrungen getroffen. Ich holte mir das Gewehr bei Kohlenberg wieder ab und fuhr zurück in die Zentrale. In meinem Büro griff ich mir die beiden Wasserflaschen, die auf dem Besprechungstisch standen und ging in eines der Vernehmungszimmer. Dann rief einen vom Wachdienst an und forderte ich auf, Torben Schäfer zu mir zu bringen. Als Schäfer den Raum betrat, warf ich ihm eine der Plastikflaschen zu.

»Was zu trinken?«

Er fing sie geschickt auf und setzte sich mir gegenüber hin.

»Haben Sie mir irgendwas zu sagen? Nein? Alles klar.« Ich stand wieder auf, nahm ihm die Flasche ab und forderte den Wachmann auf, ihn zurück in seine Zelle zu bringen. Torben Schäfer sah mich irritiert an, als ich ihn angrinste.

Als ich zurück in meinem Büro war, verschloss ich die Tür und legte die Flasche auf den Tisch. Dann zog ich behutsam die durchsichtige, dünne Folie ab, die Helen zuvor auf die Flasche geklebt hatte. Ich hielt sie ins Licht und konnte den perfekten Handabdruck des Killers darauf erkennen.

Als nächstes zog ich einen Handschuh an, dann trennte ich die Abdrücke der einzelnen Finger von der Folie ab und klebte sie mir auf meine rechte Hand. Schließlich griff ich mir das Gewehr und hinterließ perfekte Fingerabdrücke des Killers am Lauf, am Abzug und am Schaft des Gewehres.

Ich entfernte die Folie von den Fingern, zog mir einen Handschuh an, packte das Gewehr in einen großen Beweismittelbeutel und gab es pflichtbewusst bei Harry ab, der umgehend eine Untersuchung der Waffe veranlasste. Dann fuhr ich ohne schlechtes Gewissens nach Hause, um endlich mal eine Nacht durchzuschlafen.

Manchmal muss man etwas Schlechtes tun, um etwas Gutes zu erreichen.

Kapitel 82

»Warum in aller Welt wollt ihr das wissen?«
Hubertus Wagner

Als ich am nächsten Morgen aufwachte, fühlte ich mich wie neugeboren. Helen war schon vor mir aufgestanden und der

Duft nach frisch gekochtem Kaffee stieg mir in die Nase. Ich duschte ausgiebig und gesellte mich zu Helen, die schon den Tisch gedeckt hatte.

»Und«, sagte ich mit vollem Mund. »bereit, deinem Vater entgegenzutreten?«

»Ich bin bereit geboren worden«, antwortete Helen und grinste mich an.

Jedoch spürte ich eine gewisse Anspannung bei ihr. Kein Wunder, nach allem, was in den letzten Wochen passiert war und was noch vor uns lag.

Mein Handy klingelte und ein über alle Maßen begeisterter Harry berichtete mir, dass auf dem Scharfschützengewehr eindeutige Fingerabdrücke des inhaftierten Killers sichergestellt werden konnten. Damit stand fest, dass wir über ausreichend Beweismaterial verfügten, um eine Anklage wegen Mordes gegen ihn einzuleiten. Ich gratulierte ihm und legte auf.

»Das war der leichte Teil«, sagte ich zu Helen.

Wir frühstückten zu Ende und fuhren ins Interconti, wo das Treffen mit den vier Inhabern stattfinden würde.

Der Besprechungsraum war klein und verschwiegen. Wir nahmen Platz. Da ich weder die Zeit noch die Lust auf ein langes Vorgeplänkel hatte, kam ich unmittelbar auf den Punkt.

»Was sind Ihnen Ihre Unternehmen und Ihre Zukunft wert?«

Die vier wechselten unsichere Blicke.

»Ich bin mir nicht sicher, ob wir Sie verstehen …«, meinte Hubertus Wagner.

»Ich möchte wissen, wie viel Geld jeder einzelne von ihnen locker machen kann, um ihre Unternehmen für die Zukunft besser dastehen zu lassen, als vor dem Skandal.«

»Nicolas, wenn das hier der Versuch einer Erpressung ist …«

»Papa, hör doch mal richtig zu! Glaubst du wirklich, wir würden hier versuchen, euch zu erpressen?«

Hubertus Wagner hob die Hände in die Luft.

»Dann redet doch bitte Klartext.«

Ich dachte zwar, dass ich das getan hätte, unternahm aber einen neuen Versuch.

»Ich muss wissen, über wie viel Bargeldreserven jeder einzelne von Ihnen verfügen kann, wie viel er darüber hinaus noch beschaffen kann und in welcher Geschwindigkeit. Das ganze natürlich, ohne dass irgendwelche Firmenanteile zu Bargeld gemacht werden.«

Die vier steckten ihre Köpfe zusammen und berieten sich. Dann ging jeder von ihnen auf sein Zimmer, da sie Telefonate führen mussten. Bevor auch Hubertus ging, kam er auf uns zu.

»Warum in aller Welt wollt ihr das wissen?«

»Jemand hat versucht, eure Unternehmen billig zu übernehmen. Um dieses Ziel zu erreichen, ist er buchstäblich über Leichen gegangen. Wir wissen, wer das war und wir wollen, dass derjenige von der Bildfläche verschwindet.«

Seine Augen wurden groß.

»Wer? Wer hat das getan?«

»Die Takamura AG.«

»Yamamoto ...«, sagte Hubertus leise.

»Nein«, korrigierte ich ihn. »Takamura.«

Er schüttelte den Kopf.

»Der Geschäftsführer der Takamura AG heißt Yamamoto. Katsumi Yamamoto. Ich kenne ihn.«

Er sah uns aufmerksam an.

»Was habt ihr vor?«

»Wir tun das gleiche, was er ohne Erfolg versucht hat. Wir wollen, dass ihr die Mehrheit an seinem Unternehmen erhaltet.«

Er riss die Augen auf und wich erschrocken einen halben Schritt zurück.

»Das ist ... das ist verrückt ...«, stammelte er.

»Vielleicht. Aber nicht unmöglich. Vor allem dann nicht, wenn wir die Großaktionäre der Takamura AG kennen und ihnen klar machen, was vorgefallen ist und was für Konsequenzen eine Veröffentlichung der Vorfälle, insbesondere der Morde, für den Wert des Unternehmens hätte.«

»In diesem Moment ist einer unserer Leute in Japan und führt Gespräche mit den Hauptaktionären der Takamura AG«, erklärte Helen.

»Deshalb müssen wir wissen, was ihr an Geld locker machen könnt.«

»Wir könnten auch mit unseren Aktionären sprechen. Dazu gehören Hedgefonds, die über ein enormes Kapital verfügen«, meinte Hubertus nachdenklich.

»Na dann«, sagte ich munter. »Mach mal.«

Kapitel 83

»Die Takamura KK reicht vollkommen.«
Patrick Ebel

Patrick Ebel liebte Tokio. Die Neun-Millionen-Metropole pulsierte vor Leben, und selbst jetzt im Dezember herrschten am Nachmittag angenehme fünfzehn Grad. Ebel war seit zwei Tagen in der Stadt und bewohnte eine Suite im Shangri-La Hotel, die er für sechs Tage gemietet hatte. Das Hotel war nur wenige Autominuten vom Finanzdistrikt Kabutocho entfernt, in dem er in den kommenden Tagen seine Termine wahrnehmen wollte.

Normalerweise müsste man denken, dass ein Mensch wie Ebel bei Gesprächen mit japanischen Geschäftsleuten grandios scheitern würde, da sie offenbar niemals direkt zur Sache kamen und ihre wahren Interessen hinter einer offenherzigen und freundlichen Fassade verbargen. Aber das Gegenteil war der Fall; hinter jeder Geste steckte eine Botschaft, hinter jeder Floskel ein Hinweis. Alles war eine Art Spiel, in dem die Karten zu keinem Zeitpunkt offen auf den Tisch gelegt wurden. Aber spielen konnte Ebel. Mindestens genauso gut wie seine Gesprächspartner. Hier ging es nicht um wahre Emotionen, sondern einzig ums Geschäft und um Logik. Und deshalb waren ihm fast alle unterlegen. Natürlich ließ er das die anderen zu keinem Zeitpunkt spüren. Im Gegenteil, er verhielt sich stets zurückhaltend, respektvoll und überaus höflich.

Fast wie ein Japaner, hatte ihm einmal ein japanischer Geschäftsmann gesagt, der von Ebels zurückhaltendem Wesen sehr beeindruckt war. Er konnte ja nicht wissen, dass Ebels Verhalten dem Syndrom geschuldet war, unter dem er litt.

Sein erstes Gespräch hatte er mit einem alten Bekannten aus Deutschland. Volkmar Kruppke arbeitete seit nunmehr fünf Jahren für einen internationalen Hedegfond mit Sitz in Liechtenstein. Sein Büro aber war hier in Tokio. Kruppke war sechsunddreißig Jahre alt, groß, schlank und vollkommen kahl. Er hatte in den letzten Jahren ein Vermögen angehäuft und hätte bei einer schmutzigen Scheidung fast alles verloren, wenn Ebel ihm nicht geholfen hätte.

Kruppke holte Ebel am Hotel ab und sie fuhren gemeinsam in eines der besten Restaurants der Stadt – ein Steakhouse. Das Restaurant Aragawa war berühmt für seine Steaks und befand sich im Tokioer Bezirk Shinbashi. Mit seinen in dunklem Holz vertäfelten Wänden und Kronleuchtern an der Decke versprühte es eine europäisch anmutende Atmosphäre. Das Restaurant wurde von einer nahe gelegenen Farm versorgt und so konnte man sicher sein, dass man ein frisches Stück japanischen Rindes verspeist. Die Qualität hatte jedoch auch seinen Preis. Ein Abendessen kostete alles in allem pro Person rund fünfhundert Euro.

Ebel und Kruppke wurden an ihren Tisch geführt, und nachdem sie Platz genommen hatten, bestellten sie sich etwas zu trinken und führten bis zur Bestellung ihres Essens lediglich Smalltalk. Dann kamen sie zur Sache.

»Um was geht's denn nun, Patrick?«

»Ich bin im Auftrag einiger Investoren in Japan, um einen Übernahme vorzubereiten.«

»Ich wusste gar nicht, dass du dich mit solchen Dingen beschäftigst.«

»Tue ich auch nicht. Es ist sozusagen Bestandteil eines anderen Auftrages.«

Kruppke hob die Augenbrauen.

»Darf man mehr erfahren?«

»Um den Umfang und die Chancen des Deals zu erfassen, muss ich sogar mehr erzählen«, antwortete Ebel und gab seinem Bekannten eine ausführliche Zusammenfassung. Kruppke lauschte fasziniert, und nach kurzer Zeit holte er einen Stift und ein Blatt Papier aus der Tasche und machte sich Notizen.

Als Ebel geendet hatte, sah Kruppke ihn erwartungsvoll an.

»Um welches Unternehmen geht es?«

»Die Takamura KK.«

»Ah! Das macht Sinn.«

»Wie meinst du das?«

»Die haben Probleme. Wenn ich mich recht entsinne, dann macht Takamura rund sechzig Prozent des Umsatzes mit Mitteln gegen Diabetes und Bluthochdruck. Aber die Patente der Umsatzbringer sind ausgelaufen oder laufen in Kürze aus. Darüber hinaus haben sie vor zwei Jahren ihren Abteilungsleiter Forschung und Entwicklung verloren. Dass die sich nach Übernahmekandidaten umsehen, ist nicht verwunderlich. Nur die Methoden sind erschreckend. Denen muss es wirklich schlecht gehen. Aber auch das wundert mich nicht, denn der Vorsitzende der Geschäftsführung Yamamoto ist ein arroganter Schweinehund.«

»Ach ja?«

»Allerdings. Hier in Japan ist es ein vollkommen normaler Vorgang, dass sich Unternehmen durch Überkreuzbeteiligungen gegen feindliche Übernahmen schützen. Yamamoto jedoch hat sich allen Versuchen anderer Unternehmen, eine solche Beteiligung mit der Takamura KK einzugehen, wiedersetzt. Er brauche keinen Schutz, hat er mal gesagt. Er wäre derjenige, der übernimmt und nicht derjenige, der übernommen wird.«

»Das wird sich nun rächen.«

»Wie sieht der Plan aus?«

Ebel erläuterte Kruppke den Plan und der schnalzte mit der Zunge.

»Eine echte Cowboynummer. Wie viel Geld habt ihr zur Verfügung und wer sind eure Partner in Europa?«

Ebel nannte ihm die Summe und die Partner, die mit im Boot saßen.

»Scheiße, Mann, mit den Geschützen könntest du ja schon fast Mitsubishi angreifen.«

»Die Takamura KK reicht vollkommen«, meinte Ebel trocken.

»Das dürfte kein Problem sein.« Kruppke lächelte voller Vorfreude, als er sagte: »Ich denke zuerst an eine Long Short Equity.«

Dies war eine sehr typische Hedgefonds-Strategie. In Erwartung einer positiven Entwicklung werden Aktien gekauft, auf negative Erwartungen wie im vorliegenden Fall, folgen Aktienleerverkäufe. Für einen Leerverkauf leiht sich der Fonds die entsprechenden Wertpapiere von einem Investor aus und verkauft sie an der Börse zum aktuellen Kurs. Zu einem späteren Zeitpunkt erwirbt der Investor diese Aktien an der Börse zurück und liefert sie wieder ins Depot des Eigentümers.

Sind gemäß der Erwartung die Kurse gefallen, so ist die Differenz zwischen Verkaufs- und Wiederbeschaffungskurs abzüglich der Zinsen für das Entleihen der Gewinn, den der Hedgefonds erzielt hat. Der Gewinn bei der geplanten Übernahme von Takamura KK wäre wahrscheinlich gigantisch hoch.

»Wir sollten mit meinem Boss reden«, meinte Kruppke.

»In der Tat, das sollten wir tun.«

»Es gibt nur eine einzige Sache, die meinen Boss davon abhalten könnte, mitzumischen.«

»Und die wäre?«

»Ich sagte dir eingangs, das Yamamoto eine Überkreuzbeteiligung mehrmals abgelehnt hat. Das bedeutete jedoch nicht, dass er gänzlich auf Schutz verzichtet hat.«

Ebel hob eine Augenbraue.

»Die Yakuza?«

Kruppke nickte.

»Es gibt Gerüchte. Seit einiger Zeit mischt die Yakuza auch in der Finanzwelt mit. Angeblich besitzen sie sogar einen eigenen Hedgefonds.« Er schüttelte den Kopf. »Unglaublich, oder? Auf jeden Fall ist es eine Tatsache, dass sie über Beteiligungen an Konzernen unterschiedlichster Branchen verfügen. Es gilt als ziemlich sicher, dass sie im Besitz von Aktien der Takamura KK sind.«

»Viele?«

»Keine Ahnung, aber ich denke, mit Kleinkram geben die sich nicht ab.«

»Also legen wir uns nicht nur mit Takamura an, sondern auch mit der japanischen Mafia.«

»Ja. Und das könnte meinem Boss Bauchschmerzen bereiten.«

Wie sie am nächsten Morgen feststellten, tat es das nicht. Im Gegenteil, der Chef von Kruppke, Toshiru Mifune, war für japanische Verhältnisse vollkommen hingerissen von der Idee, Teil dieses Vorhabens zu werden.

Um das zu erfahren, mussten jedoch zunächst einmal zwei Stunden des Treffens vergehen, bis sie zur Sache kommen konnten. Ebel wusste, dass Japaner bei der Wahl potentieller Geschäftspartner weniger auf den kurzfristigen Profit als auf das Potenzial zur langfristigen Zusammenarbeit achten. Persönliche Harmonie spielte dabei eine wesentliche Rolle. Japaner verwendeten daher nicht nur viel Zeit darauf, den beruflichen Hintergrund zu durchleuchten, sondern auch die Person dahinter.

Ebel beantwortete alle Fragen mit ausgesuchter Höflichkeit und spielte seine Erfolge dabei herunter. Bescheidenheit ist in Japan immer noch eine Tugend, wie er wusste.

Als Mifune nach einer Weile andeutete, dass von seiner Seite durchaus Interesse bestand, es aber bislang noch keine schriftliche Bestätigung von Seiten Ebels gab, die die finanziellen Möglichkeiten der Deutschen Partner belegte, war es an der Zeit, die Aktentasche zu öffnen und diverse Schriftstücke auf dem Tisch auszubreiten, die ihm aus Deutschland zugemailt worden waren. Mifune studierte die auf Englisch verfassten Dokumente intensiv, griff dann zum Telefon und bellte Befehle hinein. Wenig später erschien ein Assistent, der die Dokumente an sich nahm und damit wieder verschwand. Ebel war klar, dass der Mann mit den Unterlagen unterwegs in die Rechtsabteilung des Unternehmens war. Dort wurden sie erneut geprüft und es würden einige diskrete Telefonate geführt werden.

Kapitel 84

»Von Spaß war nie die Rede.«
Nicolas Eichborn

Tokio war uns acht Stunden voraus, sodass Ebel, als er mich anrief, gerade sein Mittagessen beendet hatte, während ich in der Zentrale meinen zweiten Morgenkaffee trank.

»Ich muss gleich zurück zur Besprechung«, erklärte er mir. »Ich wollte einen Zwischenstand durchgeben. Die beiden größten japanischen Hedgefonds, die zusammen etwa dreißig Prozent von Takamura halten, sind im Boot. Sobald Sie uns das Startsignal geben, beginnen sie mit massiven Leerverkäufen. Dadurch wird der Kurs der Takamura-Aktie fallen.«

»Sehr gut.«

»Ja. Heute am späten Nachmittag treffe ich mich mit dem Chefredakteur der Financel Times Tokio. Ich bin davon überzeugt, dass er die Story bringen wird.«

»Das klingt alles ganz ausgezeichnet, Patrick.«

»Später treffe ich mich dann mit zwei weiteren Großaktionären, die vom Inhaber eines der Fonds, die schon im Boot sind, vorab informiert wurden. Wir haben insofern großes Glück, als dass das Unternehmen Takamura nicht sehr beliebt und die Loyalität dementsprechend gering ist. Wenn alle Gespräche heute gut verlaufen, dann könnten wir schon in zwei Tagen über eine Aktienmehrheit verfügen.«

So schnell konnte man also sein Unternehmen verlieren. Erschreckend.

Ich dankte Ebel und wir beendeten das Gespräch. Sofort wählte ich die Nummer von Hubertus Wagner.

»Übermorgen könnten Ihnen und ihren Kollegen die Mehrheit der Takamura AG gehören.«

»Hier ist alles bereit«, versicherte mir Wagner.

»Okay, gut. Ich melde mich.« Ich beendete das Gespräch und rief den nächsten an.

»Krempe.«

»Frau Krempe, Eichborn hier. Ist der Artikel fertig?«

»Ich wollte ihn gerade an sie mailen.«

»Sehr gut. Machen Sie das. Wenn ich Fragen habe, melde ich mich.«

»Stets zu Diensten«, meinet sie spöttisch.

»Ist es kein gutes Gefühl, das Richtige zu tun?«

»Doch. Aber mit weniger Druck würde es mehr Spaß bringen.«

»Von Spaß war nie die Rede«, sagte ich und legte auf.

Wenige Minuten später erhielt ich den Artikel, der noch heute in der Onlineausgabe des Blitz erscheinen würde. Morgen würde er dann in der Printausgabe zu lesen sein.

Pharmaunternehmen gründen Unterstützungsfond
Von Saskia Krempe

Frankfurt – Die Geschäftsführer der vier führenden Pharmaunternehmen Deutschlands, Hubertus Wagner, Wagner Pharma AG, Hannes B. Klugmann, Klugmann Pharma AG, Manfred Stolze, Stolze Pharma AG und Klaus H. Friedrichs, MEDICO AG, haben heute Vormittag in einer gemeinsamen Erklärung eine Art Ehrencodex vorgestellt. Auslöser dieser Initiative war der Vorwurf an diese vier Unternehmen, zwischen 1973 und 1989 illegale Medikamentenversuche an ahnungslosen Bürgern der ehemaligen DDR vorgenommen zu haben. Hierzu Hubertus Wagner:
»Wir haben in der Vergangenheit schwere Fehler begangen. Auch wenn diese Studien zum größten Teil ohne das Wissen der Geschäftsführung der Unternehmen durchgeführt worden sind. Wussten wir davon? Nein. Hätten wir etwas dagegen unternommen, wenn wir es gewusst hätten? Auf jeden

Fall. Macht uns das frei von jeglicher Verantwortung? Nein. Die Mitarbeiter, die diese Studien in Auftrag gegeben haben, sind heute nicht mehr in unseren Unternehmen tätig und Studien dieser Art wird es in unseren Unternehmen nicht mehr geben. Aber das reicht uns noch nicht. Die Geschäftsführer der vier betroffenen Unternehmen haben einen Unterstützungsfond eingerichtet. In diesem Fond befinden sich Einhundertmillionen Euro. Dieses Geld dient der Entschädigung der Hinterbliebenen von Personen, die durch die erwähnten Studien zu Schaden gekommen sind. Darüber hinaus verpflichten die vier Geschäftsführer sich, in Zukunft Medikamente, die in Ländern der Dritten Welt dringend benötigt werden und zu unserem Produktportfolio gehören, verbilligt dort anzubieten. Dies ist unser Weg der Wiedergutmachung.« Vertreter des Bundesgesundheitsministerium und der Weltgesundheitsorganisation reagieren durchweg positiv auf diese Verlautbarung.

Das machte zwar aus Hubertus Wagner und seinen Kollegen keine Heiligen, erfüllte aber einen guten Zweck. Es war Helens Idee, dies zur Bedingung zu machen und der Wiederstand der vier hielt sich in überschaubaren und erträglichen Grenzen.

Ich war zufrieden.

Kapitel 86

Der erste Schlag erfolgte um neun Uhr vormittags Tokioter Zeit.

Der Ausgabepreis einer Takamura-Aktie betrug elftausendsiebenhundertvier japanische Yen, das entsprach etwa neunzig Euro. Innerhalb von nur vierzig Minuten wurden

Leerverkäufe der Takamura-Aktie im Werte von fast drei Millionen Euro getätigt, was zu der Annahme führte, dass mit dem Unternehmen etwas nicht stimmte.

Das ist das schöne an Aktien; niemand interessiert sich für deren Vergangenheit. Nur die Zukunft zählt. Nachdem neunzig Minuten vergangen waren, betrug der Wert einer Takamura-Aktie nur noch zehntausendneunhundertneunundachtzig Yen, also rund vierundachtzig Euro und fünfzig Cent.

Hunderte Kleinanleger erhielten von ihren Finanzberatern einen Anruf mit der Empfehlung, ihre Aktien zu verkaufen. Die meisten taten dies auch und fanden sogar einen Käufer.

Unsere Hedgefonds.

Der zweite Schlag erfolgte gegen elf Uhr.

Die Financial Times veröffentlichte in ihrer Online-Ausgabe einen Artikel, in welchem gegen die Takamura KK schwerer Vorwürfe erhoben wurden. Es war die Rede von Börsenmanipulation und sogar Mord. Dem Artikel beigefügt waren ins Englische übersetzte Kopien von Teilen unserer Ermittlungsergebnisse, um dem Ganzen einen offiziellen Status zu geben. Kopien dieses Artikels gingen an die Tokioter Börse und an einige Investoren, die Aktien des Unternehmens besaßen.

Um elf Uhr zehn betrug der Wert einer Takamura-Aktie nur noch neuntausendeinhundertdrei Yen.

Zehn Minuten später war der Wert auf achttausendzweiundsechzig Yen gefallen.

Gegen zwölf Uhr machten erste Übernahmegerüchte die Runde, was den Wert der Aktie nochmals sinken ließ.

Um zwölf Uhr fünfzehn wurde der Handel der Takamura-Aktie ausgesetzt. Viele Finanzprofis wunderten sich, dass die Börsenaufsicht so lange gezögert hatte. Niemand ahnte, dass sie warteten, bis zweiundfünfzig Prozent des Unternehmens einen neuen Eigentümer hatten.

Kapitel 87

»Koste es, was es wolle.«
Akito Hatake

Katsumi Yamamoto ging gemessenen Schrittes durch seinen Teegarten in Richtung Teehaus. Der Weg zum Teehaus war mit Wartebänken versehen und ein Wasserstein diente dazu, dass sich die Gäste vor Eintritt in das Teehaus die Hände reinigen und den Mund ausspülen konnten. Die Teezeremonie begann im Warteraum (Yoritsuki), wo sich die drei Teilnehmer versammelten. Der Mizuya (Wasserraum) war der Raum, wo Geschirr, Vorräte, Wasser, Utensilien usw. aufbewahrt wurden. Die japanische Teezeremonie fand im Teezimmer, dem Chashitsu, statt. Dieser Raum war klein und niedrig und ohne Möbel, man saß auf Strohmatten (Tatami) am Boden. In der Mitte des Raumes befand sich eine in die Erde eingelassene Feuerstelle, sowie die notwendigen Utensilien wie die kostbaren Keramik-Teeschalen (Chawan), die Teedose (Chaire), der Chasen (Bambusbesen), der benutzt wird, um den Pulvertee zu verrühren, sowie der Bambus-Schöpflöffel (Hisaku). Alle Gegenstände bestachen durch ihre Schlichtheit und waren, wie auch der Raum und das Rollbild im Raum, durch die Teilnehmer entsprechend zu würdigen. Nachdem der Teemeister die Gäste durch eine Verbeugung begrüßt hatte, begann die etwa zweistündige Teezeremonie, bei der jeder Handgriff vorgeschrieben war. Alle Teilnehmer der Zeremonie waren in schlichten Kimonos gekleidet. Das hier drei der mächtigsten und reichsten Männer des Landes am Boden knieten, war nicht zu erkennen.

Zu Beginn erhielten die Teilnehmer Kaiseki als Mahl gereicht, was komplett aufgegessen werden musste. Anschließend folgten Süßigkeiten. Nach dem ersten Teil verweilten die Gäste im Tee-Garten bis ein Gongschlag sie, nach erneuter Reinigung von Mund und Händen, wieder in den Teeraum bat, um am Gozairi, dem Hauptteil der Zeremonie, beizuwohnen. Der Teemeister bereitete den dickflüssigen Tee, den Koicha, der mit heißem Wasser aufgefüllt und schaumig geschlagen wurde. Der Ehrengast, Akito Hatake, probierte nach vorgeschriebener strenger Weise und bewunderte das Getränk sowie die Keramikschale bis er diese, nach gründlicher Reinigung, an den nächsten Teilnehmer weiterreichte. Nachdem alle Teilnehmer vom Tee gekostet hatten, erhielt der Ehrengast die Teeschale, die er dann an den Teemeister übergab. Das strenge Ritual bzw. das Gozairi endete, nachdem sich jeder Einzelne lobend geäußert hatte. Zum Abschluss der Teezeremonie – Usucha – wurde ein dünner Tee (Matcha) zubereitet. Jeder Gast erhielt eine eigene Teeschale, in der er zwei Löffel des Tees anrührte, die dann ausgetrunken wurde. Erst als der letzte Teilnehmer seine geleerte Schale dem Teemeister übergeben hatte und diese durch ihn hinausgetragen wurden, verbeugte er sich vor den Teilnehmern, was auch das Ende der japanischen Teezeremonie bedeutete.

Und den Anfang ihrer Besprechung.

Katsumi Yamamoto wurde 1941 in Fukuyama geboren. Die Stadt hatte knapp fünfhunderttausend Einwohner und gehörte zur Präfektur Hiroshima. Seine Eltern waren einfache Menschen, die mit ihrem kleinen Laden mehr recht als schlecht über die Runden kamen. Als die Amerikaner am sechsten August 1945 die erste Atombombe in der Geschichte der Menschheit über Hiroshima zündeten, war er vier Jahre alt. Fukuyama spürte von der Explosion nichts, aber das Land veränderte sich durch den Abwurf der Bombe über Hiroshima und den über Nagasaki drei Tage später für immer.

Vor dem zweiten Weltkrieg hatte sich Japan einzig darauf beschränkt, westliche Produkte zu kopieren und billiger zu verkaufen. Durch diese Vorgehensweise hatte sich die japanische Wirtschaft gewisse Marktanteile gesichert. Im wirtschaftlichen Aufbau der Nachkriegszeit jedoch wurden die Universitäten zum Motor des Fortschrittes und schon bald bauten die japanischen Unternehmen eigene Entwicklungsabteilungen auf und die Universitäten wurden zu einem wichtigen strategischen Partner der Industrie.

Schon als Kind verfügte Yamamoto über einen starken Willen und ein ausgeprägtes Durchsetzungsvermögen. Als er in die Grundschule kam, bemerkten die Lehrer sehr schnell seine überdurchschnittliche Intelligenz und förderten ihn. Nach fünf Jahren, also ein Jahr früher als normal, verließ er die Grundschule und wechselte auf eine Mittelschule. Diese verließ er wieder ein Jahr früher als gewöhnlich, weil seine Lehrer ihn die Prüfung zur Oberschule vorzeitig absolvieren ließen. Er bestand sie als Bester und drei Jahre später besuchte er dann die Hochschule.

Ein Jahr vor seinem Abschluss kam ein Unternehmen aus der Chemiebranche auf ihn zu und bot ihm einen Posten in ihrer Entwicklungsabteilung an. Yamamoto bedankte sich förmlich und sagte zu. Innerhalb von fünf Jahren wurde er der Leiter der Abteilung und weitere vier Jahre später berief man ihn in die Geschäftsführung des Unternehmens. Da war er gerade einmal dreißig Jahre alt.

Sechs Jahre später, er war mittlerweile verheiratet und hatte zwei Kinder, trat ein Headhunter auf ihn zu und bot ihm den Chefposten eines der renommiertesten Unternehmens des Landes an. Er lernte daraufhin den Firmengründer und Inhaber dieses Unternehmens kennen und sehr schnell stellten beide fest, dass er der ideale Nachfolger des alten Mannes wäre.

So wurde Yamamoto mit nicht einmal vierzig Jahren der Geschäftsführer des größten japanischen Pharmaunternehmens, der Takamura KK, der japanischen Form einer AG.

Seine heutigen Gesprächspartner waren der Oyabun der einflussreichten Yakuza-Verbindung in Tokio, Akito Hatake. Als Oyabun bezeichnete man das Oberhaupt eines Yakuza-Netzwerkes. Ihm zur Seite saß Makoto Kohara, eine Art Finanzminister der Organisation.

Da es unhöflich gewesen wäre, das Wort zu ergreifen, bevor Hatake dies tat, warteten beide darauf, dass dieser das Schweigen brach. Hatake blickte schließlich mit kalten Augen Yamamoto an.

»Was ist in Deutschland geschehen?« Es war eine ganz simple Frage, aber durch den Ton, in dem sie gestellt wurde, klang sie gleichzeitig nach Vorwurf und nach Drohung.

Yamamoto verbeugte sich.

»Herr Hatake, unvorhersehbare Ereignisse führten dazu, dass die deutsche Börsenaufsicht den Handel der Aktien der von Ihnen bevorzugen Unternehmen ausgesetzt hat. Aus diesem Grund ist es uns nicht gelungen, die Mehrheit an den Unternehmen zu erwerben.«

»Was für *unvorhersehbare Ereignisse*?«

Yamamoto verbeugte sich noch tiefer.

»Menschliches Versagen, Herr Hatake. Ich habe die falschen Leute damit beauftragt, ihre Pläne umzusetzen.«

Hatake nickte langsam. Es war gut, dass Yamamoto die Schuld auf sich nahm und nicht ausschließlich auf die anderen abschob. Dies wäre ein Zeichen der Schwäche gewesen und hätte Hatake die Möglichkeit verbaut, Yamamoto einen schwerwiegenden Gesichtsverlust zu ersparen.

»Warum sind die Aktien unseres Unternehmens im Wert gefallen?«

»Wegen des verleumderischen Artikels in der *Financel Times*.«

»Der ja wohl der Wahrheit entspricht.«

Yamamoto schwieg betroffen. Er hatte nur die Befehle ausgeführt, die ihm durch Hatake erteilt wurden, aber das konnte er ihm schlecht vorwerfen.

»Entspricht es den Tatsachen, dass die Mehrheit des Unternehmens nicht mehr in unserer Hand liegt?«

Yamamotos Gedanken rasten. Er wusste, dass es hier um mehr als nur den Fortbestand des Unternehmens ging.

»Wir prüfen das zur Zeit noch«, antwortete er ausweichend.

Nun ergriff Makoto Kohara das Wort.

»Meine Analyse hat ergeben, dass wir nur noch knapp neunundvierzig Prozent der Takamura KK besitzen. Damit ist das Unternehmen faktisch übernommen worden.«

»Ich habe also viel Geld verloren«, sagte Hatake leise.

»Mit diesen Details sollten Sie sich nicht aufhalten, Herr Hatake«, sagte Yamamoto mit bebender Stimme. «Ich werde dafür sorgen, dass Sie vollständig entschädigt werden.«

Hatake warf ihm einen scharfen Blick zu und als Yamamoto unterwürfig den Kopf senkte, wurde sein Blick verächtlich.

»Durch dein Versagen habe ich einen großen Gesichtsverlust erlitten. Ich will, nein, ich *muss* jetzt alles wissen«, sagte Hatake gefährlich leise.

»Jawohl«, flüsterte Yamamoto und begann, ausführlich Bericht zu erstatten.

Als er geendet hatte, schwieg der Oyabun eine lange Zeit und er schien mit seinen Gedanken sehr weit weg zu sein. Als er wieder das Wort ergriff, bebte seine Stimme leicht.

»Wir müssen den Schaden, der entstanden ist, begrenzen.« Er schlug mit der Faust auf den massiven Holztisch und seine Stimme wurde zu einem bedrohlichen Grollen. »Koste es, was es wolle.« Er sah Yamamoto mit ausdruckslosem Blick an. »Geh nach Hause, alter Mann und überlasse den Rest uns.«

Yamamoto, der wusste, was das bedeutete, stand auf und verbeugten sich tief.

Dann verschwand er. Nach einem Seitenblick zu Kohara verließ auch dieser das Teehaus. Es vergingen keine fünf Minuten und zwei andere Männer betraten den Raum. Sie waren klein und schmächtig, aber anhand ihrer geschmeidigen Bewegungen konnte das geübte Auge erkennen, dass es sich bei ihnen um durchtrainierte Männer handelte. Auch sie verbeugten sich vor Hatake und der bedeutete ihnen mit einer knappen Geste, ihm gegenüber Platz zu nehmen.

Mit knappen Worten erklärte ihnen Hatake, was er von ihnen erwartete. Die beiden Männer lauschten seinen Worten mit unbeweglicher Miene.

»Bringt zu Ende, was Yamamoto und der Gaijin nicht geschafft hat«, bellte er zum Schluss.

Die beiden sprangen auf und verbeugten sich erneut.

»Hai, Hatake san.«

Kapitel 88

»Das sind Profis, die wissen, wie sie an Waffen kommen.«
Nicolas Eichborn

Ebel rief an und informierte mich über die neusten Entwicklungen. Ganz offensichtlich hatte unser Plan funktioniert. Einer neu gegründeten Holding mit Sitz in Lichtenstein gehörten nun über fünfzig Prozent der Takamura AG. Ebenfalls zu dieser Holding gehörten die vier Pharmaunternehmen Wagner, Stolze, Klugmann und Medico. Wir beendeten das Gespräch und meine Stimmung war auf einem Höhepunkt, der jäh zerstört wurde, als Ebel wenige Minuten später erneut anrief.

»Wir haben ein Problem. Ich habe gerade erfahren, dass Yamamoto zwei Männer nach Deutschland geschickt hat.«

»Ja, und?«

»Bei den beiden handelt es sich ganz offensichtlich um Profikiller der Yakuza.«

Ebel wusste sogar, welchen Flug die beiden Kerle genommen hatten. Das waren in der Tat schlechte Nachrichten, zumal wir gestern Seyfarth, Helbig und Mareike Müller aus der Schutzhaft entlassen hatten. Wenn es wirklich stimmte, dass zwei Profikiller aus Japan nun in Deutschland waren, dann nur aus einem Grund: Sie sollten das zu Ende bringen, was Torben Schäfer angefangen hatte.

Ich rief sofort Helen und Kreusch an und berichtete ihnen, was geschehen war. Dann wandte ich mich an Helmes, der uns die Aufnahmen der Überwachungskameras vom Frankfurter Flughafen vom relevanten Zeitraum besorgen musste. Mit ein wenig Glück würden wir erfahren, wie die beiden Killer aussahen. Als nächstes mussten wir die drei auf freien Fuß gelassenen, jungen Leute finden.

Bevor wir die Zentrale verließen, um sie zu suchen, gaben wir eine Fahndung nach ihnen raus. Wir wollten gerade los, als Helmes uns rief.

»Ich hab sie«, meinte er uns zeigte auf den Bildschirm seines Rechners. »Sie sind über Helsinki nach Frankfurt geflogen. Gestern Vormittag sind sie angekommen. Hier seht ihr sie bei der Passkontrolle.«

Die beiden trugen dunkle Businessanzüge und sahen echt finster aus.

»Kannst du die Bilder ausdrucken?«

»Na klar.« Er gab den Druckbefehl und wenig später hielten wir die Bilder der beiden in Händen.

»Schick sie bitte an alle Polizeidienststellen mit dem Vermerk *Bewaffnet und gefährlich.*«

»Wie sollen die denn ihre Waffen mit an Bord genommen haben?«, wollte Helmes entgeistert wissen.

»Haben sie nicht. Das sind Profis, die wissen, wie sie an Waffen kommen.«

Kreusch machte sich auf den Weg nach Halle zu Mareike Müller, Helen fuhr nach Erfurt, dem Wohnort von Helbig und ich würde nach Leipzig zu Seyfarth fahren. Mein Fehler wurde mir erst bewusst, als ich auf halber Strecke nach Leipzig einen Anruf von Helmes erhielt.

»Es ging gerade eine Meldung über den Polizeifunk ein«, meinte er mit atemloser Stimme. »In Freiburg in der Schillerstraße wurde ein schwerverletzter Mann entdeckt. Der Verletzte heißt Friedrichs.«

Ich begriff immer noch nicht.

»Ja, und?«

»Klaus Friedrichs, der Chef von Friedrich Pharma.«

Erst jetzt verstand ich, warum die zwei Killer nach Deutschland gekommen waren.

»Verdammte Scheiße!«, rief ich. »Sorg sofort für Polizeischutz für Wagner, Stolze und Klugmann. Wir sind auf dem völlig falschen Dampfer!« Ich betätigte den Warnblinker, fuhr auf den Standstreifen und scrollte mich durch das Menu meines Handys, bis ich die Nummer von Wagner fand. Nach dem zweiten Klingeln nahm er das Gespräch an.

»Nicolas Eichborn hier. Wo sind Sie?«

»In meinem Haus, warum?«

»Auf Friedrichs ist geschossen worden und ich gehe davon aus, dass Sie der nächste auf der Liste sind. Polizei ist unterwegs zu Ihnen. Verlassen Sie auf keinen Fall das Haus. Ist ihre Frau bei Ihnen?«

»Ja«, sagte Wagner schnell. »Sie ist hier. Wer will uns umbringen? Wie geht es Friedrichs? Ist er tot?«

Jemand klopfte an das Beifahrerfenster, was ich ignorierte.

»Keine Ahnung. Verriegeln Sie alle Türen und halten Sie sich von den Fenstern fern, okay?«

»Okay. Danke. Kommen Sie und Helen hierher?«

»Wahrscheinlich schon.«

Ich legte auf und blickte nach rechts. Ein Streifenpolizist sah mich böse an und bedeutete mir, das Fenster herunterzulassen. Ich kam der Aufforderung nach und er schnauzte mich an.

»Sind Sie bescheuert? Das ist ein Standstreifen und keine Telefonzelle. Ihren Führerschein, Fahrzeugschein.« Er langte schon mal voller Vorfreude in das Fahrzeuginnere.

Anstatt meiner Papiere zeigte ich ihm meinen Dienstausweis. Er warf einen Blick darauf und schmiss ihn mir achtlos ins Auto zurück.

»Auch für Sie gilt die Straßenverkehrsordnung.«

»Ja, ja«, meinte ich und ließ die Scheibe wieder hochfahren. Ich konnte hören, dass er noch etwas zu sagen hatte, ignorierte ihn aber und fuhr wieder los. Ich musste dringend nach Frankfurt, also rief ich Harry an.

»Ich brauche einen Hubschrauber, der mich nach Frankfurt bringt«, sagte ich zur Begrüßung.

»Was? Wie? Wo bist du?«

»Auf der Autobahn in Richtung Leipzig.«

»Wo genau?«

Ich machte das Navi an und drückte im Menü auf den Punkt aktueller Standort, dann gab ich ihm meine Koordinaten.

»Etwa fünf Kilometer weiter ist die Autobahnraststätte Fläming. Östlich davon gibt es ein freies Feld. Ich sorge dafür, dass man dich dort abholt.«

Ich dankte Harry und gab Gas. Hinter mir erkannte ich den Streifenwagen, der mir mit eingeschaltetem Blaulicht folgte. Ich schüttelte den Kopf. Wie blöd muss man sein?

Ich erreichte mit meiner Eskorte den Rastplatz, parkte den Wagen und stieg aus. Ich wählte erneut Harrys Nummer und er nahm sofort ab.

»In fünf Minuten ist der Hubschrauber da«, sagte er ohne Begrüßung.

»Harry, hier ist so ein übereifriger Verkehrspolizist, der mich wohl am liebsten über den Haufen schießen würde.« Ich sah, wie der Typ mit energischen Schritten auf mich zukam. In der Ferne hörte ich die Rotorblätter des Hubschraubers knattern.

»Was hast du angestellt?«

»Auf dem Standstreifen telefoniert.«

Harry lachte kurz.

»Tu ihm nichts, er macht nur seinen Job«, sagte er und legte auf.

Der Hubschrauber schwebte über dem Feld. Ich warf dem Beamten den Wagenschlüssel zu.

»Lassen Sie den Wagen abschleppen, wenn's Ihnen Spaß bringt. Ich muss los.«

Verdattert fing der Beamte den Schlüssel und sah mir dabei zu, wie ich zum Hubschrauber rannte.

Kapitel 89

»Wieso in Gefahr? Was ist los?«
Helen Wagner

Als der Hubschrauber unter einem Höllenlärm auf Wagners Grundstück landete, war ich für Hubertus Größenwahn mehr als dankbar. Schließlich bot der mir die Gelegenheit, sozusagen in seinem Vorgarten anzukommen. Ich dankte dem Piloten, der wieder abhob und davon flatterte.

Da niemand mit ausgebreiteten Armen auf mich zukam und rief ›Gott sei Dank bist du da‹, ging ich davon aus, dass meine Anweisung, das Haus nicht zu verlassen, befolgt wurde. Ich sah mich um, konnte aber auf dem weitläufigen Grundstück niemanden entdecken. Das überraschte mich ein wenig, da ich davon ausgegangen war, dass es hier nur so von Beamten wimmelte. Vielleicht versteckten die sich alle und ich war schon längst im Visier von diversen Scharfschützen. Da mir dieser Gedanke nicht sonderlich gefiel, zückte ich meinen Dienstausweis und hielt ihn in die Höhe.

Niemand erschien, um mich zu begrüßen.

Ich rief Harry an.

»Ich steh hier auf dem Grundstück von Wagners Anwesen, aber niemand ist zu sehen. Hast du veranlasst, dass Unterstützung vor Ort ist?«

»Ja, klar. Warte mal, ich ruf kurz da an.« Ich konnte hören, wie Harry sein Telefon benutzte. Dann hörte ich ihn die richtigen Fragen stellen. Plötzlich schrie er: »Was? Schicken Sie sofort alle verfügbaren Leute dahin, Sie Arschloch.«

Das war die gute alte Schule. Dann sprach er wieder zu mir:

»Die haben Scheiße gebaut. Es ist nur ein Streifenwagen mit zwei Beamten vor Ort. Unternimm nichts, bis die anderen da sind.«

Ich sah mich erneut um. Der Streifenwagen würde von meiner jetzigen Position nicht zu sehen sein, da er vor dem Haupteingang des Hauses stehen musste, und ich im hinteren Garten stand. Nun hatten Killer aber nicht die Angewohnheit, sich Zugang zum Haus zu verschaffen, indem sie den Vordereingang benutzten und klingelten. Es war also gut möglich, dass die beiden Polizisten in ihrem Auto saßen und den Haupteingang bewachten, während die Killer durch den Garten gekommen waren.

»Alles klar, Harry, ich warte«, sagte ich, dachte aber im Traum nicht daran. Ich zog meine Waffe, lud sie durch und machte mich vorsichtig auf den Weg zum Haus.

Unbeschadet erreichte ich die Terrasse, die in etwa so groß war wie ein halbes Fußballfeld. Oben blieb ich stehen und betrachtete die offene Schiebetür.

Das war jetzt irgendwie blöd.

Ich ging vorsichtig in das Wohnzimmer und hielt inne, um zu lauschen. Kein Ton war zu hören. Ich sah mich um, konnte aber keine Spuren eines Kampfes erkennen. Vorsichtig setzte ich meinen Weg durchs Wohnzimmer fort. Der Raum hatte bestimmt einhundert Quadratmeter und war mit englischen Antiquitäten eingerichtet, die eine geschickte Hand mit modernen Komponenten vermischt hatte.

Ich vermutete, dass es nicht die Hände von Hubertus gewesen waren.

Die Wände waren nicht tapeziert, sondern nur verputzt und in einem beigen Ton angestrichen, was mir sehr gefiel. Weniger Gefallen fand ich an meiner aktuellen Situation und an der Tatsache, dass ich den Grundriss der Villa nicht kannte. Es gab zwei Türen, durch die ich das Wohnzimmer wieder verlassen konnte. Na ja, wenn ich die offene Schiebetür mitzählte, waren es drei und mein Verstand riet mir eindringlich, genau diese Tür auch zu wählen. Aber ich gehörte nun einmal nicht zu der Sorte Mensch, die bevorzugt auf seinen Kopf hörte. Mein Bauch empfahl mir die linke der beiden Türen, also entschied ich mich für einen Kompromiss und öffnete die rechte Tür.

Ich stand in der Küche.

Unter normalen Umständen hätte ich jetzt dieser Küche einer intensiven Inspektion unterzogen, denn sie war der Traum eines jeden Hobbykochs. Edelstahl, wohin das Augen blickte, und da, wo es nötig war, blauer Granit. Vielleicht sollte ich dem Deal mit Hubertus noch einen Passus anfügen, der besagte, dass mir die Küche zustünde …

Vielleicht sollte ich mich auch besser konzentrieren, damit ich hier nicht noch in die Knarre eines japanischen Elite-Killers lief. Jetzt stand ich in einem breiten und langen Flur. Links von mir gab es eine Treppe, rechts von mir erstreckte sich der Flur auf einer Länge von ungefähr zehn Metern, dann machte er einen Bogen nach links. Ich konnte zwei Türen erkennen, die verschlossen waren.

Das Klingeln meines Handys hätte fast dazu geführt, dass ich einen Schuss aus meiner Waffe abgefeuert hätte. Was für ein grober Schnitzer, dass ich mein Handy nicht auf lautlos gestellt hatte. Da meine Tarnung jetzt eh schon im Arsch war, konnte ich genauso gut das Gespräch annehmen.

Es war Helen.

»Im Haus ist ein Killer«, rief sie. »Er ist im Erdgeschoss!«

»Was? Woher weißt du ...?«

Ich nahm rechts von mir eine Bewegung wahr, zuckte zusammen und machte mich klein.

Dann fiel ein Schuss.

Kapitel 90

»Wo ist Nicolas, und wo ist der Killer?«
Helen Wagner

Der Killer war tatsächlich durch den Garten ins Haus gelangt. Hubertus Wagner und seine Frau waren nach dem Anruf so in Panik geraten, dass sie glatt vergessen hatten, die Schiebetür zu schließen. Stattdessen waren sie auf direktem Wege nach oben gelaufen und hatten sich im Panikraum eingeschlossen. Technisch war dieser Raum auf dem neuesten Stand. So gab es für eine sichere Kommunikation eine Festnetzanlage und ein Funkgerät, für den unwahrscheinlichen Fall, dass das Festnetz ausfiel. Die Wände waren aus Stahl und Holz. Zudem wurden sie mit Kevlar ausgestattet, dadurch waren sie sicher vor Pistolenschüssen und Feuer.

Die Klimaanlage konnte Gase und Kampfstoffe filtern und die dafür vorgesehenen Ventile lagen gut getarnt außerhalb des Panikraums. Zusätzlicher Luxus war ein Generator, der eine eigene Stromversorgung garantiert und Wasserleitungen für Toilette und Waschbecken. Vorsorglich hatte Wagner Konserven gebunkert, sodass sie auch nicht Hungerleiden mussten. Über ein Steuerelement konnte man die unterschiedlichen Überwachungskameras im Haus und auch außerhalb des Gebäudes anwählen und auf zwei Monitoren die Eindringlinge beobachten.

So hatte Hubertus Wagner in seinem Panikraum fast schon fasziniert beobachten können, wie ein untersetzter Asiate vorsichtig das Wohnzimmer betrat und dann durch das Erdgeschoss schlich. In der Hand hielt der Mann eine Pistole, was den Zweck seines Besuches mehr als erklärte. Gebannt schaltete Wagner von Kamera zu Kamera und konnte so den Weg des Eindringlings verfolgen. Das tat er so lange, bis seine Frau ihn fast anschrie, er möge doch bitte endlich die Polizei verständigen. Wagner griff daraufhin zum Telefon und wählte den Notruf.

Da er weiterhin den Killer beobachtete, entging ihm, dass vor dem Haus ein Streifenwagen hielt und zwei Beamte das Fahrzeug verließen und vor dem geschlossenen Eisentor die Türklingel bedienten. Nachdem niemand das Tor öffnete, stiegen die beiden wieder in den Wagen und meldeten über Funk, dass ihnen niemand geöffnet hatte.

Wagner schaltete weiter von Kamera zu Kamera, bis seine Frau plötzlich scharf den Atem einzog. Er folgte ihrem Blick und sah, wie ein weiterer Mann das Wohnzimmer betrat.

»Das ist doch Nicolas«, sagte seine Frau. »Wir müssen ihn warnen.«

»Wie denn?«

»Ich weiß nicht. Ruf ihn an.«

»Glaubst du, er ist so blöd und hat sein Handy eingeschaltet, während er durchs Haus schleicht?«

»Dann ruf Helen an. Die weiß bestimmt, was wir tun sollen.«

Wagner schnaufte und wählte die Handynummer seiner Tochter. Nach dem zweiten Klingeln nahm sie das Gespräch an.

»Hi Paps, was gibt's?«

Wagner erzählte seiner Tochter in rasender Geschwindigkeit, was sich ereignet hatte.

»Jetzt kann ich Nicolas sehen. Er schleicht durchs Haus und hat keine Ahnung, dass da unten ein Killer auf ihn wartet.«

»Wo ist Nicolas und wo ist der Killer?«

Wagner erklärte Helen, was sie wissen wollte.

»Okay, Papa, leg nicht auf, ich switche zwischen Nicolas und dir hin und her. Beobachte du den Killer.« Dann war Helen weg und Wagner hörte Musik.

Seine Frau sah ihn mit weit aufgerissenen Augen an.

»Was ist los? Was hat sie gesagt?«

»Sie switcht zwischen Nicolas und mir hin und her. Jetzt gerade spielt Musik.«

»Was? Stell mal auf laut.«

Wagner aktivierte den Lautsprecher.

Feeling down when the autumn has come – stormy days and the leaves keep on falling ...

Wagners Frau war ratlos.

«Was ist das?"

«Ein Lied. Rain in May.«

I don't like the town when the autumn has come – clouds are grey and there's fog outside ...

Sie warfen sich einen verwirrten Blick zu und konzentrierten sich wieder auf die Bilder der Überwachungskamera. Sie sahen, wie Eichborn erschrocken zusammenzuckte und zu seinem Handy griff. Wagner warf seiner Frau einen entschuldigenden Seitenblick zu und blickte wieder auf den Bildschirm,

Eichborn war verschwunden.

Kapitel 91

»Was ist los? Bist du verletzt?«
Helen Wagner

Hätte ich meinen Kopf nicht eingezogen, hätte mich der kleine Scheißer glatt erwischt. Aber wie sagte Harry immer so schön: Von hätte kann sich niemand etwas kaufen. Hätte, hätte ... hätte mein Bruder Brüste, wäre er meine Schwester. Oder so ähnlich.

Jedenfalls verfehlte mich Chop Sui und ich bekam die Gelegenheit, in Hubertus Haus herumzuballern, was ich dann auch tat. Natürlich hatte sich der kleine Pisser wieder verdrückt und ich schoss lediglich hässliche Löcher in die verputzten Wände. Mein Handy lag auf dem Boden und wie aus einer anderen Welt drangen die Rufe von Helen an mein Ohr. Ich überlegte kurz, ob ich es riskieren könnte, das Telefon zu schnappen und entschied mich dafür. Kein weiterer Schuss wurde auf mich abgefeuert, als ich nach meinem Telefon griff. Vielleicht hatte ich ihn ja durch einen Querschläger erwischt.

»Bin wieder da«, sagte ich ins Telefon.

»Geht's dir gut?«

»Alles in Ordnung. Wo ...?«

»Der Killer ist wieder im Wohnzimmer und versucht, durch den Garten abzuhauen!«

Herrgott noch mal, woher wusste sie das?

Ich rannte durch die Küche ins Wohnzimmer und sah, wie der Typ gerade die untere Ebene der Terrasse verließ und auf den Rasen lief.

»Halt«, brüllte ich so laut es ging. »Stehen bleiben, oder ich schieße.« Dann schoss ich. Ich traf ihn nicht, aber er blieb stehen und drehte sich herum. Trotz der Entfernung konnte ich den Hass in seinem Blick sehen und mir schwante Übles. Langsam kam der Wahnsinnige auf mich zu.

»Bleiben Sie stehen«, warnte ich ihn. Vielleicht verstand er mich nicht. Möglicherweise hieß ›Bleiben Sie stehen‹ ja auf Japanisch ›Komm her und hau mir aufs Maul‹. Keine Ahnung, auf jeden Fall fing der Typ an zu brüllen und rannte plötzlich mit irrsinniger Geschwindigkeit auf mich zu. Dann erinnerte ich mich daran, dass er ja eine Waffe hatte und ich schoss. Wie erstarrt blieb er stehen und betrachtete seinen Oberkörper. Dann fing er an, sich die Klamotten vom Leib zu reißen, brach zusammen und blieb regungslos stehen.

»Nicolas? Nicolas!«

Ich sah auf mein Handy und stellte fest, dass die Verbindung zu Helen immer noch stand. Ich hob das Telefon an mein Ohr.

»Ja?«

»Was ist los? Bist du verletzt?«

»Nein, alles okay. Das hättest du sehen müssen. Es gibt sie immer noch, diese Kamikazetypen. Und sie ziehen sich aus, bevor sie sterben.«

Ich erklärte Helen, was ich damit gemeint hatte. Dann beendeten wir das Gespräch und sie rief ihren Vater an, um ihm mitzuteilen, dass sie nun den Panikraum verlassen konnten. Ich ging zum Killer, kickte seine Waffe weg und untersuchte ihn oberflächlich.

Er war tot und ich würde deswegen keine schlaflosen Nächte haben.

Wenig später kamen Helens Eltern dazu. Helens Mutter umarmte mich und gab mir einen Kuss auf die Wange, was ich irgendwie unpassend fand, es aber den Umständen zurechnete. Hubertus nickte mir zu und gab mir die Hand.

»Danke.«

»Danken Sie mir nicht zu früh. Ich hab Ihnen im Flur die Wände zerschossen.«

Er lächelte schwach.

»Scheiß drauf. Ich brauch ein Bier, was ist mit Ihnen?«

»Gute Idee.«

Wir gingen in die Küche und holten uns jeder ein Bier.
»Irgendeine Ahnung, was mit Friedrichs und den anderen ist?«
Ich fluchte innerlich, da ich hier stand und ein Bier trank, während der andere Killer da draußen noch sein Unwesen trieb. Ich rief Harry an und schilderte ihm kurz, was sich im Hause Wagner zugetragen hatte.
»Kamikaze, ja?«
»Hättest du sehen sollen. Nicht ganz dicht, der Typ.«
»Na ja, der greift jedenfalls keinen mehr an.«
»Was ist mit Friedrichs?«
»Hatte weniger Glück. Ist reiner Zufall, dass er gefunden wurde. Lag mit einer Schusswunde im Wohnzimmer, als seine Putzfrau nochmal zurückkam, weil sie etwas vergessen hatte.«
»Scheiße.«
»Ja.«
»Und der Killer? Irgendeine Spur?«
»Nein. Wie vom Erdboden verschluckt.«
»Scheiße.«
»Ja.«
»Und die anderen? Stolze und Klugmann?«
»In Sicherheit. Ihre Familie auch.«
»Gut.«
»Irgendwas müssen wir ja auch mal richtig machen.«
»Stimmt. Ist besser für den Lebenslauf.«
»Genau.«
»Soll ich zurück nach Berlin kommen?«
»Ich weiß nicht.«
»Wo ist Helen?«
»Weiß ich auch nicht.«
Wurde er allmählich senil, oder was?
»Geht's dir gut?«
»Ja.«
»Na dann. Ich leg jetzt auf.«

»Bis dann.«

Wir beendeten dieses merkwürdige Gespräch und ich merkte erst jetzt, dass Hubertus dem Plausch ziemlich irritiert gelauscht hatte. Ich beschränkte mich aufs Wesentliche.

»Tut mir sehr leid, aber Herr Friedrichs ist leider tot.«

Hubertus ließ den Kopf hängen.

»Oh, Mann. Was haben wir bloß getan?«

Ich wusste nicht genau, was er meinte, fragte aber nicht nach. Stattdessen rief ich Helen an.

»Wo bist du?«

»Na was meinst du wohl, wo ich bin? Auf dem Weg zu dir natürlich.«

»Wie lange brauchst du noch?«

»Etwa eine Stunde. Bist du noch bei meinen Eltern?«

»Ja.«

»Willst du dort auf mich warten?«

»Ja, aber ...«

»Aber du weißt nicht, ob du dort auch übernachten willst?«

»Genau.«

»Das Teil hat zwanzig Zimmer oder so. Glaub mir, wir könnten eine kleine Atombombe zünden und sie würden es nicht merken.«

»Na gut. Beeil dich.«

»Na klar.«

Kapitel 91

»Weiterfahren, bitte.«
Sato Masakura

Nachdem Sato Masakura seinen ersten Auftrag erfolgreich erledigt hatte, machte er sich umgehend auf den Weg von

Freiburg nach München. Dort lebte die zweite Zielperson, die er töten sollte. Für die Strecke wählte er einen Zug, da die Sicherheitsbestimmungen hier weniger effizient waren als an Flughäfen. Er ging davon aus, dass die Leiche seines ersten Opfers erst am nächsten Tag gefunden werden würde. Das war der Plan, den die beiden hatten: Die ersten beiden Opfer lautlos und ohne Zeugen beseitigen, damit sie noch dazu kamen, die anderen zwei zu töten.

Beide waren sie Profis, die ihrem Herren schon seit Jahren dienten und unzählige Menschen bedroht, gefoltert und getötet hatten. Allerdings war es das erste Mal, dass sie außerhalb Japans aktiv wurden. Zwar verfügte die Yakuza über Zweigstellen in Paris und London, aber der Oyabun hatte deutlich gemacht, dass er diese heikle Aufgabe nur Männern übertragen konnte, die er kannte und denen er hundertprozentig vertrauen konnte. Es war eine große Ehre für die beiden, dass sie dieses Vertrauen genossen. Sie würden ihren Oyabun nicht enttäuschen. Auch wenn es sehr wahrscheinlich war, dass sie diesen Auftrag nicht überleben würden.

Eine Gefangennahme kam nicht in Frage. Der damit verbundene Gesichtsverlust würde zu groß sein.

Sie betrachteten sich selbst als Nachfahren der legendären Bushi, im Westen besser bekannt als Samurai. Auch die waren ihren Herren ergeben bis in den Tod und ein Scheitern ihrer Mission war gleichbedeutend mit dem Tod – entweder durch eigene Hand oder durch die des Feindes.

Beides war ehrenvoll.

Voller Verachtung im Inneren, aber äußerlich mit ausdrucksloser Miene, betrachtete Masakura die anderen Fahrgäste, die ihm wiederum verstohlene Blicke zuwarfen. Für ihn waren alle Nicht-Japaner Menschen, denen Ehre und Pflichtgefühl nichts bedeuteten und in den allermeisten Fällen lediglich eine Frage des Preises waren. Als ob man diese Werte mit irgendeiner Währung bezahlen könnte. Wie die meisten seiner Landsleute, so war auch er Buddhist, wobei den meisten Japanern Religion nicht sehr viel bedeutete. So sah auch Masakura keinen Widerspruch darin, sich auf der einen Seite Buddhist zu nennen und auf der anderen Seite Menschen zu töten. Das einzige, was zählte, war Bushido – der Weg des Kriegers. Desinteressiert betrachtete er aus dem Fenster die vorbeiziehende Landschaft. Er fand Deutschland hässlich.

Als der Zug im Münchner Hauptbahnhof einfuhr, atmete Masakura erleichtert aus. Die Deutschen stanken, waren laut und benahmen sich wie unzivilisierte Kinder. Sie aßen im Zug und putzten sich in aller Öffentlichkeit die Nase. Ekelerregend. Er wollte so schnell wie möglich wieder in seine Heimat, deshalb verließ er mit eiligen Schritten den Bahnhof und stieg in das erstbeste Taxi. Der Fahrer drehte sich zu ihm herum, was er als aufdringlich empfand.

»Sie müssen das erste Taxi in der Schlange nehmen«, sagte er und deutete nach vorn.

»Schlange?«, echote Masakura, der nur über sehr begrenzte Deutschkenntnisse verfügte. Aber er war ja auch nicht hier, um zu reden.

»Ja, genau. Das erste Taxi in der Schlange.«

Masakura nickte und reichte dem Fahrer einen Zettel, auf der die Adresse stand, zu der er wollte.

»Fahren, bitte.«

»Nee, Kumpel, meine Kollegen reißen mir den Kopf ab, wenn ich mich nicht an die Regeln halte. Bitte steigen Sie aus und nehmen Sie das erste Taxi da vorn.«

Aussteigen hatte Masakura verstanden. Allerdings nicht, warum er das tun sollte. Dennoch verließ er den Wagen und ging auf einen Mann zu, der ihn zu sich winkte. Er öffnete ihm eine der hinteren Türen und Masakura stieg ein.

»Wo soll's denn hingehen?«

Masakura gab seinem neuen Fahrer den Zettel.

»Fahren, bitte.«

»Alles klar. Bringen Sie den Sitz in eine aufrechte Position, stellen sie das Rauchen ein und schnallen Sie sich an«, sagte der Fahrer und lachte meckernd. Masakura sah ihn fragend an. Er entspannte sich erst, als er merkte, dass er in diesem Taxi sitzen bleiben durfte.

Als sie die Straße erreichten, in der Stolze wohnte, sah Masakura, dass ein Streifenwagen der Polizei vor der Villa der Zielperson parkte. Bevor der Fahrer anhielt, sprach er ihn an.

»Weiterfahren, bitte.«

»Aber wir sind da«, meinte der Fahrer und warf einen Blick in den Rückspiegel.

»Weiterfahren, bitte«, wiederholte Masakura. Der Fahrer zuckte mit den Schultern und beschleunigte.

»Wo soll es denn nun hingehen?«

Masakura holte einen zweiten Zettel mit der Anschrift eines Hotels aus seiner Jackentasche und reichte ihn dem Fahrer. Der las und nickte.

»Das kenn ich. Schönes Hotel.«

Zehn Minuten später waren sie da. Masakura dankte dem Fahrer, bezahlte und betrat das Hotel. Er checkte unter einem anderen Namen ein und warf einen Blick in die Bar. Sie war fast leer und die wenigen Gäste starrten auf den Flachbildschirm, auf dem eine Dokumentation lief. Rechts oben konnte Masakura das Logo des Senders sehen. N24 stand da. Er ging aufs Zimmer, machte sich frisch und schaltete den Fernseher ein. Gelangweilt zappte er durch die Kanäle, bis er den Sender fand, den er in der Hotelbar gesehen hatte. Die Dokumentation lief nicht mehr. Stattdessen übertrug der Sender nun eine Art Pressekonferenz. Auf einem Podium saßen drei Personen. Ein älterer Mann, ein sehr dicker Mann und ein jüngerer Mann, der gelangweilt wirkte.

Aber was ihn erstarren ließ, war die Tatsache, dass oben rechts im Bildschirm ein schlechtes Foto gezeigt wurde, auf dem er und sein Gefährte zu erkennen waren.

Offenbar waren sie fotografiert worden, als sie am Frankfurter Flughafen angekommen waren. Masakura verstand zu wenig von dem, was da gesprochen wurde. Er entschied, dass es das Risiko wert war, in die Hotelbar zu gehen. Dort konnte er einen der Gäste fragen, um was es bei der Sendung ging. Die Wahrscheinlichkeit, dass man ihn anhand der schlechten Aufnahme erkannte, war gering.

Er machte sich auf den Weg nach unten in die Hotelbar und nahm am Tresen Platz. Gerade sprach der sehr dicke Mann. Masakura wandte sich an den Barkeeper und deutete auf den Fernseher.

»Um was geht?«

Der Mann warf einen gelangweilten Blick zum Fernseher.

»Ist ne Pressekonferenz in Berlin. Der Dicke, der da gerade spricht, heißt Schlossmann. Ist ein hohes Tier aus dem Innenministerium.«

»Hohe Tier?« Masakura verstand nicht, was damit gemeint war.

»Hochrangig, verstehen Sie?«

»Ahh, hochrangig. Verstehe.«

»Es geht um diesen Pharmaskandal, der wohl eigentlich keiner ist, und um die Ärzte, die umgebracht worden sind. Der Kerl da rechts ist der Beamte, der in diesem Fall ermittelt hat.«

Masakura verstand nicht einmal die Hälfte dessen, was der Mann ihm erzählte, reimte sich aber alles zusammen. Offensichtlich waren die drei Männer auf dem Podium dafür verantwortlich, dass es dem Oyabun schlecht ging und der Dicke war der Anführer und hieß Schlossmann.

»Was für Bild da oben?«, fragte Masakura und deutete ich Richtung Fernseher.

»Sie meinen das Fahndungsfoto? Das sind zwei gefährliche Männer, die hier in Deutschland sind. Der eine ist aber schon tot. Der Typ da rechts von dem Dicken hat ihn heute erschossen. Der andere rennt hier noch irgendwo rum.«

Hakiro war also tot.

Masakura entschied sich, nach Berlin zu reisen. Es würde dem Oyabun sicher gefallen, wenn er diejenigen umbringen würde, die ihm so geschadet hatten.

Kapitel 92

»Ich finde die Idee sehr schön.«
Helen Wagner

Die Pressekonferenz war vorüber und ich würde mich wohl den Rest meines Lebens fragen, warum Staatssekretär Schlossmann daran teilgenommen hatte. Harry meinte, er würde jede sich bietende Gelegenheit nutzen, um ins Fernsehen zu kommen. Das konnte ich mir eigentlich nicht vorstellen, da Schlossmann alles andere als fotogen war. Aber darum ging es wohl weniger. Vielmehr wollte er sich im Ruhm einer gelungenen Ermittlung sonnen, obwohl er daran so viel Anteil hatte wie Elvis Presley. Aber solche Kleinigkeiten hatten Politiker ja noch nie gestört.

Darüber hinaus konnten wir nicht gerade von einer gelungenen Ermittlung sprechen, da es ja auch ein paar Tote gegeben hatte. Zehn, um genau zu sein. Und das waren eine Menge. Und wenn ich den japanischen Killer dazu zählte, dann waren es sogar elf.

Aber Schlossmann wollte sogar eine weitere Gelegenheit nutzen, um sich der Öffentlichkeit als Oberermittler zu präsentieren. Irgendein Schwachkopf aus dem Innenministerium war der Meinung, es wäre eine gute Idee, eine Art Gedenkgottesdienst für die in den letzten Tagen ermordeten Ärzte zu veranstalten. Harry vermutete, dass dieser Jemand nicht aus dem Innenministerium kam, sondern aus dem Wahlkampfteam des Staatssekretärs. Jedenfalls trommelte Schlossmann für den Gottesdienst die Werbetrommel – als wäre das ein Rummel oder so. Wahrscheinlich würde er bei der Gelegenheit auch Flyer und Werbegeschenke verteilen.

Was für ein Arschloch.

Ich machte mich auf den Weg nach Hause und schaltete in einem unbedachten Moment das Autoradio an. Ein Sprecher verkündete, dass in Deutschland quasi über Nacht mehr als eine Million fünfhunderttausend Menschen verschwunden waren. Ich befürchtete schon, dass sich hier ein neuer, spektakulärer Fall für mich anbahnte, da erklärte der Nachrichtensprecher, dass diese Menschen nicht wirklich verschwunden wären, sondern dass bei der neusten Volkszählung diese Abweichung festgestellt worden war.

Ich war ungemein erleichtert.

Schlossmann bekäme wohl eine eigene Talkshow, hätten wir diesen Fall aufgeklärt.

Ich erreichte meine Wohnung, und das erste, was ich zu hören bekam, war:

»Du sahst gut aus im Fernsehen. Gelangweilt, aber gut.«

»Ich war gelangweilt.«

»Ich fand die Pressekonferenz sehr gelungen. Und so kompetent vorgetragen.«

»Ich hab doch fast gar nichts gesagt.«

»Eben.«

»Dann wird es dich ja freuen, dass es übermorgen Nachschlag gibt.«

»Du meinst den Gedenkgottesdienst.«

»Richtig.«

»Ich finde die Idee sehr schön.«

Helen ging in die Küche und holte zwei Bier aus dem Kühlschrank. Egal, wie kalt es draußen war, Bier trank man kalt. Eiskalt. Sie öffnete die Flaschen und gab mir eine davon.

»Auf unseren zweiten, abgeschlossenen Fall.«

Wir stießen an und tranken. Erst dann erhob ich Einspruch.

»Findest du wirklich, dass der Fall abgeschlossen ist? Ich meine, da draußen rennt immer noch so ein Kamikaze-Killer im Blutrausch rum.«

»Der hat sich doch längst aus dem Staub gemacht.«

»Wie denn? Wir wissen, wie er aussieht.«

»Na ja, das Foto war wirklich schlecht und irgendwie sehen die doch alle gleich aus.«

Ich hob die Augenbrauen.

»Das war jetzt aber politisch unkorrekt.«

»Scheiß drauf. Prost.« Sie nahm einen großen Schluck und wischte sich den Mund ab. »Übrigens hat Patrick angerufen. Er ist wieder zu Hause. Fragt, ob wir mit ihm essen gehen.«

»Klar. Wann?«

Sie zuckte mit den Achseln.

»Heute, morgen, keine Ahnung.«

Jetzt fing Helen auch schon damit an, so komisch zu reden. Zuerst Harry und jetzt sie. War das ein Virus, oder was?

»Ich ruf ihn mal an«, sagte ich und ging ins Wohnzimmer.

Dort blieb ich stehen und bekam Schnappatmung.

Hier sah es aus wie in einem Gemälde von Hieronymus Bosch.

Überall im Wohnzimmer lag irgendwelches Grünzeug herum, Tannen oder so, und an den unmöglichsten Stellen hingen oder lagen kleine Weihnachtsmänner herum. Sogar an der Deckenlampe baumelte einer und grinste mich an.

»Schön, oder?« Helen hatte sich angeschlichen und umarmte mich von hinten. »Ich liebe Weihnachten.«

Sie hatten tatsächlich alle einen Virus.

Den Weihnachtsvirus.

Ich nahm einen ordentlichen Schluck Bier.

Kapitel 93

»Ja. Angekommen.«
Masakura

Masakura hatte den Rest des Tages in München damit verbracht, sein Äußeres zu verändern. Zu diesem Zweck kaufte er sich eine Echthaarperücke und einen aufklebbaren Bart. Um an diese Sachen heranzukommen, hatte er sein elektronisches Übersetzungsgerät benutzt, um dem Taxifahrer die Begriffe in deutscher Sprache nennen zu können. Als er mit seinen Einkäufen ins Hotel zurückkehrte, rasierte er sich den Schädel kahl und setzte sich die Perücke auf.

Er sah lächerlich aus, war aber nicht mehr wiederzuerkennen.

Der Bart war vulgär. Es hatte schon seine Gründe, warum Japaner in aller Regel keine Bärte trugen und es lag nicht nur am spärlichen Bartwuchs. Als er am nächsten Morgen auscheckte, schien niemand im Hotel zu bemerken, dass der Gast bei der Abreise vollkommen anders aussah als einen Tag zuvor bei der Anreise. Die Unaufmerksamkeit der Deutschen grenzte ans Unhöfliche, musste Masakura feststellen. Auch wenn das zu seinem Vorteil war, verachtete er die Deutschen dafür umso mehr.

Es war später Nachmittag, als Masakura sein Hotel in Berlin erreichte. Am nächsten Tag würde der Gedenkgottesdienst stattfinden. Soweit er informiert war, fand der Gottesdienst im Berliner Dom statt. Wenn möglich, wollte sich Masakura dort die Nacht über verstecken, und sich dann, wenn die Veranstaltung begann, unter die Gäste mischen. Der Oyabun wusste mit Sicherheit inzwischen, dass Hakiro getötet wurde, bevor er seinen Auftrag ausführen konnte. Aber er hatte sich nicht bei Masakura gemeldet, um ihm zu sagen, er solle nach Hause zurückkehren. Daher war Masakura davon überzeugt, dass der Oyabun wollte, dass er seine Arbeit fortsetzte. Er machte sich im Bad seines Hotelzimmers frisch, überprüfte den Sitz der Perücke und des Bartes und verließ das Hotel. Vor dem Eingang des Hotels standen Taxis und Masakura ging diesmal auf das erste Taxi in der Reihe zu. Der Fahrer stieg jedoch nicht aus, um ihm die Tür zu öffnen, sodass Masakura unschlüssig vor dem Auto stehen blieb. Nach einer Weile öffnete der Taxifahrer das Fenster auf der Beifahrerseite und beugte sich über den Sitz.

»Wollnse nun ein Taxi, oder nich?«

Masakura versuchte die Worte einzuordnen und nickte dann.

»Dann steigen sie ma ein, junger Mann.«

Masakura öffnete die hintere Tür und setzte sich ins Taxi.

»Wo wollnse denn hin?«

»Dom.«

»Keen Problem. Ruck zuck sind wa da.«

Ruck zuck? Masakura hatte keine Ahnung, was der Fahrer ihm sagen wollte. Er spürte, dass der Mann ihn im Rückspiegel betrachtete.

»Zum ersten Mal in Berlin?«

Er nickte.

»Erste Mal.«

»Jerade anjekommen, wa?«

»Ja. Angekommen.«

»Schlechtet Wetter. Hättenma im Sommer kommen solln. Dat war jut.«

Masakura griff sich eine Zeitung und tat so, als würde er lesen. Das war dem Fahrer jedoch egal. Er plapperte ohne Unterlass weiter auf ihn ein, bis er endlich anhielt.

»Wir sind da.«

Masakura atmete erleichtert aus, bezahlte und eilte in den Dom.

Er war gerade dabei, den Altarraum zu besichtigen und Ausschau nach möglichen Verstecken zu halten, als sein

Handy leise klingelte. Ein älteres Ehepaar, das neben ihm stand, warf ihm einen missbilligenden Blick zu. Er holte sein Handy aus der Jackentasche und machte sich schnell auf den Weg nach draußen.

Der Anrufer war Kusako Waki und er wollte von ihm wissen, ob er Unterstützung benötigte. Offenbar hatte der Oyabun Waki befohlen, ihm bei seinem Auftrag zu helfen. Masakura grunzte zufrieden und teilte Waki mit, was er vorhatte. Dann erklärte er ihm, was er an Informationen benötigte, um seinen Auftrag erfolgreich abschließen zu können. Waki versicherte ihm, dass er diese Informationen binnen weniger Stunden erhalten und an ihn weitergeben würde. Sie beendeten das Gespräch und Masakura betrat wieder den Dom, um seine Besichtigungstour fortzusetzen.

Kapitel 94

»Hast du getan, worum ich dich gebeten hatte?«
Helen Wagner

Wir trafen uns mit Ebel am frühen Abend in einem spanischen Restaurant im Berliner Stadtteil Charlottenburg. Das Lokal befand sich in einer Seitenstraße des Kudamms und gehörte für mich zu den Highlights der Stadt. Der Chef kochte selbst, was für mich immer ein gutes Zeichen war. Das gleiche gilt übrigens auch für verliebte Frauen. Die kochen auch besser, als Frauen, die am liebsten verschwinden würden. Irgendwie logisch...

Darüber hinaus gab es bei ihm San Miguel vom Fass.

Ebel erzählte uns, wie es ihm in Tokio ergangen war und als ich auf sein Honorar zu sprechen kommen wollte, winkte er ab.

»Hätte ich etwas verlangen wollen, dann hätten wir das vor meiner Abreise besprochen«, erklärte er uns. »Darüber hinaus habe ich meinen Schnitt gemacht, keine Angst.«

Er ging nicht näher darauf ein und ich schloss aus seiner Bemerkung, dass er wahrscheinlich bei der Übernahme von Takamura investiert hatte. Das war nur fair.

Helen beugte sich vor.

»Hast du getan, worum ich dich gebeten hatte?«

Warum duzten die beiden sich auf einmal? Und warum hatte Helen ihn um etwas gebeten, wovon ich nichts wusste? Interessiert beugte ich mich vor und aus meinen Ohren wurden Radarschüsseln.

Ebel nickte.

»Allerdings.«

Helen wandte sich an mich.

»Ich kann einfach nicht glauben, dass mein Vater so etwas wie in der DDR nicht mehr macht. Deshalb bat ich Patrick darum, Nachforschungen anzustellen, ob, und wenn ja, wo solche Studien heute noch durchgeführt werden.«

Ich nickte verstehend, als hätte ich von Anfang an gewusst, dass sie Ebel darum bitten würde, nachzuforschen. Hatte ich natürlich nicht, aber der Gedanke, dass das Auffliegen der »Modifizierten Studien« nur die Spitze eines Eisberges waren, war mir auch schon gekommen. Modifizierte Studien – ich liebte diesen Ausdruck – er gehörte in dieselbe Kategorie wie die Formulierung »sozialverträgliches Früh-Ableben«. Er stand für Menschen, die ihr Leben lang hart gearbeitet haben, immer fleißig Steuern bezahlten und in die Rentenkassen einzahlten, um dann kurz vor dem Ruhestand zu sterben. Ich sah Patrick an.

»Und?«

»Habt ihr schon mal etwas von der Deklaration von Helsinki gehört?«

»Ist das ein Gesangswettbewerb? So ein Contest?«

Helen schüttelte den Kopf. Unter dem Tisch trat sie mir gegen mein Schienbein.

Ebel ignorierte meine Frage.

»Die Generalversammlung des Weltärztebundes hat die erste Deklaration 1964 in Helsinki verabschiedet. Hierbei handelt es sich um eine verbindliche Vereinbarung bezüglich der Ethischen Grundsätze, was die medizinische Forschung an Menschen betrifft. Im Prinzip eine gute Sache, da sie auch die Vorgehensweise bei Studien für neue Medikamente regelt. Das Problem ist nur, dass der Verfasser dieser Deklaration, also der Weltärztebund, nicht objektiv genug ist, um eine wirklich sichere Regelung zu bestimmen. Und ich meine sicher für die Probanden, nicht für die Ärzte oder Pharmaunternehmen.« Er holte ein Blatt Papier aus seiner Jacke.

»An sechster Stelle steht der eigentlich entscheidende Satz dieser Erklärung, der allerdings im weiteren Verlauf der Deklaration ad absurdem geführt wird. Hier heißt es, dass in der medizinischen Forschung am Menschen immer das Wohlergehen der einzelnen Versuchsperson Vorrang vor allem anderen haben muss. Das ist schon im Ansatz falsch, weil diese Studien in Ländern der Dritten Welt nicht durchgeführt werden, um den Menschen dort zu helfen. Vielmehr ist es so, dass die Unternehmen nach wie vor wahnsinnig viel Geld einsparen, wenn sie die Tests zum Beispiel in Indien durchführen. Aber das eigentliche Problem ist, dass die Deklaration quasi diese Vorgehensweise legitimiert, in dem sie die Standards dazu festlegt.«

Ich war fassungslos und Helen auch.

»Der Weltärztebund legt die Standards für diese abscheulichen Taten fest?«, fragte Helen nach.

»Ja. Und zwar, in dem er vorschreibt, dass die Versuchspersonen, egal wie arm oder ungebildet sie sind, über den Versuch aufgeklärt werden müssen. Damit ist sozusagen das Tor in ärmere Regionen des Planeten aufgestoßen worden.

Um die Form zu wahren, müssen die Testpersonen Formulare unterschreiben. Das Problem ist nur, das viele von ihnen weder lesen noch schreiben können. Sie verstehen überhaupt nicht, was sie da mit ihrem Daumenabdruck unterzeichnen und ihr behandelnder Arzt denkt nicht im Traum daran, sie aufzuklären. Viele Versuchspersonen denken, dass sie einfach Glück hatten, in einer privaten Klinik unterzukommen und Medikamente aus Europa oder den USA einnehmen zu dürfen – und das auch noch kostenlos. Sie haben keine Ahnung, dass sie Versuchskaninchen sind.«

Helen lehnte sich im Stuhl zurück und seufzte.

»Es hat sich also nichts geändert.«

Ebel widersprach.

»Doch, geändert hat sich schon etwas. Die Pharmakonzerne sind, was diese Tests betrifft, professioneller geworden. Wenn beispielsweise ein Journalist nachfragt, was da in Indien vor sich geht, dann erklären die Unternehmen, dass von dem betreffenden Patienten eine unterschriebene Einverständniserklärung vorliegt und die Firma bei allen Versuchen weltweit den Regeln von ›nationalen, regionalen und internationalen Behörden‹ und der guten klinischen Praxis folgt, die wiederum auf der Helsinki-Deklaration fußt. Und schon sind sie aus dem Schneider. Das noch heute Menschen ums Leben kommen, weil sie entweder die falschen Medikamente erhalten oder nur Placebos, kümmert den Rest der Welt überhaupt nicht.«

»Wahrscheinlich hat der Weltärzteverband auch für diesen Fall einen passenden Absatz gefunden.«

»Hat er. Gleich zu Beginn steht sinngemäß, dass die medizinische Forschung mit Risiken und Belastungen verbunden ist.«

»Und von Seiten der Patienten gibt es keine Beschwerden. Im Gegenteil, sie sind froh und glücklich weil sie auf diesem Weg an Medikamente herankommen, die für sie unter normalen Umständen unerschwinglich wären«, sagte Helen.

»Natürlich. Diese Menschen sind schwer krank und haben teilweise schon längst die Hoffnung auf Heilung aufgegeben. Die würden alles tun, um gesund zu werden. Die Pharmaunternehmen nutzen das schamlos aus und tun auch noch so, als würden sie helfen. Dabei geht es denen nur ums Geld. Die Pharmaindustrie beauftragt unabhängige Forschungsagenturen damit, in den entsprechenden Regionen der Welt Ärzte zu finden, die bereit sind, aus ihren Patienten Versuchskaninchen zu machen. Die Pharmaunternehmen zahlen den Ärzten bis zu einem vollen Jahresgehalt für eine Studie. Kaum vorstellbar, dass es viele Ärzte gibt, die da nein sagen.«

»Und wir reden natürlich von einem Jahresgehalt auf dem Niveau eines Entwicklungslandes«, meinte Helen.

»Richtig. In den staatlichen Krankenhäusern Indiens verdient ein Arzt so um die dreieinhalbtausend Euro.«

»Im Monat«, stellte ich klar.

»Nein, im Jahr.«

»Willkommen im einundzwanzigsten Jahrhundert«, sagte ich und nahm einen Schluck Bier.

»Und das Unternehmen meines Vaters mischt da kräftig mit, oder?«

»Alle machen das so. Und alle machen sie damit Geld: Die Pharmafirmen, die Ärzte und die Krankenhäuser. Deshalb kommen sie alle auch so gerne nach Indien. Oder nach Afrika.«

Helen starrte Ebel so lange an, bis der seine Antwort konkretisierte.

»Das Unternehmen deines Vaters mischt da kräftig mit. Ihr Hauptauftragnehmer ist eine Forschungsagentur mit dem Namen Quintiles. In den vergangenen vier Jahren war diese Firma an mehr als eintausendfünfhundert Studien mit insgesamt siebenhundertfünfzigtausend Patienten beteiligt und hat geholfen, vierzig von den fünfzig weltweit meistverkauften Medikamenten mit auf den Markt zu bringen.«

»Siebenhundertfünfzigtausend Patienten ...?« Helen war fassungslos.

»Ja. Eine enorme Zahl. Und wir reden hier von nur einer einzigen Agentur.«

Ich schüttelte den Kopf.

»Unglaublich.«

»Warum tut niemand etwas dagegen?«, wollte Helen wissen.

»Wogegen denn? Die Ärzte haben sich genauso abgesichert wie die Pharmaunternehmen. Und die Patienten in Indien und anderswo, ob sie nun verstehen, was sie da machen, oder auch nicht: Diese Patienten wollen die Medikamente. Wie ich bereits sagte, die Pharmaunternehmen nutzen die Verzweiflung dieser Menschen aus.«

»Und deren Bildungsniveau«, fügte ich an.

»Ja. Das auch.«

»Dieses Arschloch«, flüsterte Helen. Ich nahm an, sie meinte ihren Vater.

»Na, na«, mahnte ich. »Ist doch bald Weihnachten.«

Patrick sah uns beide aufmerksam an.

»Ich habe übrigens noch etwas anderes herausgefunden«, sagte er langsam.

»Und was?«

»Habt ihr euch eigentlich jemals gefragt, wie Yamamoto an die Informationen über die Tests von vor über dreißig Jahren herangekommen ist?«

Helen und ich tauschten einen erstaunten Blick. In der Tat hatten wir uns diese Frage zu keinem Zeitpunkt gestellt. Dabei war sie eigentlich wichtig. Wir schüttelten beide den Kopf.

»Ich habe herausgefunden, wer Yamamoto diese Informationen gegeben hat und warum.«

Kapitel 95

»Natürlich. Dr. Wagner, so viel Zeit muss sein.«
Staatssekretär Schlossmann

Staatssekretär Schlossmann hatte sich für seine Show richtig in Schale geworfen. Als er mir vorm Berliner Dom in seinem dunkelgrauen Nadelstreifenanzug entgegenkam, schob er eine atemberaubende Wolke Eu de Toilette vor sich her, der ich trotz des seitlichen Windes nicht entkommen konnte. Er lächelte breit und streckte mir seine fleischige Hand entgegen.

»Kriminalhauptkommissar Eichborn, wie schön, dass Sie es einrichten konnten, auch zu kommen.«

Ich ergriff etwas widerwillig seine Hand und drückte sie kurz. Nur mit Mühe widerstand ich dem Impuls, meine Hand am Hosenbein abzuwischen. Als er merkte, dass ich ihm nichts zu sagen hatte, widmete er seine Aufmerksamkeit Helen.

»Und Sie müssen Frau Wagner sein«, sagte er gönnerhaft und auch Helen kam in den Genuss eines feuchten Händedrucks.

»Dr. Wagner«, korrigierte sie ihn mit leiser Stimme und freundlichem Lächeln.

Sein Adamsapfel schlug Purzelbäume und er lief rot an.

»Natürlich. Dr. Wagner, so viel Zeit muss sein«, sagte er und lachte bellend. Sein unruhiger Blick irrte umher und als er ein bekanntes Gesicht entdeckte, war er auch schon wieder verschwunden. Was blieb, war der penetrante Duft seines Rasierwassers und ein klebriger Film auf unseren Händen.

Helen lächelte mich an.

»Ich kann verstehen, warum du ihn am liebsten abknallen würdest«, raunte sie mir zu und wischte sich die Hand an einem Kleenex ab, dass sie aus ihrer Handtasche gefischt hatte.

Nützliches Teil, so eine Handtasche. Aber irgendwie unmännlich. Also nahm ich doch mein Hosenbein. Helen hakte sich bei mir unter und wir betraten den Dom.

Ich gebe zu, dass ich ein Kulturbanause bin. Die Ruinen in Mexiko habe ich mir nur angeschaut, weil Helen dass zur Bedingung gemacht hatte, nach Mexiko zu fliegen. Mich reizte nur die karibische See. Dass es mir dann doch gefallen hat, durch Jahrhunderte alte Gebäude zu schleichen, überraschte mich selbst.

Als wir die Predigtkirche betraten, blieb ich wie vom Donner gerührt stehen.

Der Zentralraum wirkte hell und erhaben. Die reiche Dekoration und die vielfältige Gliederung unterstützten diesen Eindruck. Der achtseitige Raum war von Sandsteinpfeilern mit daran angebrachten Pilastern gerahmt. Auf diesen sah man die Figuren der vier großen Reformatoren Luther, Melanchthon, Zwingli und Calvin. Ihnen gegenüber standen die Fürsten Landgraf Philipp der Großmütige von Hessen, Kurfürst Friedrich der Weise von Sachsen, Kurfürst Joachim der II. von Brandenburg sowie Herzog Albrecht von Preußen. Kurz schoss mir der Gedanke durch den Kopf, dass es doch nett sein musste, wenn man auf diese Art und Weise irgendwo verewigt wurde.

Nicolas, der Gerissene, oder Eichborn, der Schlaue. Ich suchte mir einen Platz, an dem ich meine Figur stehen haben wollte.

Der durch eine siebenstufige Treppenanlage erhöhte Altarraum war besonders prachtvoll ausgestaltet. Die Glasgemälde der drei Hauptfenster stellten die Geburt, Kreuzigung und Auferstehung dar und gingen wie die darüber liegenden Ovalfenster auf Entwürfe des Künstlers Anton von Werner zurück.

Die Einrichtung des Altarraumes stammte überwiegend aus dem Vorgängerbau des Domes. Der Altar war aus weißem Marmor und Onyx, dahinter befand sich die Apostelschranke.

Über uns, in siebzig Metern Höhe, befand sich die gigantische, neununddreißig Quadratmeter große Kuppel, die aus über fünfhunderttausend Steinchen bestand. Das alles wusste ich natürlich nicht. Es stand in einer Broschüre, die ich mir am Eingang gegriffen hatte, für den Fall, dass es langweilig wurde und ich etwas zu lesen benötigte.

Der Dom bot normalerweise Platz für über eintausendsechshundert Menschen. Heute waren es etwas weniger, da die vorderen drei Reihen der Sitzbänke entfernt worden waren, um Platz für Schlossmann und seiner Entourage, zu der leider auch ich gehörte, zu schaffen. Und dann noch die Fernsehkameras. Helen und ich fanden die für uns bestimmten Plätze, da kleine Namensschilder davor auf dem Tisch platziert waren. Neben mir, unmittelbar neben Schlossmann, saß Harry. Das freute mich, da wir uns leise Witze erzählen könnten, wenn Schlossmanns Rede zu lange dauerte. Normalerweise weiß ich, was Pietät bedeutet, aber diese Veranstaltung hier diente einzig und alleine einem Zweck: Der Selbstdarstellung von Schlossmann. Und deshalb ging sie mir am Arsch vorbei. Ich warf verstohlen einen Blick auf meine Uhr. Es war neun, also noch eine Stunde, bis es losgehen sollte. Vereinzelt saßen schon ein paar Menschen verstreut auf den Bänken. Da es sich um einen öffentlichen Gottesdienst handelte, konnte kommen, wer immer wollte.

Eine halbe Stunde später nahm der Besucherstrom zu und gegen zehn vor zehn gab es kaum noch einen freien Platz. Ich fragte mich, wie viele der Anwesenden Personen von Schlossmann dafür bezahlt wurden, hier zu sitzen. Um Punkt zehn stand der Ratsvorsitzende der Evangelischen Kirche Deutschland, Präses Günter Schultheis der Gütige oder so, auf und stellte sich vor das Rednerpult. Seine Ansprache war laut und kurz; er lobte die getöteten Ärzte über den Klee, gerade so, als hätten sie ihm persönlich mehrfach das Leben gerettet, betrauerte ihren Tod und verdammte die dafür Verantwortlichen.

Seine Stimme hallte in der Kirche wider und das Echo wirkte unheimlich. Neben mir sackte Harry in sich zusammen und ich stieß ihm meinen Ellenborgen in die Seite. Er grunzte und setzte sich wieder gerade hin.

Nach den bewegenden Worten des Präses stand Schlossmann auf und schleppte seine gewaltige Masse ans Rednerpult. Theatralisch sah er eine unerträglich lange Zeit schweigend in die Zuschauerreihen und ich dachte schon, dass er seinen Text vergessen hatte, dann fing er an zu sprechen. Ich versuchte mich abzulenken, indem ich meinen Blick über die Gäste schweifen ließ.

Als ich noch ein kleiner Junge war, ich war vier oder fünf, bin ich einmal bei meinen leider schon längst verstorbenen Großeltern auf einen Baum geklettert. Es war Sommer und mir war langweilig. Und da stand dieser Baum und schien mich zu verhöhnen. Es war, als würde er mich verspotten, weil ich es niemals schaffen würde, auf ihn zu klettern. Das ließ ich mir natürlich nicht bieten, also fing ich an, an seinen dicken Ästen empor zu klettern. Ich hatte ihn ungefähr zur Hälfte bezwungen, da sah ich einen Ast vor mir, der meine nächste Etappe auf dem Weg zum Wipfel sein würde. Der Ast sah stabil und gesund aus, aber ich spürte irgendetwas. Es war, als würde ich gewarnt werden. Ich hatte keine Ahnung, von wem oder von was diese Warnung ausging. Ich weiß nur, dass ich sie ignorierte, und auf den Ast stieg. Als mein gesamtes Gewicht auf ihm ruhte, brach er und ich fiel vier Meter in die Tiefe. Aus einem mir vollkommen unerklärlichem Grund passierte mir, bis auf einige Abschürfungen, überhaupt nichts. Ich warf dem Baum einen bösen Blick zu und lief einfach davon.

Als ich später am Abend meinem Großvater erzählte, was

passiert war und dass ich irgendwie *wusste*, dass der Ast brechen würde, nickte er langsam.

»So etwas nennt man Instinkt, Nikki.«

Er nannte mich immer Nikki. Er war der einzige Mensch, der dies je getan hatte.

»Was ist das, Instinkt?«

»Eine sehr feine Sache, wenn man lernt, darauf zu hören.«

In den darauffolgenden Jahren tat ich das, was mein Großvater mir geraten hatte:

Ich lernte, diesem angeborenen Instinkt zu vertrauen und auf ihn zu hören.

Auch begriff ich, dass er sich auf unterschiedliche Art und Weise bemerkbar machte; mal waren es meine Nackenhaare, die sich aufstellten, mal waren es meine Hände, die plötzlich feucht wurden. Ab und zu war es ein Ziehen im Magen und manchmal zuckte mein Mundwinkel.

So, wie jetzt.

Ich ließ gerade meinen Blick gelangweilt durch die Reihen der Gäste schweifen, als mein Mundwinkel anfing, zu zucken. Adrenalin wurde durch meinen Körper gepumpt und ich bekam einen trockenen Mund.

Masakura saß in eine der ersten Reihen und verfolgte mit unbewegter Miene das Geschehen im Zentralraum vor ihm. Einige der Anwesenden hatten ihm verstörte oder auch missbilligende Blicke zugeworfen, da er eine getönte Sonnenbrille trug. Er ignorierte diese Blicke und fokussierte sich auf die vor ihm liegende Aufgabe. Gerade hatte ein alter Mann in merkwürdigen Gewändern seine Rede beendet und nun beobachtete er, wie dieser fette Mann, den er in München im Fernsehen das erste Mal gesehen hatte, ans Rednerpult ging und stumm die Menschenmenge anstarrte.

Als er endlich anfing zu sprechen, registrierte Masakura die unangenehm hohe Stimme. Unendlich langsam ließ Masakura seine rechte Hand unter dem Wintermantel verschwinden. In dieser Position verharrte er und tat so, als würde er den Worten des Mannes lauschen. Immer wenn er sah, dass jemand vor ihm nickte, tat er es ihm oder ihr gleich. Seine rechte Hand lag um den Griff der Pistole, die schon entsichert und schussbereit war.

Langsam ließ Masakura seinen Blick über die Personen ziehen, die in etwa sechs Metern Entfernung vor dem erhöhten Altarraum saßen.

Plötzlich erstarrte er.

Ein Mann den er als denjenigen identifizierte, der im Fernsehen so gelangweilt gewirkt hatte, sah ihn dirckt an. Masakuras Griff um den Pistolenknauf wurde fester und er spürte, wie ihm der Schweiß ausbrach. Ganz langsam zog er seinen rechten Arm unter dem Mantel hervor, bis nur noch seine Hand und die Pistole unter ihm verborgen blieben.

Dann wartete er ab.

Schlossmann lobte gerade die Behörden, die den Fall gelöst hatten und man bekam den Eindruck, dass er selbst die Ermittlungen geleitete hatte. Langsam wandte ich mich an Helen und legte ihr eine Hand auf den Arm.

»Hier stimmt was nicht«, raunte ich ihr zu. »Fällt dir irgendwas auf? Oder irgendjemand?«

Helen reagierte wie immer professionell.

Sie blickte mich nicht erschrocken an und schrie: *Eine Bombe?*, oder so ähnlich, sondern sie ließ vollkommen gelassen ihren Blick über die vor uns sitzende Menge kreisen.

Dann griff sie fest nach meiner Hand.

»Vor uns, auf zwölf Uhr, erste Reihe, der Typ mit der Sonnenbrille«, flüsterte sie.

Ich drehte meinen Kopf langsam und mein Herz fing an zu rasen.

»Das ist er. Wegen ihm schrillen bei mir die Alarmglocken.«

»Schau mal, wo seine rechte Hand ist.«
»Ich sehe sie nicht.«
»Eben. Das meine ich.«
»Waffe?«
»Garantiert.«

Masakura spürte, dass ihn jetzt auch die Frau, die neben dem Mann, der gelangweilt gewirkt hatte, beobachtete. Ihm wurde klar, dass er keine Zeit mehr hatte. Langsam zog er seine rechte Hand aus dem Mantel und sah sich vorsichtig um. Niemand neben ihm hatte bislang die Waffe bemerkt. Dann stand er auf und richtete seine Waffe auf den dicken Mann.

Später erfuhr ich vom Kameramann, der das ganze Drama aufgenommen hatte, dass alles innerhalb von nur achtzehn Sekunden abgelaufen war. Ich glaubte ihm das nicht, bis er mir die Aufnahme zeigte. Für mein Zeitgefühl waren mindestens zwei Minuten vergangen.

Ich sah, dass der Verdächtige aufstand und schrie instinktiv: »Waffe!« Dann riss ich Harry zu Boden, der mich aus großen Augen anglotzte und sprang in Richtung Schlossmann, der von allem nichts mitbekommen hatte.

»Es war meine Idee, eine Sonderermittlungseinheit zu gründen, die ... oh mein Gott, er will mich töten...« Dann quiekte er wie ein Ferkel, das angestochen wurde und ich warf ihn um. Während er fiel, hallte der Knall eines einzelnen Schusses durch die Kirche und erst jetzt geriet die Menge in Panik. Auch der Kameramann suchte sich Deckung, ließ aber die Kamera laufen.

Vereinzelt hörte man Frauen schluchzen, ansonsten war es ruhig im Dom.

Langsam hob ich meinen Kopf und sah mich um.

Helen stand mit ihrer Waffe im Anschlag an ihrem Platz. Der Verdächtige war von der Wucht der Kugel aus Helens

Waffe zurückgeworfen worden. Er saß dort mit ausgebreiteten Armen und sein Kopf lag im Nacken. Ich gab Helen ein Zeichen, mich abzusichern und bewegte mich langsam auf den Verdächtigen zu. Als ich vor ihm stand, war mir klar, dass er tot war, denn er hatte ein Loch in der Stirn. Seine Sonnenbrille war heruntergefallen und offenbar trug er eine Perücke, die beim Aufprall seines Körpers auf die Bank verrutscht war. Es war ein Asiate und mit Sicherheit der zweite Killer aus Japan. Ich ließ meine Waffe sinken und das war für Helen das Zeichen, dass die Situation geklärt war. Sie kam zu mir.

»Sauberer Schuss«, meinte ich, als Helen neben mir stand.

»Wir man's nimmt. Ich hab auf seine Brust gezielt.«

Helen grinste. Ihr Blick glitt an mir herab.

»Bist du verletzt?«

»Nö. Du hast ja auf ihn geschossen und nicht auf mich. Warum fragst du?«

»Weil deine Hose nass ist.«

Jetzt blickte ich auch an mir herunter und stellte fest, dass sie recht hatte.

In diesem Moment stand Schlossmann auf und wankte auf uns zu.

»Oh Gott«, stammelte er, »Oh Gott. Er wollte mich töten.« Schlossmann sah Helen und mich aus weit aufgerissenen Augen an und ihm lief Speichel aus dem Mundwinkel. Plötzlich fing er an, sich hektisch abzutasten. »Bin ich verletzt?«, rief er erschrocken aus. »Bin ich getroffen?« Dann ertasteten seine Finger etwas und er sah an sich hinunter. »Großer Gott. Ich habe mir in die Hose gemacht.«

Helen und ich betrachteten die nassen Flecken auf meiner Hose.

»Scheiße«, sagte ich leise.

»Na, Gott sei Dank ist dir *das* erspart geblieben.«

Kapitel 96

»Und du hast dich anpinkeln lassen.«
Helen Wagner

Die Ausstrahlung des versuchten Anschlages auf Schlossmann kam schon am frühen Abend und beendete seine Karriereambitionen in einer Pfütze aus Urin. Mein Mitleid mit ihm hielt sich in überschaubaren Grenzen und das gleiche galt für Helen. Das Attentat war das Top-Thema in den darauffolgenden Talkshows und Nachrichtensendungen, zumal es ja einen Live-Mitschnitt gab, der natürlich nur in geschnittener Version über die Sender lief. Aber irgendwie hatte es eine Uncut-Version ins Internet geschafft und war auf YouTube der Renner. Irgendein Poet hatte sogar die Worte von Schlossmann zu einem Rap umgeschnitten. Der Beat war nicht schlecht und man hörte immer wieder die Sätze: *Bin ich verletzt?*, und *Bin ich getroffen worden?* Dann kam der Refrain, der aus dem wenig schmeichelhaftem Satz *Großer Gott. Ich habe mir in die Hose gemacht*, bestand.

Allgemein wurde beklagt, dass es dem Attentäter niemals hätte gelingen dürfen, mit einer Waffe die Kirche zu betreten. Scheinbar, so die Kritiker, hätten hier die Sicherheitsmaßnahmen versagt. Dass es keine Sicherheitsmaßnahmen gegeben hatte, wurde nicht erwähnt. Schlossmann hatte, als er Staatssekretär wurde, ausdrücklich auf Personenschutz verzichtet und wollte auch für den Gedenkgottesdienst keine Security haben. Das machte ihn ja fast schon sympathisch.

Einer meinte sogar, es wäre ein Unding, dass Beamte bewaffnet in der Kirche erschienen waren. Damit waren Helen und ich gemeint. Dass es doch wohl auch eine andere Möglichkeit gegeben hätte, den Attentäter zu entwaffnen. Man müsse ja wohl in einer Kirche keine Schüsse abfeuern.

Klar, wir hätten ihn mit Gesangsbüchern totschmeißen können.

Alle an Helen und mich gerichteten Interviewwünsche wurden abgelehnt.

Ein paarmal klingelte Helens Handy und jedes Mal drückte sie den Anrufer weg. Sie schmiegte sich auf unserer Couch in der Dienstwohnung an mich.

»Mein Vater. Aber ich will nicht mit ihm reden.«

»Jedenfalls nicht am Telefon.«

»Richtig.«

»Und nicht über den heutigen Tag.«

»Genau.«

»Findest du es nicht auch toll, wie blind wir uns schon verstehen? Ich meine, es ist fast, als könnte ich deine Gedanken lesen.«

Helen sah mich von der Seite an.

»Das hat doch mit Gedanken lesen nichts zu tun. Du warst bei dem Gespräch mit Patrick dabei. Du hast auch gehört, was mein Vater nach wie vor tut und du weißt, dass ich ihn deshalb zur Rechenschaft ziehen will.«

»Ja, das stimmt. Aber es ändert nichts an der Tatsache, dass wir ein tolles Team sind. Du hast in der Kirche hervorragend reagiert.«

»Und du hast dich anpinkeln lassen.«

»Na ja, ganz so war das nicht. Ich hab mich todesmutig auf ihn gestürzt und konnte ja nicht ahnen, dass er sich vollgemacht hat.«

»Hättest du, wenn du gewusst hättest, dass er sich vollpinkelt, dich nicht schützend auf ihn geworfen?«

»Ich weiß nicht, vielleicht hätte ich ihn nur umgekippt oder so.«

»Ihn umgekippt …«

Helen sah wahrscheinlich die fast zweihundert Kilo Lebendgewicht vor sich.

»Du weißt selbst, dass man in solchen Situationen nicht nachdenkt.«

»Du hättest dich auch auf Harry beschränken können und niemand hätte dir einen Vorwurf machen können.«

»Was soll diese ganze Diskussion?«

Helen zuckte mit den Schultern.

»Bin in einer komischen Stimmung.« Sie richtete sich auf und sah mich an. »Wann treffen wir uns mit meinem Vater und den anderen Pharmafuzzys?«

»In zwei Tagen.«

»Wo?«

»In Frankfurt.«

»Lass uns heimfahren. Jetzt sofort.«

Da musste ich nicht lange überlegen. Wir packten ein paar Sachen und machten uns auf den Weg nach Wiesbaden. Von unterwegs rief ich Harry an und teilte ihm unsere Pläne mit. Er war immer noch angeschlagen.

»Ich habe überhaupt nicht geschaltet«, meinte er leise. »Wenn ihr den Typen nicht gesehen hättet …«

»Harry, mach dir deshalb doch keine Gedanken. Mann, du bist so lange im Geschäft und hast so viel erreicht. Ich habe echt keine Lust, mit dir ein Gespräch wie aus dem Film *Men in Black* zu führen.«

»Was meinst du?«

»Na, dass du mir jetzt sagst, dass du zu alt für diesen Job bist und mich darum bittest, dich zu blitzdingsen.«

»Häh?«

»Vergiss es. Du hast nichts falsch gemacht. Ruh dich aus, bestell dir ein Callgirl ins Büro oder was du sonst so machst.«

»Du bist ein Schwein.« Er lachte meckernd.

»Ich weiß. Aber ein nettes.«

Wir erreichten unser Haus am Abend, badeten und zündeten ein Feuer im Kamin an. Dann unterhielten wir uns über das vor uns liegende Gespräch mit den Chefs der Pharmaunternehmen. Als wir müde wurden, gingen wir ins Bett. Als wir dort lagen, merkten wir, dass wir eigentlich gar nicht so müde waren ...

Kapitel 97

»Sind Sie nicht ganz dicht?«
Helen Wagner

Den nächsten Tag verbrachten Helen und ich mit putzen und einkaufen, denn Weihnachten stand vor der Tür und die Menschen mutierten zu kreditkartenschwingenden Einkaufsmonstern. Meinem Wunsch, die Aufgaben zu teilen – ich würde putzen und Helen übernähme das Einkaufen – wurde nicht stattgegeben, weil Helen der Meinung war, dass es fast nichts Schöneres gab, als mit einem geliebten Menschen durchs überfüllte Einkaufspassagen zu bummeln. Mir hingegen fielen spontan eine Menge Sachen ein, die mehr Spaß brachten.

Toiletten putzen.

Menschen verhaften.

Nackt unter Haien tauchen.

Von einer Brücke springen ...

Als wir nach vier (!) Stunden Einkaufsmarathon wieder nach Hause zurückkehrten, war Helens Laune auf dem Höhepunkt, während ich nur mühsam meinen Puls auf ein normales Maß herunter brachte. Das Einpacken der Geschenke überließ ich ihren geschickten Händen. Ich kümmerte mich ums Essen. Wir genossen den Rest des Tages in trauter Zweisamkeit und bereiteten uns mental auf das morgige Treffen vor.

Allmählich gewöhnte ich mich an Treffen in 5 Sterne Hotels. Vor allem deshalb, weil die anderen dafür zahlten. Wir fuhren vor das Westin Grand Hotel und waren innerhalb von Sekunden unseren Wagen los, erhielten dafür aber einen Beleg. Ein Angestellter des Hotels brachte uns in den richtigen Besprechungsraum. Helen und ich hatten eine Absprache getroffen; sie würde das Gespräch führen und ich würde mich zurückhalten. Sie versicherte mir, dass dieser Wunsch nicht an meiner wenig diplomatischen Art lag, sondern an der Tatsache, dass sie sich persönlich dazu verpflichtet fühlte. Ohne zu diskutieren entsprach ich ihrem Wunsch, obwohl das gleiche Argument auch gegen ihren Wunsch, das Gespräch zu führen, sprach. Wenn man persönlich involviert war, besaß man nicht mehr die nötige Objektivität. Aber die hatte ich schon längst verloren, also war es vollkommen schnuppe, wer von uns das Gespräch führte.

Hubertus Wagner, Stolze und Klugmann waren schon da und sahen uns müde lächelnd an, als wir uns zu ihnen setzten.

»Herzlich willkommen in Frankfurt«, sagte Hubertus überflüssigerweise. »Zunächst einmal möchten wir alle hier unsere Erleichterung zum Ausdruck bringen, dass euch beiden in Berlin nichts passiert ist.«

Das war geschickt von Hubertus. Er hatte keine Ahnung, warum wir ihn und seine Kumpels sprechen wollten, ahnte aber Übles. Also fing er das Gespräch auf diese Weise an, um uns von vornherein milde zu stimmen. Der Schwachkopf kannte seine Tochter überhaupt nicht.

«Was sagt dir der Name Quintiles?«, fragte Helen ihren Vater.

Oha! Sie kam ohne Umschweife direkt zum Thema. Hubertus kaute auf dieser Frage herum wie auf einem zähen Stück Rindfleisch und entschied sich dann, es erst einmal wieder auszuspucken.

»So spontan eigentlich nichts.«

»Das ist merkwürdig, denn die Firma Quintiles ist eine

Forschungsagentur, die seit mehr als fünf Jahren für dich arbeitet. Soll ich dir verraten, wofür du sie bezahlst?«

Jetzt wurde Hubertus unruhig. »Hör mal, für mich arbeiten so viele externe Firmen, viele von denen habe ich niemals kennengelernt. Ich kann wirklich nicht ...«

Helen schlug heftig mit der Faust auf den Tisch, dass die Tassen anfingen, umherzuspringen.

»Papa, hör auf mich zu verarschen! Du hast von Anfang an gelogen. Du und deine netten Kollegen hier. Ihr hattet niemals vor, die Studien zu stoppen.«

Hubertus sah Helen zornig an.

»All die Jahre habe ich immer wieder versucht, dich in die Firma zu holen. Jedes Mal hast du mich abblitzen lassen. Hast dich immer für was Besseres gehalten. Fang nicht an, mir meinen Job zu erklären, meine Liebe, denn du hast wirklich keine Ahnung, wovon du sprichst. Ich trage die Verantwortung für die Existenz tausender von Mitarbeitern. Es gibt in dieser Branche gewisse Spielregeln und wenn man sich nicht an diese Regeln hält, dann ist man weg vom Fenster. Gefällt mir das? Nein. Hab ich eine andere Wahl? Nein, verdammt nochmal!«

»Du hast mich angelogen«, schrie Helen. »Du hast mir ins Gesicht geschaut und mich angelogen!«

»Also, wenn ich Sie da mal korrigieren darf, werte Frau Wagner«, warf Klugmann ein. »Sie baten uns darum, keine Studien in Ländern der Dritten Welt mehr durchzuführen, die denen von vor dreißig Jahren in der ehemaligen DDR ähneln. Diesem Wunsch haben wir entsprochen.«

Der Typ hatte ja keine Ahnung, mit wem er sich hier anlegte. Ich lehnte mich zurück und genoss die Show. Schade, dass ich keine Kamera dabei hatte. Helens Kopf ruckte in seine Richtung und ihr Blick bohrte sich in seine Augen wie ein Laserstrahl.

»Sind Sie nicht ganz dicht? Wollen Sie Wortklauberei betreiben? Dann erleben sie ganz schnell, was es heißt, sich mit einer Behörde anzulegen, die über mehr Macht verfügt, als Sie sich vorstellen können. Wer glauben Sie, hat die Übernahme von Takamura ermöglicht? Sie vielleicht? Mann, wachen sie auf. Sie alle hier. Wenn Sie nicht ganz schnell von ihrem hohen Ross runterkommen, fallen Sie, und zwar tief. Und dann ist da kein Netz, dass Sie auffängt.«

Hubertus wurde hellhörig.

»Wie meinst du das? Wir haben Takamura übernommen.«

Helen schnaubte verächtlich und ich machte mich darauf gefasst, Neuland zu betreten, indem ich deeskalierend eingreifen würde.

Alleine der Gedanke war schon lächerlich.

»Was Helen damit sagen will, ist, dass wir durch eine Person, deren Existenz und Identität ihnen allen nicht bekannt ist, Kontakt zum deutschen Außen- und Wirtschaftsministerium aufgenommen haben. Die wiederum wandten sich an das japanische Außen- und Innenministerium. Und an das Justizministerium. Die Übernahme war nur deshalb erfolgreich, weil die Politik mitgespielt hat. Jeder wollte einen öffentlichen Skandal vermeiden – vor allem die Japaner waren ganz wild darauf, uns zu helfen. Für die Außenhandelsbeziehungen macht es sich nicht gut, wenn jemand in einem fremden Land herumläuft und Leute umbringt.«

»Das ist doch lächerlich«, meinte Stolze.

Ich zeigte mit dem ausgestreckten Finger auf ihn.

»Sie sollten einfach die Schnauze halten und froh sein, dass wir sie nicht wegen Beihilfe zum Mord einbuchten.«

Ein Beben ging durch den kleinen Körper Stolzes und er machte sich größer.

»Das ist einfach unerhört!« Sein Blick flackerte unruhig.

Hubertus Blick wanderte zwischen Stolze, Helen und mir hin und her.

»Warum Beihilfe zum Mord?«, fragte er leise.

Helen sah ihren Vater lange an.

»Hast du dich jemals gefragt, woher Takamura all diese Informationen über die Tests in der DDR hatte?«

»Sicher«, antwortete er langsam. »Ich ging davon aus, dass auch Takamura diese Studien durchgeführt hat. Immerhin waren wir ja nicht die einzigen, die in der DDR Tests dieser Art durchgeführt haben. Auch die Schweizer und Amerikaner haben mitgemacht.«

»Na ja, eines ist sicher; auf diesem Weg kam Takamura nicht an die Informationen. Immerhin waren sie sogar im Besitz interner Besprechungsprotokolle.«

»Weil sie uns abgehört haben«, rief Stolze.

»Nicht zwischen 1972 und 1989«, konterte Helen.

»Okay, und wie kamen sie an die Informationen?«

Helen nickte in Richtung Stolze.

»Frag deinen hochgeschätzten Kollegen.«

Hubertus hob die Augenbrauen und wandte sich an Stolze.

»Was hast du getan?«, wollte er bedrohlich leise wissen.

Als Stolze nicht sofort antwortete, übernahm ich das.

»Er hat sie alle verkauft. Takamura hat ihm sozusagen ein Angebot gemacht, dass er nicht ablehnen konnte.« Ich sah zu Stolze, der mit eingezogenen Schultern dasaß und beharrlich schwieg. »Ist doch so, oder? Sie wurden zu einer Art Fredo Corleone. Haben all Ihre Partner verraten, weil ein anderer Ihnen die Wertschätzung entgegenbrachte, die Sie vermissten. Sag doch mal, Fredo, so war es doch, oder?«

»Wer zum Teufel ist Fredo Corleone?«, wollte der Kulturbanause Klugmann wissen. Ich warf ihm einen verächtlichen Blick zu. Menschen, die den Film Der Pate nicht kannten, befanden sich ganz unten in der Nahrungskette.

»Was hast du getan?«, wiederholte Hubertus seine Frage an Stolze.

Plötzlich brach alles aus dem kleinen Mann heraus.

»All die Jahre habt ihr mich nur geduldet. Ich mache ja nur Generika, kopiere eure tollen Medikamente. Ich bin für euch niemals ein gleichwertiger Partner gewesen, weil ich keine Forschung betreibe wie ihr. Ist einer von euch mal auf die Idee gekommen, dass ich vielleicht einfach nur cleverer bin als ihr? Nein, natürlich nicht. Belächelt habt ihr mich, ihr Arschlöcher! Als dann Takamura auf mich zukam und mir sagte, dass er einen gleichberechtigten Partner in Europa suchte, da habe ich mich einfach nur gefragt, was ihr an meiner Stelle getan hättet.« Er fuchtelte mit dem Zeigefinger in Richtung Hubertus und Klugmann. »Keiner von euch hätte auch nur eine Sekunde gezögert. Keiner von euch!«

»Ich sag's doch: wie Fredo Corleone.«

»Es sind Menschen ums Leben gekommen«, erinnerte ihn Hubertus.

Stolze machte eine wegwerfende Handbewegung.

»Als ob dich das jemals gekümmert hätte.«

Helen und ich wechselten einen Blick. Es war Zeit für uns, zu gehen. Die Energie in diesem Raum wurde mit jeder Sekunde negativer. Vielleicht gab es ja in der Nähe des Hotels einen See, dann könnte Hubertus mit seinem Kollegen Stolze rausfahren, um zu angeln. Zwei Mann fuhren raus, aber nur einer kehrte zurück. Wie in dem Film.

Aber so viel Glück würde ich wohl nicht haben.

Kapitel 98

»Was ist mit Seyfarth, Müller und Helbig?«
Helen Wagner

Wir fuhren zurück ins Haus nach Wiesbaden und schwiegen fast die gesamte Fahrtzeit über. Helen war verständlicherweise stinksauer auf ihren Vater und ich war wütend, weil der gesamte Fall zwar mehr oder weniger abgeschlossen war, aber einen sehr bitteren Beigeschmack hinterließ. Wir erreichten unser Zuhause und ich machte mich sofort daran, Kaffee zu kochen, während Helen sich ums Kaminfeuer kümmerte. Als der Kaffee fertig war, setzten wir uns an den Esstisch.

»Das solls jetzt gewesen sein? Mehr können wir nicht machen?« Helen klang niedergeschlagen.

»Wegen deinem Vater nicht. Wir haben unser Pulver verschossen. Natürlich könnten wir ihm drohen nach dem Motto ›wir beobachten dich‹, aber was bringt das?«

»Scheiße. Dieser Fall ist eine einzige Katastrophe.«

»Na ja, wir hatten auch unsere hellen Momente.«

»Die überschattet werden durch die Dinge, die wir nicht erreicht haben.«

»Richtig.«

»Scheiße.«

»Ja.«

Wir schwiegen wieder einen Moment und ich zündete mir eine Zigarette an. Helen sah mich erstaunt an.

»Ich dachte, hier drin rauchst du nicht.«

»Hab keine Lust, raus zu gehen.«

»Dann lass mich auch.«

Ich zündete Helen eine Zigarette an und wir rauchten nachdenklich.

»Dieser Japaner, der in Berlin in der Filiale der Bank of Tokio gearbeitet hat, ist zurück nach Japan geflogen?«

Ich nickte.

»Ja. Dort wird ihm der Prozess gemacht. Hoffe ich jedenfalls.«

»Der Killer ist durch die Fingerabdrücke auf dem Gewehr überführt und Kelling hat sich schuldig bekannt, Beihilfe zum Mord geleistet zu haben«, sinnierte Helen weiter. Sie hob den Kopf und sah mich an. »Was ist mit Seyfarth, Müller und Helbig?«

Ich zuckte mit den Achseln.
»Sie behaupten noch immer, dass die Morde von denen begangen wurden, die tot sind. Wir haben nichts vorzuweisen, was das Gegenteil beweisen könnte.«
»Was sagt dir dein Instinkt?«
»Dass Seyfarth so etwas wie der Anführer der Gruppe war. Und als Anführer wirst du nur akzeptiert, wenn du vorpreschst. Mindestens einer der Morde geht auf seine Kappe. Und diese Müller, nun, in meinen Augen tickt die nicht ganz richtig.«
»Wir bräuchten ein Geständnis«, dachte Helen laut.
»Das wäre nett, ja. Aber dazu sind sie dann doch zu clever.«
»Ich habe nicht den Eindruck gewonnen, das Seyfarth und Helbig mit Druck gut umgehen können.«
»Was hast du vor? Folter?«
»Quatsch, natürlich nicht. Aber ein Bluff ist doch legitim, oder?«
»Und an was denkst du?«
Helen erklärte mir ihren Plan und ich fand, dass er funktionieren könnte.
»Oder bist du der Meinung, wir sollten sie in Ruhe lassen, weil ihr Motiv nachvollziehbar ist?«
Ich schüttelte verärgert den Kopf.
»Ich sehe nicht in jedem Mörder das Gute, auch wenn du das nach der Erfahrung mit Stegmann vielleicht denkst.«
»Bei diesem Fall hier denke ich vor allem daran, dass einige der Ärzte gefoltert wurden. Da war so viel Zorn im Spiel, ein solch enormes Gewaltpotential, da müssen wir etwas unternehmen.«
»Dann lass uns das tun. Auf nach Berlin.«
Am nächsten Tag machten wir uns früh auf ins Präsidium und erwischten Harry bei seinem ersten Kräutertee, oder was auch immer er trank. Wir erklärtem ihm, was wir vorhatten und er nickte es ab. Dann bestellten wir Seyfarth, Müller und

Helbig zeitgleich zu uns und sie wurden in unterschiedliche Verhörräume gebracht.

Mit Seyfarth wollten wir anfangen.

Das hatte zwei Gründe: Zum ersten hatte er sich mir gegenüber schon einmal geöffnet, als er mir vom Tod seiner Mutter erzählte. Zum zweiten sagte mir mein Instinkt, dass Mareike Müller nicht zu brechen war und Helbig fallen würde, sobald Seyfarth anfing zu reden. Seyfarth wiederum würde nicht automatisch reden, nur weil Helbig geständig war. Der Plan sah vor, dass ich den Bösen spielen sollte und ihn direkt und forsch angehen würde. Helen sollte den netten Bullen geben und beschwichtigend eingreifen. Als man Seyfarth in den Vernehmungsraum brachte, gingen die Beamten mit ihm an uns vorbei. Helen zupfte an meinem Ärmel und zog mich in das Büro.

»Wir müssen unseren Plan ändern«, sagte sie mit eindringlicher Stimme.

»Warum?«

»Hast du dir Seyfarth angeschaut? Er sieht schlecht aus. Seine Schuld tropft aus allen Poren. Ich glaube, es fehlt nicht mehr viel, und er kippt um.«

»Was schlägst du vor?«

Ich lauschte ihren klugen Worten und stimmte zu. Wir machten uns auf den Weg in den Vernehmungsraum und nahmen Seyfarth gegenüber Platz. Helen hatte recht; Er sah wirklich beschissen aus.

»Wir haben ein Problem«, begann ich das Gespräch.

»Wenn ich helfen kann, dann mache ich das gerne.«

»Das ist nett.« Ich blickte zu Helen und strahlte. »Siehst du, ich habe doch gesagt, dass er ein netter Kerl ist.« Dann sah ich wieder zu Seyfarth und runzelte die Stirn. »Na ja, es ist weniger so, dass wir ein Problem haben. Es ist mehr so, dass ihr eines habt.«

»Das verstehe ich nicht.«

»Du hast gesagt, dass es die anderen waren, die die Ärzte umgebracht haben. Also die, die tot sind. Nun ist es aber so, dass wir herausgefunden haben, das Klindworth, Hollmann und Stapelfeld zum Zeitpunkt der Morde gar nicht in der Nähe der getöteten Ärzte waren.«

»Wie das?«

»Wie was?«

»Wie haben Sie das herausgefunden?«

»Die Technik macht es möglich. Jedes Handy meldet sich an dem nächstgelegenen Funkmast an. Und diese Daten werden gespeichert. So entsteht ein Bewegungsmuster, das wir nachvollziehen können. Rate mal, was dieses Muster ergeben hat.«

Er wirkte verunsichert, zuckte aber mit den Schultern.

»Keine Ahnung.«

Jetzt kam der kritische Moment. Der Schuss ins Blaue.

»Das Bewegungsmuster sagt, dass du und Mareike Müller zum Zeitpunkt des ersten Mordes in der Nähe des Tatortes waren.«

Er fing an, unruhig auf seinem Stuhl herumzurutschen. Sein Blick flackerte.

Helen schaltete sich ein.

»Hör mal, wir wissen, warum ihr das getan habt und wir verstehen das. Was wir nicht verstehen, ist, warum einige der Ärzte gefoltert wurden. Das passt nicht zu euch.«

Hilflos irrte Seyfarths Blick durch den Raum, bis er schließlich bei Helen hängen blieb. Er öffnete ein paar Mal den Mund, um zum Sprechen auszuholen, schloss ihn aber wieder, ohne etwas zu sagen. Helens Stimme wurde sanfter.

»Wenn ich hätte zusehen müssen, wie meine Mutter stirbt, dann kannst du mir glauben, dass ich denjenigen, der dafür verantwortlich ist, auch würde umbringen wollen. Aber warum habt ihr ihn gefoltert? Wolltet ihr Informationen von ihm?«

Tränen liefen über Seyfarths Gesicht.

»Was ist passiert?«, fragte Helen behutsam nach.

Stockend begann er zu reden.

»Ich wusste nicht, was sie vorhatte, wie durchgeknallt sie ist. Als wir diesen Rosenberg in Magdeburg entführt hatten, brachten wir ihn in den Park. Dort wollten wir ihn zur Rede stellen um ihn dann zu töten. Das war der Plan. Aber dann holte sie auf einmal diese Nadeln raus und fing an, sie dem Arzt in die Fußsohlen zu stechen. Die Schreie werde ich mein Leben lang nicht vergessen. Als ich es nicht mehr aushielt, hab ich ihn erschossen.«

»Okay, es war richtig, uns das zu erzählen. Das war wirklich gut. Nun sag mir, wen Du meinst. Wer hat dem Arzt die Nadeln in die Füße gestochen?«

»Mareike Müller.«

»Okay, gut. Und wer hat in Erfurt den anderen Arzt getötet? Diesen Georg Löw?«

Seyfarth fing jetzt richtig an zu weinen:

»Das war ich. Den habe ich auch getötet.«

Mehr mussten wir nicht wissen.

Am selben Abend trafen wir uns alle in einer Kneipe in der Nähe der ehemaligen Nähmaschinenfabrik. Harry erklärte sie kurzerhand zu unserer neuen Stammkneipe, was der Wirt wenig begeistert zur Kenntnis nahm. Offenbar hatte er in der Vergangenheit schlechte Erfahrungen mit Bundesbeamten gemacht. Wir stießen mit Bier an und feierten so einen einigermaßen glimpflich abgeschlossenen Fall. Ein paar Mal unternahm Helmes den Versuch, eine Rede zu halten, wurde aber jedes Mal von Harry daran gehindert. Es wurde spät, aber diese kleine Feier hatten wir uns verdient. Der einzige, der fehlte, war Patrick Ebel. Über ihn würde ich mir noch Gedanken machen müssen. Ich hätte ihn sehr gerne in meinem Team gehabt. Aber er würde mir nicht davonlaufen.

Epilog

Es war ein kalter und nebliger Morgen, als Katsumi Yamamoto alleine zu den Steilküsten von Tojinbo in der Präfektur Fukui im Nordosten des Landes ging. Zu dieser frühen Stunde waren noch keine Touristen oder Einheimische unterwegs. Er war ganz allein und das war auch richtig so.

Langsam, wie in Trance, setzte er einen Fuß vor den anderen, bis er an einer bestimmten Stelle der Steilküste angekommen war. Sein Gesicht war eine steinerne Maske, als er an den Rand der Klippe trat. Unter ihm, in etwa einhundert Metern Tiefe, hörte er das japanische Meer toben. Es ging ein auflandiger Wind und wenn der Nebel nicht so dicht gewesen wäre, hätte er die Wellen sehen können, die in endlosen Reihen heranrollten und gegen die Felsen am Fuße der Klippen brandeten.

Yamamoto klatschte einmal in die Hände und neigte seinen Kopf, um die hier weilenden Geister seiner toten Urahnen auf sich aufmerksam zu machen.

Der Oyabun hatte ihm unmissverständlich klar gemacht, dass der Gesichtsverlust, den Yamamoto erlitten hatte, niemals wieder würde vergehen können und dass diese Last für ein Leben zu viel sei. Er versicherte Yamamoto, dass, wenn er die richtige Entscheidung treffen würde, es seiner Familie niemals an irgendetwas fehlen würde.

Yamamoto verstand.

Nun stand er hier an der Steilklippe und bat seine Urahnen um Verzeihung für sein Versagen. Eine Windböe erfasste ihn und der unerwartet warme Wind schien ihm ein Signal zu sein, dass ihm verziehen wurde.

Dann machte er einen letzten Schritt und verschwand in der Tiefe.

Helen und ich erfuhren erst Wochen später vom Tod des Japaners. Da war Weihnachten längst vorbei und aus 2014 war überraschenderweise über Nacht 2015 geworden. Wie zu erwarten verbrachten wir die Weihnachtstage nicht bei Helens Eltern, auch wenn ihre Mutter mehrmals verzweifelte Versuche gestartet hatte, Helen umzustimmen. Aber der Zorn Helens auf ihren Vater war zu groß und die Verletzung saß zu tief. Stattdessen feierten wir einen Tag lang mit meiner Familie und Helens Vermutung, meine Eltern wüssten schon längst, was ich in Wahrheit beruflich machte, entpuppte sich als wahr. Es gab ein paar peinliche Augenblicke, aber als diese vorüber waren, konnte ich das Wiedersehen mit meiner Familie genießen. Alle schlossen Helen sofort ins Herz, was zum größten Teil wohl Mitleid war, weil sie ein Leben mit mir aushalten musste. Aber vielleicht irre ich mich auch.

Den Jahreswechsel verbrachten Helen und ich auf einer kleinen Insel im indischen Ozean.

Die gute Nachricht war, dass ich dort keinen Killer sah.

Die schlechte, dass wir uns auch hier verfuhren.

Nachwort des Autors

Im Dezember 2012 hatte ich die Arbeiten am ersten Fall von Nicolas Eichborn und Helen Wagner beendet und begann unmittelbar danach mit den Recherchen für den zweiten Fall. Im Zuge dieser Recherchen stieß ich auf einen Artikel des *Spiegels* aus dem Jahr 1991 mit dem Titel »Das ist russisches Roulett.« In diesem Artikel ging es um illegale Medikamentenversuche an ahnungslosen Patienten, die in Kliniken der ehemaligen DDR zwischen 1984 und 1990 durchgeführt wurden.

Ich war entsetzt und recherchierte weiter. Der *Spiegel* war hier eine sehr große Unterstützung und sendete mir alles an Unterlagen, die noch verfügbar waren. Was da zutage kam, verschlug mir wirklich den Atem. Zumal es diese »Studien« noch heute gibt – überwiegend in Ländern der Dritten Welt. Vier Monate nach meiner Kontaktaufnahme beim *Spiegel* Ende Januar 2013 war genau diese Story aus dem Jahr 1991 Titelstory der neuesten *Spiegel*-Ausgabe. Diesmal kamen jedoch auch Betroffene und Angehörige zu Wort. Ich habe nie erfahren, ob meine Anfrage beim *Spiegel* Ursache für die erneute Berichterstattung war, aber es ist naheliegend.

Die Agenturen, die heute im Auftrage der Pharmakonzerne diese »Studien« durchführen, gibt es wirklich. Das gilt ebenfalls für die im Buch erwähnte »Deklaration von Helsinki«, in welcher die Standards festgelegt wurden, nach denen neue Medikamente getestet werden. Die Patienten müssen ausführlich über die Studie informiert werden, die Teilnahme ist freiwillig und sie dürfen jederzeit ohne Angabe von Gründen aussteigen. In einer Erklärung, der sogenannten »informed consent form«, müssen die Patienten dies mit ihrer Unterschrift bestätigen. Es entspricht aber auch den Tatsachen, dass viele der Patienten, an denen die Medikamente getestet werden, weder lesen noch schreiben können. Sie unterschreiben die Einverständniserklärung mit Kreuzen. Da meine Informationen besagen, dass sie auch verbal nicht über die Umstände der Tests informiert werden, haben diese Menschen keine Ahnung, was da mit ihnen geschieht. Das Einzige, was man ihnen sagt, ist, dass sie in der glücklichen Lage sind, Medikamente aus dem Westen zu bekommen, die sie sich normalerweise niemals würden leisten können. Diese Menschen können ihr Glück kaum fassen und schöpfen neue Hoffnung, gesund zu werden. Sie haben keine Ahnung, dass sie lediglich der Gewinnmaximierung großer Pharmakonzerne dienen. Erwähnenswert ist auch, dass genau diese Menschen später, wenn das Medikament zugelassen wurde, finanziell überhaupt nicht in der Lage sind, dieses zu erwerben.

Übrigens war kein Unternehmen aus der Pharmabranche bereit, mir irgendwelche Informationen zum Thema Medikamentenentwicklung und Studien zu geben.

Sie werden schon wissen, warum.

Auf meiner Homepage www.vsgerling.com finden Interessierte diverse Links und Dokumente zu diesem Skandal. Unter anderem auch eine offizielle Anfrage der Partei *Die Linke* an den Bundestag mit einem Fragenkatalog zum Thema illegale Medikamentenversuche.

Braunschweig im Juni 2015 *V. S. Gerling*

Danksagung

Auch auf die Gefahr hin, immer wieder den selben Menschen zu danken, ist es mir trotzdem wichtig, dies zu tun. Denn wie schon einmal erwähnt, schreibt man ein Buch zwar alleine, aber ohne die Hilfe und Unterstützung anderer wäre es nicht möglich.

Mein Dank gilt meiner neuen Lektorin Christiane Geldmacher, die schnell und effektiv gearbeitet hat, dem Bookspot Verlag, der sich immer noch traut, meine Bücher zu verlegen, der Frankfurter Börse – hier vor allem Tobias Neumann –, der mir mit Rat und Tat zur Seite stand und mir die Geheimnisse feindlicher Übernahmen etwas näher brachte, und dem *Spiegel*, der mir unglaublich viele Informationen zum Skandal zur Verfügung stellte.

Mein ganz besonderer Dank geht an die Theatergruppe Fanferlüsch, mit der ich alle meine bislang veröffentlichten Romane als Hörspiel auf die Bühne gebracht habe. Antje, Dani, Bettine, Wolfi, Carsten, Stefan, Chris, Christian, C2 – ihr seit einfach nur spitze! Besonders erwähnen möchte ich noch Malte Krug, der mit seiner Erfahrung jedes Hörspiel zu einem Klangerlebnis macht. Darüber hinaus habe ich noch niemals zuvor in einem Zimmer so viel Verstärker, Keyboards und Kabel gesehen.

Wie immer bedanke ich mich bei meinen Lesern. Ich freue mich über jedes Feedback, das ich bekomme.

V. S. Gerling im Juni 2015

V. S. Gerling

Das Programm

448 Seiten
Klappenbroschur
Edition 211
im Bookspot Verlag
ISBN 978-3-95669-017-4
14,80 €

Eine brutale Mordserie zieht durch Deutschland. Nicolas Eichborn und Helen Wagner vom BKA werden mit dem Fall beauftragt, während ihrer Ermittlungen stellen sie fest, dass einige der Opfer Mitglieder bei »New Horizon« waren, einem Unternehmen mit sektenähnlichen Strukturen. »New Horizon« verspricht seinen Kunden, dass sie durch Bewusstseinserweiterung leistungsstärkere und bessere Menschen werden, in Wahrheit geht es aber um Gehirnwäsche.
Im Laufe der Nachforschungen stoßen Eichborn und Wagner auf ein Forschungsprojekt, das seine Anfänge zu Zeiten des Kalten Krieges hatte und dessen Ziel es war, durch Bewusstseinsmanipulation den perfekten Killer zu schaffen. Schon bald erfahren sie, dass dieses Programm noch immer existiert …
Nicola Eichborn und Helen Wagner – ein unkonventionelles Ermittlerpaar in seinem ersten Fall. Rasant, spannend und erfrischend anders.

»Spannender, aus verschiedenen Perspektiven erzählter Thriller, der zugleich Auftakt zu einer Serie ist.« Christine Rohe, ekz.bibliotheksservice